LA MAISON À LA PORTE DORÉE

De la même autrice

L'Antre des Louves, Calmann-Lévy, 2022

ELODIE HARPER

LA MAISON À LA PORTE DORÉE

Traduit de l'anglais (Royaume-Uni)
par Manon Malais

CALMANN LEVY

CALMANN LÉVY

ÉDITEUR DEPUIS 1836

Titre original :
THE HOUSE WITH THE GOLDEN DOOR

Première publication :
Head of Zeus Ldt., Londres, 2022

COUVERTURE
Conception graphique et illustration :
© Raphaëlle Faguer

ISBN 978-2-7021-8464-6

À Jonathon, mon fils chéri,
que j'aime de tout mon cœur

An 75
Parentalia

Chapitre 1

À [l'homme] seul entre les animaux a été donné le deuil [...] à lui l'ambition, à lui l'avarice, à lui un désir immense de vivre.

Pline l'Ancien, *Histoire naturelle*, VII. 1.

Le peintre, en équilibre sur une estrade en bois, parachève le portrait de la déesse. Amara écoute ses coups de pinceau, les yeux levés vers lui. Le reste de la fresque est fini : une scène de chasse sur les murs qui entourent son petit jardin. Seul le visage de Diane demeure inachevé. Amara prend une profonde inspiration pour apprécier les parfums du printemps, surtout celui des narcisses éparpillés à ses pieds comme autant d'étoiles blanches.

— Impossible de rendre justice à pareille beauté, remarque le peintre en examinant un instant son travail avant de s'y replonger.

Amara sait bien qu'il ne parle pas de Diane. Elle aurait pu embaucher n'importe qui pour peindre une déesse, mais c'est cet homme qu'elle a choisi, Priscus, parce qu'il était autrefois l'amant de son amie Didon – et donc le seul capable de la représenter.

— Je sais que tu y parviendras, répond-elle.

En tout cas, elle l'espère. Ce sont les apprentis de Priscus qui ont exécuté le reste de la fresque, pour bien moins cher. S'offrir les talents du maître pour immortaliser son amie coûtait dix fois plus.

— C'était une femme exquise, poursuit-il. Elle avait une grâce sans pareille. Et sa façon de chanter… Je m'en souviens encore.

Des larmes viennent perler aux yeux d'Amara : cela ne fait que trois mois que Didon est morte. Elle les chasse d'un battement de paupières pour que Priscus n'en voie rien. Comme c'est étrange de l'avoir chez elle. Lors de leur dernière rencontre, Didon et elle étaient esclaves. Priscus, client régulier, payait leur maître pour passer la nuit avec Didon pendant que son ami Salvius s'offrait Amara dans la chambre d'à côté. Désormais, Amara est affranchie, et c'est elle qui achète les services du peintre. Elle le soupçonne d'être aussi perturbé qu'elle par cette inversion – comment s'adresser l'un à l'autre ?

Il se recule à nouveau pour fixer le mur.

— Je crois bien que j'ai fini.

— Je peux voir ? demande Amara en avançant d'un pas.

— Bien sûr, répond Priscus en descendant de la plate-forme pour révéler enfin son œuvre.

Didon se tient debout, une main sur le cœur, l'autre désignant le fond du jardin. Amara contemple son amie décédée. Priscus a su reproduire la symétrie parfaite de ses traits, la douceur de sa bouche et, surtout, ses yeux assombris par une tristesse qu'elle n'arrivait jamais à dissimuler. Une vague de chagrin engloutit Amara, qui se détourne. Priscus tend la main vers elle mais renonce à la toucher, craignant peut-être de l'offenser. Ce n'est qu'après un long moment qu'elle ose reprendre la parole.

— Je ne pourrai jamais te remercier pour ce que tu viens de faire.

— Tout le plaisir était pour moi, lui assure-t-il. L'idée que sa beauté ne disparaîtra jamais entièrement me console un peu.

Il reste à ses côtés un instant, puis il indique les murs qui les entourent.

— Mais… si je peux te poser une question… Pourquoi l'immortaliser dans une telle scène ?

Amara promène son regard sur le décor de la fresque, si différent de la femme que Priscus vient de peindre. Un cerf à visage humain déchiré par des chiens de chasse aux gueules grandes ouvertes, leurs crocs acérés découverts sous leurs babines humides de sang. Le corps mutilé de la bête laisse voir la blancheur de ses côtes et l'écarlate de son cœur. Actéon, changé en cerf par la déesse Diane et déchiqueté par ses propres limiers : le prix à payer pour l'avoir vue nue. C'est lui, dans son agonie, qu'elle pointe du doigt, changeant la mélancolie de Didon en une cruelle indifférence.

— Elle avait un cœur si pur, répond Amara. Je ne pouvais que lui donner le rôle de la Déesse Vierge.

C'est éviter la question de Priscus, ce dont tous deux sont bien conscients, mais le peintre est trop poli pour insister et incline la tête pour marquer son acquiescement.

Amara le regarde ranger ses peintures avec soin dans leur boîte tandis que son apprenti démonte l'estrade pour la rapporter à l'atelier. Lorsque tout est emballé, elle les raccompagne tous deux à la porte en traversant l'atrium. Nul besoin de paiement immédiat : Rufus, son protecteur et amant, les réglera en temps et en heure – personne n'oserait en douter. Arrivé à la porte, Priscus hésite.

— J'espère que ça ne te dérange pas si… Eh bien, Salvius m'a demandé de te transmettre ses vœux. Il remercie les dieux pour ta bonne fortune et t'exprime tout son respect.

Ce rappel de son ancienne vie fait se lever une tempête dans le cœur d'Amara, mais elle n'en montre rien, bien consciente que Juventus, le portier, les écoute en silence.

— Remercie ton ami pour moi et transmets-lui mes propres vœux en retour, répond-elle.

Entendre le nom de Salvius a ouvert la porte à une foule de souvenirs indésirables. Ses mains sur son corps nu, son poids sur elle. Puis, c'est pire : non plus Salvius, mais la terreur et les ténèbres de sa cellule au bordel, la violence, la douleur. Son passé est comme Charybde, un tourbillon qui l'entraîne sous les vagues, qui la noie.

Amara s'engage d'un pas rapide dans l'escalier qui mène à son espace personnel, en s'efforçant de ne pas courir, et ferme la porte. Des tremblements lui parcourent les jambes. Elle s'assoit à son bureau, les mains à plat sur le bois, en essayant de réfréner son flux de panique. Son esprit lui joue des tours, comme souvent. Il lui fait croire que ses yeux lui mentent, qu'elle n'est pas ici mais de retour dans l'Antre des Louves, aux mains de Félix. Le sang lui bat aux tempes. Elle fouille le tiroir pour en sortir la cassette qui l'apaise toujours, si lourde, la pose devant elle, ouvre le couvercle. À l'intérieur se trouve tout l'argent qu'elle a gagné depuis son emménagement dans cette maison – les intérêts de ses prêts, ainsi que la généreuse pension versée par Rufus. Elle fait couler les pièces entre ses doigts. Leur poids la rassure. Leurs tintements lorsqu'elle les laisse cascader évoquent le doux bruit de la pluie.

En organisant son bureau, elle a fait en sorte qu'il diffère le plus possible de celui de Félix, notamment dans l'agencement des meubles. Les murs sont blancs plutôt que rouges, décorés à intervalles réguliers de gracieux petits cupidons. Chacune de ces silhouettes est peinte avec plus de soin et d'attention que quoi que ce soit dans l'Antre des Louves. Pourtant, elles semblent moins réelles que les crânes de taureaux et les plinthes noires qui hantent les souvenirs d'Amara. Rien à faire, s'asseoir à un bureau lui rappelle toujours son ancien maître. Même dans ses rêves, c'est ainsi qu'elle le voit : sa silhouette sèche penchée sur ses comptes, son regard, la force de ses mains.

Un coup frappé à la porte la fait sursauter.

— Oui ?

Martha, sa servante, entre dans la pièce. Elle garde les yeux rivés au sol, sans voir le sourire d'Amara.

— Dois-je vous préparer pour aller voir Drusilla, maîtresse ?

Son accent est si marqué qu'Amara a parfois du mal à saisir ce qu'elle dit. Ses épaules sont voûtées, son dos courbé. Dans les premiers temps, Amara la croyait timide, mais elle a depuis compris qu'elle a affaire à une esclave réticente qui se met délibérément en retrait. Elle-même faisait pareil face à Félix. L'irritation monte : cette fille n'a aucune idée de sa chance. Servir dans cette belle maison plutôt qu'au bordel !

Martha est hébraïque, capturée il y a peu lors du siège de Massada – c'est en tout cas ce qu'a appris Amara de la bouche de Philos, l'intendant. C'est Philos qui a sélectionné deux esclaves pour se joindre à lui dans la maisonnée, au nom de son maître. Martha a beau être la propriété de Rufus, il n'avait aucun commentaire à faire sur elle. Un esclave n'est pas humain à ses yeux. Il a « fourni » ces domestiques à Amara comme il lui fournit ses meubles, et discourir sur leur personnalité lui semblerait aussi absurde que perdre son temps à retracer le passé des tables ou des lampes. Amara ne peut qu'espérer que Rufus n'a pas couché avec Martha, bien qu'elle soit loin d'être laide. Peut-être est-ce justement pour cela que sa servante semble si hostile.

— Merci, lui répond Amara en se levant. Tu fais bien de me le rappeler.

Elles descendent l'escalier pour gagner une autre des pièces privées d'Amara, ouverte sur l'atrium. Martha a déjà disposé le nécessaire pour sa toilette, parfums et cosmétiques. En s'installant à la coiffeuse, impossible pour Amara de ne pas songer à Victoria, son amie et collègue au bordel. Tous ces flacons à bas prix qu'elle alignait avec tant de soin sur le rebord de la fenêtre. Tous ses efforts pour rester belle. Elle est si présente dans les souvenirs d'Amara, avec ses boucles noires, son rire enroué et son air ironique, qu'elle semble sur le point d'entrer dans la pièce et d'exiger qu'Amara lui cède la place. *C'est mon tour !*

Martha se met à lui peigner les cheveux. Amara prend un délicat flacon de verre en forme de fleur et le débouche pour le porter à son nez. Du jasmin. Rufus ne veut pas qu'elle porte d'autre parfum. Martha pousse un soupir irrité en lui tirant les cheveux d'un coup de peigne – tous ces mouvements l'empêchent de boucler les cheveux de sa maîtresse – et Amara repose la bouteille.

Son travail fini, Martha lui présente le miroir d'argent. Amara préfère se maquiller elle-même. Elle retouche le contour de ses yeux d'un trait de kohl mais n'étale pas de pâte sur sa peau. Impossible de s'offrir un tel luxe au bordel, si bien que Rufus a pris l'habitude de la voir sans masque. Elle s'est un jour peint le visage pour lui, mais il a détesté. Elle prend ses compliments – *adorable, délicate, naïve* – comme des instructions. Peu importe qu'elle ait travaillé dans un bordel, qu'elle ait roulé le plus violent maquereau de Pompéi, ou que sa rage soit assez puissante pour déplacer les montagnes. Ce n'est pas ce que son amant attend d'elle, si bien qu'elle dissimule tout.

— Merci, dit Amara. Tu peux commencer la cuisine.

— Mais vous n'avez pas besoin que je vous accompagne ? demande Martha, nerveuse. Le maître a dit qu'il ne valait mieux pas vous laisser sortir seule…

Une servante revêche est une chose, une espionne en est une autre. Amara lui adresse un sourire froid en sachant qu'elle sera comprise :

— Les rues ne me font pas peur. Je les ai beaucoup arpentées.

Martha incline la tête, les joues rouges, maudissant sans doute le sort – arrachée par les Romains à sa terre natale pour servir une putain. Amara quitte la pièce et traverse l'atrium pour gagner l'immense porte d'entrée. Juventus hésite un moment à la laisser sortir et cherche des yeux Philos, l'intendant, en quête de sa permission.

— Philos est auprès du maître aujourd'hui, s'agace Amara. Puis-je me rendre au cours de harpe que Rufus m'a payé ?

— Bien sûr, maîtresse, cède Juventus en s'écartant.

La rue est plus calme que celle où elle vivait autrefois – le bordel était situé à une intersection, en face d'une taverne, à quelques pas d'une autre –, mais Amara a malgré tout l'impression de passer d'un lac tranquille à un torrent de montagne. Elle se fraie un chemin parmi les tentures qui s'agitent dans la brise, comme autant de rideaux rouges, oranges et jaunes autour de sa porte : la maison louée par Rufus se situe à l'arrière d'une boutique de tissu, et plusieurs autres jalonnent la rue. Virgula, la vendeuse, la salue d'un signe de tête. Avoir une concubine pour voisine ne l'émeut guère. Après tout, elles versent leur loyer au même propriétaire, un ami de Rufus qu'Amara n'a pas encore rencontré.

La rue est étroite mais Amara est maîtresse de l'espace qui l'entoure, ses yeux fixés sur l'horizon, obligeant les autres à lui ouvrir le passage. Un homme encombré d'une brassée de peaux s'écarte, non sans un grognement irrité. Amara l'ignore. Les jours où elle devait croiser tous les regards sont terminés.

Elle arrive bien vite chez Drusilla. La courtisane la plus en vue de Pompéi vit juste à côté, dans la rue parallèle à celle d'Amara – c'est bien pour cela que Rufus tolère qu'elle s'y rende seule. La maison de Drusilla n'est pas une location. Elle lui appartient, tout comme la magnifique devanture où exerce un verrier. Amara s'y attarde pour observer les articles qui se font de plus en plus élaborés à mesure que l'on progresse dans la boutique : les tasses et flacons tout simples empilés sur le comptoir laissent place à des carafes en forme de poisson ainsi qu'à une urne débordant de grappes de raisin vert, avec deux nymphes en guise d'anses. C'est toujours la même étagère qui attire le regard d'Amara : celle où l'on trouve des statuettes de dieux. Elle songe à la magnifique pallas athéna de verre qui se trouvait chez ses parents et se demande qui la possède aujourd'hui.

Son humeur s'améliore lorsqu'elle passe le seuil de la maison de Drusilla. Le portier incline la tête quand elle entre dans l'atrium – elle est toujours la bienvenue en ces lieux.

— Te voilà enfin ! lui lance Drusilla, souriante, accoudée au balcon intérieur.

Amara lui rend son sourire. Après Didon, Drusilla est la plus belle femme qu'elle connaisse. Sa tunique de lin jaune pâle met sa peau chaudement colorée très en valeur, et ses cheveux noirs lui encadrent le visage comme une couronne de laurier. *On croirait voir une Hespéride,* songe Amara. *Une déesse du crépuscule.*

Elle se hâte de la rejoindre. Côtoyer Drusilla est toujours agréable, surtout lorsqu'elles peuvent s'exprimer librement en l'absence de leurs amants. Toutes deux s'étreignent sur le balcon, admirent leurs tenues respectives, puis partent dans la chambre de Drusilla, où se trouve sa harpe. Elles s'assoient ensemble, Amara devant l'instrument et Drusilla près d'elle pour lui donner des instructions.

— Quand va-t-il t'acheter la tienne ? demande Drusilla.

— Dès aujourd'hui, si je le laisse faire, soupire Amara. Mais je ne suis pas encore assez douée. Je ne veux pas qu'il m'entende.

— Mais si tu en avais une, tu pourrais t'entraîner tous les jours, et tu progresserais beaucoup plus vite.

Amara sait qu'elle a raison. La harpe est bien plus difficile à maîtriser qu'elle ne l'aurait cru. Chaque fois qu'elle joue de la lyre pour Rufus, malgré son talent et la beauté de la musique, il lui demande si elle lui interprétera bientôt des morceaux à la harpe. Aucune malice dans ses questions, rien qu'un enthousiasme d'enfant, mais son insistance l'angoisse. Ne pourrait-il apprécier l'instrument qu'elle connaît déjà ?

— Je ne comprends pas pourquoi il y tient autant, soupire-t-elle en tapotant les cordes.

Drusilla lui caresse le dos en repoussant ses cheveux sur une épaule.

— C'est encourageant, lui assure-t-elle. Il veut laisser sa marque. Faire de toi une concubine qui répond parfaitement au moindre de ses goûts. Pour peu qu'il y investisse assez d'argent, il n'ira pas chercher ailleurs.

L'angoisse d'Amara grandit. Perdre l'intérêt de son protecteur est une menace constante.

— On recommence le morceau de Sappho ? propose-t-elle. J'y étais presque !

Elles jouent encore plus d'une heure. Amara est une élève très motivée et ne se plaint jamais lorsque Drusilla lui fait retravailler encore et encore les mêmes accords. Pour sa part, Drusilla est une enseignante méticuleuse qui cherche à lui transmettre non seulement ses connaissances musicales, mais aussi la meilleure posture à adopter devant l'instrument pour se rendre aussi attirante que possible.

— Je crois que ça ira pour aujourd'hui, finit-elle par dire en frottant le bras d'Amara. Tu deviens trop tendue. J'étais sérieuse, tu sais. Laisse-le t'acheter ta propre harpe. Tu progresseras plus vite.

Amara part s'asseoir avec elle sur une couche. La servante, Thalia, leur a laissé du vin et des pâtisseries. Elle prend un beignet en se promettant de moins manger plus tard.

— Que d'efforts, remarque-t-elle. Tu imagines Rufus et Quintus passer leurs après-midi à se demander comment nous plaire ?

— Certainement pas Quintus, répond Drusilla en plissant le front.

— Mais il t'adore…

— Un homme comme lui finira toujours par vouloir du nouveau, tôt ou tard. Et dans son cas, tôt plutôt que tard, j'en ai bien peur.

Au travers de son verre bleu – elle doit l'avoir acheté dans la boutique à côté – son vin semble violet. Elle le fait tourner nerveusement.

— Prendre un nouvel amant représente toujours beaucoup de stress. Je me suis habituée à Quintus, même si je ne suis pas amoureuse de lui, comme tu le sais.

Amara n'est pas entièrement sûre de la croire. Difficile de consacrer autant d'attention à un homme sans développer un peu d'affection pour lui.

— Moi, je n'arrête pas de me répéter qu'il faut que j'économise les trucs que j'ai appris au bordel, répond-elle en haussant un sourcil. Garder au moins quelques surprises en réserve pour Rufus…

— Comme cette petite manœuvre dont tu m'avais parlé, s'esclaffe Drusilla. Je crois que même Quintus a été choqué quand j'ai tenté le coup !

Elles éclatent de rire. Amara se laisse aller sur les coussins, heureuse de cette amitié si libre où elle n'a pas à surveiller ses paroles. Son apprentissage au bordel était brutal – elle a payé le pire des prix pour tout ce que Félix l'a forcée à apprendre. Mais maintenant qu'elle y a échappé, elle a presque l'impression que tout cela en valait la peine.

— Priscus a terminé le portrait ce matin, dit-elle.

— Je me demande comment Rufus réagira en s'apercevant que c'est Didon…

— Philos pense qu'il ne remarquera rien. Elle n'était qu'une esclave à ses yeux.

— Tu discutes de Rufus avec Philos ? demande Drusilla d'un ton soudain tranchant. Tu es sûre que c'est une bonne idée ?

— Philos et moi étions amis quand j'étais encore… esclave, répond Amara en butant sur le mot.

— Mais tu ne l'es plus, maintenant, alors que lui l'est encore ! Philos appartient à ton amant. Surveille tes paroles avec lui. Il pourrait se sentir obligé de les répéter à son maître.

— J'ai confiance en lui ! Il ne me ferait pas ça.

Pourvu que ce soit vrai, songe Amara. Elle a trop honte d'admettre la vérité à Drusilla : qu'elle se sent si seule qu'elle ne pourrait pas supporter de garder ses distances avec Philos, de s'avouer qu'il n'est pas son ami, mais le serviteur de Rufus. À qui d'autre pourrait-elle parler chez elle ?

— Comment va Primus ? demande-t-elle pour changer de sujet.

— Oh ! s'écrie Drusilla, ravie, en joignant les mains. Attends de voir ses progrès avec l'alphabet ! Il est tellement intelligent. Viens, allons le trouver. Il va adorer te montrer comment il se débrouille.

Elle se lève d'un bond et lui propose son bras. Amara le prend et laisse Drusilla l'entraîner au bas de l'escalier. Toutes deux traversent l'atrium pour gagner le jardin. Primus se promène parmi les fleurs en babillant sur une abeille et en agitant sa petite main potelée, sous la surveillance de sa nourrice. Il est si semblable à sa mère : les mêmes fossettes, les mêmes grands yeux sombres. Drusilla ouvre les bras et le petit garçon accourt lui enlacer les jambes. Amara sourit. Elle n'a appris l'existence de Primus qu'un mois après que Rufus l'a libérée. Drusilla protège son enfant de tous, sauf de ses amis proches.

— Alors, qu'est-ce que tu as appris aujourd'hui ? lui demande Drusilla. Qu'est-ce que tu racontes à maman ?

— Les abeilles vivent dans des palais de cire ! déclare-t-il en regardant sa mère, puis Amara, comme pour la mettre au défi de le contredire. Elles changent les fleurs en miel !

Drusilla, en adoration, écoute son fils l'abreuver de ses connaissances avec tout le sérieux de ses trois ans. En apprenant l'identité de son père, Amara était stupéfaite : Popidus, un grand personnage de Pompéi, si vieux que Primus doit rendre bien des années au plus jeune de ses petits-enfants. Il n'a pas reconnu son fils.

Assise auprès de son amie, occupée à regarder l'enfant jouer dans le jardin, Amara pourrait se sentir comblée de bonheur et de sécurité. Mais même absent, Rufus la porte toujours sur ses épaules… et elle sait bien qu'il pourrait la laisser tomber. C'est Rufus qui finance cette journée auprès de Drusilla, et Amara est consciente qu'elle n'aurait jamais pris une telle importance dans la vie de son amie sans un amant si haut placé. Aux bains de Vénus, Drusilla est toujours entourée d'un cercle de concubines moins puissantes qu'elle. Amara les a rejointes, voilà tout.

Chaque seconde passée seule auprès de Drusilla lui est précieuse ; pourtant, elle n'ose s'attarder. Il faut qu'elle se prépare à la visite de Rufus ce soir. Ces deux dernières semaines, il a été très pris par la célébration des Parentalies, en l'honneur des ancêtres, si bien qu'il a passé beaucoup plus de temps auprès de sa famille qu'avec Amara. Ces festivités l'ont plongée dans le malaise en lui rappelant non seulement sa place en périphérie de la vie de Rufus, mais aussi son propre statut, orpheline, sans racines.

Elle se lève en murmurant quelques mots au sujet de Rufus pour s'excuser. Drusilla la raccompagne, même s'il lui est très difficile de s'arracher à Primus – le fait qu'elle pourra le retrouver dans quelques minutes n'y change rien.

— Tu crois que Rufus serait heureux que tu lui donnes un garçon ? demande-t-elle juste avant qu'Amara ne franchisse la porte.

— Je ne sais pas, répond Amara, surprise. Je ne crois pas.

Elle est pratiquement sûre, sans pouvoir l'expliquer, que Rufus n'aimerait pas la voir mère, et elle prend toujours grand soin d'éviter de tomber enceinte.

— Ça ne marche pas toujours, acquiesce Drusilla qui songe sans doute à l'indifférence de Popidus. N'oublie pas de lui parler de la harpe ce soir. Bonne journée, ma chérie.

Abandonnée sur le seuil, Amara est saisie de solitude. Quand elle était esclave, elle se rendait chez Drusilla avec Didon, et toutes deux repartaient ensemble, main dans la main pendant le trajet du retour jusqu'à l'Antre des Louves. Sa douleur la saisit d'un coup, si violemment qu'elle craint d'éclater en sanglots. *Je suis libre, maintenant,* se dit-elle. *Rien d'autre n'a d'importance.* Elle s'éloigne à grandes enjambées, sans laisser transparaître le moindre de ses sentiments.

Chapitre 2

« Ce sont des esclaves », dit-on. Non, ce sont des hommes.
« Ce sont des esclaves. » Non, ils vivent sous notre toit.

Sénèque, *Lettres à Lucilius*, Lettre 47.

L'eau dont l'asperge Martha n'est qu'à peine tiède. Nue, dans son bain, Amara s'épile les jambes avec soin en s'assurant qu'elles soient parfaitement lisses. Se laver chez soi n'est pas aussi agréable que se délasser aux bains de Vénus, mais c'est sa seule option pour être propre et fraîche lorsqu'elle reçoit son amant le soir.

Une fois satisfaite, Amara se verse quelques gouttes de jasmin distillé sur les mains et se frotte tout le corps. Le parfum est entêtant mais se sera partiellement dissipé le temps que Rufus arrive, et il n'en appréciera Amara que davantage.

— Tu as bien acheté son fromage préféré ? demande Amara en se badigeonnant les bras.

— Oui, répond Martha qui fixe le sol.

— Et le ragoût ? Les haricots ne sont pas trop cuits ?

— Non.

— Il n'était pas content, la dernière fois.

Martha ne répond rien. Elle partage la cuisine avec Juventus, le portier, qui ne s'y débrouille pas mieux qu'elle. En temps normal, Amara enverrait l'un d'eux acheter un plat à réchauffer dans un commerce voisin.

Elle tend la main afin que Martha lui passe la soie diaphane qu'elle porte toujours pour recevoir Rufus lorsqu'il vient seul. Sa servante l'aide à enfiler et épingler la robe qui ne dissimule presque rien de son corps. Inutile de demander à Martha comment elle lui va. Si seulement Victoria ou Béronice étaient là ! De leur part, Amara recevrait une réponse franche.

Une fois habillée, elle se laisse à nouveau coiffer par Martha. Un dernier trait de kohl sur les yeux, puis Amara se rend enfin dans la salle à manger y attendre son protecteur. La pièce est bien trop somptueuse pour qu'elle y mange seule. Martha a allumé les lampes à huile sur les colonnettes de bronze afin d'éclairer les fresques. Toute une collection d'amantes de Jupiter, plus ou moins dévêtues, s'étalent sur les murs. Io se change en vache près de la porte tandis que Léda étreint le cygne au-dessus de la couche où s'est assise Amara. Ces peintures lui rappellent trop le bordel, même si elles sont de bien meilleur goût.

La maison est plongée dans le silence. Elle est seule, seule avec les deux esclaves qui appartiennent à son amant. Juventus est assis dans sa loge à la porte, Martha réchauffe le ragoût de haricots dans la cuisine. Pour ne pas trembler dans le froid de février, Amara s'est couverte d'un châle. Son cœur bat à grands coups sous l'effet de la nervosité. Si seulement elle pouvait manger un peu, cela lui permettrait de prendre un verre de vin. Rufus n'arrivera peut-être pas de sitôt. Elle fixe l'encadrement de la porte, qui s'ouvre sur l'atrium où monte l'ombre du soir.

Son estomac gémit, ce qui la décide. Mieux vaut être trop grasse qu'émettre pareils bruits. Elle saisit un bout de pain sur l'assiette et le dévore : en dehors du beignet chez Drusilla, elle n'avait encore rien avalé aujourd'hui. La dernière fois que Rufus lui a rendu visite, il a tenté de lui entourer la taille des deux mains, mais ses doigts ne se touchaient plus dans le dos d'Amara. Il l'avait toujours tenue ainsi en la complimentant sur sa minceur, et elle n'y avait jamais prêté attention – elle n'avait pas imaginé qu'il allait jusqu'à *mesurer* son tour de taille.

« Au moins, personne ne pourra m'accuser de t'affamer, mon petit oiseau ! » s'était-il esclaffé avant de la relâcher.

Amara s'était sentie mortifiée. Puis furieuse. À quoi s'attendait-il ? À ce qu'elle reste aussi maigre qu'elle l'était au bordel, quand elle ne pouvait guère s'offrir qu'un repas par jour ? Mais elle avait ravalé sa colère. *Rufus n'est pas méchant,* se répète-t-elle. Elle a de la chance d'avoir un protecteur si dévoué. Et peut-être n'était-ce pas même une critique, rien qu'une remarque, voire un signe d'affection. Elle a malgré tout décidé d'être plus attentive à son alimentation, au cas où.

Elle entend la porte d'entrée qui s'ouvre, des voix d'homme qui murmurent. Aussitôt, elle lâche son bout de pain, arrache le châle et s'allonge sur la couche en essayant de se rendre aussi séduisante que possible. Quelqu'un s'approche. Difficile de discerner ses traits dans l'ombre de l'atrium, depuis la salle à manger si vivement éclairée, mais Amara voit bien que ce n'est pas Rufus : la silhouette est trop mince, le pas trop léger. Philos. Elle se rassoit, envahie par la déception, au moment où il passe le seuil.

— Le maître te transmet ses excuses. Il ne pourra pas être là ce soir. Helvius l'a invité à dîner.

Philos reste dans l'encadrement de la porte, sans approcher, et la regarde dans les yeux – pas comme Juventus qui ne rate jamais une occasion de se rincer l'œil quand la concubine du maître porte sa robe transparente.

— Oh, répond Amara en se couvrant à nouveau de son châle. Pas… d'autre raison, tu es sûr ?

Dans son autre vie, lorsque Félix la possédait encore, c'est Philos qui lui a appris que Rufus avait une amante. À l'époque, il lui a promis que ce n'était qu'une passade, et la suite lui a donné raison.

— J'en suis certain. Il était vraiment *très* déçu de ne pas te voir ce soir.

Amara soupire de soulagement. Elle voit Philos se reculer, sur le point de partir, et sa solitude est si vive qu'elle s'écrie :

— Tu ne veux pas manger quelque chose ?

— Ici ? réplique-t-il, incrédule.

Amara est rouge d'embarras. Philos baisse la voix :

— Je ne peux pas, tu le sais bien. Quel genre d'esclave dégusterait les mets de son maître dans sa propre salle à manger ?

Avec sa propre concubine, pourrait-il ajouter. Mais il n'en fait rien.

— Tu as raison. Je suis désolée.

Ils se fixent, muets, gênés, elle sur la couche, lui à la porte. Philos a beau s'attacher aux convenances, elle le soupçonne de se sentir aussi seul qu'elle. Il reprend avec lenteur, comme tâtonnant dans le noir :

— Si tu voulais prendre un verre dans le jardin… Je pourrais rester un moment pour te raconter la journée du maître. Je crois qu'un intendant peut se permettre ce genre de choses.

Est-ce de l'humour, cette dernière remarque ? Difficile à dire. Leurs relations étaient autrefois si décontractées. Elle se rappelle encore ses paroles un soir qu'il était venu la chercher au bordel pour l'amener à son maître : *Quelle vie, hein ? Quand on est jeune, ils nous violent, et quand on vieillit, ils nous baisent.* Se souvenir de son langage grossier la fait sourire. Elle prend deux verres et lui fait signe d'emporter le vin.

— Allons-y.

Elle traverse le jardin, Philos à sa suite. Didon, sur le mur, se noie dans l'ombre. Tous deux prennent place sur un banc en pierre, la carafe et les verres entre eux. Philos s'est assis aussi loin d'elle que possible, et refuse le vin, ce qui ne la surprend pas.

— Alors, de quoi Rufus et Helvius devaient-ils discuter ce soir ? demande-t-elle.

— Des célébrations. Rufus a proposé d'organiser un spectacle de théâtre à la fin de la campagne. Helvius est heureux de ne pas devoir le payer, mais moins content à l'idée qu'on ne cite pas son nom.

Helvius se présente comme édile et remportera très certainement les élections. Le rôle est administratif, mais aussi cérémoniel ; on attend des élus qu'ils organisent des événements gratuits à leurs frais. Rufus compte se présenter l'an prochain et rassemble d'ores et déjà du soutien.

— Ils ne pourraient pas s'en attribuer le mérite tous les deux ?

— Je suis sûr qu'ils finiront par tomber d'accord là-dessus, acquiesce Philos.

Il tend la main vers l'une des plantes près du banc et en détache un brin qu'il écrase entre ses doigts pour en libérer la senteur. Du thym. Ce parfum ramène aussitôt Amara à son enfance. Son père le préparait en infusion avec du miel pour combattre la toux d'un patient. *C'est bon pour la digestion. Et pour la mélancolie*... Philos réduit le brin en pièces, méthodiquement, en laissant tomber chaque morceau au sol.

— Ton cours de harpe s'est bien passé ? demande-t-il.

— Drusilla trouve que je devrais laisser Rufus m'en acheter une pour travailler ici, répond-elle. Mais je n'y arriverai jamais très bien, j'en ai peur. Après la leçon de musique, elle m'a emmenée voir Primus qui apprenait ses leçons dans le jardin.

Elle boit une gorgée de vin et sent sa chaleur se répandre dans tout son corps.

— Oh, je me rappelle avoir fait ça quand j'étais petit ! s'exclame Philos. Dans la maison où je suis né…

Le soir monte, mais il fait encore suffisamment clair pour distinguer son sourire à ce souvenir. Il a cessé de détruire son brin de thym. Amara était si certaine qu'il était né esclave que sa surprise la pousse à demander :

— Tu as été libre ?

— Non, j'ai toujours été esclave, mais on m'a bien éduqué.

Elle le dévisage, curieuse d'en savoir plus mais craignant de l'importuner. Il sourit à nouveau, ses yeux gris pétillant de malice, et elle comprend qu'il est heureux de la voir si intéressée. Il lui rappelle l'ancien Philos, à l'époque où ils étaient vraiment amis.

— *Parle-moi, Muse, d'un homme complexe,* dit-il en passant au grec. *Raconte-moi comment il erra si longtemps après avoir renversé la ville sacrée de Troie. Dis-moi les lieux qu'il connut, les peuples qu'il rencontra et les maux qu'il endura sur la mer, dans les tempêtes.*

— Tu as appris l'*Odyssée* ? s'étonne Amara.

— Un peu. Pour être franc, je ne me rappelle pratiquement que ce début. Je n'avais appris que quelques centaines de strophes quand les enfants du maître se sont mis à réclamer que j'arrête.

— Pourquoi ?

— Parce que j'étais doué.

Elle s'attendait à ce qu'il poursuive, mais il semble gêné, comme ayant conscience d'en avoir trop dit :

— Désolé, je… je devrais aller voir Martha. Lui demander de mettre le repas de côté. Rufus m'a dit qu'il passerait te voir aussitôt que possible. Peut-être demain. Bonne nuit.

Il se lève et quitte le jardin en hâte pour se fondre dans l'obscurité de l'atrium. Amara le regarde partir, le ventre serré – par la faim ou la solitude ? Difficile à dire. Il aurait été plus logique de demander à Martha de lui apporter du ragoût : Amara n'a pas à jeûner parce que Rufus ne partagera pas son repas. Mais elle n'a pas envie de rappeler Philos. Quelques mois plus tôt, elle était d'un statut plus bas que tous les esclaves de cette maison. Les voilà maintenant tous contraints de la servir. Il n'est pas difficile d'imaginer ce qu'ils murmurent sur leur maîtresse-putain dans son dos.

Songer que Philos partage sans doute leur mépris est douloureux. Amara sait qu'il regagnera bientôt sa chambre – ou plutôt sa cellule, sorte de placard étroit sous l'escalier, encore plus petit que celle d'Amara au bordel. Mais lui au moins n'a pas à servir qui que ce soit là-dedans.

Amara se ressert du vin. Elle est consciente que Philos est bien plus seul ici qu'il ne l'était dans la maisonnée de Rufus, où il doit avoir tout un réseau d'amitiés, la « famille » que se construit chaque esclave serviteur. Peut-être lui en veut-il, maintenant qu'il se retrouve dans cette maison à moitié vide. Quid des deux autres ? Le deviner est encore plus ardu. Juventus, le portier, restera courbé dans sa loge toute la nuit, sans pouvoir quitter son poste, pas même pour dormir. Martha dispose d'une minuscule chambre à l'étage. En pensée, Amara revoit le débarras chez Félix, celui où elle pouvait se réfugier grâce au loyer payé par Rufus quelques mois avant qu'il ne l'achète, pour éviter de la laisser souffrir chaque nuit au bordel. *Paris doit toujours y être,* songe-t-elle en revoyant son ex-colocataire roulé en boule à même le sol. Elle ne l'a jamais beaucoup aimé, ce jeune esclave que Félix prostituait à temps partiel. Pas un ami, bien loin de là. De fait, Paris et Amara passaient le plus clair de leur temps à se disputer dans cette pièce qu'ils partageaient. Et pourtant, en repensant à lui, elle ressent désormais quelque chose proche de l'affection.

— Ne sois pas stupide, marmonne-t-elle, libre de parler sans grâce puisqu'elle est seule.

Elle prend une autre gorgée de vin, qui la brûle. Ce n'est pas Paris qui lui manque. Ses amies du bordel sont si présentes dans son esprit qu'elles semblent pratiquement plus réelles que le jardin qui l'entoure. À cette heure, elles doivent être en train de se préparer pour une vague de clients, plaisantant ensemble pour ne pas céder au désespoir. Béronice se maquille-t-elle toujours à la pâte dorée ? A-t-elle pu dérober quelques moments avec son amant Gallus aujourd'hui ? Victoria se moque-t-elle toujours de leur liaison ?

Les doigts d'Amara se serrent autour de la tige de son verre à vin. *Victoria.* Toutes deux sont liées, non par l'affection mais par une dette de sang, un lien aussi sacré pour les hommes que pour les dieux. Sans elle, Amara serait morte. Victoria a tout risqué – Victoria a tué pour elle, mais Amara a laissé cette dette en suspens. Elle l'a laissée moisir dans le bordel pour partir avec son riche amant.

La culpabilité l'échauffe autant que le vin. Elle contemple le portrait de Didon, rien qu'une ombre sur le mur qui la surplombe, et qui se brouille lorsque ses yeux se remplissent de larmes.

— Bonne nuit, dit-elle au mur.

Elle vide son verre puis se lève en laissant la vaisselle sur le banc. Martha la débarrassera le matin venu.

Les murs du bureau sont écarlates. Félix lui tourne le dos, mais il pivotera bien vite. Elle ouvre la bouche pour hurler mais rien n'en sort. Elle voudrait courir mais ses jambes sont lourdes comme du plomb. Impossible d'aller assez vite. Il est juste là, un couteau à la main. Celui des Saturnales, la nuit où Didon est morte. Elle sait qu'il va la violer, qu'elle ne pourra rien faire pour le repousser. Félix dirige la pointe du couteau vers son œil.

— *Tu m'as manqué…*

Amara se réveille en sursaut, hors d'haleine, désorientée. Ses joues sont mouillées de larmes. Lorsqu'elle se rappelle enfin où elle est, elle se roule en boule sous la couverture en essayant de ne pas éclater en sanglots, serrant les poings si fort que ses ongles lui entrent dans la chair. Même en proie à la panique, elle est consciente qu'elle ne peut se permettre d'avoir les yeux rouges et gonflés.

— Ça va passer, halète-t-elle dans le noir, étouffée par les larmes qu'elle refuse de verser. Ça va passer…

Les cauchemars la tourmentent davantage maintenant qu'elle est en sécurité, alors qu'elle n'en faisait presque pas du temps où l'horreur appartenait à sa vie éveillée.

Il fait trop chaud sous la couverture. Amara la repousse et se force à se lever. Le carrelage est glacé. Elle s'étire comme pour se débarrasser physiquement de sa peur, en la refoulant au prix d'un effort de volonté. Sa nouvelle chambre est petite – le lit et le coffre à vêtements prennent toute la place –, mais apaisante. La seule source de lumière naturelle est une fenêtre ouverte sur le tablinum. Une fresque de pommiers en fleur illumine les murs. Des lampes à huile ont été placées dans les petites alcôves. Lorsqu'elles sont allumées la nuit, Rufus les compare à des étoiles vues à travers les arbres.

Songer à son amant l'apaise plus encore. Elle pose une main sur son cœur. Rufus la protégera de Félix, comme il l'a toujours fait.

Plutôt que d'appeler Martha pour l'aider, elle s'habille seule. Du coffre, elle sort sa tenue préférée : la robe blanche offerte par Pline. C'est ce qu'elle possède de plus beau, même si le tissu commence à s'user. S'il n'avait pas transféré ses droits à Rufus, c'est Pline, l'amiral de la flotte romaine, qui aurait été son protecteur. Pline, celui qui lui a donné sa liberté et son nom. Amara ne se lassera jamais de ces quatre mots, surtout le dernier : *Gaïa Plinia Amara, Liberta.* Elle épingle la robe blanche à l'épaule en murmurant son nouveau titre encore et encore, comme une incantation. Pourvu qu'elle revoie l'amiral un jour : elle veut le remercier pour tout ce qu'il a fait.

Amara déverrouille sa porte et passe dans sa seconde chambre. Martha l'y attend déjà, assise sur un tabouret, l'air fatigué. Elle se lève lourdement en voyant apparaître sa maîtresse.

— Pas besoin de te lever si tôt, lui explique Amara avec gêne. Je t'en prie. Tu peux te reposer jusqu'à ce que je t'appelle.

— Le maître a dit que je devais vous servir, répond Martha en lui faisant signe de s'asseoir à la coiffeuse.

Les deux femmes gardent le silence pendant que Martha, armée d'un peigne, remet de l'ordre dans les boucles d'Amara écrasées pendant la nuit, afin de la rendre présentable.

— Tu étais femme de chambre chez toi ? finit par demander Amara. À Massada ?

Martha s'arrête si soudainement qu'elle lui tire les cheveux, en la faisant grimacer.

— Qui vous a parlé de ça ?

— Tu dois l'avoir mentionné en passant, répond Amara pour cacher qu'elle l'a appris de Philos.

— Non, je n'étais pas servante. J'étais mariée, répond Martha sans émotion apparente.

Elle reprend sa tâche. Peut-être était-elle également mère ; peut-être Amara vient-elle de réveiller la pire des douleurs d'une femme – l'enlèvement ou le meurtre de ses enfants.

— Je suis désolée, déclare-t-elle. C'est terrible d'être arrachée à son foyer. À sa famille.

— Telle est la volonté de Dieu, réplique Martha. Je n'ai pas à la questionner.

Et vous non plus, sous-entend-elle clairement. Amara renonce à poursuivre la conversation. Autant la laisser garder ses secrets : c'est bien la seule chose qu'elle possède encore.

Elle ferme les yeux et s'imagine que c'est Victoria qui la coiffe, que ces doigts sont ceux de quelqu'un qui tient à elle. Victoria réveillait toujours les filles du bordel en chantant le matin, qu'importent les horreurs de la nuit. Au seul souvenir de sa voix si belle, Amara sourit. Martha termine son travail puis lui présente le miroir pour qu'elle se maquille. Cela fait, la maîtresse et la servante se séparent avec, sans doute, un soulagement mutuel.

Amara sort dans le jardin. Le jour vient de se lever – le bleu du ciel est encore pâle, l'air encore frais de rosée. La fontaine murmure, ornée d'une petite vénus en marbre assise au bord du bassin. Amara se sent inondée de joie. Voilà ce que signifie la liberté : pouvoir profiter de tout cela.

Elle se penche pour observer le thym mutilé par Philos la veille. Y aurait-il d'autres plantes médicinales dans les plates-bandes ? Tous ces mois passés ici, et elle ne s'y intéresse que maintenant…

— Inutile de craindre les fleurs. Ta beauté les surpasse toutes.

— Rufus ! sursaute Amara.

Son protecteur l'observe depuis le bord de la pelouse. Elle court se jeter dans ses bras.

— Je suis désolé de t'avoir fait faux bond hier soir, mon amour, dit-il en la serrant contre lui. Je suis venu dès que possible !

Amara lève vers lui un regard débordant d'adoration. Sa peur de le perdre – de perdre sa protection – est aussi forte que si elle l'aimait vraiment.

— Tout va bien puisque tu es là, maintenant, répond-elle après un baiser. Mais je ne sais pas si je pourrai pardonner à Helvius de t'avoir retenu !

Rufus se laisse tomber sur le banc avec un grognement. Amara s'assoit près de lui, et il pose la main sur son genou.

— Quel homme pompeux ! Attends d'entendre ce qu'il prépare : il veut organiser des Jeux Tauriens à la fin du mois de mai pour apaiser les dieux des Enfers.

— Mais pourquoi ? s'alarme Amara.

— La terre a frémi en janvier. Il est convaincu qu'un autre Grand Tremblement de Terre nous guette.

— Mais ce n'était rien du tout !

Amara se souvient de ce frisson du sol, accompagné d'un grondement lointain, comme un roulement de tonnerre. Tout était fini avant même qu'elle ne comprenne de quoi il s'agissait. Il faut admettre que la fissure qui s'est ouverte dans l'atrium était étonnamment large, et que les rues étaient ensuite jonchées de tuiles brisées.

— Tu n'étais pas là pendant le désastre sous Marius et Afinius, concède-t-il. Les travaux pour réparer tous ces dégâts durent encore !

Puis il agite la main comme pour repousser un Helvius imaginaire.

— Enfin, qu'il organise ses Jeux Tauriens, si ça lui fait plaisir. Mais il s'est mis en tête qu'ils seraient dépréciés par un festival de théâtre pour les Floralies juste avant ! C'est ridicule. Même Cicéron en avait organisé un. Et Helvius n'est encore qu'en campagne. Imagine ce que ça sera quand il sera élu !

— Tu le convaincras, j'en suis sûre. Et quand tu seras édile l'an prochain, tu pourras faire ce que tu veux.

Amara entrelace leurs doigts en tentant de dissimuler sa nervosité. Est-ce le bon moment pour s'immiscer encore davantage dans sa vie ?

— Je me disais... Peut-être que tu pourrais inviter Helvius ici, un soir ? Je pourrais organiser un spectacle musical. Ce serait une façon de lui montrer que tu tiens beaucoup à ce genre de performance. Si j'achetais quelques musiciennes... Qu'est-ce que tu en penses ? Tu pourrais être leur mécène ensuite.

— Tu veux acheter des musiciennes ? s'étonne Rufus.

Amara et Didon chantaient autrefois dans des soirées – pour enrichir Félix, bien sûr. C'est ainsi qu'Amara a rencontré Pline. Elle était souvent contrainte d'offrir bien plus que sa voix.

— Je ne parle pas de chanter moi-même ! se hâte-t-elle de préciser. Mais j'avais tellement aimé mettre des vers en musique avec Didon. J'adorerais faire cela pour toi. Drusilla pourrait participer à l'achat à condition de pouvoir emprunter les musiciennes de temps en temps. Nous songions à des flûtistes...

— Je vois que vous avez bien comploté, toutes les deux ! s'esclaffe-t-il. Laisse-moi y réfléchir. Peut-être que je te les offrirai quand tu sauras me jouer de la harpe.

Philos leur apporte un plateau de vin doux, de pain et de ce fromage sablé acheté spécialement par Martha la veille. Il pose le tout sur une table basse près du banc, côté Amara. Elle tente de croiser son regard pour le remercier, mais il garde les yeux baissés et repart aussi silencieusement qu'il est venu. Rufus a complètement ignoré son esclave, et n'a pas non plus remarqué Didon au mur.

— Que t'a dit Drusilla hier après la leçon ? demande-t-il. Tu t'améliores ?

— Elle est d'avis que je progresserais plus vite si j'avais mon propre instrument, répond Amara en lui passant un verre.

— Mais c'est ce que je pense depuis le début !

Il lève les yeux au ciel avant de boire une gorgée de vin.

— J'ai peur de n'être pas encore assez douée pour que tu m'écoutes, explique Amara. Je ne voudrais pas te décevoir…

— Mon nerveux petit oiseau ! Je ne peux que t'adorer, tu le sais bien.

Amara lui sourit mais grimace intérieurement en l'entendant l'appeler ainsi, ce qu'il fait depuis qu'il l'a libérée – une plaisanterie liée à une lettre de Pline qui la comparait à un oiseau qui refuse de chanter en cage. Rufus pose son vin et l'attire à lui.

— Je n'ai pas beaucoup de temps ce matin, mon amour… lui murmure-t-il.

Ses mains se glissent déjà dans les plis de sa robe. Amara songe au jasmin dont elle ne s'est pas enduite, et surtout au contraceptif qu'elle préfère ne pas utiliser devant lui.

— Laisse-moi juste une minute.

— Ne tarde pas trop, dit-il en la relâchant.

Amara quitte l'atrium en se retournant pour un dernier regard, comme Victoria le lui appris. Elle sait qu'il n'y résiste jamais. Lorsque leurs yeux se rencontrent, elle se sent invincible. Impossible d'imaginer qu'un jour viendra où il ne la désirera plus.

Après le départ de Rufus, Amara passe quelques moments seule à sa coiffeuse. Ses mains tremblent légèrement lorsqu'elle prend le flacon de kohl, et elle le repose. Elle s'est trop avancée en essayant d'impressionner son amant avec cette position qu'exigeait toujours Félix, et qui charrie son lot de noirs souvenirs. Heureusement, Rufus était si submergé de plaisir qu'il ne l'a pas vue faiblir. Au moins, le jeu en valait la chandelle.

Elle reprend le kohl. Ses mains ont retrouvé plus de stabilité. Elle adosse le miroir au mur plutôt que d'appeler Martha pour le tenir et retouche le contour noir de ses yeux. Son reflet lui rend son regard, avec plus de défi qu'elle n'en ressent vraiment.

Lorsqu'elle ressort dans l'atrium, elle trouve Juventus et Philos en grande conversation dans un dialecte local qu'elle ne comprend pas. Appuyés au mur, ils s'esclaffent, plaisantant entre eux. Juventus est beaucoup plus solidement charpenté que Philos, avec une barbe bien fournie, tandis que l'intendant est toujours rasé de près. Mais en de tels instants, on croirait voir deux frères. Amara sait que le portier doit sa place à Philos, et elle remarque qu'il tient une miche de pain. Philos doit l'avoir prise pour lui dans la cuisine. Les deux hommes retrouvent le silence à l'approche d'Amara.

— Y a-t-il quelqu'un pour moi aujourd'hui ? demande-t-elle.

— Une femme attend sur le banc devant la maison, répond Philos. Nous ne l'avions encore jamais vue. Elle s'est présentée comme Metella, des bains de Vénus.

— Elle peut entrer, fait Amara avec un signe de tête pour Juventus.

— Dois-je me joindre à vous pour établir un contrat ? demande Philos.

— Laisse-moi seule avec elle d'abord. Le plateau est dans le jardin. Tu pourrais nous l'apporter ?

— Bien sûr.

Metella est une matrone respectable qui aurait autrefois complètement ignoré Amara en la croisant dans la rue. Aujourd'hui, la voici qui entre chez Amara d'un pas hésitant, sur la défensive.

— Je suis si heureuse de vous voir ! s'écrie Amara en la prenant dans ses bras. Pardon de vous avoir fait attendre.

Metella lui rend son sourire mais semble toujours sur ses gardes. Sans cesser de lui faire la conversation, Amara l'emmène vers le tablinum qu'elle utilise comme bureau public, ouvert sur le jardin, son air frais et ses parfums. Les murs sont jaunes, avec de petits oiseaux peints qui volent de carreau en carreau ou se perchent sur des branches en fleurs. Face à la fenêtre, un paon dont la roue entoure Metella d'un glorieux halo ; au-dessus de la porte, quelques colombes.

Amara ne passe pas directement aux négociations. Elle lui propose du vin, lui demande des nouvelles de sa famille, s'extasie des progrès de ses enfants et vilipende avec elle son tyrannique beau-père. Metella parle et parle. Amara l'écoute. Tout savoir de la vie des clients est un tour qu'elle a appris de son ex-maître. Félix était un usurier hors du commun. Son ombre s'étend sur ces rendez-vous, mais cette fois, Amara ne cherche pas à la repousser entièrement. Elle porte le charme de Félix comme un masque pour dissimuler leur passion commune : faire des profits.

— Et votre protecteur sait tout de… vos affaires ? demande enfin Metella.

Son regard se promène sur les murs si lumineux, sur les hirondelles en vol derrière son hôte. Elle tente de calculer la valeur qu'accorde Rufus à sa concubine. Sa famille est bien connue à Pompéi, surtout depuis qu'il suit les traces de son père, Hortensius, en politique.

— Oh, ce ne sont pas des affaires ! répond Amara en repoussant le mot d'un geste. Vous me feriez de la peine en voyant les choses ainsi ! Je rends service à mes amies quand j'en suis capable, voilà tout.

— Ce n'est pas une grosse somme. Seulement quinze deniers. Je n'aurai aucun mal à rembourser. Mais je préférerais rester discrète… Mon mari n'aimerait pas qu'on l'embête avec ça…

Amara comprend bien que le mari n'en saura rien du tout.

— Ce n'est qu'une broutille entre femmes, acquiesce-t-elle. Pas la peine d'y mêler quelqu'un d'autre.

Metella détache un de ses bracelets et le pose lentement sur le bureau.

— Il m'est très précieux.

— Je vous promets d'en prendre soin.

Amara le soupèse, admire comme il se doit le bronze gravé, puis le place avec précaution dans une petite boîte, afin que sa vue ne trouble pas Metella.

— Et mes taux sont plus que raisonnables. Cinq pour cent chaque mois. Cinq pour cent de plus sur le total si vous ne me remboursez pas d'ici à trois mois.

— Très bien, répond Metella avec moins d'enthousiasme.

Amara se lève et part ouvrir la porte pour indiquer à Philos qu'il peut entrer. Il fait son apparition avant même qu'elle n'ait regagné sa chaise. Lorsqu'il se penche pour prendre la tablette sur son bureau, elle lui indique la somme dans un murmure. Elle lui a proposé une commission sur les contrats qu'il rédige pour elle, mais il a décliné l'offre, ce qui l'a stupéfiée : elle-même ne saurait se représenter des circonstances où elle *refuserait* de l'argent.

Amara continue à bavarder avec Metella pendant que Philos met leur accord par écrit. Puis il leur tend la tablette à signer. Metella hésite un moment avant de laisser son empreinte dans la cire. Cinq pour cent est un taux bien éloigné de l'extorsion pratiquée par Félix ; il faut dire qu'Amara n'a pas d'hommes de main à envoyer aux mauvais payeurs. Mais elle ne pourrait imaginer en avoir besoin. Ses clients ne sont que des femmes et constituent, comme elle le soupçonnait, un marché bien plus fiable.

Après la signature, Metella semble pressée de partir, ce qui est assez courant. Amara la suit dans l'atrium en attirant son attention sur le jardin, les narcisses, pour la réconforter un peu en prétendant que leur entrevue n'était rien de plus qu'une visite amicale.

— Quelle œuvre… remarquable, hésite Metella en contemplant la sauvage fresque qui l'entoure.

— La maison était déjà décorée quand j'ai emménagé, sourit Amara.

Un dernier échange, toujours aussi raide, au sujet de la fontaine, puis Amara raccompagne enfin sa cliente à la porte, en ignorant la vieillarde en haillons apparue dans l'atrium, près de l'escalier. Sa silhouette courbée n'évoque qu'une esclave trop âgée pour qu'on lui prête attention.

Après les adieux – et après s'être assurée que Metella est hors de vue – Amara revient vers la vieille femme, qui se relève en repoussant sa capuche. C'est Fabia, la bonne à tout faire du bordel, ex-prostituée, doyenne des esclaves de Félix.

— Merci d'être venue, l'accueille Amara en lui prenant la main. Tu m'as manqué.

Chapitre 3

Et pendant la nuit entière, ces malheureux esclaves n'ont pas droit d'ouvrir la bouche pour parler, encore moins pour manger. Le moindre murmure est châtié d'un coup de bâton ; les bruits involontaires ne leur épargnent pas les coups – ni toux, ni éternuement, ni hoquet.

Sénèque, *Lettres à Lucilius*, Lettre 47.

Amara et Fabia se sont attablées dans le jardin autour du ragoût de haricots de la veille et d'une miche de pain. Fabia n'a jamais assez à manger et Amara s'est forcée à jeûner, si bien que toutes deux se jettent sur la nourriture. Amara sait bien quel spectacle elles donnent – la vieille putain et la jeune, occupées à se remplir l'estomac, le menton luisant de ragoût. Mais elle s'en moque.

— Quel délice ! s'exclame Fabia en sauçant une fois de plus son plat déjà immaculé. Tu as une bonne cuisinière.

— Je dirai à Martha que ça t'a plu.

Maintenant qu'elle a apaisé le plus gros de sa faim, Fabia prend le temps de la dévisager en plissant les yeux.

— Regarde-toi. Tu t'en es si bien sortie ! C'est à peine si j'arrive à y croire.

Fabia n'a pas encore remarqué le portrait de Didon, auquel elle tourne le dos. Ne pas avoir à gérer le chagrin de la vieille femme est un soulagement pour Amara.

— Comment vont-ils tous ? demande-t-elle. Victoria ? Béronice, toujours avec Gallus ? Et Britannica, elle s'en sort mieux ?

— Rien ne change, répond Fabia qui reprend un autre bout de pain après une gorgée de vin. Béronice s'imagine toujours que Gallus l'épousera. Peut-être qu'il le fera, qui sait ! Et le maître vous a enfin remplacées, Didon et toi. Deux Grecs, une fille et un garçon. Ça fait plaisir à mon Paris, il passe moins de temps au bordel, comme ça… Mais ils sont un peu jeunes, si tu veux mon avis. Victoria n'était pas contente.

— Félix la prend toujours avec lui certaines nuits ?

— Le fils de chien, acquiesce Fabia. Il la garde à l'étage une semaine comme si c'était sa femme, et puis il la renvoie au bordel. Victoria est forte, mais voir ses espoirs réduits en miettes encore et encore, comme ça… Il y aurait de quoi briser n'importe qui. Félix tient ça de son…

Elle s'interrompt soudain.

— Son père ? demande Amara.

— Tu sais bien que je ne peux rien dire, marmonne Fabia.

— Mon amie, je te l'assure, Félix n'a pas d'espions dans cette maison, insiste Amara en lui resservant du vin.

— Non, j'imagine que non, admet Fabia avant de descendre son verre. Oui, il a appris ça de son père. C'est comme ça que le maître d'avant traitait Félicula. La mère de Félix…

Entendre ce nom est comme sentir une main glacée sur sa peau. Elle s'en souvient : elle l'a vu gravé sur le mur du bordel. *Ici, j'ai baisé Félicula !*

— Pauvre fille. Elle adorait le vieux, soupire Fabia. Elle l'excusait tout le temps, c'était pathétique… Toute mince, elle était. Étrangement populaire avec les clients, je n'ai jamais compris pourquoi. Pas bien maligne, non plus.

— Où vivait Félix, à l'époque ?

— Avec sa mère, où qu'elle soit. Toujours accroché à elle comme un écureuil. Je sais que c'est un salaud, maintenant, mais il était tellement mignon quand il était petit. Ces grands yeux marron...

Elle repose son verre vide, et Amara le remplit à nouveau.

— Encore plus mignon que mon Paris à cet âge, il faut l'avouer...

— Qu'est devenue Félicula ? interrompt Amara qui sait bien que Fabia, une fois lancée, ne parlera plus que de son fils.

Fabia lui jette un regard qu'Amara comprend aussitôt. Il ne s'agit pas que de retrouvailles entre deux vieilles amies : tout se paie.

— Il reste du ragoût ? demande la vieille femme.

— Bien sûr.

Amara soulève le couvercle de la grande soupière que leur a laissée Martha et remplit pour la troisième fois le bol de Fabia, sous ses yeux affamés.

— Si Félix découvrait que je t'ai raconté tout ça... Me tuer ne lui suffirait pas.

— Tu es bien sûre qu'on ne t'a pas suivie ?

— Sûre. Je vérifie toujours. De toute façon, personne ne s'intéresse à un vieux sac d'os comme moi.

Elle interrompt la conversation pour manger. Amara la regarde faire. La faim de Fabia est un rappel : voilà comment elle aurait fini si Rufus ne l'avait pas secourue, dans la disgrâce et la misère qui attendent les prostituées ayant perdu leur beauté. Aider la vieille femme est pour Amara une façon de regarder sa chance en face. Elles vivent toutes sur le fil du rasoir. Sans compter que seule Fabia peut raconter à Amara ce que deviennent ses amies et ce que manigance Félix. À quoi bon rassembler ces diverses informations sur son ancien maître ? Amara l'ignore, mais sent qu'il le faut.

Les derniers haricots ont disparu. Fabia racle le bol de sa cuillère, bien décidée à ne rien laisser perdre.

— Tellement bon. Ça me fera la semaine. Ça faisait un moment que je n'avais pas songé à Félicula... Pourquoi tu t'intéresses à ces vieilles histoires ?

Amara se contente de hausser les épaules et de lui redemander ce qu'est devenue la mère de Félix.

— Si tu le trouves cruel, tu aurais dû voir son père, frissonne Fabia. Pauvre petit garçon. Le maître a battu sa mère sous ses yeux pendant des années, sans parler de tout ce qu'il lui infligeait d'autre. Félix l'a même vue mourir.

Amara, sur le point de demander comment est morte Félicula, comprend soudain. Fabia hoche la tête en voyant son expression.

— Je ne crois pas que le maître ait fait exprès de la tuer. Mais elle était si fragile... Il lui a brisé le cou.

Amara revoit Félix à genoux, fixant le bureau de son père, et se rappelle ce qu'il a dit sur sa mère : *Elle est morte quand j'avais dix ans.* Muette d'horreur, elle se tourne vers la fontaine en laissant son murmure couvrir le bruit du sang qui lui bat aux oreilles. Félix ne mérite pas sa pitié, mais elle ne peut empêcher son cœur de se serrer en songeant à tout ce qu'il a enduré, aux souffrances qui doivent encore le hanter. En la voyant trop distraite pour la resservir, Fabia saisit la carafe de vin.

— Je me disais qu'il serait peut-être différent, reprend-elle. Sa mère était tellement gentille, et il l'aimait beaucoup. Il la suivait partout. Mais son père l'a pris avec lui après ça. Parce qu'il se sentait coupable, peut-être, je ne sais pas. Et il a remodelé Félix à son image. Il l'aurait battu exprès pour l'endurcir que ça ne m'étonnerait pas. Maintenant, Félix reproduit la même chose avec Victoria.

En entendant le nom de son amie, Amara sursaute.

— Tu crois qu'il pourrait… aller trop loin ?

— J'ai l'impression qu'elle se prend plus de coups ces jours-ci, admet Fabia, qui semble troublée. Félix est plus violent depuis ton départ. Plus imprévisible.

— Depuis *mon* départ ? s'étonne Amara. Pourquoi ? On l'a payé une fortune !

— Eh bien, je ne sais pas ce qui se passait entre vous à l'étage, insinue Fabia en s'emparant du dernier morceau de pain. Ces heures interminables où tu restais seule avec lui… Ce ne sont pas mes affaires.

— Il ne se passait rien. Je l'aidais simplement à tenir ses comptes.

Fabia hausse les sourcils, dubitative.

— Peut-être que c'est dû à la mort de Didon, alors… Mais j'ai toujours eu l'impression que c'était toi qu'il aimait bien. Et toutes ces questions que tu me poses sur lui ! ajoute-t-elle en désignant Amara dans une envolée de miettes. Je croyais que c'était pour ça. Des affaires d'amants.

Les mots de Fabia ramènent Amara aux murs écarlates du bureau. De nouveau, la voilà face à Félix. Sa voix dans sa tête. *Tu m'as manqué.* Peut-être a-t-elle refusé de comprendre ce qu'il voulait dire. Elle repousse ce souvenir, réprime sa honte.

— Non, nous n'avons jamais eu ce genre de relation, répond-elle. Bon, et maintenant, est-ce qu'un fruit te ferait plaisir ? Il faut que tu me racontes ce que devient Paris.

Fabia s'attarde toujours pendant des heures. Pour la faire partir, Amara finit par lui raconter que Rufus arrivera bientôt. Elle laisse à Philos le soin de raccompagner la vieille femme à la porte, comme s'il s'agissait bel et bien d'une visite de charité, même si leur amitié n'est en fait un secret pour personne. Elle entend Fabia s'extasier devant l'atrium pour s'octroyer quelques moments de plus. Philos lui répond dans un indulgent murmure. Il la traite toujours avec la plus grande politesse, comme s'il avait affaire à une respectable matrone. Fabia glousse de plaisir lorsqu'il lui donne du *chère mademoiselle,* oubliant un instant que sa jeunesse s'est enfuie.

Amara reste seule à contempler la fresque de Didon. Même en peinture, son amie ne croisera plus jamais son regard : ses yeux sont dirigés vers le cerf à l'agonie.

Peu avant qu'on la libère, Amara lui avait juré de tout faire pour l'acheter et la faire entrer dans sa maisonnée. Désormais, Didon est morte. Mais pas Victoria.

— Alors, comment vont les vieux amis ? demande Philos d'un ton enjoué en revenant débarrasser la table.

Fabia semble toujours l'amuser. Par réflexe, Amara se lève pour l'aider avec la vaisselle, mais il se recule lorsque leurs mains se frôlent.

— Désolée, fait-elle en se rasseyant. Je n'aime pas que…

Elle ne sait pas comment finir sa phrase – comment expliquer sa réticence à regarder Philos la servir sans rien faire ? Celui-ci empile les bols en se murant dans l'impassibilité.

— Dis-toi que c'est sur les ordres de Rufus que je suis à ton service. Toi aussi, tu n'es ici que parce qu'il le désire. Nous n'avons pas à nous interroger, ni à nous sentir coupables.

C'est la pure vérité, mais Amara n'y trouve guère de réconfort.

— Tu dois te demander pourquoi je continue à recevoir Fabia…

— Absolument pas, répond Philos dont l'expression s'adoucit. Pourquoi ne pas aider une vieille femme ? Ce n'est pas sa faute si elle meurt de faim. L'amitié est la chose la plus naturelle au monde.

— Tu as raison…

Ces mots achèvent de consolider l'idée naissante d'Amara.

— Oublie la vaisselle un moment, lance-t-elle avec un geste impatient. J'ai besoin de discuter d'un achat avec toi.

— Maintenant ? s'étonne Philos, pris de court.

— Oui. J'ai besoin de tes conseils. Tout de suite.

Elle se lève à nouveau, trop agitée pour rester assise maintenant qu'elle a pris sa décision, et part vers son bureau. Philos lui emboîte le pas.

Amara sort son argent du tiroir, observée depuis le seuil par Philos. Elle ouvre le couvercle avec brusquerie et recompte nerveusement les pièces, même si elle connaît déjà le total par cœur.

— Qu'est-ce que tu fais ? demande-t-il à voix basse, moins formel maintenant qu'ils sont seuls à l'étage.

— Fabia m'a dit que Félix était de plus en plus violent avec Victoria. Il la garde auprès de lui quelques jours, puis il la renvoie au bordel. Exactement ce que son père infligeait à sa mère.

Elle sort une paire de boucles d'oreilles offerte par Rufus et les examine en fronçant les sourcils, jaugeant leur valeur.

— Tu savais que Félix a vu son père tuer sa mère ? Imagine de quoi il serait capable. Imagine ce qu'il pourrait faire…

Philos s'assoit sur un coffre sans permission, une liberté qu'il lui serait impensable de prendre avec Rufus.

Il n'affiche qu'un calme plat face à l'anxiété croissante d'Amara, ce dont elle s'agace au plus haut point.

— Je suis désolé de l'entendre, répond-il. Mais ça ne signifie pas que Félix va tuer Victoria. Il n'est pas son père.

— Félix est un putain de monstre ! hurle Amara.

Ses doigts tremblent trop : impossible de continuer à compter l'argent. Elle porte sa propre main à sa gorge en se rappelant celle de Félix au même endroit, la pression qu'il y a exercée.

— Tu ne sais pas ce que c'est, d'être le jouet d'une personne pareille !

Dès qu'elle prononce ces mots, elle prend soudain conscience que Philos connaît très bien cette situation, au contraire. Lui aussi a été tourmenté pendant des années par son précédent propriétaire, Térentius, le grand-père de Rufus.

— Tu n'appartiens plus à Félix, insiste-t-il. Ici, tu es hors de portée.

— Mais pas Victoria !

— Peut-être bien, mais tu n'es pas responsable d'elle.

Il n'a même pas cherché à minimiser la détresse de Victoria, ce qui ne fait qu'augmenter celle d'Amara. Elle se détourne un moment pour recouvrer son calme. Il ne faut pas se répandre en pleurs devant Philos, mais le convaincre.

— Je lui dois la vie. Sans elle, je serais morte. C'est une dette de sang. Je n'ai pas le choix…

Il comprend aussitôt où elle veut en venir.

— Tu ne peux pas faire ça !

— Pourquoi pas ? J'ai demandé à Rufus si je pouvais acheter des musiciennes. Il n'a pas refusé. Victoria est une excellente chanteuse !

— Non, tu lui as demandé si tu pouvais acheter des *flûtistes*.

— Tu m'écoutais ?

— Je ne suis pas un montant de porte, s'irrite-t-il. J'étais là. Je t'entends quand tu parles.

— Rufus ne s'attache pas autant que toi à ce que je raconte, réplique-t-elle. Il ne se souviendra pas de ce genre de détails. De toute façon, flûtiste ou chanteuse, quelle différence pour lui ?

Philos fronce les sourcils. L'avertissement de Drusilla sur ses loyautés revient soudain à l'esprit d'Amara.

— Je veux dire… Je ne voulais pas lui manquer de respect… balbutie-t-elle.

— Je le sais bien, l'interrompt-il sèchement. Je ne vais pas te dénoncer, Amara, je ne suis pas non plus un gardien de prison.

— Donc tu es d'accord avec moi ? Ça ne fera pas de différence ?

— Je ne crois pas que prendre des décisions sans le consulter soit très sage. Il n'aime pas trop ce genre d'attitude. Mais quoi qu'il en soit, le plus important dans l'affaire n'est pas Rufus.

— Alors qu'est-ce que c'est ?

— Toi ! s'exaspère-t-il. Tu as travaillé si dur pour échapper à Félix ! Et maintenant, tu veux t'endetter envers lui ? Il n'acceptera jamais une offre raisonnable. Sans parler des visites tous les mois au bordel pour les versements… Qui prendrait ce genre de risque ?

— Rufus paiera peut-être pour moi… hésite-t-elle.

— Je ne pense pas que tu oseras lui avouer le prix exigé par Félix, réplique Philos en désignant la monnaie et les bijoux étalés sur le bureau.

— Et si je ne lui demandais que la moitié ?

— Amara, je t'en prie, ne fais pas ça.

— Mais il s'agit de Victoria ! À quoi bon être libre si je ne peux pas aider quelqu'un que j'aime ?

— Tu ne peux pas acheter tous ceux qui comptaient pour toi du temps où tu étais esclave.

— Pas tous, non. Mais je peux peut-être sauver Victoria. Si tu étais libre, tu ne voudrais acheter personne ? Tu dois bien tenir à quelqu'un !

Philos semble soudain si bouleversé qu'Amara regrette d'avoir posé la question.

— Ma sœur, admet-il.

— Je n'ai plus de famille. Didon est morte. Ma sœur, c'est Victoria.

Tous deux se défient du regard.

— Je maintiens que c'est une mauvaise idée, insiste-t-il. Si tu t'associes à Félix, tu pourrais tout perdre. Et il te fait déjà tellement peur. Réfléchis-y…

Amara fait courir ses doigts sur les pièces, mais le réconfort habituel ne vient pas. À l'idée de dépenser ce qui la protège – même pour Victoria – elle n'a qu'une envie : tout remettre dans la cassette et verrouiller le couvercle.

— Tu me trouves lâche, déclare-t-elle.

— Pas du tout ! s'écrie Philos. Quelle idée ridicule ! Moi aussi, il me terrifierait, s'il avait été mon maître ! Tu crois que je n'avais pas peur de Térentius ? Tu crois que je n'ai plus peur de lui, même maintenant qu'il est mort ?

Amara songe à ses cauchemars, au poids de tout ce que Félix lui a infligé. Sa détermination vacille.

— Ça ne s'allège donc jamais ?

Même s'ils n'en ont jamais parlé, en dehors de quelques plaisanteries de Philos sur ses souffrances passées, elle sait qu'il comprend ce que cela fait d'être totalement impuissant face à un autre être humain. Le silence qu'il lui oppose en dit long ; elle ne peut s'empêcher de lui en vouloir, comme s'il la forçait à confronter sa vulnérabilité.

— J'y réfléchirai cet après-midi, tranche-t-elle en se levant. Et je te ferai part de ma décision demain.

Chapitre 4

On voit qu'elle vient de la maison d'un souteneur :
elle sait obtenir ce qu'elle veut.

Sénèque, *Controverses*, I. 2.

La nuit tombe encore tôt en février. Amara part se coucher, peu désireuse de tuer le temps seule dans la maison vide. Elle évite le jardin et la sombre imitation de son amie. L'absence de Didon la déchire tout particulièrement ce soir. Son chagrin la saisit toujours au moment où elle s'y attend le moins. Elle se recroqueville sur le lit comme pour retenir sa douleur, l'empêcher de se déverser hors d'elle telles les entrailles du cerf peint.

Si seulement Rufus s'était attardé plus longtemps aujourd'hui. Elle serait d'humeur bien plus légère s'il était revenu la trouver pour la nuit. Sa solitude ne l'affecterait peut-être pas autant si elle le voyait plus souvent. Lorsque la harpe sera livrée, Amara se jure de travailler pendant des heures – elle ferait n'importe quoi pour appâter Rufus et ainsi donner un sens à ses journées. Pourtant, même s'il lui rendait visite au quotidien, elle sait bien qu'elle ne tiendrait jamais à lui comme elle tenait à Didon. Elle revoit son amie assise dans leur ancienne cellule. Elle imagine l'appeler, la voir se retourner et sourire, les yeux pleins d'affection. Elle se rappelle ce que cela faisait d'être véritablement aimée par quelqu'un d'autre.

Tu t'es arrachée à l'Antre des Louves, se dit-elle. *Tu es libre ! Profite de ce que tu as déjà.*

Elle s'allonge. L'unique lampe à huile jette sur une fleur de pommier peinte une lueur tremblante. Amara la laisse toujours allumée pour dissiper les ténèbres de la nuit. Grâce à la générosité de son amant, elle peut se permettre une telle dépense. Sa chambre est un havre de paix. La porte est fermée à clé, mais même sans cela, jamais elle ne s'ouvrirait sur un homme prêt à violenter Amara. Elle n'est plus au bordel. Toutes ces nuits à fomenter un plan pour se libérer – elle aurait fait n'importe quoi pour se retrouver dans un endroit comme celui-ci. Alors pourquoi, maintenant qu'elle y est parvenue, ne peut-elle plus penser qu'à celles qui sont restées prisonnières ?

Il est si facile de les imaginer ici. Elles riraient toutes ensemble : le jardin s'emplirait de leurs voix. Ce n'est pas seulement la culpabilité – quoique celle-ci la ronge déjà bien assez – qui la pousse à libérer Victoria. Se la représenter dans sa maison fait naître en elle une joie assez puissante pour rivaliser avec sa peur de Félix. Philos l'a compris, même s'il a tenté de la dissuader. Son expression lorsqu'il a mentionné sa sœur ne laissait aucune place au doute.

Amara fixe les ombres qui dansent au plafond. Philos doit être comme elle, en cet instant : allongé dans son lit, seul, songeant sans doute à ses proches. Elle espère ne pas l'avoir blessé en lui rappelant ce qu'il a perdu. Peut-être y pense-t-il déjà toutes les nuits.

Étouffant sous les couvertures, elle les repousse et se redresse. L'idée de Philos si proche la perturbe. Rufus est plus puissamment bâti, mais Philos a une présence bien plus forte : Amara a toujours conscience de sa position dans la pièce, dans la maison. *Je me sens seule, voilà tout. Ce n'est que de la solitude.*

Elle expire profondément, en fermant les yeux, et tente de se concentrer sur Rufus. Elle compte ses petites attentions comme elle compte la monnaie dans sa boîte. Ses cadeaux, cette maison, et surtout la liberté qu'il lui a accordée. Mais lorsqu'elle s'attarde sur le moment où elle a cessé d'être esclave, toute la nuit des Saturnales lui revient, un souvenir difficile à saisir : Rufus est là, mais son visage se confond avec celui de Didon, son amour devient froideur face au deuil d'Amara. Puis Ménandre lui apparaît.

Elle ne l'a plus revu depuis cette nuit-là. Alors qu'elle a du mal à se représenter Rufus pendant ces instants, tous ses souvenirs de Ménandre sont aussi clairs et acérés que des éclats de verre. Elle a humilié l'homme qu'elle aimait – brutalement, publiquement – pour ne pas perdre son riche amant. Rien qu'en y repensant, elle voudrait rentrer sous terre. Elle se répète qu'elle n'avait pas d'autre choix. Ménandre est esclave : ils n'auraient rien pu s'apporter, tandis que Rufus avait le pouvoir de transformer sa vie. Mais en songeant au prix de cette décision, elle se sent plus vieille et plus lasse encore que Fabia.

Au matin, Philos s'approche avec le plateau, et Amara est consciente de sa présence bien avant de se retourner vers lui. Il fait un peu trop froid pour s'asseoir dans le jardin, mais c'est dans l'espace commun de la maison qu'Amara est la plus détendue. Elle s'est enveloppée d'une luxueuse cape rouge – encore un cadeau de Rufus.

— As-tu pris ta décision ? demande Philos en lui déposant la nourriture.

— Oui.

— Et je ne peux vraiment pas te convaincre de changer d'avis ?

— Non.

Elle s'attend à d'autres arguments, mais il se contente de soupirer comme s'il n'en attendait pas moins.

— Alors, nous ferions mieux d'échafauder un plan.

Il s'assoit sur le banc, et tous deux se lancent dans une discussion à voix basse. La nuit dernière, Amara était bien décidée à se montrer plus distante envers Philos, mais elle a du mal à s'y résoudre en sa présence. En le voyant croiser les bras sur son torse, elle se rend compte qu'il doit avoir froid – il n'est vêtu que d'une tunique. Elle aurait dû l'inviter à poursuivre la conversation dans le bureau.

— Il faut que tu sois honnête avec Rufus, insiste Philos. C'est important. À choisir, je préférerais que tu lui demandes sa permission.

— Mais s'il ne veut pas, je ne pourrai plus lui désobéir.

— Ne dis pas ce genre de choses…

— Pourquoi ? Je ne cherche qu'à lui obéir autant que possible, s'étonne-t-elle en jouant l'innocente, les yeux grands ouverts, la tête penchée sur le côté, comme le faisait Béronice au bordel.

Philos détourne la tête pour dissimuler un sourire.

— Tu sais très bien ce que je voulais dire. Si tu ne veux pas le consulter avant, il ne te reste plus qu'à espérer que ton histoire de loyauté envers une amie très chère le touchera tant qu'il en oubliera de s'agacer. Pourvu que Victoria soit vraiment bonne musicienne…

— Il adorera l'entendre chanter, assure Amara.

— Elle n'est pas trop… vulgaire ?

— Non ! fait-elle, soudain gênée – est-ce ainsi que la voit Philos ?

— Au moment de négocier avec Félix, il faudra avoir un prix maximum en tête.

— C'est fait.

— Combien ?

— La réponse ne te plairait pas et ta réaction risque de me décourager. Mais je t'assure que je peux me le permettre.

L'expression de Philos se durcit : on croirait voir du ressentiment.

— Et tu es bien certaine que c'est à ça que tu veux dépenser ton argent ?

La froideur de cette question la trouble. Elle songe à la cassette rangée à l'étage : plus celle-ci s'alourdit, plus elle se sent en sécurité. La fontaine devant elle continue son joyeux murmure, avec sa vénus de pierre alanguie sur la margelle. Les premières fleurs du printemps répandent leur doux parfum dans l'air. Toute cette paix lui appartient. Peut-être est-ce folie de la remettre en jeu, même pour Victoria.

En s'apercevant que Philos la fixe, elle se sent percée à jour.

— Tu n'es pas obligée, insiste-t-il.

— Si. C'est une question de principe.

Comme il garde le silence, elle s'avise soudain qu'il est peut-être inquiet pour sa propre sécurité, et non celle d'Amara.

— Je pourrais dire à Rufus que tu n'en savais rien, propose-t-elle. Je pourrais lui expliquer que je t'ai menti, que tu pensais qu'il m'avait donné sa permission. Si c'est ce que tu préfères.

— Mais pourquoi ferais-tu ça ? demande-t-il en fronçant les sourcils.

— Ce ne serait pas juste de te mettre dans une position difficile, non ? Tu n'as rien à voir là-dedans. Victoria est *mon* amie.

— Tu n'as pas à mentir pour moi, répond-il. Je ne te demanderais jamais une chose pareille. Et puis…

Elle patiente tandis qu'il lutte pour trouver ses mots.

— Je ne suis pas d'accord avec ta décision, déclare-t-il enfin. Mais… je la comprends. Et tu avais raison, hier. Si j'étais libre, je ferais pareil. Du moins, je l'espère.

Il se lève sans croiser son regard.

— Dis-moi quand tu veux y aller. Je t'accompagnerai.

Amara est presque certaine qu'il vient de la complimenter, mais elle ne sait pas comment réagir.

Après son départ, elle s'approche du portrait de Didon. Les yeux de son amie semblent étroits et cruels.

— Je l'aurais fait pour toi, murmure Amara en posant les mains sur les pieds peints de Didon-Diane. Ce n'est que justice que je fasse la même chose pour Victoria, non ?

Elle suit le regard mélancolique de la déesse jusqu'au cerf à demi humain. Amara n'a pas osé représenter le visage de l'homme qu'elle voulait voir dans le rôle d'Actéon, celui qu'elle juge responsable de la mort de Didon. La haine lui brûle le cœur.

— Tu as raison, murmure-t-elle. La perdre lui fera du mal.

Virgula, la vendeuse de tissu, est occupée à accrocher des draps teints de frais sur leurs présentoirs, ou plutôt à superviser son esclave qui s'en charge. Les mains de la jeune fille sont tachées d'orange. *Est-ce indélébile ?* se demande Amara.

— Si tu cherches un cadeau pour ton homme, nous venons de recevoir de nouveaux tissus, déclare Virgula. Du blanc le plus pur ! Parfait pour une célébration, si son candidat gagne.

Elle sourit en désignant du menton le slogan électoral peint au mur de sa boutique, qui proclame son soutien à

Helvius comme édile. À l'évidence, Virgula sait comment se faire apprécier de ceux dont l'avis compte.

— Quelle merveilleuse idée ! répond Amara. Mets-m'en plusieurs de côté et je reviendrai plus tard faire mon choix.

Une fois au bout de la rue, Amara attend que Philos arrive à sa hauteur avant de reprendre sa route. Il faisait toujours preuve d'une courtoisie similaire du temps où il venait la chercher au bordel – même s'il serait désormais impensable qu'il lui offre son bras, encore moins qu'elle l'accepte.

Ils avancent ensemble en gardant entre eux une distance respectueuse, source de frustration pour ceux qui tentent de les doubler. L'épicier au carrefour de la via Vénéria n'est pas loin. Amara le considère toujours comme la frontière de son nouveau quartier. Après avoir contourné les barils d'olives vertes, toutes luisantes d'huile, et s'être frayé un chemin parmi les clients qui s'attardent devant l'échoppe, elle sent l'appréhension monter.

— Je ne veux pas me retrouver coincée à l'intérieur avec Félix, dit-elle à Philos. Il nous faut des témoins. Je crois qu'il vaudrait mieux que je demande à Paris de lui donner rendez-vous devant le Moineau.

Les filles de Félix sont toutes des habituées du Moineau, une taverne à l'angle de la rue du bordel. Le propriétaire, Zoskalès, est presque l'ami d'Amara ; et l'un de ses serveurs, Nicandrus, était presque l'amant de Didon. Amara ne l'a plus revu depuis le meurtre de son amie. Sa poitrine se serre lorsqu'elle songe à la douleur qu'il doit encore éprouver.

— Quel que soit l'endroit où vous vous rencontrez, Félix fera tout pour te déstabiliser, remarque Philos. Il faut que tu y sois préparée.

— Je sais…

— Pas juste parce que c'est un salopard. Il va vouloir prendre la main sur la négociation. Ne le laisse pas faire.

Sa pointe de grossièreté l'étonne. Philos s'est rapproché et se montre moins déférent qu'avant.

— Cela fait un moment que personne ne t'a plus parlé comme il le faisait, insiste-t-il. Tu seras toujours une esclave à ses yeux. J'espère que tu n'iras pas plus haut que le prix maximum que tu t'es fixé.

— Si je dois tourner les talons, je le ferai.

— Même si Victoria te supplie à genoux ?

L'idée est à peine supportable.

— Elle ne ferait pas ça. Victoria ne supplie jamais personne.

— Tu crois vraiment qu'il existe une limite que les gens refusent de franchir, à deux pas de la liberté ?

— Si Félix comprend que je suis capable de renoncer, il n'ira pas aussi loin. L'argent compte plus que tout pour lui.

Leurs pas les rapprochent de son ancien quartier, aux rues plus familières. Marcher de front devient plus facile dans la via Vénéria, plus large, qui grimpe sur la colline du Forum. Là-haut les attendront les cris des marchands de rues, le vacarme des travaux du temple de Vénus. Au passage d'un chariot brinquebalant empli de briques, Philos entraîne Amara sur le côté en la protégeant de la poussière.

Lorsqu'ils passent devant les bains publics, Amara hésite. Elle racolait souvent dans ce quartier. En voyant les hommes qui sortent du caldarium, le visage encore rouge et luisant, elle sent une pointe de peur la transpercer. Son angoisse croissante n'échappe pas à Philos.

— Nous pouvons encore repartir…

— Je ne peux pas la laisser. Je ne peux pas.

Philos semble si perturbé qu'elle le croit un instant sur le point de répliquer, d'argumenter, de la forcer à rentrer. Elle l'espère presque. Mais il se contente d'acquiescer et ils dépassent les bains pour s'engager dans l'étroite rue qui mène au bordel. Amara laisse les habitudes ancrées dans son corps la guider. Puis ils tournent à l'angle, et les y voilà : l'Antre des Louves, à la croisée des rues. Son ombre s'étire vers Amara. Une terrible envie de prendre le bras de Philos la saisit, malgré les convenances, mais elle se force à poursuivre seule.

Ils s'arrêtent devant l'appartement de Félix. Elle frappe bruyamment à la porte. Des pas dans l'escalier, un bruit de verrou que l'on tourne. Puis le battant s'ouvre pour révéler Paris.

En voyant son air abasourdi, elle s'imagine tel qu'il la voit : ses boucles soigneusement coiffées, la superbe cape offerte par Rufus. C'est non seulement le parfum du jasmin qu'elle répand, mais aussi celui de la richesse. Elle n'est plus l'esclave de Félix, et cette pensée lui donne du courage.

— Ton maître est là ?

Le regard de Paris court nerveusement de son visage à celui de Philos.

— Peut-être bien…

— Dis-lui que l'affranchie de l'amiral est venue lui faire une offre au sujet de l'esclave connue sous le nom de Victoria. Je l'attendrai devant le Moineau.

Paris hoche lentement la tête, puis referme la porte. Amara se retourne vers Philos.

— Impossible de revenir en arrière, maintenant. Reste près de moi.

— Je suis là, répond-il.

Chapitre 5

Des propos d'esclaves, de basses méchancetés,
d'ignobles infamies dignes d'un vendeur des rues…

Martial, *Épigrammes*, X. 3.

Le Moineau est plus petit et miteux que dans le souvenir d'Amara. Elle peine à croire qu'elle y ait passé tant d'heures de sa vie, qu'elle s'y soit jamais sentie à l'aise et en sécurité. Lorsqu'elle s'approche du bar avec Philos, un silence choqué l'accompagne. Les seules femmes à oser passer le seuil de ce genre d'établissement sont les prostituées. Zoskalès met un moment à la reconnaître.

— Amara ! s'écrie-t-il.

Puis il hésite, sans savoir comment s'adresser à elle. Son regard se dirige vers Philos mais reste tout aussi confus : est-ce le protecteur d'Amara ou son chaperon ?

— Je te présente Philos, l'intendant de mon protecteur, dit-elle. Écoute-moi, je t'en prie, le temps presse. Je suis venue acheter Victoria. Veux-tu bien me servir de témoin ?

— Tu t'opposes à Félix ? demande Zoskalès dont l'expression se fait moins accueillante. Je ne peux pas t'aider là-dessus, tu le sais très bien.

— Bien sûr que non ! répond-elle avec un rire forcé. Je n'oserais jamais ! Il ne me faut qu'un témoin, rien de plus.

— D'accord, répond-il, encore méfiant. Je lui demanderai si ça ne le dérange pas. Et maintenant, je crois que tu ferais mieux d'attendre dehors. Tu n'as rien à faire dans ce genre d'endroit.

Amara tente de ne pas laisser sa réaction la blesser.

— Nicandrus n'est pas là ?

— Je l'ai vendu.

Elle tressaille : perdre l'homme qui aimait Didon est comme perdre une autre partie d'elle. En la voyant si bouleversée, Zoskalès se radoucit.

— C'était pour son bien, Ama, affirme-t-il à voix basse. Je craignais qu'il ne dise quelque chose de terrible à Félix après la mort de Didon. Il travaille chez Asellina, maintenant, sur la via Vénéria.

Amara le remercie, puis ressort avec Philos. La foule sur la petite place leur fait de l'espace en les regardant avec un mélange de curiosité et d'hostilité. Peut-être aurait-il finalement été moins dangereux de conclure le marché dans le bureau de Félix.

Les yeux de la jeune femme sont rivés sur le bordel. Félix lui est si familier – sa silhouette, sa démarche – que lorsqu'il apparaît, elle croit presque voir un vieil ami. Puis ses traits deviennent plus clairs à son approche, et la haine d'Amara s'embrase. Didon a pris un coup de couteau qui visait cet homme.

Elle recule d'un pas et sent Philos lui frôler le bras du bout des doigts, ce qui lui rappelle la façon dont elle communiquait autrefois avec Didon, ces gestes silencieux entre personnes asservies. *Mais à présent, je suis libre,* se répète-t-elle. *Je n'appartiens plus à Félix.*

Béronice et Victoria suivent leur maître. À la vue de ses amies, Amara sent son cœur se serrer : toutes deux lui ont tant manqué. C'est à peine si elle se retient de courir les enlacer. Félix ne perd pas son temps en salutations et ne s'embarrasse pas non plus d'une distance respectueuse – il s'arrête si près qu'Amara sent Philos se tendre à côté d'elle.

— Alors, tu veux laquelle ? demande Félix en indiquant ses esclaves. Ou alors, tu es là pour les deux ?

Amara est envahie par la détresse en voyant le fol espoir sur leurs traits. D'entrée, Félix l'a prise en défaut. Elle ne peut admettre la vérité devant Béronice.

— Je suis… je suis là pour les deux.

— Alors, ça fera quinze mille sesterces, déclare Félix.

Des rires échappent à la foule en voyant le souteneur remettre la bourgeoise à sa place. La colère d'Amara lui rend sa grossièreté d'autrefois :

— Ne me prends pas pour une conne !

— Trop cher ? fait mine de s'étonner Félix. Quoi, tu ne leur accorderais pas tant de valeur ? Quelle horreur, mettre un prix sur l'amitié… Finalement, elle n'a pas l'air de vous aimer vraiment, les filles.

Il attend patiemment qu'Amara s'effondre, mais sa colère est plus forte et aveuglante que sa douleur.

— Personne ne vieillit plus vite qu'une putain, tranche-t-elle. C'est ce que tu m'as dit un jour. Ces deux-là ne feront que perdre en valeur au fil des ans, et tu le sais très bien. Alors à ta place, je ferais moins le malin. En tout cas, pas si tu tiens à ton bénéfice.

Parce qu'elle ne pourrait supporter de voir la réaction de ses amies, elle garde les yeux fixés sur lui. Un muscle tressaute sur son visage : il serre la mâchoire. Rien ne l'irrite davantage qu'un manque de respect en public.

— Quinze mille sesterces, répète-t-il.

— Trois mille, réplique Amara.

C'était ce qu'elle espérait payer pour seulement l'une des deux femmes. Félix éclate de rire :

— Et c'est moi qui fais le malin ? Clairement, tu ne peux pas te les payer toutes les deux, alors arrête de me faire perdre mon temps. Laquelle tu veux ?

Il attrape Béronice par le coude et la tire vers l'avant.

— Celle-là est plus jeune. Elle me durera un peu plus longtemps. Mais elle est aussi plus paresseuse.

Béronice ne cesse de toucher un pendentif bon marché à son cou, cadeau de son amant Gallus. Son air perdu et blessé fait monter des larmes aux yeux d'Amara. Félix désigne Victoria du pouce.

— Ou alors, tu peux avoir ma putain la plus travailleuse. Si quelqu'un ici pense avoir déjà mieux baisé qu'avec celle-là, lance-t-il à la cantonade, je le rembourse sur-le-champ !

Quelques-uns des passants qui les entourent pour profiter du spectacle éclatent de rire. L'un d'eux crie aux femmes ce qu'il viendra leur faire plus tard. Amara fixe Victoria. Dans ses souvenirs, son amie est toujours rayonnante, irréductible, *inconquise,* comme son nom. Mais la Victoria qui lui fait face semble épuisée, abîmée, comme rétrécie. Amara la jalousait autrefois pour son art d'arranger ses vêtements, mais dans l'impitoyable lumière du jour, elle ne voit que leur médiocre qualité. Victoria lui rend son regard, presque à bout d'espoir. Amara sait alors qu'elle donnerait mille fois sa fortune pour libérer son amie. Sa voix se brise :

— Victoria.

Elle n'ose pas regarder Béronice.

— Neuf mille, répond Félix.

— Tu m'avais dit quinze mille pour les deux ! C'est plus que la moitié !

— Celle-là a plus de valeur à mes yeux.

— Je peux aller jusqu'à trois mille cinq cents.

— Huit mille.

— Quatre.

— Six, renchérit Félix.

Cette chute de prix surprend Amara, qui s'attendait à sept. Félix lui sourit, et elle comprend enfin. Six mille est le prix offert par Pline lorsque Rufus l'a achetée en son nom aux Saturnales. C'est aussi mille sesterces de plus que le prix maximum qu'elle s'était fixé, une somme qui l'endetterait gravement.

— Cinq mille, répond-elle. C'est déjà bien plus que ce qu'elle te rapporterait au marché.

— Six mille, je n'irai pas plus bas.

Il ne lâchera plus un pouce de terrain, pas maintenant qu'il l'a déclaré à la foule.

— Dans ce cas, je veux Britannica aussi. Comprise dans le prix.

— Britannica ? s'étonne Félix. Pourquoi elle ?

— Parce que c'est mon amie et que je ne veux pas la laisser mourir au bordel. Tu sais aussi bien que moi que c'était un mauvais investissement. Tu ne fais que perdre de l'argent avec elle.

— Et si je refuse ?

— Alors je m'en vais.

Félix semble jauger sa détermination. Amara tente d'ignorer le battement frénétique de son cœur.

— Marché conclu, finit-il par déclarer. Bonne chance pour tirer quoi que ce soit de cette enragée de Bretonne. Mais je suis sûr que ton cher protecteur sera ravi de devoir nourrir une putain affamée de plus.

Amara se retourne vers Philos pour lui prendre les tablettes. Lui aussi est impassible, mais elle sait qu'il redoute la réaction de son maître devant *deux* esclaves de bordel, sans parler de l'énorme somme à rembourser.

— Avant de signer, une dernière condition, lance Amara. La vente ne mentionnera que Britannica. Je veux que tu affranchisses Victoria, pas que tu me la vendes. Les six mille sesterces te compenseront pour ta générosité.

Victoria pousse un cri et tomberait à genoux sans Philos, qui s'avance au même moment pour la saisir par le bras. Félix reste muet. Amara n'arrive pas à savoir si elle l'a surpris ou non.

— Pourquoi ne pas le faire toi-même ? demande-t-il alors qu'il connaît pertinemment la réponse. Ah, évidemment, tu n'es pas libre depuis assez longtemps pour le faire !

Il désigne la tablette avec un claquement de doigts, comme à l'époque où Amara lui appartenait.

— D'abord, tu signes, et après, je l'affranchis.

— Libère-la d'abord, et *après* je signe.

Philos intervient :

— Si je peux faire une suggestion… J'écrirai un nouveau contrat. Le paiement concernera à la fois le changement de maître de l'esclave Britannica, et la compensation pour la libération de l'esclave Victoria. Ainsi, tous les éléments de l'accord seront établis par écrit. Si Victoria n'est pas libérée ou si Britannica ne change pas de mains, rien ne sera payé.

Amara voit bien que Félix n'apprécie pas les suggestions d'un serviteur, mais Philos reste imperturbable, même s'il n'éprouve que du dégoût pour cet homme. *Il agit avec Rufus de la même façon,* songe-t-elle.

— Très bien, lance Félix.

— Je voudrais faire appel à Zoskalès comme témoin, ajoute Amara.

— Appelle qui tu veux, répond-il en haussant les épaules.

L'un des ivrognes se détache de la foule en titubant pour aller chercher le tenancier.

Félix et Zoskalès signent les premiers, puis Philos tend la tablette à Amara. Celle-ci parcourt l'accord en essayant d'ignorer le monstrueux taux d'intérêt exigé par Félix, puis signe. C'est au tour de Philos, qui parachève le contrat d'un coup de tampon.

Félix se retourne vers Victoria, qui tremble de tout son corps, et la prend par la main.

— Victoria, devant ces témoins et sous le regard des dieux, je t'accorde ta liberté. Tu porteras désormais mon nom : Gaïa Térentia Victoria, Liberta.

Submergée par l'émotion, la jeune femme éclate en sanglots. Amara se rappelle le moment où Rufus l'a libérée, son cœur incapable de supporter la magnitude de ce qui lui arrivait. Félix attire Victoria à lui pour l'embrasser.

— Et maintenant que tu es libre… dit-il en lui caressant tendrement la joue pour écarter une mèche de cheveux. Veux-tu m'épouser ?

Un silence choqué s'abat sur la foule. Victoria lui rend son regard, et l'espace d'un terrible instant, Amara la sait sur le point d'accepter.

— Non ! hurle Béronice. Non !

Elle attrape Victoria et l'arrache aux mains de son maître.

— Ne fais pas ça ! crie Béronice en la secouant. Ne gâche pas tout ! Ne me fais pas ça ! Elle t'a choisie, toi ! J'aurais pu partir avec elle ! Je pourrais être à ta place ! J'aurais pu être à ta place…

Elle s'effondre, en larmes. Amara se précipite pour la prendre dans ses bras :

— Je suis désolée ! supplie-t-elle. Je suis tellement désolée ! J'avais une dette envers elle ! Il fallait que je la choisisse…

Victoria fixe ses deux amies au sol, bouleversées, la cape si chère d'Amara chiffonnée dans la poussière. Puis elle tourne la tête vers Félix.

— Ma réponse est non.

Chapitre 6

Et celui-là qui est à la place des affranchis, qui est-ce ?
Voyez comme il se soigne !

Pétrone, *Le Satyricon*, II. 38.

Le kohl de Victoria a coulé avec ses larmes et elle semble terrifiée, mais elle parvient malgré tout à soutenir le regard de Félix. Elle l'aime depuis si longtemps, et a tant souffert de sa cruauté : serait-il possible qu'elle ait enfin trouvé le courage de renoncer à lui ? Amara ne peut y croire – et Félix non plus, vu son expression. Quelques hommes s'esclaffent en voyant le maquereau rejeté par sa putain, et Amara se sent envahie par la peur : il ne pardonnera jamais cette humiliation.

Sans réagir à la réponse de Victoria, Félix se baisse pour relever Béronice avec violence, avant de lui asséner une gifle derrière la tête. Amara pousse un cri et Philos fait un pas en avant comme pour intervenir. Félix le dévisage avec un mépris si féroce qu'il recule. Tous ont bien conscience que le maître de Béronice peut faire d'elle ce qu'il souhaite.

— Ne prends pas de retard sur les versements, Amara, lance Félix en traînant Béronice vers le bordel. Je m'attends à ce que tu viennes en personne.

Amara est au bord de la nausée. Les mots de Béronice résonnent encore dans sa tête : *J'aurais pu partir avec elle.* Quand Victoria lui prend la main, Amara s'aperçoit que son amie tremble et vacille sur ses jambes. Elle la prend dans ses bras en essayant de se concentrer sur celle qu'elle a choisie plutôt que sur celle qu'elle a abandonnée.

— Tout va bien. Il ne peut plus rien te faire.

Philos se penche vers elle :

— Nous ferions bien d'aller chercher Britannica et de partir d'ici tant que nous le pouvons encore.

Amara constate qu'un certain nombre d'hommes s'attardent encore sur la place, les yeux fixés sur elle. Elle se rend compte qu'elle vient de clamer à la face du monde qu'elle peut se permettre de dépenser des milliers de sesterces : une cible toute trouvée pour les voleurs.

Zoskalès semble tout aussi anxieux et agite les mains en direction de la foule.

— Allez, le spectacle est fini ! s'écrie-t-il en renvoyant ses clients vers la taverne. Vous n'avez pas encore éclusé mes réserves !

Philos profite de cette distraction pour pousser Amara et Victoria vers le bordel. Thrason, l'homme de main de Félix, monte la garde à la porte, exactement comme dans les souvenirs d'Amara qui a l'impression d'avoir remonté le temps. Derrière lui, le bâtiment semble saturé de malheur, puant la suie et la peur. On entend les sanglots de Béronice jusque dans la rue.

— La Bretonne ? leur lance Thrason en secouant la tête. Tu as demandé la *Bretonne ?*

— Donne-la-moi, exige Amara. Elle m'appartient, maintenant.

Elle ne supportera pas longtemps de rester ainsi au seuil de ses cauchemars avec le désespoir de Béronice en bruit de fond. Sous le regard de Thrason, la mémoire de ses coups devient si vive qu'Amara peut presque les sentir sur sa peau.

— Attendez là, finit-il par dire.

Quelques moments plus tard, Britannica émerge en clignant des yeux, aveuglée par la lumière du jour. Elle est presque aussi grande que Thrason et encore plus négligée que dans le souvenir d'Amara. Ses cheveux roux ont été coupés court comme ceux d'un homme, et sa tunique usée découvre ses bras pâles et musculeux. Un sourire lui fend le visage lorsqu'elle aperçoit Amara, et elle bouscule Thrason pour venir la retrouver.

— Tu viens me chercher, lance-t-elle d'une voix rauque.

— Mais ça parle ! s'écrie Thrason.

Britannica résistait à la vie au bordel de toutes les façons possibles, notamment en refusant de parler. Elle se retourne d'un coup, hérissée, et crache à ses pieds.

— Oui, je parle ! Va te faire foutre.

Thrason lui aurait très certainement décoché un coup en plein visage s'il n'était pas aussi stupéfait. Avec un temps de retard, il se met à leur hurler des menaces, mais ne les suit pas lorsqu'ils s'éloignent. Félix doit lui avoir ordonné de les laisser partir.

Dans la foule, Amara sent une bulle d'hystérie enfler dans sa poitrine. L'horreur de l'abandon de Béronice s'estompe, remplacée par une folle allégresse maintenant qu'ils ont réussi à s'enfuir. Elle agrippe la main de Victoria, qui commence à peine à prendre conscience de sa liberté – Amara le voit dans le regard qu'elle promène autour d'elle, comme si elle venait de remarquer le monde qui l'entoure, la vie qui désormais lui appartient.

Sur la via Vénéria, leur étrange trio de femmes, suivi de Philos, attire les regards. Au sortir de la boulangerie, des clients les pointent ouvertement du doigt en éclatant de rire. Amara s'en moque. Depuis que Rufus l'a libérée, elle a connu la luxueuse existence d'une femme entretenue, mais aussi toute sa solitude. Désormais, elle n'est plus seule.

Ils arrivent dans sa rue, et elle se réjouit de voir Victoria émerveillée par les présentoirs de tissus qui jalonnent le trottoir.

— Tu vis *ici* ? murmure Victoria en frôlant un pan de laine rouge à l'entrée de la boutique de Virgula.

Celle-ci sort saluer Amara mais reste interdite devant l'état de ses compagnes. Philos les attend déjà sur le seuil et lui fait signe de se hâter. Les clous de laiton qui tapissent le battant entrouvert luisent au soleil. Amara présente ses excuses à Virgula en promettant de revenir la voir et entraîne ses amies dans l'étroit couloir de l'entrée. Dès qu'elles ont atteint l'atrium, Philos ordonne à Juventus de verrouiller la porte, puis se retourne vers Amara. Il semble désespéré :

— Mais qu'est-ce que tu as fait ?

— Ce que je prévoyais de faire, rétorque-t-elle sèchement.

— Six mille sesterces ? crie-t-il. C'est deux fois plus que leur valeur ! Deux fois plus que ce que tu possèdes !

Il désigne Victoria.

— Elle ne sera plus jamais en sécurité maintenant qu'elle a défié Félix ! Comme nous tous ! Et comment vais-je expliquer…

Il s'interrompt, incapable de trouver les mots pour décrire Britannica.

— Rufus sera furieux. Tu l'as rendu ridicule !

Amara, qui n'avait encore jamais vu Philos en colère, est stupéfaite de le découvrir capable d'une si violente émotion. Elle la rejette d'un haussement d'épaules :

— Je le calmerai. Et je ne t'ai rien caché sur mes intentions. Britannica était une décision de dernière minute.

Philos baisse la voix pour que Juventus ne puisse l'entendre :

— Tu n'es pas la maîtresse des lieux ! Tu n'as rien. Tout ce qui se trouve ici appartient à Rufus, toi y compris. Tout ce que tu possèdes, c'est son amour, et tu le jettes aux orties !

Il se détourne, muet de rage. Elle le regarde partir avec une angoisse croissante. Victoria arque un sourcil dans une expression condescendante qu'Amara a toujours adorée.

— Eh bien ! Charmant, ton esclave.

— Ce n'est pas *mon* esclave.

— En effet, c'est ce qu'il vient de te hurler, se corrige-t-elle d'un air solennel.

Amara ne peut s'empêcher de sourire, malgré son malaise, à cette plaisanterie.

— En tout cas, elle est très bien, cette maison qui n'est pas à toi, poursuit Victoria en admirant l'atrium.

Amara le redécouvre à travers son regard. Le haut plafond troué d'un carré de ciel, le rayon de soleil qui en tombe sur le bassin d'eau de pluie. Sur les murs, des colonnes peintes en trompe-l'œil encadrent des scènes de la vie de Vénus. Le bassin n'est pas en marbre, mais tapissé d'éclats d'amphore, et la maison est bien petite par rapport à celles où se produisaient autrefois Amara et Didon. Mais comparé au bordel, c'est un palais.

— Quand nous aurons fait le tour, peut-être que l'un de ces esclaves qui ne sont pas à toi pourrait nous apporter à boire ? demande Victoria dont les yeux brillent d'excitation. Pour qu'on profite un peu de notre liberté imaginaire ?

— Boire d'abord, intervient Britannica.

Sa voix, si peu familière, les fait sursauter. Debout dans l'encadrement de la porte, plantée sur ses jambes, elle ne s'émeut guère de la mosaïque étoilée à ses pieds. Derrière elle, Juventus est incapable de cacher sa curiosité face à cette étrange femme. Victoria prend le coude d'Amara pour l'attirer vers elle en essayant de ne pas se faire entendre :

— Elle vient avec nous ?

— Bien sûr, répond Amara. Allons dans ma chambre. Vous pourrez vous changer. Ensuite, je vous ferai visiter la maison.

Victoria hausse les sourcils, mais sans se plaindre. Britannica les rejoint à grandes enjambées. Amara est mal à l'aise de constater que même en cet instant qui ne devrait être fait que de joie, ces deux-là ne peuvent dissimuler leur antipathie mutuelle. Elle appelle Martha, lui demande d'apporter de l'eau pour le bain, puis commence la visite.

La première pièce d'Amara est juste assez grande pour recevoir des invités, meublée d'une couche et d'une table appuyée contre le mur, en plus de la coiffeuse. Elle suit du regard la frise noire qui court autour de la pièce. De pâles nymphes y gambadent en chantant et en jouant de la lyre, les membres entourés de soie rose et jaune, comme des anneaux de fumée. Ce sont elles qui ont décidé Rufus à choisir la maison, pour rendre hommage au talent musical d'Amara. Tout en faisant entrer ses amies, elle se sent envahie de gratitude et d'affection pour lui. Puis son malaise revient. Sera-t-il vraiment aussi furieux que le redoute Philos ?

Victoria pousse un cri d'enthousiasme devant la coiffeuse.

— Tu as un miroir ! En argent ! Et regarde tous ces flacons… Je peux essayer ton parfum ? C'est quoi ? Oh, laisse-moi deviner !

Elle débouche la bouteille sans laisser répondre Amara et s'en applique quelques gouttes sur le poignet. Martha, qui fait son entrée avec un baquet d'eau et des tissus pliés sur le bras, semble étonnée en voyant cette inconnue se servir des affaires de sa maîtresse.

— Tu peux nous laisser tout ça, Martha, dit Amara. Nous nous débrouillerons seules pour la suite. Mais apporte-nous des pâtisseries et du vin dans un petit moment.

Martha hoche la tête, clairement déçue de devoir renoncer à si riche source de ragots. Dès son départ, Victoria et Britannica se déshabillent et s'aspergent d'eau en se frottant le corps avec les serviettes rêches afin de se décrasser. Amara part dans sa chambre ouvrir le coffre à vêtements pour en sortir deux des trois robes offertes par Pline. Elle y est plus attachée qu'à n'importe lequel des habits offerts par Rufus, mais elle ne peut risquer d'offenser son amant en distribuant ses présents.

— Je prends la jaune, lance Victoria qui a su repérer la plus belle des deux depuis l'autre pièce. La rouge ira mieux avec les cheveux de Britannica.

Celle-ci s'approche pour inspecter sa nouvelle tenue et la soulève du bout des doigts, l'air peu convaincu. Son corps nu rappelle à Amara celui de Félix, sec et tout en muscle. Une amulette de cuir mal dégrossie lui pend au cou – le cadeau que lui a offert Amara pour les Saturnales – trempée dans du sang de gladiateur. Elle se rappelle l'avoir choisie avec Didon, et se force à réprimer la pensée qui lui vient : *Si seulement c'était Didon qui était là.* Britannica plaque maladroitement le tissu rouge contre son corps, puis le repose.

— Tunique ? demande-t-elle.

— C'est un plus beau vêtement qu'une tunique, la rassure Amara.

— Tunique, c'est mieux pour moi, insiste Britannica.

— Elle est esclave, après tout, s'immisce Victoria. Elle a raison, une tunique courte lui irait mieux. Peut-être que Philos en a une de trop ?

— Oui ! Beaucoup mieux ! renchérit Britannica sans comprendre que Victoria se moque d'elle. Je lui demande.

À l'idée d'une Britannica complètement nue traquant Philos pour exiger qu'il lui cède ses vêtements, Amara est saisie d'horreur.

— Non ! s'écrie-t-elle tandis que Victoria s'écroule de rire. Je demanderai à Martha de t'en acheter une. En attendant, essaie de porter ça, je t'en prie. Regarde, je vais t'aider.

Elle s'affaire autour de Britannica en pliant le tissu puis l'épingle en place. C'est à peine si la robe lui descend jusqu'aux mollets.

Victoria, pendant ce temps, a enfilé la jaune, qui la met bien plus en valeur qu'Amara. Elle ouvre les bras pour regarder comment tombent les pans, puis caresse le tissu, et Amara la voit lutter pour retenir ses larmes. Elle aussi se souvient du début de sa liberté, ces moments soudains de joie et d'incrédulité.

— Ça te va très bien, dit-elle.

Victoria porte la main à son cœur.

— Merci. Merci pour tout. Je te dois tellement… Je ne pourrai jamais te remercier…

Martha revient avec le plateau qui manque de lui échapper des mains lorsqu'elle aperçoit Britannica assise sur la couche.

— Oh, désolée, je… J'ai cru que c'était un homme.

— Et que ferais-je avec un homme dans mes appartements privés ? lance sèchement Amara. Tu peux nous laisser le plateau, merci.

Martha le pose maladroitement sur la table en renversant un peu de vin, puis se hâte de quitter la pièce. Victoria rit à nouveau si fort qu'elle est au bord de l'hystérie, et cette fois, Amara se joint à elle. Même Britannica sourit :

— Comme un *homme,* déclare-t-elle en se levant pour exhiber sa stature.

Toutes trois boivent le vin ensemble, de plus en plus joyeuses. À l'évidence, Britannica comprend mieux le latin qu'elle ne le parle, et ne dit pas grand-chose ; mais Victoria pose à Amara des questions sans fin, impatiente de tout savoir sur sa vie. Ce qu'elle veut surtout savoir est quand elle pourra enfin rencontrer le protecteur d'Amara.

— Quel homme généreux ce doit être pour te laisser m'acheter !

— Il ne le sait pas encore, avoue Amara. Je lui ai dit que je songeais à acheter des musiciennes et que tu pourrais chanter pour lui.

— Bien sûr ! Je chanterai toute la journée s'il le veut. Il voudra autre chose ? demande-t-elle sur le ton de la conversation.

À l'évidence, son corps est tout autant à la disposition de Rufus que sa voix, une idée qu'Amara n'apprécie guère.

— Non. Rufus est un romantique. Je crois qu'il s'en offenserait.

— Tu peux toujours lui demander, répond Victoria en haussant les épaules. Ça ne me dérange pas.

— Moi si, intervient Britannica en croisant les bras.

Victoria trouve clairement l'idée ridicule, mais la peur de Britannica n'a pas échappé à Amara.

— Je sais. Et je ne te forcerai jamais à coucher avec un homme. Jamais, je te le promets. Cette période de ta vie est finie. On ne te touchera plus.

Britannica serre la mâchoire pour ne trahir aucune faiblesse, mais Amara voit ses yeux s'embuer de soulagement. Victoria fait la grimace :

— J'espère qu'on me touchera encore, moi !

— C'est comme tu veux, lui assure Amara. Peut-être que tu pourrais attirer l'attention de l'un des invités de Rufus, à l'occasion...

Victoria, qui s'était assise sur la couche, bondit sur ses pieds et tourne sans fin dans sa nouvelle robe, en riant, avant d'attraper les mains d'Amara pour la faire tourner avec elle.

— Le reste de la maison ! crie-t-elle. Montre-moi le reste !

Toutes les trois courent de pièce en pièce comme des enfants. Jamais Amara ne s'était abandonnée ainsi depuis son arrivée. Elle mène ses amies au tablinum, la salle à manger ouverte sur l'atrium, puis aux trois pièces de l'étage.

— Tu peux prendre celle-là, suggère Amara à Victoria en longeant le balcon intérieur. On la meublera petit à petit.

Les murs y sont blancs, comme dans son bureau, et la pièce est presque vide en dehors d'une vieille couche et d'une table basse trop ternie pour aller ailleurs, mais Victoria semble ravie. La pièce d'à côté est bien plus petite, presque autant que la cellule où dort Martha au bout du couloir. Amara sourit à Britannica, gênée d'établir une différence si criante entre les deux.

— Et peut-être celle-ci pour toi ?

Britannica hoche la tête.

— Et le jardin ? s'exclame Victoria. Je n'arrive pas à croire que tu as une fontaine !

Elle dévale les marches de l'escalier avant qu'Amara ne puisse lui parler du portrait. Quand celle-ci arrive en bas, Victoria est déjà figée devant la silhouette de Didon, plus grande que nature. Les yeux écarquillés, elle se retourne vers Amara.

— Qu'est-ce que c'est que cette horreur ?

— C'est en son honneur.

— Mais ça ne lui ressemble pas du tout ! s'écrie Victoria en désignant le mur et sa hideuse scène de carnage. Elle était si gentille, si douce, incapable de haine ! Elle n'aurait jamais souhaité de mal à personne.

— Comment sais-tu ce que souhaiterait son âme ? Didon n'a pas le droit de se venger ?

— Mais Balbus est déjà mort ! Alors c'est qui, ça ? demande Victoria en désignant le cerf.

Balbus est de fait le meurtrier de Didon, même s'il visait Félix à la place. Amara répond froidement :

— Tu sais bien qui c'est.

Les deux femmes se défient du regard jusqu'à ce que Victoria recule devant Amara, sans expression. Le dos courbé, elle repart dans l'atrium, vers la chambre où elle s'est changée. Lorsque Amara tente de la suivre, Britannica la retient par le bras.

— Laisse-la.

Toutes deux restent dans le jardin en fixant la fresque. Amara songe à Britannica serrant Didon à l'agonie dans ses bras, risquant sa propre vie pour la sauver. Britannica pose sur le portrait un regard de sombre satisfaction. Voilà au moins quelqu'un qui comprend l'intention d'Amara. Puis elle se retourne et demande :

— C'est quoi *« Décision de dernière minute »* ?

Amara ouvre la bouche pour lui expliquer ce que signifient ces mots puis se rend compte que Britannica le sait déjà.

Chapitre 7

Un petit problème grandit quand on l'ignore.

Graffiti de Pompéi

Toutes les trois prennent le dîner dans la chambre d'Amara. Se réconcilier avec Victoria après l'incident du portrait n'était pas difficile : sa liberté la rend toujours si heureuse. Elle semble de plus en plus détendue, à l'exact inverse de Britannica qui ne cesse de se renfermer et les quitte peu après la fin du repas. Elle se dirige vers sa petite chambre où Martha, sur les ordres d'Amara, a disposé un matelas de paille et une tunique neuve.

Lorsque Amara exprime son malaise au sujet de la Bretonne, Victoria agite la main pour le disperser.

— Ne sois pas ridicule, dit-elle en se laissant aller sur la couche avec un soupir de bien-être. Elle a de la chance d'être ici ! De toute façon, qu'est-ce qui t'a pris de l'acheter ?

— Félix ne m'aurait pas donné Béronice. J'ai pensé que je pouvais peut-être le persuader de me laisser Britannica à la place.

— Mais qu'est-ce que tu vas faire d'elle ? persiste Victoria. J'ai du mal à l'imaginer en musicienne, sauf pour brailler des chansons militaires.

— Je lui fais confiance. Elle est là pour me protéger. Pour *nous* protéger. Je l'ai vue au bordel, elle sait se battre. J'aimerais bien apprendre.

— Tu as des hommes pour tout ça, grommelle Victoria. Ce serait presque mieux de la revendre. Tu récupérerais un peu de ton argent…

Amara se redresse si brusquement qu'elle bouscule Victoria qui s'appuyait contre son épaule.

— Ne dis plus jamais ça !

Elle était prête à une vive réaction de sa part – toutes deux se disputaient souvent au bordel –, mais Victoria se contente de lever les yeux au ciel.

— D'accord, d'accord, c'est toi qui décides !

— Ce n'est pas ce que je voulais dire, se désole Amara. Je préférerais ne pas l'entendre, parce que ça me rend malheureuse. Mais ce n'était pas un ordre.

— Désolée, répond Victoria en la serrant contre elle. Je suis allée trop loin.

Lorsqu'elles relâchent leur étreinte, Amara s'aperçoit que Victoria pleure à nouveau.

— Je suis tellement heureuse… tellement reconnaissante. Je ne trouve même pas les mots pour ce que tu as fait. Je ne pourrai jamais rembourser ma dette…

— C'est moi qui te remboursais. Et c'est bien peu de chose.

Victoria a tué un homme pour sauver la vie d'Amara, un secret qu'elles partageront toujours. Ni l'une ni l'autre ne connaissaient son nom. Elles ne savent qu'une chose de lui : il était envoyé par Simon pour venger Drauca, sa meilleure putain, attaquée sur les ordres de Félix.

— N'en parlons jamais, murmure Victoria.

Amara lui serre les doigts et elle soupire, toujours au bord des larmes.

— Je n'arrive pas à croire que je suis libre. C'est trop…

— Je sais. Moi aussi, c'est ce que je ressens, souvent. Chaque jour depuis mon départ du bordel, à vrai dire.

— Ça te fait peur ? d'être libre ?

— Oui.

Victoria s'essuie les yeux. Lorsqu'elle reprend la parole, c'est d'une voix plus enjouée – elle tente d'alléger l'atmosphère, comme toujours.

— Peut-être que je me sentirai mieux quand les hommes seront là ! Au moins, avec eux, je sais y faire.

— Pas touche au mien, plaisante Amara sans véritable inquiétude – Victoria n'est pas vraiment le genre de Rufus. Mais j'espère que tu pourras faire passer une bonne soirée à Helvius, le candidat avec lequel il veut travailler. Le charmer par tes chants. En revanche, apparemment, il est très pompeux, donc il ne faudra pas trop bavarder.

— Oh, je sais les gérer, les pompeux ! s'écrie Victoria. Tu as tort, il ne faut pas se taire avec eux. Tous les hommes adorent entendre à quel point ils sont merveilleux. Je n'aurai qu'à trouver un autre sujet que sa performance au lit. Au moins pendant le dîner…

Toutes deux s'esclaffent et Amara lui verse une nouvelle rasade de vin. Victoria en avale une gorgée et retrouve son sérieux.

— Enfin, pas tous les hommes, corrige-t-elle.

Inutile de se demander à qui fait référence Victoria.

— Je suis désolée pour tout ce qu'il t'a infligé, dit Amara. Mais tu es hors de sa portée, maintenant.

— Son expression quand je lui ai dit non tout à l'heure… J'ai cru qu'il allait me tuer.

Elle tremble, et Amara la reprend dans ses bras en serrant fort.

— Depuis ton départ, il me faisait tellement peur, tu n'as pas idée.

— Si je pouvais le tuer pour toi… murmure Amara dont le cœur brûle de haine.

— Je ne voudrais pas ça ! C'est dur à expliquer, mais… je crois qu'il n'arrive pas à se contrôler. Après ce qu'il a vécu, ce qu'il a enduré…

Amara se refuse à lui révéler tout ce qu'elle sait sur l'enfance de Félix : elle courrait le risque de devoir exprimer de la sympathie pour lui.

— Ça n'excuse rien, tranche-t-elle. Quoi qu'il ait subi, il n'a pas à tourmenter les autres.

— Il me demandait toujours pardon après. À genoux. Il me jurait qu'il m'aimait, qu'il m'aimait tellement… Et je le croyais, au début. Mais la dernière fois qu'il m'a fait du mal, il m'a dit que c'était ma faute. Que seule une idiote se laisserait faire. Que j'étais ridicule de l'aimer.

— Tu ne t'es pas laissée faire ! Tu l'as quitté. Et je suis si fière de toi, déclare Amara prenant le visage de Victoria entre ses mains. Je sais à quel point partir était difficile pour toi. Mais ce n'est qu'un monstre. Il ne te méritait pas. J'espère qu'il subira mille morts pour tout ce qu'il t'a fait. J'espère qu'il crèvera dans la rue comme un chien !

Victoria tressaille à la violence de ces mots.

— Ne dis pas des choses pareilles, je t'en prie… Je sais qu'il faut que je l'oublie, mais je ne peux pas supporter de l'imaginer en train de souffrir.

Amara est sur le point de répliquer lorsque la détresse sur les traits de Victoria la rend muette. Elle songe au courage qu'il lui a fallu pour le planter là et lui embrasse le front.

— Bien sûr. Pardonne-moi. Tout ce qui compte, c'est que tu sois en sécurité, maintenant.

La conversation se tourne vers ce que pourrait chanter Victoria pour charmer Rufus lors de leur première rencontre, mais Amara voit bien qu'elle est épuisée. Elle insiste pour qu'elle aille se coucher et l'accompagne jusqu'au bas des marches. Restée là, elle regarde la lueur de la lampe s'élever dans l'escalier en illuminant tout l'atrium, puis les combles, jusqu'à disparaître avec son amie derrière une porte fermée. *Pourvu qu'il ne fasse pas trop frais dans la petite chambre*, songe-t-elle. Elle a déjà demandé à Martha d'y apporter quelques couvertures supplémentaires.

Debout au cœur de sa maison, Amara fixe le plafond obscur. Dans le carré de ciel plus sombre encore, des étoiles scintillent : la nuit est claire. Au-dehors, les rues sont presque silencieuses. Plus rien ne couvre le murmure de la fontaine. Après avoir jeté sa cape sur ses épaules, Amara sort dans le jardin, guidée par le bruissement de l'eau. Le jet saisit les rayons de lune, retombe en ondulations d'argent dans le bassin d'eau noire. Elle se penche pour y tremper les doigts et se recule dans une éclaboussure, saisie par le froid.

Du coin de l'œil, elle voit quelque chose bouger. Sa terreur est vite remplacée par du soulagement : même dans les ténèbres, elle reconnaît cette silhouette.

— Philos ?

— Je ne voulais pas te déranger.

Impossible de le distinguer clairement. Elle ne perçoit que sa voix sortant de l'ombre.

— Ne sois pas ridicule. Ce n'est pas la peine de te cacher dans un coin !

Il s'approche de la fontaine, et lorsque la lune qui s'y reflète éclaire son visage, Amara prend pleinement conscience de ce qu'elle a toujours su, ce qu'elle avait refusé d'admettre. Il est bien plus beau que Rufus. Elle recule d'un pas, troublée.

— Désolée pour ce qui s'est passé tout à l'heure. Je ne t'ai pas menti au sujet de Britannica, je t'assure. C'était une décision sur un coup de tête.

Philos devrait s'excuser en retour et partir, mais – peut-être à cause de l'obscurité, peut-être parce que les folles actions d'Amara ont mis le désordre dans les hiérarchies habituelles – il n'en fait rien. Au contraire, il pose sur elle le regard qu'elle poserait sur Victoria, celui d'un égal.

— Je sais. J'étais en colère. Je le suis toujours, mais pas contre toi.

— Alors, contre qui ?

— Contre moi. Pour t'avoir laissée faire.

— C'est de la condescendance. Je ne suis pas une gamine, s'irrite Amara. Tu n'as pas à m'empêcher de me fourvoyer. Je savais très bien ce que je faisais.

— Tu n'as pas idée.

— Tu crains la colère de Rufus ? Je pense que tu te trompes. Je crois…

— Je crois que tu n'as pas idée de qui est Rufus, répond Philos. Et tu sembles déterminée à ne pas comprendre ce que signifie une dette pareille envers Félix.

Amara sent la peur s'infiltrer sous sa peau, aussi humide que l'air froid de la nuit.

— Je ne t'en veux pas d'avoir choisi d'oublier ton ancienne vie, poursuit Philos. Mais moi, je ne l'ai pas oubliée. C'est moi qui devais aller te chercher au bordel chaque semaine, moi qui t'y ramenais ensuite. Te laisser là-bas était la pire des souffrances, Amara. Et Rufus t'y a laissée pendant des mois alors qu'il aurait pu t'acheter quand il le voulait… Il a choisi d'attendre les Saturnales parce que cela serait plus agréable pour lui. Pendant tout ce temps, Amara, *tout ce temps,* il t'a laissée avec Félix alors qu'il savait très bien à quel point il était violent. Alors qu'il est censé t'aimer ! Tu te leurres si tu penses pouvoir te fier à ton influence sur un homme pareil.

— Mais cette maison ! Tout cet argent qu'il a dépensé. Les leçons de harpe, les vêtements... Ma liberté ! Tout ça, ce n'est pas rien...

— Non, en effet. Je ne l'avais jamais vu donner autant à une femme, et peut-être que cela signifie qu'il te gardera pendant des années. Mais par le passé, ses engouements romantiques n'ont guère duré. Tout pourrait s'arrêter du jour au lendemain. Il ne faudra pas que tu sois encore endettée lorsque cela se produira.

Les yeux d'Amara se sont habitués à l'obscurité, et comme elle distingue le banc non loin de là, elle part s'y asseoir.

— Il faut que je trouve un moyen de rembourser Félix. Je ne pourrai pas demander l'argent à Rufus.

Philos s'assoit près d'elle, à une distance moins marquée que d'ordinaire.

— Victoria pourrait-elle chanter dans des soirées pour toi ? Comme vous le faisiez autrefois, avec Didon ? Cela pourrait te rapporter beaucoup.

— Envoyer une seule femme ne suffit pas. Victoria aurait besoin d'une musicienne pour l'accompagner. Et ça ne peut pas être moi – Rufus n'accepterait jamais.

— Drusilla pourrait t'acheter une flûtiste...

— Je lui en parlerai. Mais je ne sais pas ce qu'elle dira en voyant que j'ai déjà acheté une chanteuse et que c'est une amie à moi. Ce n'était pas ce dont j'avais discuté avec elle.

Elle se tourne vers Philos, dont les yeux sont presque au niveau des siens – il est bien moins grand que Rufus.

— Tu as raison, poursuit-elle. J'ai agi sans réfléchir. Mais maintenant, c'est fait, et je n'ai plus qu'à trouver comment m'en sortir. Même si j'ai bien compris que tu estimes que je ne peux pas me fier à Rufus, c'est Félix qui m'inquiète le plus. Il faut que je le rembourse. Il le faut.

L'espace d'un instant, il lui semble que Philos est sur le point de poser sa main sur son épaule. Mais au contraire, il s'éloigne un peu plus.

— Tu l'as déjà battu à son propre jeu. Tu pourras recommencer, dit-il. Et je t'aiderai si je le peux, bien sûr.

Tous deux, côte à côte, laissent le silence s'installer. L'espace qui les sépare semble représenter une troisième présence. La faire disparaître serait si facile, Amara n'en a que trop conscience. Elle se souvient des doigts de Philos frôlant son bras devant le Moineau, un geste si léger qu'il en était presque imperceptible. Soudain submergée par l'envie de le toucher, elle joint les mains pour s'en empêcher, troublée. Philos se lève :

— Pardonne-moi si j'en ai trop dit ce soir. J'espère que je ne t'ai pas peinée.

— Bien sûr que non, ment-elle. Dors bien.

Il disparaît dans l'ombre. Amara reste un moment de plus dans le jardin, l'esprit envahi par un carrousel d'images : Victoria qui éclate de rire, Félix qui attend dans son bureau, Rufus qui se détourne d'elle avec froideur, comme la nuit de la mort de Didon. Et les mots qui ont échappé à Philos sans qu'il comprenne ce qu'il révélait. *Te laisser là-bas était la pire des souffrances.*

Chapitre 8

Au sein de la propriété de Julia Félix, fille de Spurius.
À louer :
élégants bains de Vénus pour clients respectables,
boutiques avec logements à l'étage, appartements.

Placardé sur la praedia de Julia Félix à Pompéi

La harpe est livrée tôt le lendemain matin, avec un message de Rufus pour Amara dans sa tablette si familière, au dos de bois, ornée d'un cygne. Amara lit le mot à la porte puis inscrit sa réponse dans la cire avant de rendre la tablette à Vitalion, un esclave qui ne l'a jamais beaucoup aimée.

— Il t'envoie des cadeaux ? s'étonne Victoria en se hâtant de suivre Amara qui emporte l'instrument décoré dans ses appartements. Des cadeaux sans raison, juste parce qu'il t'aime ?

— Ce n'est pas sans raison, rougit Amara. Il a invité Helvius à dîner demain soir. Il veut que je les divertisse.

— Je pourrai chanter ! s'enthousiasme Victoria qui manque de la faire trébucher tant elle est proche. Tout ce que tu veux ! Tu peux m'apprendre n'importe quoi !

De fait, Victoria a déjà chanté une bonne partie de la matinée, éveillant tous les échos de la maison par sa voix si douce. Amara ne l'a jamais vue plus belle : son corps semble presque étinceler de joie sous l'effet de sa liberté, comme la flamme dansante d'une lampe à huile.

Même Philos était sous le charme un peu plus tôt, dans le jardin – la bouche ouverte, l'air idiot, comme si c'était pour lui que se produisait Victoria. En revanche, il n'a pas même croisé le regard d'Amara : à croire que leur conversation nocturne n'était qu'un rêve.

— Il faut que j'invite Drusilla, note Amara. Rufus s'attendra à sa présence. J'espère que nous pourrons faire quelque chose ensemble, toutes les trois.

— Oh, j'ai tellement hâte de la rencontrer ! crie Victoria. On y va ? Maintenant ?

Amara sent son cœur se serrer devant son empressement. Avec douceur, elle répond :

— Je crois qu'il vaudrait mieux que j'y aille seule pour lui raconter ce qui s'est passé. Drusilla est bien plus… respectable que moi. Quand je lui aurai tout expliqué, je l'inviterai pour qu'elle te rencontre.

Victoria sourit toujours, tentant de cacher au mieux sa déception.

— Bien sûr, je comprends. C'est ton amie, pas la mienne. Tu fais bien d'y aller seule.

Amara grimpe les marches qui mènent au portique coloré des bains de Vénus, en espérant que Drusilla ne sera pas entourée d'une trop grande foule. Julia, la propriétaire, ouvre un jour ses bains aux femmes, un autre aux hommes. Drusilla s'y trouve toujours le mercredi, une habitude qui permet aux autres courtisanes de venir lui témoigner leur respect.

Une jeune esclave accueille Amara à la porte. Celle-ci glisse quelques pièces dans son sac avec une discrétion étudiée – le prix d'entrée. Même si Julia entend bien que ses bains lui rapportent, elle aime prétendre qu'il ne s'agit que d'un plaisir entre amies. Amara s'avance dans l'étroite cour carrée. Elle s'y sent bien plus à l'abri qu'aux bains qu'elle fréquentait autrefois près du bordel. Là-bas, la queue s'étirait jusque dans la rue, ce qui faisait des femmes une cible rêvée pour le harcèlement des passants. Ici, les clientes patientent ensemble autour d'un verre de vin, sur les bancs à l'ombre des colonnes, devant les fresques mythologiques qui s'étirent sur les murs marquetés de rouge.

Amara repère presque aussitôt Drusilla, assise à sa place habituelle sous une scène de Thésée arrivant en Crète – le port qui accueille le héros ressemble étrangement à celui de Pompéi. Autour d'elle sont assises Julia et Fulvia. La première n'est pas un problème pour Amara, mais la seconde la fait grimacer. Maîtresse grincheuse d'un protecteur de bas étage, Fulvia est amie avec Drusilla depuis bien plus longtemps qu'Amara, mais comme son amant n'arrive pas à la cheville de Rufus, Amara l'a supplantée dans la hiérarchie des courtisanes. Bien évidemment, Fulvia n'en est pas ravie. Amara étudie depuis l'autre côté de la pièce les généreuses tresses blondes qui encadrent son visage. Ce sont de faux cheveux, très certainement tondus sur la tête d'une esclave venue de loin.

— Amara ! s'écrie Julia en lui faisant signe d'une main rutilant d'or. Je suis si contente de te voir !

Amara sourit. Même si Julia ne fait que jouer son rôle auprès des clientes, son attitude accueillante ne lui a jamais semblé entièrement insincère. Tandis qu'Amara s'assied près d'elle, Julia soupire :

— Regardez-vous, toutes les trois, si belles ! Ah, retrouver ma jeunesse…

Elle n'a guère plus de quarante ans et les porte presque sans une ride, mais elle manie la flatterie en experte.

— Et comment va ton cher amour ?

— Il m'a fait livrer une harpe ce matin.

— Parfait ! triomphe Drusilla. J'en étais sûre !

— Mais je croyais que tu ne savais pas en jouer ? demande Fulvia, avec mépris.

— Je suis en train d'apprendre.

— La belle passion des jeunes amants ! s'émeut Julia. Je suis sûre que Rufus adore toutes tes performances, ma chérie, quel que soit l'instrument…

Le sous-entendu n'échappe pas à Amara, qui répond d'un haussement de sourcils à l'éclat de malice dans les yeux de Julia. Presque un moment intime – mais Julia se détourne bien vite en apercevant d'autres clientes par-dessus l'épaule d'Amara.

— Oh, voilà Sabina ! annonce-t-elle en se levant. Excusez-moi, mesdames, je ne serai pas longue…

En la regardant adapter son attitude face à Sabina, une respectable matrone, Amara se sent admirative et jalouse à la fois. Julia a su prendre le contrôle de sa propre vie, par la seule force de sa volonté.

— Et si nous allions nous baigner ? propose Drusilla en se levant gracieusement. À moins que tu n'aies envie d'un peu de vin d'abord ?

Amara se lève à son tour en secouant la tête. Elle sait bien que la question n'est posée que par politesse. Tandis que toutes les trois traversent les vestiaires, Drusilla leur glisse :

— Devinez qui m'a rendu une visite surprise la nuit dernière ?

— Quintus ? hasarde Fulvia.

— Mais non, répond Drusilla avec mépris. Lucius !

Amara fait mine de s'en réjouir, même si elle n'a jamais pardonné à Lucius de n'avoir pas servi de protecteur à Didon.

— Quel sera le degré de jalousie de Quintus ?

— Il n'en saura rien, répond Drusilla en défaisant sa robe qu'elle plie soigneusement avant de la ranger dans l'un des casiers de bois. Quoique, y faire subtilement allusion pourrait être une bonne idée, histoire de le motiver un peu. J'avais oublié à quel point Lucius savait se montrer attentif…

Elle sourit un moment, emportée par le souvenir de la nuit.

— Mieux vaut éviter de trop se consacrer à un seul homme. Cela les rend si arrogants ! Mais je sais bien que ce n'est pas évident pour vous, concède-t-elle.

En effet, Fulvia et Amara ne possèdent que ce que leurs protecteurs daignent leur allouer. Toutes trois achèvent de se dévêtir et se glissent dans le bain que viennent de libérer quelques autres femmes. Drusilla s'immerge en premier dans l'eau glacée, sous les yeux des deux autres. L'alcôve où se niche le bassin donne sur les immenses jardins de Julia. Amara se laisse happer par la vue. Les arbres fruitiers ne bourgeonnent qu'à peine. En été, cet endroit doit représenter un havre merveilleux dans la ville surchauffée et pleine de poussière. Drusilla s'éclabousse en grimaçant, puis ressort bien vite. Fulvia s'octroie aussitôt le tour suivant. Lorsque Amara s'avance enfin dans le bassin, elle frissonne déjà. Les murs de l'alcôve se reflètent sur sa peau en la teintant de bleu. Une mosaïque de coquillages représentant Vénus tremble sous la surface de l'eau.

— Te voilà bien mince, commente Drusilla en lui caressant les côtes, ce qui la fait tressaillir. Ça ne doit pas plaire à Rufus, si ?

L'inquiétude dans sa voix échappe à Fulvia, qui saisit aussitôt une chance de rabaisser sa rivale.

— Ma mère m'a toujours dit qu'une fille bien née devait avoir les mêmes courbes que Vénus. C'est ce qu'attendent les hommes ! La minceur, c'est pour les esclaves, conclut-elle avec satisfaction.

Amara songe à Philos assis dans le jardin, les bras croisés sur son torse pour se protéger du froid. *Je suis encore plus mince que lui,* s'aperçoit-elle. Le souvenir de la nuit dernière l'envahit d'une honte inattendue, et elle ne peut trouver la réponse cinglante qui lui viendrait tout naturellement en d'autres circonstances. C'est Drusilla qui réplique, d'un ton glacial.

— Ta mère était encore plus idiote que toi, ce qui fait beaucoup. Allez, laisse-nous ! ajoute-t-elle en agitant négligemment la main.

Fulvia n'en revient pas. Peut-être avait-elle oublié que Drusilla, comme Amara, était autrefois esclave. L'espace d'un instant, Amara a presque de la peine pour elle, en la voyant debout, nue, ses faux cheveux pour seule parure. Puis Fulvia repart vers les vestiaires d'un pas rageur et les épaules d'Amara s'affaissent de soulagement : enfin, la voilà seule avec son amie.

— Alors, qu'est-ce qui se passe ? demande Drusilla en l'aidant à sortir du bassin. Pourquoi tu manges si peu ?

— Rufus m'a dit que je prenais du poids, répond Amara, gênée par l'eau qui goutte de son corps pour former une flaque à ses pieds.

Drusilla effleure le serpent en or à son bras, un bijou de son maître décédé, Véranius. Amara sait qu'il a tenu à ce qu'elle en hérite, tout comme il a tenu à lui offrir sa liberté. Drusilla murmure son nom avec nostalgie.

— Lui aussi te préférait mince ? demande Amara.

Drusilla lui jette un regard inhabituellement sombre. Amara songe à son propre passé – concubine et esclave en Grèce, après la mort de son père. La douleur de ces souvenirs explique aisément le silence de son amie.

— Pardonne-moi. Je n'aurais pas dû demander.

Drusilla met fin à cette discussion et mène Amara en silence vers le caldarium. Toutes deux enfilent des sabots de bois à la porte pour se protéger du sol ardent. La vapeur les enlace dès qu'elles passent le seuil. Elles trouvent une place sur un banc de pierre, et Amara s'adosse au mur bien chaud. Les autres baigneuses se sont réparties dans la pièce qui bourdonne du murmure des femmes et du sifflement de l'eau qui goutte sur le carrelage brûlant.

Drusilla reprend enfin la parole.

— Fulvia n'est qu'une idiote, mais elle a raison. Seule une esclave devrait être aussi mince que toi. Tu es vraiment sûre que Rufus te préfère ainsi ?

Il est vrai que Drusilla voit les hommes en des termes purement pragmatiques. Un protecteur est là pour jouer son rôle. Il faut se plier à ses désirs et, si possible, le manipuler.

— Oui, j'en suis sûre. Tu te rappelles ce que tu m'avais dit un jour ? Rufus aime les femmes fragiles.

Malgré tout, Amara se sent embarrassée, comme si cette exigence était sa faute. Drusilla lui caresse la main.

— Alors, tu n'as pas à avoir honte. Tu as eu la sagesse de comprendre ce qu'il voulait et de le lui offrir. Et peut-être qu'il sera édile l'an prochain ! Pareil protecteur vaut bien quelques repas en moins… Et puis, seule une femme forte sait feindre la fragilité.

— Il reçoit Helvius à dîner ce vendredi, et il veut que je vous invite, Quintus et toi. Pour que nous jouions de la harpe ensemble, toutes les deux.

— Mais c'est merveilleux ! s'enthousiasme Drusilla. J'en serais ravie. Et Quintus adorera se moquer d'Helvius dans son dos. Il n'arrête pas de me dire à quel point cet homme est ridicule…

Amara prend son courage à deux mains pour lui faire part des plus mauvaises nouvelles :

— J'ai déjà acheté une musicienne pour nous accompagner. Une chanteuse.

— Mais je croyais que nous étions d'accord pour des flûtistes ? s'étonne Drusilla.

— Tu n'as pas à partager le prix de celle-ci, se hâte de préciser Amara. À vrai dire, c'est…

— Quoi ?

— C'est une ancienne amie à moi.

Drusilla retire sa main. Amara a la sensation qu'un rideau vient de tomber entre elles.

— Du bordel ? L'Italienne trop vulgaire ou l'Égyptienne trop naïve ?

Amara maudit l'excellente mémoire de Drusilla, ainsi que les ragots qu'elle a elle-même colportés sur ses amies. Non, elle n'a pas pu décrire Victoria et Béronice de façon si peu charitable…

— L'Italienne.

Drusilla laisse aller sa tête contre le mur avec un soupir, et ferme les yeux, comme submergée de lassitude.

— Je craignais que tu fasses quelque chose comme ça. J'aurais dû te prévenir.

— Me prévenir de quoi ? s'inquiète Amara.

— Que ça passe. L'envie de libérer ceux que l'on a connus. Ça passe.

Le visage luisant de sueur, elle pose à nouveau ses yeux sur Amara.

— Quand Véranius est mort, je ne songeais qu'à racheter Procris.

— Mais tu as décidé de ne pas le faire ?

Drusilla semble gênée. Elle n'évoque jamais l'esclave qui lui a servi de mère après son enlèvement d'Éthiopie, lorsqu'elle n'était qu'une enfant. Autrefois objet des affections du maître, Procris a été supplantée par Drusilla. D'ailleurs, le serpent d'or ornait son bras avant que Véranius ne le reprenne pour le donner à sa nouvelle favorite.

— Non, j'ai essayé. Mais la veuve de Véranius refusait de me la vendre. J'ai sangloté tous les soirs en songeant à elle, pendant des semaines. Mais maintenant, quand j'y repense, je suis presque soulagée. L'existence que partagent les esclaves est… différente. Victoria ne sera peut-être pas enchantée de t'avoir comme protectrice.

— Je suis aussi son amie ! s'indigne Amara.

— Et pourtant, tu ne l'as pas invitée aujourd'hui, parce que tu sais qu'elle n'est pas ton égale. Comment pourrait-elle l'être ? Tu l'as achetée !

— J'ai fait en sorte qu'on la libère… Ce n'est pas mon esclave…

— Amara, ne soit pas idiote, la tance Drusilla. Tu ne pourras la garder comme musicienne que si elle plaît à ton amant. Elle n'a pas d'autre rôle que de le servir – et donc de te servir, à travers lui. J'espère qu'elle est vraiment bonne chanteuse… Elle en aura besoin.

Le silence s'installe. Amara sait que ce n'est pas le moment de lui demander de participer aux frais de l'achat des flûtistes, encore moins de lui faire part de son idée de louer Victoria en soirée, mais l'absence de colère de Drusilla est déjà plus que ce qu'elle espérait. Son amie semble même la comprendre. L'eau qui siffle sur les dalles, les voix qui s'enroulent dans l'air, le claquement léger des sabots sur la pierre est si apaisant qu'Amara se sent revenue à une forme d'intimité avec elle.

— Merci d'être si compréhensive, Drusilla.

— Je te pardonne pour cette fois, mais pas si tu recommences. Les dieux t'ont élevée au statut de femme libre. Traiter un esclave en égal ne fait que te renvoyer au fossé dont tu es sortie.

Chapitre 9

Les putains l'ont accueillie par des baisers ;
on lui a appris à charmer les hommes,
et à bouger son corps de toutes sortes de façons.

Sénèque, *Controverses*, I. 2.

Debout à la porte, Amara regarde Martha décorer la salle à manger. Les hommes n'arriveront pas avant des heures, pourtant ses nerfs sont déjà plus tendus que les cordes de cette harpe dont elle déteste jouer. Dans un assortiment de vases, Martha arrange avec talent des brassées de fleurs printanières qui embaument l'air. Amara a envoyé Britannica acheter toutes celles qu'elle pouvait trouver dès l'aube. À en croire la frustration de Martha, plus d'une fleur s'est fait écraser sur le chemin du retour. Amara sait bien que sa servante a horreur qu'on l'observe pendant qu'elle travaille – ses épaules courbées en témoignent – mais elle est si nerveuse qu'elle ne peut s'en empêcher.

— Mais laisse-la donc faire ! lance Victoria en passant la tête à l'intérieur. Ne reste pas plantée là comme une vieille matrone hystérique ! Il faut qu'on se prépare. Drusilla arrivera bientôt pour répéter.

Victoria est bien plus enthousiaste qu'Amara à l'idée de la soirée qui les attend, même si Amara s'est crue obligée de la prévenir que Drusilla risquait d'être assez froide envers elle.

— On ne va pas devenir amantes, si ? Alors on s'en fiche, a décrété Victoria.

Elles s'habillent ensemble dans les appartements d'Amara. Victoria porte une robe de soie assyrienne dont les plis translucides révèlent ses courbes généreuses. Elle épingle la robe d'Amara à l'épaule en donnant plus de mou au tissu, afin qu'il accentue sa petite poitrine.

— C'étaient vos tenues à Didon et toi, je m'en souviens. Je m'étais toujours demandé ce que ça faisait de porter ça…

Amara sent son ventre se nouer à l'évocation de son amie disparue.

— Et alors, ça te plaît ? demande-t-elle.

— Je te répondrai plus tard, si Helvius a apprécié ! s'esclaffe Victoria.

Elles ont aménagé la petite chambre de Victoria à l'étage pour accueillir Helvius, au cas où il se laisserait convaincre de rester pour la nuit : toujours plus de fleurs pour masquer l'absence de meubles, et une luxueuse table en laiton, montée par Philos et Juventus depuis le tablinum. Amara espère que Rufus ne remarquera pas sa disparition. Elle ne lui a toujours pas parlé de Victoria ni de Britannica, en pariant sur l'idée qu'une soirée couronnée de succès le convaincra davantage qu'une lettre de supplication envoyée avant l'événement.

La raison de son silence n'échappe pas à Victoria, qui prend délicatement le visage d'Amara entre ses mains.

— Il va adorer. Tu t'inquiètes trop !

Amara prend la main de Victoria dans la sienne et lui embrasse la paume. Lorsqu'une ombre à la porte masque la lumière du jour, elle se retourne en s'attendant à voir Philos. C'est Britannica.

Elle s'est plaqué les cheveux en arrière comme un homme, ayant sans doute emprunté l'huile à Juventus, sinon le style. Sa tunique courte est parfaitement taillée. D'un commun accord, elles ont décidé qu'elle ferait le service – Amara espère plaire à Rufus en lui offrant cette nouveauté, un personnel entièrement féminin. C'est du moins ainsi qu'elle lui présentera la chose. Elle n'a toujours pas convaincu Britannica de poser la vaisselle avec douceur sur la table au lieu d'y balancer les plats comme pour défier les convives.

— Drosilla est là, annonce Britannica en écorchant son prénom.

La courtisane la plus cotée de Pompéi se trouve dans l'atrium d'Amara, vêtue d'une cascade de soie rouge et jaune. Auprès d'elle, sa servante Thalia porte la harpe. Drusilla ouvre les bras pour étreindre Amara et n'adresse qu'un vague signe de tête à Victoria, comme face à une humble servante.

— Allons répéter !

Elles partent s'asseoir dans le jardin, Victoria à l'écart des deux autres. Une rebuffade de Drusilla, sans aucun doute, mais qui produit l'effet inverse en attirant l'attention sur la voluptueuse silhouette de Victoria, surtout lorsqu'elle se met à bouger en rythme sur l'hymne de Sappho. La seule à détonner est Amara. Elle a répété cet air des dizaines de fois, pourtant ses doigts semblent engourdis par la nervosité et trébuchent sur les notes. Après une heure de lutte, Drusilla fait cesser la musique d'une main levée.

— Tu n'es pas prête.

— J'ai travaillé tout l'après-midi hier !

— Ça ne suffit pas. Il vaudrait mieux que tu joues de la lyre, ce soir. Tu maîtrises cet instrument à la perfection. N'importe qui serait ravi de t'entendre.

— Mais Rufus m'a acheté cette harpe exprès, proteste Amara en s'accrochant à l'instrument. Il me l'a envoyée pour que j'en joue ce soir ! Il sera tellement déçu…

— Il le sera encore plus si tu lui fais honte avec une performance médiocre.

— Pourquoi y tenir à ce point, d'abord ? demande Victoria, les mains sur les hanches comme un vendeur de rue. C'est une joueuse de lyre ! Qu'est-ce que ça peut lui foutre ? Les hommes sont tellement cons.

Drusilla fixe le vide comme si Victoria n'avait rien dit, mais Amara voit sa bouche se plisser de désapprobation.

— La lyre, s'il te plaît, répète la courtisane. Sinon je ne peux pas jouer avec toi.

— Très bien, répond Amara en se levant.

Elle évite le regard de Victoria et se hâte de gagner sa chambre pour changer d'instrument. La lyre se niche aussitôt contre sa hanche, si familière qu'elle semble faire partie de son corps. La peur et le soulagement luttent pour prendre le dessus tandis qu'Amara l'emporte au jardin.

La salle à manger semble tout droit sortie d'un mythe ancien à la lueur des lampes. Aux murs, la carnation des amantes de Jupiter est rehaussée par les flammes, et leur nudité paraît charmante au milieu des brassées de fleurs. L'étroit espace résonne du rire des hommes. Les femmes se sont alanguies sur les trois couches, dans des postures rappelant leurs homologues des fresques. Amara préfère éviter de se rassasier trop librement devant Rufus, mais le vin engourdit sa nervosité.

Victoria a su varier ses méthodes de séduction : aux mots grossiers, elle préfère les regards admiratifs pour capter l'attention d'Helvius. Il n'est d'ailleurs pas le seul à avoir été pris dans ses filets. Vu l'intensité avec laquelle Quintus fixe Victoria, Amara sait que ce n'est qu'une question de temps avant qu'il exige son tour avec elle. Drusilla, étendue près de son déloyal amant, fait tourner son élégant verre à vin par la tige. Le regard affamé de Quintus ne semble pas la déranger outre mesure, mais après tout, leur relation n'est pas des plus conventionnelles, Amara le sait bien. Afin de conserver ses attentions, Drusilla lui a elle-même présenté d'autres amantes à l'occasion.

La seule pointe d'angoisse d'Amara concerne Rufus. Il est très content de constater que ses amis sont aussi impressionnés, mais elle sent que quelque chose lui déplaît dans la soirée – un sentiment qui trouve son paroxysme lors des apparitions de Britannica : chaque fois qu'elle approche, Rufus se raidit sur sa couche. Peut-être ne faut-il y voir que de la surprise devant la façon avec laquelle la Bretonne abat les assiettes sur la table, mais Amara commence à s'inquiéter. Philos avait sans doute raison. Elle a été trop loin en achetant Britannica en plus de Victoria.

Quintus, lui, la trouve très amusante et n'arrête pas de lui asséner des claques sur les fesses lorsqu'elle se penche pour disposer les plats. Britannica finit par se retourner brusquement vers lui. L'espace d'un terrible instant, Amara craint qu'elle ne lui décoche un coup de poing, mais à la place, elle montre les dents et feule. Après un silence choqué, Quintus s'écroule de rire.

— Rufus, c'est trop ! dit-il en riant après le départ furieux de Britannica. Regarde-moi ce repaire d'Amazones ! Toutes à toi, un empire de femmes… Ou peut-être de nymphes ?

Ses yeux se perdent à nouveau dans le décolleté de Victoria tandis qu'il se ressert du vin. Victoria feint la gêne, ce qui catapulte Amara dans ses souvenirs du bordel. C'est ainsi que Victoria attirait l'attention d'un client potentiel dans la rue, dans les tavernes ou ailleurs. Helvius fronce les sourcils :

— Un empire de femmes ? Voilà exactement le genre de comportement contre-nature qui nécessite des Jeux

Tauriens. Pourquoi avoir vêtu cette malheureuse servante en homme ? demande-t-il sévèrement à Amara.

— Elle n'est pas habillée en homme, ment Amara. C'est une barbare de Bretagne. Ils s'habillent tous comme ça, là-bas. Ils ne sentent pas le froid !

— De vrais animaux, renchérit Drusilla avec fluidité. Bravo d'avoir réussi à la dompter !

Helvius ne semble pas entièrement convaincu et scrute les trois courtisanes comme s'il s'agissait d'enfants désobéissants.

— Même si cela convient à une barbare, ce genre d'attitude ne devrait pas être encouragée ici, entre gens civilisés. Enfin… Je vois bien que l'intention n'était pas mauvaise, concède-t-il avec un signe de tête pour Rufus. Et une trop grande indulgence envers les esclaves est une chose toute féminine, parfaitement naturelle. Mais des femmes qui se mêlent de politique, qui soudoient les hommes pour obtenir ce qu'elles veulent, c'est autre chose ! C'est s'en prendre à l'ordre de l'univers, rien de moins !

— Est-ce qu'une femme ferait vraiment ça ? s'étonne Victoria. Je ne peux pas y croire…

Elle regarde Helvius avec une admiration presque bovine. On jurerait voir le portrait de Io près de la porte. Tout en elle invite au toucher, ses courbes comme son attitude ; tout en elle promet à Helvius qu'elle, au moins, ne saurait être que la femme « naturelle » qu'il exige. Il pose une main rassurante sur le poignet de Victoria.

— Pas une femme comme toi, bien sûr. Pas une femme à sa place.

Amara jette un œil à Drusilla. Pour la première fois, celle-ci pose sur Victoria un regard presque respectueux, les sourcils levés en deux croissants parfaits. *Peut-être que tout ira bien,* songe Amara.

— Ne me dis pas que tu en veux encore à Julia Félix, s'esclaffe Quintus. C'était il y a plus de cinq ans ! Lâche l'affaire !

— Julia ? Qu'est-ce qu'elle a fait ? demande Amara, surprise d'entendre le nom de la propriétaire des bains de Vénus.

Rufus se tourne vers elle, comme s'il craignait qu'elle ne se lance dans la défense de son amie.

— Il y a quelque temps, Julia a persuadé le conseil de clore une route publique pour étendre sa propriété. Jamais on n'avait entendu parler d'une chose pareille à Pompéi. Beaucoup de gens étaient très contrariés.

— Elle n'est même pas mariée ! lance Helvius. Quelle honte, entacher ainsi le nom de son père…

Amara n'a aucune idée de qui est son père, mais elle sait bien que le moment est mal choisi pour poser la question.

— Pline aime bien Julia, commente Rufus.

— L'amiral est excentrique, c'est bien connu, réplique Helvius. Il fréquente toutes sortes de gens.

Il semble s'irriter qu'on l'ait contredit : dans son visage rougi par le vin, ses yeux sont exorbités, comme ceux d'un lièvre.

— S'il ne peut pas comprendre qu'un comportement immoral risque d'attirer sur nous la colère des dieux, peut-être que c'est parce qu'il n'a pas eu à endurer le Grand Tremblement de Terre !

— Vous croyez qu'une autre calamité nous guette ? s'exclame Victoria en se pressant contre Helvius, comme si son corps épais pouvait la protéger de la vengeance divine.

Son mouvement a tout de spontané, mais Amara sait bien qu'elle le préparait depuis le début de la soirée. Helvius, pris au dépourvu, l'attire encore plus près et lui caresse la taille de ses doigts boudinés – à l'évidence, il ne voit aucune hypocrisie dans le fait de profiter d'une prostituée tout en se plaignant de la dépravation des femmes.

— Pas si nous apaisons les dieux comme il se doit.

Quintus pousse un profond soupir, peut-être fâché que Helvius s'octroie Victoria qui a l'attrait de la nouveauté. Il se plaint à Drusilla :

— Je croyais que tu nous avais promis de la musique ?

— Moi aussi, j'attendais ce moment, mon amour, dit Rufus à Amara. Tu lances le mouvement ?

Il lui fait le baisemain. Elle voudrait tout lui avouer, l'avertir qu'elle ne jouera pas de la harpe, mais elle se contente de sourire avec une joie feinte.

— Bien sûr.

Une fois la soirée finie, seule dans ses appartements avec Rufus, elle le trouve étrangement distant. Assis sur la couche, il a placé la harpe inutilisée sur ses genoux. Amara sait qu'elle a joué mieux que jamais ce soir. Les lampes placées par Philos tout autour de la fontaine et suspendues aux branches des arbres se mêlaient à la lumière des étoiles et au parfum nocturne des narcisses. Amara aurait pu se croire au milieu d'une constellation céleste. Victoria a chanté de tout son cœur tandis que Drusilla et Amara l'accompagnaient dans une harmonie si parfaite que cette dernière en a eu les larmes aux yeux. Une fois la performance achevée, sous les applaudissements de leur public, elle a cherché le regard de Rufus en espérant le voir satisfait. Il acceptait les félicitations de ses amis d'un air ravi, mais pour la première fois depuis le début de la soirée, Amara ne pouvait deviner ce que cachait son sourire. Peut-être pourra-t-elle vaincre sa sombre humeur en faisant semblant de ne pas la remarquer.

— Victoria a beaucoup plu à Helvius, commente-t-elle en s'asseyant près de lui. Vu qu'ils se sont retirés à l'étage, elle doit encore être en train de lui plaire à l'heure où je te parle…

— Pourquoi m'avoir humilié ?

Amara sent sa bouche s'assécher.

— T'humilier ? répète-t-elle en faisant mine d'en rire. Ah, les hommes, jamais contents ! J'ai tout fait pour te rendre heureux !

— Ne te moque pas de moi, Amara.

— Je ne comprends pas, je…

— La harpe. Toutes ces femmes que tu as décidé d'acheter sans m'en parler. Cette… créature qui nous a fait le service, plutôt que l'intendant que je t'avais fourni. Mais qu'est-ce qui t'a pris ?

— Je voulais juste que la soirée soit unique…

— Ne me mens pas ! éclate Rufus. Tu ne me mentais jamais, autrefois.

— Comment oses-tu ? s'offense Amara. Comment oses-tu m'accuser de mentir ?

Rufus s'est par le passé toujours apaisé devant ses éclats de colère. Elle s'apprête à faire une sortie dramatique, en s'attendant à ce qu'il la suive en se répandant en excuses, mais il l'attrape par le poignet.

— Tu oublies ta place, dit-il très bas.

Elle est sur le point de répliquer lorsque l'expression de son visage l'arrête. Au lieu de se dégager, elle se presse contre lui, suppliante. Rufus n'a jamais résisté à l'attrait d'un numéro romantique.

— Je t'en prie, souffle-t-elle. Mon amour, je ne voulais pas te contrarier… Il fallait que je libère Victoria. Elle serait morte au bordel. Britannica aussi. Il fallait que je les sauve, il le fallait ! Et Victoria est une chanteuse de si grand talent. Je croyais que son chant te plairait. Je ne pensais pas à mal, je te le jure…

— Tout ce désordre que tu as introduit dans la maison… On te croirait déterminée à y recréer le bordel, dit-il d'un ton dur.

Amara, les yeux levés vers cet homme dont l'amour cimente les fondations de sa vie, se sent saisie par la peur. On dirait un inconnu. Dans son désespoir, elle lui attrape la main, la porte à son cœur, espérant faire revenir le Rufus qu'elle connaît.

— Comment peux-tu penser cela de moi ? Rufus, s'il te plaît…

— Qu'est-ce qui t'a pris de retourner là-bas ? Tu ne pouvais pas passer à autre chose, non ?

Il repousse sa nouvelle tentative d'étreinte d'un geste impatient qui rappelle son père, Hortensius.

— Tu t'es déshonorée. Rien qu'y penser me répugne. Et que Philos t'ait aidée… À cause de toi, je vais devoir le faire fouetter ! Et j'ai horreur de punir les esclaves ! Mais si je ne le fais pas, ils perdent tout respect. Tu m'as ridiculisé sous mon propre toit !

Le sang bat aux tempes d'Amara, sourd comme le rugissement de la mer. Elle voit Philos, les coups s'abattant sur ses épaules, lui arrachant ses habits, sa peau. Par sa faute.

— Mais il n'y était pour rien ! s'écrie-t-elle, consumée d'angoisse. Je l'ai trompé !

— Comment ça ?

Elle hésite, se tord les mains, incapable de croiser son regard, d'y lire tout son dégoût.

— Je lui ai dit que j'avais ta permission pour les acheter… Philos ne savait pas que tu n'étais pas au courant. C'est pour ça qu'il m'a aidée. Parce qu'il pensait agir sur tes ordres.

— Donc tu as *menti*, insiste Rufus en lui saisissant le menton. Tu es une *menteuse*.

— Je suis une menteuse, répète Amara, incapable désormais de réfuter l'accusation.

Rufus la relâche et prend la harpe dans ses bras.

— Je pensais n'avoir jamais rencontré de femme comme toi. Je ne croyais pas à ma propre chance. J'avais beau savoir d'où tu sortais, je me disais que ça n'avait pas d'importance. Tu étais si douce, si craintive, si innocente. Comme tu devais l'être chez ton père. La fille du docteur… Comme intouchée par le bordel.

— Je n'ai pas changé ! proteste Amara, effrayée qu'il parle d'elle au passé.

— Mais ça t'a salie. Tous les subterfuges que tu as appris là-bas, comment charmer les hommes, toutes ces petites astuces…

Il repose la harpe.

— Viens ici.

Quelque chose dans la façon dont il a déposé l'instrument, avec tant d'attention, lui annonce la violence à venir. Elle en a trop subi pour ne pas la détecter dans ses épaules tendues, dans la lenteur délibérée de ses mouvements. Pendant un instant de folie, elle s'imagine lui désobéir, se voit courir hors de la maison, fuir dans la nuit. Mais pour aller où ? Retourner chez Félix ? Elle n'a aucun refuge. Elle se convainc qu'elle se fait des idées, se répète que c'est Rufus. Il ne lui ferait jamais de mal. C'est impossible. Elle se force à approcher. Il ôte l'épingle de sa robe avec précaution, fait glisser la soie qui lui couvrait le corps. Mais malgré la douceur de ses gestes, elle se sent si physiquement menacée que c'est à peine si elle respire encore.

Il la retourne et se place derrière elle.

— Tu refuses toujours cette position, murmure-t-il. Tu ne sais donc pas que c'est ainsi qu'un mari doit prendre sa femme ? Honorablement, pas comme ce qu'on t'a enseigné au bordel.

Sa main pèse sur la nuque d'Amara. Il ne serre pas, mais lorsqu'elle tente de lui faire face, il l'en empêche. Elle pose sa main sur la sienne, tente de desserrer ses doigts, de faire appel à la gentillesse qui, elle en est convaincue, réside en lui :

— Je t'en prie. Je n'aime pas ça…

— Pourquoi pas ?

Amara voudrait le lui dire. Si elle ne peut voir son visage, s'il est derrière elle, il deviendra Félix ; il deviendra n'importe quel client du bordel. Le passé et le présent fusionneront et la panique l'aveuglera. Mais si elle lui explique cela, il n'entendra qu'une chose : elle a couché avec des hommes innombrables, et c'est à eux qu'elle pense lorsqu'elle partage son lit.

Amara fixe la sarabande des nymphes peintes au mur, qui se brouillent lorsque ses yeux se remplissent de larmes.

— Je n'aime pas ça, c'est tout. Ça ne suffit pas ?

Rufus ne relâche pas sa prise et dépose un baiser sur son épaule.

— J'essaie juste de t'aider à redevenir celle que tu étais, murmure-t-il.

Il ne la bat pas. Elle n'est même pas certaine qu'il fasse exprès de la menacer en gardant sa main sur sa nuque, même s'il l'y laisse tout du long. Elle a enduré bien pire de la part de Félix, de la part d'hommes dont elle a oublié jusqu'aux noms, jusqu'aux visages. Mais la douleur que lui inflige Rufus dépasse toute autre, car elle le croyait différent. Elle qui pensait avoir trouvé un port dans la tempête comprend qu'il n'est qu'une tempête de plus.

Après l'acte, il redevient tendre, aimant, effaçant de ses baisers les larmes qu'elle a versées par sa faute. Il peut se montrer affectueux maintenant qu'elle est plus proche de son idéal soumis. Amara sera même autorisée à garder Victoria et Britannica, si elle promet de ne plus jamais lui mentir. Elle sanglote de gratitude en entendant cela, et se hait d'être ainsi submergée par le soulagement. Parce qu'elle n'a pas d'autre choix, elle lui dit qu'elle l'aime et le laisse l'étreindre. Lorsqu'il s'endort, elle reste piégée dans ses bras, révulsée par son contact.

Le lendemain matin, tout semble ralenti, léthargique, jusqu'au jet de la fontaine. Amara a du mal à se concentrer, plus de mal encore à discuter. Assise dans le jardin avec son amie la plus chère – désormais officiellement autorisée à rester –, elle sent peser la main de son protecteur sur son genou. Rufus ne l'enlève que par intermittence, pour repousser les mèches qui tombent sur les épaules d'Amara. Elle ne devrait ressentir que pur bonheur, mais son corps entier semble comme vidé de sa substance. Ses deux compagnons, en revanche, sont d'excellente humeur. Helvius n'est pas resté toute la nuit mais s'est à l'évidence attardé assez longtemps pour que Victoria s'en enorgueillisse. Assis entre les deux femmes, détendu, Rufus se comporte comme si la dispute de la veille n'avait pas existé. Il va jusqu'à rire aux plaisanteries de Victoria comme à celles d'une vieille connaissance. Amara en vient presque à douter d'elle-même – les événements se sont-ils vraiment déroulés comme dans sa mémoire ? Bon enfant et sans façons, Rufus a clairement séduit Victoria comme il séduisait autrefois Amara. Elle n'a pas l'énergie de le haïr.

Après quelques instants de plus, il s'en va avec Philos, dont il a besoin pour conduire quelque affaire pour son père. L'intendant d'Amara lui sera aussitôt rendu ensuite, promet-il. Sitôt la porte refermée derrière lui, Victoria se met à relater les détails les plus salaces de sa nuit avec Helvius. D'ordinaire, Amara serait heureuse d'en rire avec elle – les histoires scandaleuses de Victoria en valent toujours la peine – mais pour cette fois, elle prétend souffrir d'une migraine.

— C'est vrai que tu n'as pas l'air bien, fait Victoria en l'examinant de plus près. J'espère que ce n'est rien de sérieux.

L'espace d'un moment, Amara songe à se confier à elle, comme elle l'aurait fait avec Didon. Puis elle se rappelle les excuses que trouvait toujours Victoria aux violences de Félix. Elle imagine déjà sa réaction. *Alors, il ne t'a même pas frappée ni giflée, il voulait juste te prendre par-derrière ? Pour quoi tu crois qu'il te paie ?*

— Non, ça va, sourit Amara. Juste un excès de vin, je crois.

Victoria éclate de rire et s'étend de tout son long sur le banc.

— Aux excès de vin ! Et aux excès de bonne chère, et aux excès d'hommes…

Avec un soupir de bien-être, elle se masque les yeux d'un bras et Amara la laisse là, alanguie comme un chat au soleil, libre de ne rien faire. Elle se tourne vers le portrait de Didon, qui lui manque tellement que, l'espace d'un dangereux instant, Amara pourrait presque en vouloir à Victoria d'être encore en vie.

Au lieu d'aller s'étendre, elle part s'isoler dans le calme de son bureau. S'imaginer discuter avec son amie disparue est trop douloureux, si bien qu'Amara se concentre sur Félix, dont les habitudes lui sont toujours si familières.

À cette heure du jour, son ancien maître doit être au Palestre, à courir comme si les limiers de Diane étaient à ses trousses. Comment a-t-il pu survivre à tant de violence, comment a-t-il pu voir sa mère mourir, sans renoncer lui-même à vivre ? Amara parviendra-t-elle à faire la même chose ? Aura-t-elle assez d'endurance ?

Sur le bureau trône la cassette qui contient son argent. Presque tout son contenu finira dans la poche de Félix. Le premier versement devra se faire d'ici à quelques jours.

Les heures passent, sans qu'Amara fasse grand-chose d'autre que fixer le mur. On frappe, ce qui la tire de sa transe. Sans doute Victoria. « Entrez ! » répond-elle avant de se rendre compte qu'elle a verrouillé la porte. Elle part l'ouvrir et découvre Philos. Il semble agité et referme le battant derrière lui.

— Tu as dit à Rufus que tu m'avais menti. Que tu m'avais fait croire qu'il t'avait donné la permission d'acheter les deux femmes.

— Oui, c'est vrai.

— Mais pourquoi ? Tu m'as fait passer pour un idiot !

— Il allait te donner le fouet…

— C'est tout ? s'exaspère Philos. Tu crois qu'il ne m'a jamais battu ? Tu n'avais pas compris que je courais ce risque quand je t'ai aidé à acheter Victoria ? Ce que tu as fait est pire ! J'ai passé des années à gagner la confiance de Rufus, son respect, à le convaincre que j'étais suffisamment intelligent pour administrer ses affaires. Et voilà qu'il pense que je suis le genre d'imbécile qui peut se laisser jouer par une…

Il s'interrompt, rougissant. Le mot *putain* reste suspendu entre eux.

— Une quoi ? demande Amara à voix basse.

— Une… courtisane, balbutie Philos en évitant son regard, gêné. Je suis désolée. Ce n'est pas ainsi que je te vois, je t'assure… Ce n'est pas ce que je voulais dire.

Son excuse ne fait qu'empirer les choses. La honte enflamme le corps entier d'Amara. Rufus l'a humiliée – elle s'est sentie si faible, si insignifiante. Tout cela pour protéger un homme qui ne s'en soucie même pas. Elle croise étroitement les bras sur sa poitrine comme pour atténuer la douleur. Philos la fixe, un air de détresse dans ses yeux gris, et elle se détourne.

— Il t'a fait du mal ?

L'inquiétude dans sa voix – et, pire encore, l'idée qu'il puisse avoir pitié d'elle – met Amara en rage.

— Comment oses-tu me demander ça ! hurle-t-elle. Sors d'ici !

Au lieu de lui obéir, Philos s'avance vers elle.

— Je suis désolé, Amara. Pardonne-moi, je t'en prie. Je ne me rendais pas compte…

Cet assaut de gentillesse la fait tressaillir. Il ne la verra pas pleurer. Elle songe à Félix, à sa fureur glacée qui refroidissait quiconque s'approchait trop.

— Je t'ai dit de *sortir d'ici.*

Une gifle n'aurait pas arrêté Philos plus soudainement. Il s'en va sans autre bruit que le cliquetis de la porte. Rigide, Amara sent ses yeux s'emplir de larmes. La main de Rufus sur sa nuque, la masse de son corps – ces souvenirs lui pèsent presque autant que l'idée qu'elle ne sera jamais libre de résister. Elle s'empare d'une lampe à huile sur le bureau et la projette vers la porte. L'objet éclate en une multitude de fragments d'argile qui rebondissent sur les dalles. Une tache sombre demeure sur le bois.

Chapitre 10

Donnez-moi les livres du souteneur :
vous y trouverez ses comptes.

Sénèque, *Controverses*, I. 2.

Une pluie légère tombe par le carré du plafond et clapote dans la pièce d'eau. L'atrium est humide, sombre comme au crépuscule sous les épais nuages, malgré l'heure matinale. L'eau de pluie déborde, assombrissant les éclats d'argile qui tapissent les rebords du bassin. Sous l'une des quatre colonnes se serrent Amara, Victoria et Britannica.

— Tu es sûre que tu ne veux pas que je vienne ? demande Victoria. Peut-être qu'il sera plus raisonnable si je suis là.

— Moi plutôt, dit Britannica. Il ne va rien te faire. Je te protège.

Toutes deux fixent Amara avec une inquiétude si sincère : leur amour l'aide à repousser ses regrets maintenant que l'heure du premier versement est enfin venue.

— Te revoir pourrait le mettre plus en colère, explique-t-elle gentiment à Victoria, avant de serrer le bras de Britannica. Et toi, ne t'inquiète pas, je prendrai Juventus et Philos avec moi.

— Je suis meilleur homme qu'eux, rétorque Britannica avec un signe du menton vers les deux serviteurs. Donne-moi un couteau et je te le prouve.

Amara s'avise soudain qu'au-delà de leur angoisse pour elle, toutes deux ont leurs propres affaires à régler avec Félix. Comme leur ancien maître se réjouirait de cette influence qu'il exerce encore sur ses esclaves…

— Tout ira bien, affirme Amara. Il ne me fera jamais de mal maintenant que je suis sous la protection de Rufus. Et je demanderai à Juventus de fermer les portes en partant pour que vous puissiez les verrouiller jusqu'à notre retour.

— Prends au moins une arme, lance Britannica en secouant la tête.

Amara fait comme si elle n'avait rien entendu et les serre dans ses bras avant de rejoindre les hommes. Au sortir de l'étroit couloir de l'entrée, Juventus ferme le haut portail de bois. En entendant tourner le verrou à l'intérieur, Amara a brièvement la folle impression qu'on l'a chassée de la maison, qu'elle ne pourra jamais y revenir. Elle pose la main sur les clous de laiton qui tapissent le battant, plus gris que dorés dans la morne lumière.

— Prête ? demande Philos.

Depuis leur discussion au sujet de Rufus, leur relation est tendue : Amara a accepté ses excuses mais a évité toute conversation privée avec lui par la suite. Sa compassion la gêne, lui rappelle sa propre faiblesse.

Après avoir acquiescé, elle se détourne et tous trois partent en file indienne. Philos est en tête, Amara au milieu et Juventus, le plus impressionnant d'eux trois, à l'arrière. C'est jour de marché au Forum : en arrivant sur la via Vénéria, ils y trouvent un long embouteillage de chariots et de mules. L'atmosphère est saturée des cris et de l'exaspération des conducteurs qui tentent tous de s'y frayer un chemin en même temps. Les trottoirs sont également bondés, un rêve pour les détrousseurs. Amara sent la bourse de cuir lui coller à la peau : Britannica a insisté pour qu'elle la porte sous ses vêtements, autour de son cou. Ils ont partagé l'argent en trois dans l'espoir de ne pas tout perdre s'ils étaient bel et bien pris pour cible par des voleurs.

La pluie n'est plus qu'une bruine, mais le temps d'arriver à l'Antre des Louves, tous trois ont le visage trempé. L'humidité a transpercé le voile qui couvre la tête et les épaules d'Amara. Sa coiffure doit être en piteux état. Pourvu au moins que son kohl n'ait pas coulé.

Juventus tambourine à la porte, si fort que quelques passants s'esclaffent, en lui criant qu'il semble bien impatient d'entrer au bordel. Paris ouvre et détaille l'imposant portier avec méfiance.

— Ces deux-là attendront dehors, dit-il.

— Ne sois pas idiot ! siffle Amara, avant de baisser la voix. Tu crois donc que j'ai gardé tout l'argent sur moi ?

Paris les laisse passer et les suit dans l'escalier en grommelant.

— Oui, eh bien, je ne laisse pas des brutes s'entasser dans les appartements du maître. Tu iras seule, et ils attendront là…

Il pousse les deux hommes dans la petite pièce qui jouxte le bureau de Félix. L'endroit est désagréablement familier – le vertigineux motif noir et blanc aux murs, la faible chaleur du brasero au sol. Amara a le souffle court, de plus en plus oppressée à mesure que la confrontation avec Félix se rapproche. Elle sent que Philos tente désespérément de croiser son regard, elle le sait anxieux, mais elle persiste à l'ignorer. Il abandonne et marmonne quelques mots à Juventus dans leur propre dialecte. Ce dernier farfouille sous sa cape pour en sortir sa bourse. Lui seul ne semble ressentir aucune peur : il observe ce qui l'entoure, les yeux ronds. S'il ignorait encore que sa maîtresse sortait d'un bordel, le voilà au courant.

— Allez, on se dépêche ! aboie Paris depuis le couloir.

L'habitude d'obéir aussitôt aux ordres issus de Félix est profondément ancrée dans le corps d'Amara. Elle prend le reste de l'argent et se hâte de gagner le corridor. Puis elle se rend compte, trop tard, qu'elle n'a pas sorti sa propre bourse, coincée entre ses seins, et qu'elle devra l'en extraire sous les yeux de Félix. Déjà, elle passe le seuil si familier du bureau aux murs écarlates, et Paris claque la porte derrière elle.

Félix et Amara se dévisagent mutuellement. Jamais ils ne s'étaient retrouvés seuls depuis qu'elle a gagné sa liberté. Lui est assis à son bureau, comme elle l'a mille fois imaginé, elle debout près de la porte, à sa place habituelle. Les nerfs d'Amara sont tendus à se rompre, tout son corps vibrant d'énergie, prêt à l'affrontement. Elle s'attend à des railleries, des menaces, voire à ce que Félix l'empoigne. Mais il lui désigne la chaise qui lui fait face comme s'il recevait une vieille amie.

— Je te sers un verre ? propose-t-il plaisamment. D'après Zoskalès, c'est son meilleur cru. Donc pratiquement buvable, avec un peu de chance…

— Tu ne bois pas, toi, répond Amara, trop surprise pour y mettre les formes. Pourquoi endormir mon esprit pendant que le tien reste en éveil ?

— D'accord, d'accord, dit-il avec un sourire en coin. C'est toi qui vois. Tu m'as beaucoup observé, on dirait…

Il désigne du menton le coin où elle s'asseyait pour tenir les comptes. Amara ne peut s'empêcher de remarquer qu'il n'y a plus aucune tablette sur le petit meuble.

— Les nouvelles putains ne savent pas compter, on dirait ?

— Eh non. Tu es irremplaçable…

— Tu essaies de me faire du charme, là ? demande Amara, amusée malgré elle. Tu n'imagines quand même pas que je m'y laisserai prendre. J'étais assise sur ce même siège quand tu m'as raconté qu'on avait éborgné Drauca sur tes ordres.

L'expression ouverte de Félix se chiffonne. S'il y a bien une chose qu'il déteste, c'est qu'on se moque de lui.

— Voilà qui te ressemble davantage, l'encourage Amara. Tu pourrais aussi te mettre en colère et me traiter de putain, histoire que je me sente vraiment comme chez moi.

— Mais tu *es* chez toi, lance Félix. Ma putain préférée.

Il se nourrit du malaise d'Amara : elle voit bien que son sourire est sincère, cette fois. Elle n'avait pas revu Félix depuis si longtemps qu'elle avait oublié à quel point il était beau. Victoria disait toujours qu'il ressemblait à Apollon, avec son corps sculpté au biseau, tout en angles et méplats. Mais grâce à Fabia, Amara sait bien que Félix n'est qu'un mortel parmi d'autres. *Il était tellement mignon quand il était petit. Ces grands yeux marron...*

— Je crois qu'on ne se sent vraiment chez soi que là où on a grandi, rétorque-t-elle.

Le sourire de Félix se crispe. Apparemment, le coup a porté.

— Dans ce cas, tu n'as qu'à demander à ton joli garçon de te ramener en Grèce. Mais pas avant de m'avoir payé, dit-il avec brusquerie.

— Tu me pourchasserais par-delà la mer ?

— Je te pourchasserais où que tu ailles. Tu m'as déjà vu oublier une dette ?

C'est au tour d'Amara d'être perturbée, mais elle refuse de le laisser voir et hausse les épaules.

— Dans ce cas, heureusement que j'ai un riche protecteur pour te payer. Rufus trouve que Victoria chante divinement. Elle s'est produite devant lui et ses amis au dîner, l'autre soir.

— Quoi, tu essaies de me rendre jaloux ? s'esclaffe Félix. Tu crois que ça me dérange si d'autres hommes baisent une femme que je louais au tout-venant ? Grand bien leur fasse ! D'autant plus que tu as payé deux fois trop cher pour l'avoir.

Amara songe au cœur brisé de Victoria. Même si cette acquisition irréfléchie n'apporte rien de bon par ailleurs, elle aura au moins épargné d'indicibles violences à son amie.

— Tu ne la mérites pas. Tu ne l'as jamais méritée.

— Je pourrais te rétorquer la même chose. Vraiment, je ne comprendrai jamais pourquoi ton joli cœur a payé si cher pour… toi.

— C'est l'amiral qui m'a achetée, répond Amara trop vite, en dévoilant plus d'émotion qu'elle ne l'aurait souhaité.

— Et après, il t'a laissé aux mains d'un autre. À moins qu'il ne t'envoie chercher un jour pour les rejoindre à Misène, lui et sa flotte… Non, c'est peu probable, hein ?

Amara reste silencieuse. Elle a suffisamment vu Félix à l'œuvre avec ses clients, sa façon de dévider leurs vies, de tirer sur tous les fils pour chercher les points faibles. Il doit percevoir sa vulnérabilité même s'il n'arrive pas à en distinguer la raison exacte.

— Tu m'avais dit que ton Rufus était violent, reprend-il. Quelle petite menteuse tu fais…

— Peut-être qu'il l'est bel et bien.

— S'il a un peu de bon sens, il le deviendra. C'est la seule façon de contrôler une femme.

Amara se sent brûler de haine.

— Rufus n'a rien à voir avec toi, crache-t-elle sans plus savoir si c'est bien vrai.

— Espérons-le. Et je ne t'en veux pas d'avoir gardé Victoria. Je sais bien que ce n'est pas elle que tu voulais vraiment.

Amara s'attendait à ce qu'il mentionne Didon, à ce qu'il frappe au cœur, et elle se force à rester calme.

— Où as-tu enterré ses cendres ?

— Qu'est-ce qui te fait croire que je l'ai enterrée ?

— Parce que même toi, tu ne l'aurais pas balancée à la décharge. Tu n'aurais pas fait une chose pareille. Pas après ce que Pline venait de te verser pour moi.

— Peut-être que je l'ai inhumée, peut-être que non. Mais tu ne le sauras jamais.

Elle ouvre la bouche pour riposter mais il lui coupe la parole.

— Allez, ça suffit, maintenant. Donne-moi l'argent.

Amara le fixe, impuissante, folle de rage. Elle songe au portrait de Didon, à son doigt pointé en signe de vengeance. Elle espère que l'âme de son amie le tourmentera pour le restant de ses jours.

— Alors ? insiste Félix en claquant des doigts comme pour la faire sortir d'une transe. L'argent ?

Amara se penche sur le bureau pour y placer les deux bourses de Juventus et Philos. Une nausée la prend en voyant Félix occupé à compter ces pièces si durement gagnées. Il se tourne vers elle.

— Ce n'est pas assez pour un premier versement. Où est le reste de mon putain d'argent ?

Amara se lève pour le rejoindre. Félix ne parvient pas entièrement à dissimuler sa surprise ; au tout dernier moment, il se met également debout. Elle ne l'avait jamais volontairement approché d'aussi près. Il ne la quitte pas des yeux. Ni l'un ni l'autre ne sait, en cet instant, qui est le prédateur et qui est la proie.

Elle glisse une main dans sa robe et en sort la bourse tiédie par sa peau. Elle fait passer le cordon par-dessus sa tête avant de la laisser tomber sur le bureau. Puis elle se penche et embrasse Félix sur la bouche, les yeux toujours ouverts et plongés dans les siens. Aucune tendresse dans ce geste, encore moins du désir – elle brûle bel et bien, mais c'est de haine.

Félix ne la touche pas. Mais elle sent sa respiration s'accélérer. Les mots de Fabia lui reviennent. *J'ai toujours eu l'impression que c'était toi qu'il aimait bien.* Parier sur les ragots d'une vieille femme n'est pas des plus sages.

Un fois leur baiser fini, Amara relâche sa respiration.

— Tu m'avais manqué, souffle-t-elle.

Puis, sans lui laisser le temps de répondre, elle quitte la pièce.

Floralia

Chapitre 11

Debout nue sur le rivage,
elle était l'objet des moqueries des acheteurs.
Chaque partie de son corps était inspectée – et manipulée.
Sénèque, *Controverses*, I. 2.

Le marché aux esclaves de Pompéi est bien plus petit que l'immense port de Puteoli où Félix les avait achetées, elle et Didon, ce qui n'empêche pas le cœur d'Amara de se serrer en regardant le bétail humain que l'on décharge sur les quais. Même de loin, l'odeur de si nombreux corps – la sueur et la crasse – couvre presque la fraîcheur de la brise marine. Par cette magnifique journée, la mer est un miroir d'argent à l'éclat quasi insoutenable, qui se fond dans le bleu à l'horizon. La déesse de l'amour se dresse au milieu des flots et de l'écume dont elle est née, debout sur sa haute colonne au centre du port, indifférente aux vagues qui se brisent sous ses pieds. Vénus Pompéiana, gardienne de sa ville, tourne le dos au marché et à sa laideur. Peut-être est-ce le bruit qui offense les oreilles d'Aphrodite : les vendeurs qui hurlent leurs prix, les rires braillards, le marchandage colérique. Amara sent la tension monter, comme la fumée qui s'échappe du bois avant qu'il ne prenne feu.

Drusilla, quant à elle, semble parfaitement sereine. Aucun signe d'inconfort sur son joli visage. Mais il est vrai que la vente de Drusilla remonte à sa tendre enfance : peut-être ne s'en souvient-elle même pas, alors que pour Amara, le souvenir est si récent que son pouls lui bat aux tempes et qu'une vive douleur s'est logée dans sa poitrine. Son amie se tourne pour lui sourire.

— J'ai demandé à mon intendant Joséphus de nous en mettre quelques-unes de côté, pour qu'on puisse les regarder avant que les maquereaux ne les inspectent. Il vérifiera leur parcours.

Amara sent Britannica s'agiter. La Bretonne a le visage rouge, luisant de sueur sous l'imposant soleil d'avril, et semble tout aussi tendue qu'Amara. Peut-être était-ce une erreur de la prendre comme garde du corps plutôt que Philos. Devant elles, les derniers débarqués sont bousculés et violentés pour former une ligne dans l'ombre mouvante du bateau le plus proche. Certaines des femmes sanglotent ; l'une d'elles tente de s'accrocher à la couverture qu'on lui arrache. Les vendeurs parcourent les rangs en accrochant des pancartes au cou des gens : on y a écrit leur nom, leur pays d'origine et leur parcours d'esclave. Les acheteurs les examinent ou, pire, tâtent les corps sans défense qu'on a mis en vente. Amara sent sa propre peau se hérisser à cette vue. Un souvenir enfoui resurgit : Didon – une inconnue à l'époque, à côté d'elle au marché de Puteoli – lui avait spontanément saisi la main.

Drusilla désigne Joséphus, qui leur fait de grands signes, debout près d'un marchand d'esclaves. Il doit avoir fini de négocier.

— Il est prêt, confirme Drusilla en se dirigeant vers lui.

L'espace d'un instant, Amara se sent incapable de la suivre, d'avancer ne serait-ce que d'un pas de plus. Une crainte irrationnelle l'a saisie : si elle s'approche des rangs, c'est sa cape qu'on arrachera, et elle sera contrainte de se tenir nue sur l'estrade des ventes, à nouveau esclave.

— Je viens avec toi, dit Britannica qui l'observe en plissant les yeux face au soleil. Courage, Amara. Je suis là.

Amara lui prend le bras, emplie d'autant de honte que de gratitude : elle est libre, et Britannica ne l'est pas.

— Jamais je ne te vendrai, déclare-t-elle, impétueuse. Dès que je pourrai légalement te libérer, je le ferai. Je le jure.

— Je sais.

Le temps d'atteindre Joséphus, celui-ci négocie déjà les prix. Le marchand d'esclaves salue Amara d'un signe de tête, mais elle ne peut croiser son regard et fixe ses doigts garnis d'anneaux, si bronzés et tannés qu'on dirait du vieux cuir. Elle sait bien à quoi s'occupent ces mains : toucher les corps qu'il vend, les entraîner, les frapper, en tirer le plaisir qui, de son point de vue, lui revient de droit. Amara serre si fort le bras de Britannica qu'elle doit lui faire mal, mais la Bretonne reste impassible.

— Amara ! s'impatiente Drusilla. Tu m'écoutes ? Je disais : lesquelles on prend ?

— Désolée… Tu peux répéter… ?

— Deux flûtistes grecques ou une joueuse de cithare de Carthage, c'est le mieux qu'il puisse nous proposer. Toutes feraient l'affaire pour accompagner Victoria, mais les flûtistes seraient préférables, à condition qu'elles valent leur prix.

— Je ne sais pas… Je ne suis pas sûre, balbutie Amara.

Joséphus échange quelques mots avec le marchand qui part chercher les femmes en question. Celles-ci ne sont pas en rang mais sur le côté, avec un mince jeune homme qui rappelle douloureusement Philos à Amara.

On aligne devant elles les deux flûtistes et la joueuse de cithare, celle-ci un peu à l'écart. Ses yeux sont rouges et gonflés et elle ne cesse d'essayer de se couvrir. Elle doit avoir été kidnappée, comme l'avait été Didon. Les flûtistes ont le regard vide, comme Amara à l'époque de sa vente. Celles-ci n'ont sans doute jamais connu la liberté.

— Je crois bien que ce sont ces deux-là qu'il nous faut, non ? lui murmure Drusilla. Si gracieuses… À condition qu'elles sachent vraiment bien jouer.

Amara examine à nouveau les flûtistes et, l'espace d'un instant, les voit comme les voit Drusilla. Elle les imagine en train de se produire à l'un de ses dîners pour Rufus et Quintus. Enrichir et égayer l'atmosphère. Lui rapporter encore plus d'argent pour rembourser Félix…

— Pourquoi ne pas demander qu'elles nous jouent un morceau ? propose-t-elle.

Drusilla hoche la tête. Joséphus s'entretient à nouveau avec le marchand qui part chercher les flûtes. Amara se rend compte que la joueuse de cithare les fixe avec désespoir.

— Peut-être qu'on devrait prendre les trois ? continue-t-elle, soudain saisie d'effroi à l'idée de la laisser là.

— On ne peut vraiment pas se le permettre… répond Drusilla à voix basse.

Elle a raison. Amara se repose déjà sur elle pour l'essentiel de leurs achats du jour. Au lieu de participer en petite monnaie, elle a cédé plusieurs de ses bijoux à Drusilla, sous réserve que cette dernière les lui prête de temps à autre pour éviter les soupçons de Rufus.

Le marchand revient avec les instruments des femmes et, avec brusquerie, leur fait signe de jouer. L'une des flûtistes grimace dans son dos. Ensemble, elles se lancent dans un morceau qui contraste avec la laideur sonore des alentours. La mélodie est toute simple mais suffit à prouver leur talent ainsi que leur sens de la danse. Aux côtés de Victoria, leur potentiel de séduction serait indéniable. Amara se souvient du ravissement d'Egnatius la première fois qu'il les avait embauchées, elle et Didon, aux Floralies de l'an dernier. Serait-il intéressé par ces filles ? Combien paierait-il ? Peu à peu, sa honte s'efface tandis qu'elle examine le corps des flûtistes en calculant son investissement.

À la fin de la performance, Drusilla l'entraîne à l'écart, hors de portée des autres.

— Je crois qu'on devrait les prendre, chuchote-t-elle.

— Moi aussi. Tu as déjà donné nos prix à Joséphus ?

— Bien sûr. Et si le marchand refuse, nous pourrons reessayer un autre jour. Il y en aura toujours plus.

Toutes deux reviennent vers Joséphus et Britannica. Sur un signe de tête de sa maîtresse, l'intendant comprend qu'elle est disposée à un achat. Pendant que les deux hommes négocient, Amara ne peut détourner les yeux des flûtistes, en se demandant ce qu'elles pensent de tout cela. Une fois de plus, sa propre vente publique lui revient en mémoire, son soulagement idiot face au visage avenant de Félix, au fait qu'il ne l'avait pas brutalement tâtée comme certains autres clients. Elle n'avait pas compris que sa retenue n'était due qu'à la volonté de mieux l'examiner. Impossible de se faire une bonne idée du corps d'une femme lorsqu'elle tente de se dérober.

Ni l'une ni l'autre des flûtistes ne rend son regard à Amara. Elles semblent ailleurs. Pour la première fois, Amara lit leurs noms sur leurs pancartes : Phébé et Laïs.

— De quelle région de Grèce venez-vous ? demande-t-elle à Laïs dans sa langue natale.

— Athènes, répond poliment Laïs.

Son accent ressemble à celui de Ménandre, l'homme qu'aimait Amara, celui qu'elle a abandonné pour Rufus. Elle est sur le point de répondre qu'elle aussi vient de l'Attique, mais l'absence d'expression de Laïs la retient. Pourquoi cette jeune esclave devrait-elle lui faire confiance ? Pour ce qu'elle en sait, Amara la traitera exactement comme l'aurait fait Félix, avec cruauté ou indifférence. De fait, Amara ne pourra pas protéger les deux flûtistes de tous les hommes qu'elles devront servir. Peut-être n'est-elle pas si différente de son ancien maître. Avant que cette déplaisante pensée ne puisse s'enraciner, elle se force à imaginer Félix dans son bureau aux murs écarlates. L'argent qu'elle lui doit. *C'est elles ou moi,* se dit-elle. *N'importe qui ferait la même chose.*

Joséphus et le marchand tombent d'accord pour quatre mille sesterces les deux, moins que le maximum que s'était autorisé Drusilla, et bien moins que la somme versée par Amara à Félix pour ses amies. Malgré son manque d'expérience dans la vente d'êtres humains, elle voit bien que c'est un bon prix. En guise d'acompte, Joséphus tend une bourse pleine au vendeur, puis signe un accord pour verser le reste plus tard. Les négociations reprennent – peuvent-ils emporter les filles dès maintenant ? Amara et Drusilla finissent par prendre possession de Phébé et Laïs.

Leur groupe longe le quai pour regagner la ville. Joséphus et Britannica surveillent les deux femmes fraîchement vendues, auxquelles on a donné des capes pour leur épargner l'humiliation de parcourir les rues à demi nues. Amara et Drusilla marchent en tête.

— Tu t'en es bien sortie, murmure Drusilla. Ça deviendra plus facile, je te le promets. Si telle est la volonté des dieux, elles aussi retrouveront leur liberté, comme nous. Ceux qui sont destinés à s'élever le font.

Une vague s'écrase contre le mur du port en contrebas, et une écume légère vient piqueter le visage d'Amara. À sa droite s'étend la mer, scintillante sous le soleil, si belle et pourtant si traître. Elle songe à son amie Cressa, noyée dans ce même port. Plutôt que de demeurer l'esclave de Félix, plutôt qu'il lui enlève l'enfant qu'elle portait, elle a choisi le suicide. Il serait si facile pour Amara de se convaincre que son propre sort, bien meilleur, était écrit ; mais elle s'y refuse.

— C'est à toi que je dois ma liberté, en partie, répond-elle. Sans toi, je n'aurais jamais osé demander à Rufus de m'acheter.

Drusilla hausse les épaules, un geste menu et gracieux.

— Tu l'avais déjà décidé. Je l'ai lu sur ton visage lors de notre première rencontre. Et je l'ai lu sur le sien. Jamais je ne l'avais vu si amoureux d'une femme.

Amara repense à tout ce qu'elle a appris sur son amant depuis cette époque, et ne répond rien.

Traverser Pompéi à pied par cette chaleur est épuisant. La maison d'Amara est à l'autre bout de la ville, et le temps d'atteindre la porte dorée, elle est trempée de sueur. Même Drusilla a perdu un peu de son aisance habituelle. Lorsqu'elles se glissent dans la sombre fraîcheur de l'atrium, Amara cligne des yeux le temps que sa vision s'adapte. Victoria traverse le jardin en courant et vient la serrer dans ses bras, puis dévore Phébé et Laïs des yeux.

— Vous en avez trouvé !

— Eh oui, les voilà.

— Merveilleux, dit-elle en souriant aux nouvelles venues.

Amara se sent mal à l'aise. Victoria n'a pas été invitée au marché, du fait de son statut inconfortablement tiraillé entre affranchie et esclave. Sans protecteur, avec l'énorme dette contractée par Amara, elle devra travailler pour gagner sa croûte, comme les flûtistes. Les hommes qui profiteront des trois femmes ne se soucieront guère de leur différence de statut.

Phébé et Laïs se serrent ensemble près du bassin, nerveuses maintenant que le choc de la vente est passé. Lorsque Amara leur demande si elles veulent manger quelque chose, elles échangent un regard incertain. Phébé s'humecte les lèvres et répond dans un latin très marqué par son accent grec.

— On ne veut pas déranger. Seulement de l'eau…

— Voyons ! s'écrie Victoria. Vous devez mourir de faim. Venez avec moi, Martha va vous trouver quelque chose. Un peu de pain, peut-être ? Avec du fromage ?

Elle entraîne les deux flûtistes dans le jardin en apaisant leurs craintes à force de bavardage amical. Touchée par la gentillesse de son amie, Amara les regarde s'éloigner.

— Bon réflexe, approuve Drusilla après le départ des trois femmes. Mieux vaut qu'elles s'entendent bien.

— Tu veux rester manger quelque chose ? lui propose Amara.

— Je dois rentrer. J'ai promis à Primus que je passerais l'après-midi avec lui.

Elle dépose un léger baiser sur la joue d'Amara.

— Dis-moi ce que tu dépenses pour les nourrir et les habiller, et nous mettrons cette somme en regard de leur prix de vente. Je tiens à partager équitablement les frais.

— Bien sûr. Embrasse ton fils pour moi.

Drusilla retraverse l'atrium pour retrouver Joséphus qui l'attendait en silence à la porte, aux côtés de Juventus. Après son départ, Amara reste seule avec Britannica.

— Toi aussi, tu dois avoir faim, s'avise-t-elle, gênée de n'y avoir pas pensé plus tôt.

— Si tu n'as plus besoin de moi, répond Britannica en haussant les épaules.

— Va rejoindre les autres. J'arrive, mais avant, je dois dire deux mots à Juventus…

Elle s'approche du portier dont les yeux s'attardent sur son corps. Depuis qu'il l'a accompagnée au bordel – qu'il a vu l'endroit dont elle sortait, qu'il a entendu la façon méprisante dont Paris s'adressait à elle –, Juventus cherche de moins en moins à dissimuler ses regards salaces, même s'il n'a pas poussé l'insolence au point qu'elle doive le réprimander. Et de toute façon, que pourrait-elle lui dire ? Amara s'arrête à bonne distance en regrettant maintenant de s'être retrouvée seule avec lui.

— Quand reviendra Philos ?

— Il sera occupé avec le maître jusqu'à cet après-midi.

— Dès qu'il sera là, dis-lui que j'ai besoin de le voir.

Il y a peu, Juventus ne se serait pas limité à l'observer et aurait pu lui-même payer pour ses services, une chose qu'il cherche clairement à lui faire comprendre par son expression.

— Comme vous voudrez, maîtresse.

Chapitre 12

L'organe entier se tend et s'enfle et fait effort
Pour chasser le ferment du désir qui le mord,
Visant l'objet aimé d'où lui vient sa torture.

Lucrèce, *De la nature des choses,* IV. 1071-73.

Amara et Philos se rendent chez Cornélius par les petites rues. Dans l'air frais, les dernières lueurs du crépuscule teintent les bâtiments d'orange. Quelques commerçants plient déjà boutique en rentrant les paniers et jarres qu'ils avaient disposés jusque sur le trottoir. L'échoppe où Martha achète souvent leur dîner, au comptoir jaune vif, est prise d'assaut par toute une foule de clients qui ne veulent pas laisser perdre les derniers bols de soupe.

Philos paraît fatigué. Amara s'attendait à ce qu'il tente à nouveau de lui parler de Rufus, mais il semble avoir enfin abandonné devant ses multiples rebuffades, ce qui est à la fois un soulagement et une déception. À quelque distance de la maison, plus proche de lui sur le trottoir, elle lui demande :

— Que penses-tu de Phébé et Laïs ?

— Je ne les ai qu'entrevues. Mais je suis sûr que Drusilla et toi avez bien choisi.

Un marchand de rue encombré de paniers remplis d'objets en terre cuite les dépasse à grands pas en les forçant à s'aplatir contre le mur. Philos protège Amara d'un bras pour lui éviter un choc ou une écorchure. Elle sait bien que tous les esclaves sont contraints d'agir ainsi, de sacrifier leur confort à celui des autres, mais le regard que pose ensuite Philos sur elle est celui d'un ami.

— Ça va ? Il ne t'a pas bousculée ?

Il a baissé le bras mais reste très proche. D'instinct, Amara lui prend la main, à demi enfouie dans les plis de sa propre cape.

— Non, tout va bien. Merci.

Philos lui presse les doigts, si fort qu'elle pense un moment qu'il ne la lâchera plus. Il lui caresse la main du pouce, un geste clairement délibéré. Puis il la relâche et se recule, et tous deux reprennent leur marche comme si de rien n'était. Le marchand de rue n'est pas bien loin devant eux : Philos n'a pu la toucher pendant plus d'un battement de cœur, mais Amara a l'impression que le temps a dérapé. Elle se met à parler sans songer à ce qu'elle dit, sans comprendre pourquoi elle a soudain besoin de partager quelque chose de si personnel :

— C'était tellement étrange de revenir au marché aux esclaves en tant qu'affranchie. Félix m'a achetée à Puteoli, pas ici, mais j'en rêve encore. Ce que font les gens à ceux qui ne comptent pas… Quand ils savent qu'on n'est rien…

— Je n'ai pas connu ce rite de passage, répond Philos. Je n'ai été vendu qu'une fois, en privé.

— C'est terriblement brutal. Et maintenant, j'ai infligé ça à quelqu'un d'autre…

Ils avaient jusque-là évité de se regarder, mais en entendant cette dernière remarque, Philos se tourne vers elle.

— Tout le monde fait ce qu'il doit faire pour survivre. Et puis, Drusilla et toi ne serez pas cruelles. Sans vous, quelqu'un d'autre les aurait achetées.

— C'est ce que j'essaie de me dire…

— C'est un fait. Seuls les idiots s'imaginent que la vie est comme une pièce de théâtre, et que l'on a une chance de protéger sa vertu.

Il sourit comme s'il ne faisait que plaisanter, mais tous deux savent très bien qui est visé : Rufus, son maître friand de théâtre. Amara lui rend son sourire, sans oser renchérir ouvertement sur l'insulte faite à son protecteur.

— Oui, j'imagine que ce que j'exige de Phébé et Laïs n'est rien de plus que ce que j'ai enduré moi-même… Et Egnatius, au moins, était plus que supportable. Il s'est comporté presque en ami envers Didon et moi.

— C'est la première fois que tu le reverras depuis ? Ça ira ?

Amara songe à sa dernière image d'Egnatius : les craquelures dans son visage emplâtré de maquillage, les roses qu'il glissait avec soin dans les cheveux de Didon. C'était elle qu'il préférait, depuis le début. Tous ces souvenirs sont inondés de tristesse.

— Je ne sais pas.

Les portes de la maison de Cornélius font deux fois la taille d'Amara – les plus luxueuses de toute la rue, et de loin. Un filet de lumière s'en échappe, tranchant sur le trottoir. Philos et Amara n'empruntent pas cette voie : elle le guide vers une petite porte donnant sur une ruelle adjacente, bien plus discrète. Un portier au tablier taché de graisse les fait attendre dans une pièce étroite et sombre tandis qu'il part chercher Egnatius. Amara observe Philos, qui observe les fresques aux murs avec curiosité : des nymphes poursuivies par des centaures. Rien n'est très subtil ici.

— Ma chérie !

Egnatius, l'affranchi de Cornélius, se tient dans l'encadrement de la porte, les bras grands ouverts en une théâtrale invitation. Amara court le trouver et l'embrasse sur les deux joues.

— Oh, mais bonjour… poursuit Egnatius, la bouche en cul-de-poule, détaillant Philos des pieds à la tête. Et qui est ce monsieur ?

Amara craint que son intérêt manifeste n'offense Philos, mais celui-ci semble amusé.

— L'intendant, répond-il. Je suis là pour établir le contrat.

— On en a vu des plus laids, dans le métier, souffle Egnatius à Amara avec un clin d'œil.

Au lieu de trouver une réponse adéquate, Amara se sent rougir, ce qui l'agace prodigieusement. Egnatius éclate de rire.

— Eh bien, mes beaux amis, buvons un peu de vin et parlons de fêtes… et de contrats !

Tous deux le suivent dans une pièce légèrement plus spacieuse, peut-être ses appartements privés, avec deux couches et une table basse sur laquelle on a disposé du vin. Les murs sont peints d'un rouge profond, illustrés de scènes du mythe d'Hercule. Des lampes en fer illuminent les quatre coins de la pièce, en plus d'un petit brasero. Amara est souvent venue chez Cornélius, mais toujours pour s'y produire. Aujourd'hui, le maître de maison doit ignorer jusqu'à sa présence : il ne s'abaisserait pas à se préoccuper de l'achat de femmes et de l'organisation de spectacles.

— Asseyez-vous, mes amours, asseyez-vous, s'exclame Egnatius en agitant la main.

Impensable pour Amara et Philos de s'étendre ensemble sur la couche, si bien qu'ils s'installent chacun à un bout, empruntés. Egnatius se jette sur l'autre avec un profond soupir.

— Toutes mes condoléances, dit-il. Ton amie… Mon cher petit oiseau… Quelle terrible perte.

— Merci, répond Amara.

— Quelle voix elle avait ! Tu as eu l'occasion de l'entendre ? demande-t-il à Philos qui secoue la tête. Exquise, absolument exquise…

L'espace d'un instant, son visage révèle une tristesse sincère.

— Puisse son âme trouver la paix, dit-il en leur versant du vin. Toi, au moins, ma chérie, tu as échappé à cet épouvantable maître. Tant mieux.

— Vous faites toujours affaire avec Félix ?

— Ce qu'il me fournit est d'excellente qualité, répond Egnatius en haussant les épaules. Question souteneurs, on ne peut jamais être trop regardant. Mauvaise engeance, tous autant qu'ils sont… Sauf toi, bien sûr, ma chérie.

Amara prend le verre qu'il lui tend, mais remarque que Philos refuse le sien.

— Comme je vous le disais, je ne peux malheureusement plus me produire en public. Mon protecteur s'en offenserait beaucoup.

— Évidemment ! s'écrie Egnatius. Le jeune Rufus, c'est bien cela ? À moins qu'il ne s'agisse de l'amiral Pline ? Ton nouveau nom sème un tantinet la confusion ! Non que l'on puisse reprocher à quiconque d'avoir deux protecteurs, bien sûr. Notre jeunesse est si fugace…

— Mon protecteur est Rufus, explique Amara en ignorant ses insinuations. Mais je dois à l'amiral plus que je ne saurais l'exprimer.

Egnatius fait tourner son vin en examinant le substrat qui s'y agite. Transpercé par la lumière du brasero, il brille comme un rubis.

— Alors, qu'as-tu à me proposer ? Cornélius n'accepte pas les garçons, malheureusement. Ce n'est pas faute de le lui avoir suggéré…

— J'ai une chanteuse de grand talent aux formes exceptionnelles, dit Amara. Et deux merveilleuses flûtistes. La chanteuse est particulièrement douée dans l'art de satisfaire un homme, de toutes les façons possibles.

— D'où les tiens-tu ?

— La chanteuse est mon affranchie. Je…

Amara hésite un instant, mais il est inutile d'enrober la vérité auprès d'Egnatius.

— Je travaillais autrefois avec elle. Au bordel. Quant aux flûtistes, je les ai achetées avec Drusilla, en suivant ses recommandations.

— Merveilleux ! Je serais enchanté de les recevoir toutes les trois pour un coup d'essai. On peut toujours trouver de la place à quelques numéros de plus pendant la soirée des Floralies – mais je ne t'apprends rien…

— Comme je vous fournis trois femmes, je m'attends à un prix plus élevé que ce que vous versiez à Félix pour Didon et moi.

Egnatius sourit.

— Si leur essai est concluant, nous pourrons en rediscuter. C'est toi qui gères toutes ses affaires ? s'enquit-il en se tournant vers Philos, qui a sorti ses tablettes sur ses genoux.

— Je suis l'intendant de Rufus, répond-il. Je fais ce que l'on attend de moi.

— Tu dois avoir vu ces trois femmes. Qu'est-ce que tu me conseilles ? Valent-elles autant que notre chère Amara ? demande-t-il, joueur.

— Ignore-le, s'irrite Amara. Il plaisante.

— Combien a payé Rufus pour elle ? Ou était-ce l'amiral ? Tous ces hommes si fantastiquement riches, je m'y perds !

Philos ne répond pas, ce qui provoque un léger malaise.

— Tu es l'intendant, n'est-ce pas ? insiste Egnatius. Tu dois bien avoir rédigé ce contrat-là également…

Philos agrippe si fermement les tablettes que ses jointures ont blanchi.

— Six mille sesterces, admet-il. Mon maître en a fourni le tiers.

— Tout ça ! s'étouffe Egnatius, sincèrement stupéfait. Ma chérie ! Six mille sesterces ? Mais qu'est-ce que tu as bien pu lui faire ?

— Allons, ça suffit, plaisante Amara, consciente de l'embarras de Philos même si elle n'en comprend pas la raison. Vous m'offensez ! Vous ne vous attendiez pas à au moins huit mille sesterces ?

— Plus rien ne me surprendrait de ta part ! s'esclaffe Egnatius.

Elle rit également, par politesse. Egnatius regarde Philos, qui ne s'est pas déridé, et soupire.

— Comme il est sérieux ! Mais soyons clairs, je ne voulais pas insulter les décisions de ton maître, mon cher, ni celles de l'amiral.

— Bien sûr, répond Philos avec un sourire forcé. Je ne suis aucunement offensé. Sauf peut-être par l'idée que l'on puisse mettre un prix sur la perfection.

Sa tentative de conciliation n'est guère convaincante aux yeux d'Amara, mais Egnatius s'en accommode. La conversation se poursuit un moment, toujours arrosée – Philos accepte enfin un verre mais n'y touche pratiquement pas. En le voyant si déterminé à rester parfaitement lucide, Amara songe à Félix. Elle tente une fois de plus de faire monter le prix, en vain, mais elle convainc

Egnatius de fournir gratuitement une escorte aux trois femmes après la soirée.

Lorsque vient l'heure de partir, Egnatius les raccompagne plutôt que d'appeler le portier et aide Philos à allumer la lampe à huile pour le trajet du retour. En le voyant prolonger ainsi ces moments, Amara se demande s'il ne sentirait pas un peu seul.

Egnatius la prend par les épaules et lui embrasse les deux joues en guise d'au revoir.

— Un peu trop mince, non ? remarque-t-il. Fais attention, ma chérie. Ton protecteur doit bien s'attendre à ce que ses six mille sesterces pèsent un peu plus lourd…

— Au contraire, c'est ainsi qu'il me préfère, insiste Amara.

Egnatius pouffe de rire sans comprendre qu'elle est parfaitement sérieuse. Avec un dernier adieu, Amara quitte la maison et Egnatius referme la porte derrière eux. La nuit tombe : ils devront se hâter pour rentrer avant que l'obscurité ne les engloutisse complètement.

Ils ressortent de l'étroite ruelle – Philos levant la lampe, Amara se guidant le long du mur pour ne pas se tordre la cheville dans la pénombre, ce qui ne l'empêche pas de trébucher.

— Il vaudrait mieux que je te prenne le bras, lance-t-elle.

Philos s'arrête. Même dans la faible lueur de la lampe, elle voit bien qu'il semble toujours raide, comme lorsque Egnatius lui a demandé le prix d'Amara.

— Si ça ne te dérange pas, ajoute-t-elle, embarrassée.

— Ça ne me dérange pas, réplique-t-il en lui offrant son coude.

Lorsqu'elle le prend, il l'attire contre lui, bien plus que prévu. La chaleur de son corps, pressé contre le sien, est un choc. Tous deux se fixent. Il va l'embrasser.

Amara sait qu'elle devrait reculer, que nulle attirance ne saurait justifier le risque qu'ils encourent. Au contraire, elle s'agrippe plus fermement à son bras pour lui faire comprendre qu'elle n'attend que ça.

Mais Philos ne l'embrasse pas. Il se retourne vers la lumière, les traits tirés.

— Nous ferions mieux de nous dépêcher.

Tous deux rentrent en silence.

Chapitre 13

Amour et crainte ne peuvent aller ensemble.

Sénèque, *Lettres à Lucilius*, Lettre 47.

L'averse du matin a rafraîchi l'atmosphère, et quelques flaques s'attardent encore dans les ombres jetées sur le trottoir. De retour de chez Drusilla, Amara se fraie un chemin dans la foule, le cœur léger. Toutes deux ont pris le petit déjeuner ensemble dans l'atrium, profitant du doux cocon de la pluie qui clapotait dans le bassin et pulvérisait des gouttelettes au sol. Primus cavalait autour de la pièce sur son cheval de bois en faisant mine d'être un soldat. Drusilla a insisté pour lever son verre de vin sucré au succès d'Amara auprès d'Egnatius. Peut-être est-ce l'alcool qui donne le tournis à Amara et la réchauffe de l'intérieur. Pour la millième fois, elle se remémore la nuit dernière, Philos si proche. Et s'il l'avait embrassée ? Elle laisse l'idée s'enfuir. *Y penser n'est pas grave,* se dit-elle. *Du moment que je ne le fais jamais.*

En arrivant à l'angle de la rue, elle y aperçoit un rassemblement : une petite foule se presse autour de l'autel du carrefour, d'où s'échappe un ruban de fumée. Amara n'a plus qu'à s'y joindre. Ignorer une cérémonie en l'honneur des lares risquerait de porter malheur à sa maisonnée. Elle se tient en marge du groupe pour éviter qu'un homme ne se presse contre elle en prétextant un manque d'espace. Le rituel tire en longueur. Les prêtres de quartier sont toujours des esclaves ou des affranchis, qui cherchent à retirer le maximum de ces rares moments d'importance. Une âcre odeur de plumes brûlées lui parvient : ils doivent avoir sacrifié un pigeon.

Entre les têtes, elle entraperçoit un prêtre qui vient de se lancer dans une mélopée. Il semble si jeune, si sérieux. On croirait voir Ménandre. L'image de son premier amour transperce Amara, plus vive et brutale que le couteau de cérémonie. Son expression quand la lampe s'est écrasée au sol, quand elle a laissé choir le cadeau qu'il avait fabriqué avec tant d'amour. La douleur lui écrase la poitrine, lui coupe le souffle. Que ressentirait-elle si Philos la regardait ainsi ? Surprise, elle s'aperçoit qu'elle ne peut se le représenter. Peut-être ne serait-il même pas choqué par une telle trahison. Elle songe à son air indéchiffrable face à Rufus, aux courants profonds sous sa calme surface. Comme elle. *C'est un esclave*, s'admoneste-t-elle en se rappelant les avertissements de Drusilla. *Je suis sortie de ce fossé-là.*

La foule se disperse enfin. Amara hâte le pas, longeant les vendeurs de tissu en tentant de ne penser qu'à Rufus. À quoi bon imaginer quiconque d'autre ? Autant tirer le meilleur parti de l'homme qu'elle a choisi, plutôt que d'en espérer un autre qui ne ferait que la déshonorer.

Au seuil de sa maison, aucun portier ne l'empêche de se glisser dans l'ombre du couloir : Juventus lui tourne le dos, fixant l'atrium au lieu de la rue. Des rires et des cris parviennent à Amara. Elle dépasse Juventus, qui sursaute.

— J'étais toujours à mon poste ! se défend-il en se retournant vers la porte.

Amara, qui ne s'en préoccupe guère, l'ignore et s'avance dans l'atrium où résonnent des bruits de lutte. À sa grande surprise, elle trouve Philos et Britannica occupés à s'entraîner au combat, avec les couteaux de bois employés par la Bretonne pour apprendre à Amara comment se défendre. Britannica se fend vers l'avant et Philos esquive d'un bond vers le bassin, avec force éclaboussures.

— Tu es mort ! s'esclaffe Britannica. Mort dix fois déjà !

— Je suis toujours debout, non ? rétorque Philos en filant derrière un pilier pour éviter un autre coup.

— Tu ne m'as même pas touchée ! s'écrie-t-elle en l'attrapant par le col de sa tunique pour presser la lame de bois contre sa gorge.

Il lève les deux mains en signe d'abandon, secoué du même rire que la Bretonne, si communicatif qu'Amara se rend compte qu'elle et Juventus sont également hilares.

— Qu'est-ce qui se passe ? demande-t-elle en s'avançant. Encore des cours ?

— Amara ! la salue Britannica avec un large sourire qui expose ses incisives manquantes. Ton homme est complètement inutile !

— Ça me paraît un peu injuste, objecte Philos en se dégageant de sa prise.

Juventus renâcle d'amusement près d'Amara et crie quelques mots à Philos dans leur dialecte. Philos lève les yeux au ciel et répond quelque chose qu'Amara ne comprend pas. Puis il se tourne vers elle comme pour ne pas l'exclure :

— J'ai dit que ce n'est pas la même chose que d'être battu par une femme ordinaire.

Britannica lance son couteau à Amara, puis prend l'autre des mains de Philos.

— Attends voir. Même elle, tue mieux.

— Je n'en doute pas, dit-il.

— Pas maintenant… tente Amara, embarrassée par leur public.

— Allez, essaie, tranche Britannica. Maintenant, attaque-moi en traître quand je regarde ailleurs.

— Une minute ! proteste Philos. Je n'ai pas pu faire ça, moi ! Je me serais peut-être mieux débrouillé !

— T'as pas le droit, t'es un homme. C'est tricher, grimace Britannica avant de tourner le dos à Amara. À toi, maintenant.

Amara, consciente de passer pour une idiote, tente de surprendre Britannica à quelques reprises, avec de moins en moins de conviction. Philos et Juventus l'observent d'un œil critique. Britannica finit par se retourner vers elle avec un geste impatient.

— Fais comme moi.

Plus aucune trace de rire dans sa voix. Elle frappe dans le vide, un coup très net, vers le haut, comme pour embrocher Amara sous les côtes.

— Frappe en premier.

Amara l'imite sans détacher les yeux de son visage.

— Frappe en premier.

— Toujours enlever son arme, lance Britannica en retirant sa lame d'une blessure invisible.

— Toujours enlever son arme.

Si vite qu'Amara est prise de court, alors même qu'elle s'y attendait, Britannica abat sa lame en un arc de cercle létal. La pointe de bois vient toucher la gorge d'Amara.

— Le deuxième coup est le plus dur.

— Le deuxième coup est le plus dur, répète Amara en pointant sa propre arme vers le cou de la Bretonne.

Britannica s'écroule contre elle, comme touchée à mort, ce qui oblige Amara à la déposer au sol.

— N'oublie jamais. C'est lui ou toi.

— C'est lui ou moi, dit Amara dont les bras tremblent sous le poids de son amie, qu'elle étend au sol.

Britannica la regarde depuis les dalles.

— Quand on est mort, on n'est rien.

— Quand on est mort, on n'est rien.

Ces mots jettent un froid. Amara songe à Didon, mourante, dans les bras de Britannica. Celle-ci se relève d'un bond, un sourire de loup sur le visage.

— Voilà, les garçons, crie-t-elle à Philos et Juventus qui les regardent en silence. Voilà comment une femme tue un homme !

Elle traverse l'atrium à grands pas et monte les marches de bois quatre à quatre. Tous entendent la porte de sa chambre claquer derrière elle.

— Je crois que tu as eu de la chance qu'elle se contente de te pousser dans le bassin, lance Amara à Philos.

Il ne répond rien. Lui et Juventus la fixent toujours. Elle s'aperçoit soudain qu'elle se tient toujours en garde, comme avec une vraie arme à la main.

— Ça va, détendez-vous, continue-t-elle en relâchant sa posture. Ce n'est que Britannica !

— Il faudra que je m'en souvienne si elle tente un jour de me prendre par surprise, commente Philos.

Un vague sentiment de malaise parcourt Amara. Les avertissements de Victoria lui reviennent en mémoire. *Barbare.*

— Où sont les autres ? demande-t-elle en se penchant pour ramasser la seconde dague en bois abandonnée au sol.

Britannica aurait dû s'en occuper, ce qu'Amara ne sait que trop. Pour une esclave, elle n'est pas vraiment portée sur les corvées.

— Elles répètent dans le jardin, explique Philos en lui prenant les lames de bois. Où dois-je… ?

— Si tu veux bien les ranger dans le coffre du tablinum, dit rapidement Amara.

Se tenir près de lui la gêne soudain – elle ne peut s'empêcher de songer à tous les baisers imaginaires dont elle l'a couvert ce matin. Elle ressort sous le soleil et trouve Victoria, Phébé et Laïs étendues sur le banc, un verre à la main.

— Amara ! lance Victoria. Nous portons un toast à notre nouveau numéro !

— Merveilleux. Je peux l'entendre ?

— Mais bien sûr, dit Victoria en levant les sourcils en direction des deux flûtistes. Nous en serions absolument ravies.

Phébé et Laïs ricanent. Félix ne tolérerait jamais ce genre de comportement, songe Amara avant d'être saisie de honte.

— Assieds-toi là, poursuit Victoria avec un généreux geste vers le banc.

Flanquée des flûtistes, elle se dirige vers la fontaine. Toutes trois se mettent à ondoyer comme des roseaux dans le vent. Phébé et Laïs se lancent dans un air qu'Amara reconnaît : Victoria le fredonnait autrefois au bordel. Elle l'a chanté, Amara s'en souvient, au matin de sa première nuit dans les appartements de Félix, le lendemain du meurtre de Simon.

Victoria ajoute sa voix à la lamentation des flûtes. La chanson semble venir de l'outre-monde, une mélopée hantée par la douleur d'une femme abandonnée par son amant. Elle continue à danser, en s'accroupissant presque jusqu'au sol, les cuisses frémissantes, avant de se relever. Phébé et Laïs l'accompagnent et Amara se rend compte qu'elle-même se balance sur le banc, plongée dans les souvenirs de ses numéros avec Didon – bien sages à côté de cette performance. Victoria penche la tête en arrière, les bras tendus, comme pour appeler quelqu'un à la rejoindre. Il y a tant de conviction dans son geste qu'Amara ne peut s'empêcher de jeter un regard derrière elle. Un choc la glace : Rufus se tient au bout du jardin, fasciné. À quelques minutes près, c'est une scène bien différente qu'il aurait découverte, un combat au couteau dans l'atrium.

Rufus vient s'asseoir près d'elle sur le banc. Tous deux regardent le numéro des trois femmes jusqu'à la fin de la chanson.

— Formidable ! s'écrie Rufus. Ce sont les flûtistes de Drusilla ?

— Oui, répond Amara. J'espère que ça ne te dérange toujours pas qu'elles passent le plus clair de leur temps ici. Je voulais aider Drusilla puisque nous les louons toutes les deux. Mais seulement si tu veux bien…

— Bien sûr, la tranquillise Rufus en posant une main sur son genou. Mon petit oiseau, si nerveux ! Ne t'inquiète pas, tu m'avais demandé la permission, je m'en souviens.

Figée sous la main de Rufus, Amara sent son autorité sur Phébé et Laïs s'évaporer plus vite qu'une pluie d'avril. Il lui embrasse le cou, indifférent comme toujours à un public composé d'esclaves. À l'époque où elle lui rendait visite chez lui, il l'entreprenait avant même que Philos ou Vitalion aient une chance de quitter la pièce. Mais Amara n'a guère envie que les autres femmes la regardent.

— Laissons-les répéter, suggère-t-elle en se levant, sa main dans la sienne.

— Comme tu veux, ma chérie, répond-il en la laissant l'entraîner hors du jardin.

En arrivant à ses appartements privés, Amara lui demande de patienter à la porte en s'excusant : elle voudrait revêtir la soie transparente qu'il adore. Rufus soupire, mais avec indulgence – il est toujours heureux de la voir se plier en quatre pour lui plaire. Une fois seule, Amara se déshabille à toute vitesse, enfile la robe de soie et fouille le modeste panier d'osier caché dans son coffre à vêtements. Il est plein de laine bouillie : son contraceptif. Elle en fourre un bout épais entre ses jambes, aussi profondément que possible, avec une grimace d'inconfort. Puis elle court ouvrir à Rufus.

Celui-ci salue sa beauté d'un baiser avant de l'entraîner vers le lit sans se préoccuper de fermer la porte. Amara fait durer l'acte en effectuant toutes les prouesses qu'il préfère. Ils ont couché ensemble de nombreuses fois depuis le dîner organisé pour Helvius, et Rufus est resté parfaitement aimant, voire plus dévoué encore qu'avant leur dispute. Parfois, Amara se dit qu'elle doit avoir imaginé cette nuit-là, que la menace s'est exagérée dans sa mémoire, que Rufus ne l'a pas violée, pas vraiment. Mais elle peut bien se raconter ce qu'elle veut : la vérité s'est imprimée dans son corps. Chaque fois qu'il la tient, son cœur bat à se rompre et son estomac se tord. Elle simule des soupirs de désir, elle l'excite par ses mouvements, mais une fois son amant emporté par la passion, elle fixe le plafond, immobile, les yeux grands ouverts, pendant qu'il halète à son oreille.

Pour échapper au présent, elle tente de s'imaginer ailleurs. Elle songe à Philos pourchassé jusque dans le bassin de l'atrium par Britannica. Son rire. La façon dont il lui a tenu la main dans la rue, si brièvement. Son expression lorsque Amara lui a pris le bras.

— Je t'aime, souffle-t-elle, ce qui la surprend elle-même.

— Moi aussi, ma chérie, se méprend Rufus.

Il la libère de son poids en roulant sur le côté puis l'embrasse avec tendresse, en l'appelant son petit oiseau. Amara sourit. Après tout, elle a souri à bien pire que lui, et son quotidien dépend de l'affection de Rufus. *Sans compter que je ne lui appartiens pas*, se rappelle-t-elle. D'un doigt léger, elle trace les contours de son visage, comme si elle ne souhaitait en voir aucun autre.

— Félicitations pour l'élection d'Helvius, dit-elle. Tu dois être content !

— Oui, je suis soulagé, fait Rufus avec un soupir de bien-être. Mon père avait déjà investi tant d'argent dans sa campagne. Tout ce temps passé auprès d'un homme si pompeux !

Il caresse le flanc d'Amara, frôlant ses côtes avant de laisser reposer sa main dans le creux marqué de sa hanche.

— Comme tu es menue, remarque-t-il avec affection. Mon moineau !

Amara repense à l'arc de cercle du couteau qui s'abat, ce geste mortel que lui a appris Britannica. *Pas si menue*, songe-t-elle. Mais son cœur s'emballe malgré tout sous la pression des doigts de Rufus. Elle a toujours su que cet homme pouvait changer le cours de sa vie, la détruire comme la sauver, mais ce n'est que récemment qu'elle s'est mise à haïr son emprise avec tant d'amertume.

— Que va-t-il se passer maintenant, pour les Floralies ? s'enquiert-elle.

Rufus, enthousiaste, se redresse.

— Mais oui ! C'est de ça que j'étais venu te parler ! Avant que tu ne me distraies, ajoute-t-il en lui embrassant la main. Je vous ai placées en tête de la procession jusqu'au théâtre, Drusilla et toi.

— Comment ? s'écrie Amara, abasourdie. Est-ce que ce n'est pas admettre publiquement…

— Ton rôle dans ma vie ? Si ! Je ne pourrai pas te reconnaître pendant la soirée, mon amour, je serai auprès de ma famille, mais tout le monde saura qui tu es et pourquoi tu es là. Tout le monde saura que tu m'appartiens.

Amara est envahie d'un plaisir sincère : elle se voit déjà aux côtés de Drusilla, sous le feu des regards envieux et admiratifs, leur voie jonchée de fleurs. Elle embrasse Rufus avec plus de conviction qu'avant.

— Je ne peux que t'appartenir, souffle-t-elle. À jamais.

Rufus, souriant, reçoit l'adoration d'Amara comme son dû. Elle laisse aller sa tête contre sa poitrine en un simulacre de dévotion, afin de pouvoir détourner les yeux.

Chapitre 14

Ainsi, ce n'est que comme convive
que je pourrai contempler ma bien-aimée ;
un autre aura le privilège de la toucher.

Ovide, *Amours*, I. 4.

Victoria cherche le regard d'Amara, mais celle-ci l'ignore. Même s'il est vrai que le ton impérieux de Drusilla lui tape sur les nerfs, Amara n'a aucune intention de se livrer à des grimaces dans son dos. Victoria semble incapable de saisir la hiérarchie des courtisanes, toujours piégée dans la mentalité du bordel.

De la fenêtre de la salle à manger parviennent des bouffées d'air chaud, chargées du parfum de la menthe, de la rose et du myrte, écrasés de soleil : ici le jardin embaume toujours des fleurs favorites de Vénus. Drusilla s'affaire autour de Phébé et Laïs en leur indiquant comment se tenir. La pièce est plus petite que celle d'Amara, mais donne directement sur le jardin, si bien qu'elles ont choisi d'y organiser la soirée. Drusilla a également plus de chambres, ce qui pourrait avoir son importance après le repas.

— Alors, je suis avec Quintus ? demande Victoria qui s'ennuie ferme. Je croyais que c'était ton amant ?

— C'est mon *client*, répond Drusilla, occupée à arranger la tunique de Laïs. Je lui fournis toutes sortes d'amusements.

— Amara est avec Rufus, les flûtistes devront baiser avec les deux autres invités, et je suis avec Quintus. Mais alors, personne ne voulait de toi ?

Victoria semble plaisanter mais Amara redoute que Drusilla ne s'offense. Celle-ci hausse ses sourcils parfaitement dessinés, puis sourit en révélant sa fossette.

— Moi ? Je suis celle qu'on paie. Celle qui choisit ses amants, au lieu de satisfaire un homme sur les ordres d'une autre femme.

Amara n'avait encore jamais vu Victoria trouver à qui parler. Son amie se contente de rejeter ses cheveux en arrière comme si la pique n'avait pas porté. Mieux vaut changer le sujet.

— Rufus voudra certainement rentrer chez nous après le dîner, lance Amara.

— J'ai fait préparer ton ancienne chambre, au cas où, répond Drusilla. Les trois autres voudront sans doute rester ici, sur les couches, pour pouvoir partager les femmes. Après que toi et moi nous soyons retirées pour la nuit, bien sûr.

Amara rougit d'embarras en entendant Drusilla les élever si délibérément au-dessus des autres, même si ce changement de statut la flatte. Gênée pour Victoria, elle se tourne vers elle :

— Ça ne te dérange pas, j'espère ?

— Pourquoi ça me dérangerait ? répond Victoria avant de sortir à grands pas dans le jardin.

Amara la voit s'arrêter près de la fontaine. Peut-être devrait-elle la rejoindre – peut-être lui doit-elle cette marque de loyauté. Après un moment, elle décide de n'en rien faire.

L'ombre a recouvert le jardin et rafraîchi l'air lorsque les invités de Drusilla arrivent. Victoria et les flûtistes restent à l'extérieur, simple décor musical, pendant que les quatre hommes se saluent et prennent leurs aises dans la salle à manger. Riches fils d'hommes puissants, ils ont pratiquement le même âge et se connaissent depuis l'enfance. Quintus est le plus assuré d'entre eux, mais Lucius est le plus beau avec sa bouche sensuelle et ses cheveux noirs luisant d'huile. Amara songe douloureusement aux dîners de Drusilla à l'époque où Didon était avec elle, lorsque Lucius était son amant. Le voilà aujourd'hui qui s'intéresse à Laïs et Phébé, en essayant sans doute de déterminer laquelle il préfère. Quintus est en grande conversation avec Marcus :

— Et ton père veut vraiment te marier cette année ? À quoi ressemble ta fiancée ?

— Aucune idée, marmonne Marcus après avoir vidé d'une traite le verre de vin apporté par l'un des serviteurs de Drusilla. C'est ma mère qui l'a choisie.

— Pas de chance ! s'esclaffe Quintus. Tu vas te retrouver avec une petite boulotte dévouée à Junon qui te tissera des tuniques informes !

— Et elle éclatera en sanglots si tu refuses de les porter, plaisante Rufus qui s'est étendu près d'Amara en passant autour de ses épaules un bras couvert de sueur.

Quintus ricane de plus belle :

— Oh, toi, tu seras un bien ennuyeux mari ! Épouvantablement respectable… Mais pas d'inquiétude, ma jolie, ajoute-t-il avec un clin d'œil pour Amara. Il sera aussi le pire des hypocrites, donc tu ne cours aucun danger.

— Ne la taquine pas comme ça, proteste Rufus en la serrant plus fort.

Elle ignore si ce geste protecteur vise à la rassurer quant à sa fidélité, ou à apaiser la culpabilité de Rufus quant à ses écarts.

— Vous n'allez quand même pas parler d'épouses et de tuniques toute la nuit, lance Drusilla en fronçant le nez. Si j'avais su, c'est vos pères que j'aurais invités !

— Oh, je suis certain qu'Hortensius serait venu avec plaisir, réplique assez sèchement Quintus.

Amara ne peut que lui donner raison. Elle n'a pas oublié le comportement d'Hortensius avec Drusilla lors de leur rencontre. Même Rufus éclate de rire au lieu de défendre son géniteur. Drusilla sourit et caresse le bras de Quintus.

— Heureusement, tu as mon entière fidélité.

La bouche de Lucius frémit et il jette un très bref regard à Drusilla. Amara songe un instant que cette complicité d'amants échappera à Quintus, mais ce n'est pas le cas : sa colère est si manifeste qu'elle craint qu'il ne recoure à la violence. Il se contente d'attirer Drusilla à lui et de l'embrasser d'une façon si possessive, en caressant tout son corps, que Lucius déchante. Drusilla tolère son étreinte un moment avant de le repousser avec légèreté. Quintus obtempère, non sans garder une prise solide sur sa cuisse avec une intensité qui donne envie à Amara de détourner les yeux.

Marcus, seul sur sa couche et probablement toujours déprimé par le sujet de son mariage, s'impatiente.

— On a peut-être assez entendu de musique, non ? demande-t-il en se resservant du vin. Et si les filles venaient dîner ?

— Bien sûr, répond Drusilla.

Elle convoque les trois femmes d'un geste brusque – Victoria sera certainement furieuse – et la musique s'arrête. Au passage de Phébé, Lucius, qui a clairement fait son choix, lui agrippe le poignet. Laïs s'assoit près de Marcus. Pendant un douloureux moment, Victoria reste délaissée, abasourdie par le spectacle de Quintus pressé contre Drusilla, par l'évidence d'un désir toujours aussi vif pour son amante de longue date.

— Il y a de la place pour toi ici ! crie Marcus en saisissant l'occasion d'être le seul de la soirée avec deux femmes.

Les autres s'esclaffent, et son enthousiasme restaure la fierté de Victoria.

Cette soirée est loin d'être la plus agréable qu'Amara ait passée chez Drusilla. La tension y est aussi palpable que la soie transparente qui lui colle à la peau. Bien qu'implicite, la rivalité de Quintus et Lucius au sujet de Drusilla domine tous leurs échanges et sape les efforts des femmes pour alléger l'atmosphère. Les hommes boivent trop. Phébé et Laïs sont la seule source de soulagement pour Amara. Elles sont d'un professionnalisme remarquable : au lieu d'entrer en compétition avec Victoria pour l'attention de Marcus, Laïs part chercher sa flûte et joue pour eux tous, tandis que Phébé semble imperméable à la mauvaise ambiance. Vraiment, les deux flûtistes étaient un bon investissement.

Après un énième échange de piques entre Lucius et Quintus, Rufus se lève.

— Nous ferions mieux de rentrer, mon petit oiseau, même si la soirée a été charmante.

Il lui adresse un clin d'œil, une marque de complicité qui l'amuse. Drusilla se lève en même temps qu'elle.

— Je vais également me retirer.

— Je t'accompagne, bafouille Quintus en glissant une main sous sa tunique.

— Tu as fait ton choix pour la soirée, rétorque Drusilla qui s'écarte. Je dormirai seule.

— Et je suis censé croire que l'autre ne te rejoindra pas à l'étage ? s'écrie Quintus en indiquant Lucius. Je vous ai vu tremper vos doigts dans le vin pour écrire sur la table ! Des messages secrets, c'est ça ?

— Tu es ridicule, lance-t-elle, glaciale.

— Laisse-moi venir, mon amour, supplie-t-il en tendant les bras. Tu sais bien que je ne veux personne d'autre…

— Tu m'as dit que tu voulais une putain pour la soirée. Voilà des putains : va donc les rejoindre.

— Si je découvre qu'il est entré dans ton lit, je…

— Eh bien ? Termine ta phrase.

Sans même lever la voix, elle l'a réduit au silence. Lucius, étalé sur sa couche avec Phébé, se délecte de leur dispute, mais son sourire se fripe en voyant le regard de mépris que lui jette Drusilla. La froideur de sa colère la rend encore plus belle, debout, immobile, au milieu de cette scène de dépravation.

— Profitez de votre fin de soirée, messieurs, déclare-t-elle avant de faire sa sortie.

Après son départ, Marcus éclate de rire en attirant Victoria à lui :

— Elle ne vous l'a pas envoyé dire !

— Tu n'es vraiment pas sortable, marmonne Rufus sans que l'on sache bien auquel des deux il s'adresse.

Quintus, furieux d'avoir été rabroué par son amante, montre les dents :

— Désolé de ne pas pouvoir financer une fausse épouse avec l'argent de mon père ! Ramène-la donc chez toi, ta petite Grecque, et demande-lui de te tisser une tunique !

— Tu as trop bu, répond Rufus. Tu devrais suivre les conseils de Drusilla : choisis une des filles pour la nuit, et les choses iront mieux demain.

Sur ces mots, il prend Amara par la main et quitte la pièce. Elle n'ose pas regarder en arrière, coupable d'abandonner Victoria dans cette ambiance saturée de venin. En se serrant contre Rufus, elle se répète qu'elle ne tire aucun profit de la souffrance de son amie. Tous les gains de Victoria ce soir aideront à rembourser leur dette envers Félix. Rufus se méprend sur les raisons de sa détresse :

— Ne t'inquiète pas, Quintus parlait en l'air.

Elle lui étreint les doigts en réponse.

Ils trouvent Philos, Juventus et le portier de Drusilla assis dans l'atrium autour d'une lampe à huile, en pleine partie de dés. À l'approche de son maître, Philos saute aussitôt sur ses pieds. La colère de Rufus, retenue face à Quintus, se déverse sur cette cible plus facile. Il leur reproche à tous leur paresse, surtout à son intendant.

— J'attendais mieux de ta part ! crache-t-il en bousculant Philos vers la porte.

Amara a été témoin de plus mauvais traitements de la part d'un maître – elle-même a subi bien pire – mais elle n'avait encore jamais vu Rufus lever la main sur quiconque. L'affection qu'elle gardait encore pour lui après la soirée s'évanouit d'un coup lorsqu'elle voit trébucher Philos.

La rue est plongée dans l'obscurité. Juventus ouvre la marche avec sa lampe, et Philos les suit en éclairant l'arrière. À chaque instant du court trajet, Amara lutte contre l'envie de s'excuser auprès de Philos. Mais elle ne peut rien faire.

Les hautes portes de leur maison de location luisent sous la lune, frappées de leur myriade de clous dorés. Juventus ne trouve plus les clés, puis bataille avec le verrou pendant que Rufus s'impatiente en soufflant des jurons. Amara se tourne sur le côté comme pour surveiller la rue, mais c'est en réalité vers Philos qu'elle lève la tête. Il la fixe en retour et sourit. Avant qu'elle ne puisse lui rendre son sourire, Rufus la tire par le bras et l'entraîne dans le sombre couloir de l'entrée.

Chapitre 15

Les forêts et les lieux sauvages recèlent des remèdes.
La nature, mère divine de toutes choses,
répand ses vertus pour l'homme jusqu'au sein des déserts.
Pline l'Ancien, *Histoire naturelle*, XXIV. 1.

Amara prend une profonde inspiration, emplissant ses poumons de ces parfums qui lui rappellent son enfance, le thym et le souci. Elle cueillait autrefois ces herbes pour son père dans leur petit jardin d'Aphidna. Jamais elle ne résistait à l'envie d'écraser leurs feuilles entre ses doigts pour laisser s'exhaler la douceur sucrée du premier, l'odeur forte et piquante du second. Timée aurait pu demander à un serviteur de l'aider à préparer ses remèdes, mais il préférait la compagnie de sa fille. Elle effeuillait le thym avec soin et le hachait menu sous le regard de son père qui lui expliquait comment préparer un sirop contre la toux. La cadence exacte de sa voix échappe parfois à la mémoire d'Amara, mais jamais ce qu'elle évoquait pour elle : la certitude d'être aimée, l'impossibilité d'une existence malheureuse.

— Où dois-je mettre les soucis ? Ici, peut-être ? Ce sera du plus bel effet lorsqu'ils fleuriront en été.

Philos est accroupi près d'elle, tous deux occupés à préparer son jardin. Il vient de dégager un carré de terre pour la camomille. Il n'y a pas assez de place pour tout ce que voudrait Amara, mais elle est bien décidée à introduire un peu plus de diversité dans les plates-bandes afin de se rapprocher davantage de la maison de son père. Rufus était ravi par l'idée et l'a immédiatement encouragée à faire ses achats. Toute évocation du respectable passé d'Amara le réjouit.

— Oui, répond-elle, mettons les fleurs jaunes ensemble, bonne idée.

Elle tend la plante à Philos qui se met à creuser. Le ciel passe lentement du rose au bleu, salué par les gazouillis des oiseaux. En dehors de Martha qui s'affaire à balayer l'atrium, ils sont seuls. Britannica se glisse toujours hors de la maison avant l'aube pour aller courir près des arènes ; quant à Phébé, Laïs et Victoria, elles ont passé la nuit chez Drusilla après avoir servi ses invités. Juventus est lui aussi absent, heureux d'échapper quelques instants à l'ennui de sa loge, même si ce n'est que pour les ravitailler à la boulangerie. Amara pourrait presque prétendre qu'elle vit ici avec Philos, que leur relation est tout autre. Une bouffée de chaleur la traverse lorsqu'elle se souvient du moment où il l'a attirée contre lui, quand elle lui a pris le bras.

Tout en mettant beaucoup d'application dans son jardinage, Philos l'a aussi écoutée lui parler de son père, Timée, de son enfance.

— Alors, ton père t'a beaucoup appris sur la médecine ? demande-t-il.

— On peut le dire, oui. Il m'a enseigné tout ce qu'il savait sur les herbes et leurs propriétés, sur la préparation de différents philtres et lotions… Quand j'étais petite, je croyais qu'il voulait que je devienne docteur, comme lui. Puis j'ai compris que ce n'était pas possible.

Elle revoit l'amusement de son père à cette idée. *Tu pourras prendre soin de ta famille lorsque tu auras ta propre maisonnée.* Elle poursuit :

— Ce jardin lui aurait plu. Il croyait au pouvoir des plantes sur la santé. Selon lui, le simple fait de les contempler pouvait se révéler bénéfique.

Philos entreprend de dégager un espace pour un plant de guimauve.

— Je suis sûr que ton père serait heureux de te voir honorer sa mémoire.

Amara songe au futur que son père avait imaginé pour elle, ce futur qu'il n'a su assurer.

— C'est gentil, répond-elle sans parvenir à dissimuler son amertume. Mais nous savons bien, toi et moi, que mon père ne trouverait aucun honneur dans la vie que je mène aujourd'hui.

— La plupart des médecins de ma connaissance sont pragmatiques avant tout, contre Philos. Peut-être que tu te méprends.

— Et ton père à toi ? lui demande Amara. Quel genre d'homme était-ce ?

Un silence s'installe. Philos se concentre sur la guimauve en dégageant soigneusement ses racines sans les briser. Aucun esclave ne peut se réclamer d'un père, Amara le sait bien ; mais ils restent humains, et aiment leurs parents comme tout le monde. Philos demeure muet si longtemps qu'il semble choisir d'ignorer la question. Mais alors qu'elle est sur le point de changer de sujet, il s'assoit et répond :

— Ça dépend lequel. Tu m'as un jour demandé pourquoi je connaissais Homère, pourquoi j'ai de l'éducation alors que je suis né esclave. C'était le cadeau du maître, l'homme qui m'a engendré. Mais je ne le vois pas comme mon père.

Amara a beau savoir que nombre d'esclaves sont nés ainsi, elle ne peut réprimer son embarras.

— J'espère… hésite-t-elle. J'espère que c'était un homme bon ?

— Ma mère ne l'aimait pas et ne l'avait pas désiré. Mais elle n'avait pas le choix. On ne nous laisse jamais le choix.

Sous son regard soutenu, Amara sent ses joues s'empourprer.

— Après qu'elle fut tombée enceinte des œuvres du maître, mes parents m'ont élevé comme si j'étais leur fils à tous les deux. Mon père m'a toujours traité avec gentillesse, même s'il savait que je n'étais pas de lui.

— Tu en es sûr ? demande-t-elle, comme s'il suffisait de nier le passé pour le changer. Comment en être certain, puisque tes parents étaient ensemble ?

— Je ressemblais davantage au maître que n'importe lequel de ses enfants légitimes. Et le cuisinier m'a plus tard appris qu'il harcelait ma mère sans répit lorsqu'elle était jeune. Il ne la laissait jamais en paix.

Malgré son ton très calme, sa colère est palpable.

— Mais il t'a éduqué ?

— Oui. Je lui dois au moins cela : les heures que j'ai passées à lire sous son toit.

Philos retourne à son ouvrage, creusant la terre qu'il répand sur la pierre.

— Non qu'il ait agi par affection, même si j'étais autrefois assez bête pour l'imaginer. C'était une façon de se moquer de ses héritiers, l'idée que je puisse être plus intelligent qu'eux. Une question de fierté : laisser sa marque, même sur un esclave.

Amara sent sa propre colère lui enserrer la poitrine.

— Mais tes parents t'aimaient.

— Je songe souvent à mon père. Il était si gentil. Il n'a jamais ajouté aux souffrances de ma mère en lui reprochant – ou en me reprochant – ce que ni elle ni moi ne pouvions changer. Et bien sûr, tous les deux s'imaginaient que le maître me libérerait dans son testament. Tout le monde s'y attendait après sa mort.

Amara redoute la suite de l'histoire : elle sait bien à qui Philos fut vendu.

— Ceux qui sont nés libres, dit-il, conversent devant leurs esclaves comme si nous n'avions pas d'oreilles, pas d'intelligence. Mais nous entendons tout, nous voyons tout. Et nous nous souvenons de tout. Je pourrais te dévoiler les secrets d'au moins la moitié des grandes familles de Pompéi, si nous choisissions tous les deux de perdre notre temps ainsi. Quand j'ai été vendu à Térentius à dix-sept ans, mes parents savaient exactement ce qui m'attendait. Et dans les pires moments, après avoir quitté ma famille, quand j'avais l'impression de ne plus pouvoir supporter ma vie, je me rappelais la dernière chose que m'avait dite mon père. *Quoiqu'il t'arrive, tu seras toujours un homme à mes yeux.*

Amara est consciente de l'infamie qu'il encourt en lui avouant cela – une humiliation si profonde qu'elle a déformé d'autres hommes, les poussant à la violence. Mais lorsque Philos se retourne vers elle, il n'y a pas de honte dans ses yeux.

— Et c'est pour ça que je pense que ton père comprendrait. Il ne te jugerait pas pour les choix que la vie t'a contrainte à faire, pas plus que le mien ne l'a fait.

Amara reste longtemps silencieuse, fixant l'eau qui retombe dans le bassin de la fontaine.

— Je suis heureuse qu'ils soient morts, parvient-elle enfin à dire. Tes deux anciens maîtres. Sans cela, j'aurais certainement demandé à Britannica de les tuer.

— Elle en aurait été ravie, j'en suis sûre, répond Philos.

Ils laissent leur amusement alléger le poids de la discussion.

— Merci pour ce que tu as dit sur mon père.

— Je le pense sincèrement, insiste Philos en tapotant la terre autour des guimauves.

Amara sent que leur moment d'intimité s'est enfui, que Philos lui a déjà donné tout ce qu'il pouvait supporter de partager, mais elle en veut encore plus.

— Est-ce que tu regrettes de ne plus lire de livres ? C'était ce qui me manquait le plus à l'Antre des Louves.

Philos se met à creuser un emplacement pour un plant d'hysope un peu flétri.

— Oui, c'est certain. Lire des contrats n'est pas très intéressant.

— Quand tu n'es pas aux côtés de Rufus, n'hésite pas à te rendre dans mon bureau pour lire, dès que tu en as envie. Tu n'as pas besoin de me le demander avant. Je te fais confiance. Je n'ai pas grand-chose d'amusant…

Le silence de Philos la rend nerveuse, la pousse à continuer.

— Pas d'Homère. Rien qu'un texte de médecine en grec que m'a offert Pline. Mais s'il t'intéresse, je le partagerai avec plaisir.

Quoi que Philos ait pensé répondre, il n'en a pas l'occasion.

— Qu'est-ce que vous fabriquez à creuser des trous dans le jardin, tous les deux ? leur crie Victoria depuis le couloir de l'atrium, appuyée au mur, les cheveux ébouriffés.

— Te voilà ! s'écrie Amara, avant de désigner les plates-bandes. Je plante quelques herbes, comme celles qu'entretenait mon père !

— C'est donc pour ça que Juventus est revenu du marché avec toute une prairie hier. Je n'arrête pas d'oublier que tu es fille de docteur, bâille Victoria en venant s'installer sur le banc. J'imagine que la maison où tu as grandi était plus belle encore que celle-ci !

Amara ne peut s'empêcher de se demander si Victoria a entendu l'offre qu'elle vient de faire à Philos. Elle n'a pas envie de s'éloigner de lui, mais se sent obligée de s'asseoir auprès de son amie.

— Non, elle était bien plus petite. Mais ce jardin me la rappelle un peu.

— Ah, Philos, grandir avec un jardin à soi, tu imagines ? Moi, je n'y arrive pas, plaisante Victoria en embrassant Amara sur la joue. Je viens de la décharge, après tout !

Amara connaît les origines de Victoria, abandonnée sur un tas d'ordures à seulement quelques mois, comme tant d'autres bébés non désirés, et ramassée pour être élevée comme esclave. Elle a toujours admiré Victoria pour sa volonté de vivre, mais il y a aujourd'hui quelque chose de malsain dans sa voix.

— Et maintenant, tu peux partager le jardin d'Amara, réplique Philos en enfonçant la dernière plante dans la terre.

— Quelqu'un m'a dit un jour qu'il n'était pas à elle, rétorque Victoria avec une hostilité bien plus nette.

— Rufus est généreux, tente Amara, gênée. Le jardin nous appartient à tous, grâce à lui.

Philos, ayant achevé son jardinage, repousse la terre dans les plates-bandes. Le bruit de son plantoir en fer raclant la pierre fait frissonner Amara, qui se lève.

— Il te faut autre chose ?

— Non, merci, répond Victoria même si la question ne lui était pas adressée.

Philos s'incline, plus formel qu'il ne l'avait jamais été avec elles, puis s'en va. Dès qu'il ne peut plus les entendre, Amara siffle :

— Pourquoi lui avoir parlé comme ça ?

— Je ne lui fais pas confiance, répond Victoria. Il s'insinue partout, comme un chat. Je ne sais jamais s'il est là ou non ! Et sa façon de regarder les gens ! Comme s'il valait mieux qu'eux, alors que ce n'est qu'un esclave.

— Tu es injuste ! lance Amara, surprise que Victoria ait remarqué tant de choses sur Philos tout en ayant pris sa retenue pour de l'arrogance.

— Oui, eh bien, désolée, répond Victoria sans conviction. Mais je ne peux pas oublier la façon dont il t'a parlé le jour où tu m'as ramenée ici. Te dire en face qu'il ne fallait pas te prendre pour la maîtresse de maison ! À croire que c'était lui, le maître des lieux ! Je ne comprends toujours pas pourquoi tu ne lui as pas mis deux claques !

Amara est sur le point de défendre Philos, d'expliquer qu'il voulait la protéger, non l'insulter ; mais elle risquerait de trahir des sentiments qu'elle ne peut admettre, ne serait-ce qu'à elle-même.

— Écoute… concède-t-elle, comme si les arguments de Victoria avaient porté. Rufus l'a choisi. Je n'ai pas à avoir d'avis sur le personnel de la maison.

Victoria lui prend le bras avec affection.

— Promets-moi juste de ne pas te laisser faire, d'accord ?

Après le retour de Juventus de la boulangerie, Amara et Victoria partagent un peu de pain et quelques fruits séchés. Victoria écarte d'un geste les questions anxieuses d'Amara sur Quintus. À l'évidence, la nuit n'a rien eu d'agréable. Comme elle n'a clairement pas envie d'en parler, Amara aborde le sujet des Floralies, où se produiront Victoria et les flûtistes. Elle doit leur acheter de plus belles tenues pour leur performance chez Cornélius, mais si elle les traîne de boutique en boutique, on la prendra pour ce qu'elle est : une maquerelle. Amara propose une alternative à Victoria – n'y aller que toutes les deux, après la visite de son client du matin. Le ravissement manifeste de Victoria à cette idée apaise un peu la culpabilité d'Amara au sujet de la nuit qu'elle a passée.

Assise dans le tablinum, Amara attend la visite d'un débiteur qui a promis de venir la voir : Myrtale, également courtisane, l'un des plus lointains satellites de Drusilla. Amara l'a rencontrée aux bains. Elle doit avoir un peu plus de trente ans, et bien qu'elle soit toujours belle, Amara l'a vue regarder avec envie les femmes plus jeunes, surtout Drusilla avec sa peau dorée, sans âge. Songer au vieillissement n'est jamais agréable. Amara soupçonne parfois Rufus de l'aimer si mince parce qu'il veut affamer le poids de sa vingtaine, la rendre plus semblable aux jeunes filles qu'épousent les hommes de son rang.

Un coup léger est frappé à la porte entrouverte, et Philos introduit Myrtale. Il entre à sa suite et se tient sous la fenêtre de la chambre d'Amara, tablettes de cire à la main, discret comme une ombre. Amara mène désormais toujours ses affaires en présence de Philos, et discute de ses taux et stratégies avec lui.

Elle se lève pour accueillir Myrtale, en claquant deux bises en l'air pour ne pas presser son visage contre ses joues surchargées de maquillage.

— Je suis tellement heureuse que tu aies trouvé un moment pour passer me voir.

— Quelle magnifique maison ! s'ébahit Myrtale en promenant son regard sur les murs jaunes avec leurs délicats oiseaux.

Son accent est semblable à celui de Philos et Juventus – Amara commence à comprendre qu'il dénote les basses classes de Pompéi, leur latin éraillé par l'âpre dialecte local de Campanie. Elle est bien consciente que son propre accent n'est guère plus estimé. Au moins a-t-il l'avantage de l'exotisme.

— Mon protecteur est très généreux. J'ai beaucoup de chance.

— Ça se voit !

Myrtale laisse échapper un rire nerveux qu'elle étouffe soudain d'une main. Le geste se voulait peut-être coquet, mais ne fait que souligner sa vulnérabilité. Amara songe à Félix, à la façon dont il se jetterait sur toutes les faiblesses de cette femme pour la forcer à s'endetter à vie. *Mais je ne suis pas Félix,* se dit-elle.

— Et ton protecteur ? J'ai oublié son nom…

— Oh, eh bien… fait Myrtale, gênée. J'ai plusieurs amants. L'un d'eux très loyal. Mais il est tombé malade, dernièrement. C'est pour ça qu'il me faut un prêt.

— Je suis contente d'entendre qu'il t'est fidèle, au moins.

— Sa loyauté a des limites, marmonne Myrtale. Ça doit faire plusieurs années maintenant qu'il promet de m'épouser. Comme ils le font tous, j'imagine. Enfin, ce qu'il m'offre est mieux que rien.

Amara ne peut réprimer son exaspération devant cette femme qui se dévoile sans réfléchir. Elle se rend soudain compte qu'elle est en train de fouiller son tiroir, sans but, comme le fait Félix lorsqu'il est irrité. Elle le referme d'un coup et Myrtale sursaute.

— Bon, combien il te faut ? demande Amara plus sèchement qu'elle ne le voulait.

— Cinq deniers, dit Myrtale d'une petite voix, peut-être inquiète à l'idée d'agacer sa créancière.

— Je prends cinq pour cent d'intérêts.

Amara, sur le point d'expliquer que le taux grimpe après les trois premiers mois, s'interrompt en voyant l'air alarmé de la courtisane. Rien que cinq pour cent lui sera difficile. Autant renoncer à l'augmentation.

— Si ça te convient, mon intendant établira un contrat. Mais j'aurai également besoin d'un gage.

— Je me demandais… Puisque nous sommes entre amies, on pourrait peut-être s'en passer ?

Amara est consciente que Philos la fixe. Contrairement à son habitude, il ne trahit pas son opinion, impassible.

— Non, tranche-t-elle. Mais ce bel anneau à ta main droite fera très bien l'affaire.

Myrtale saisit ses doigts pour cacher la bague.

— C'était un cadeau de mon premier client ! Il vaut bien plus que cinq deniers.

— Si tu ne peux plus me payer, je te rembourserai la différence.

Comme Myrtale semble toujours incertaine, Amara tend la main pour appuyer sa demande.

— Si tu as vraiment besoin d'un prêt, il faut que tu me le donnes.

Myrtale ôte l'anneau qu'elle place sur le bureau avant de se rasseoir, les larmes aux yeux. Amara range le bijou dans sa bourse.

— Tu y arriveras, j'en suis sûre. Et quand tu m'auras payée, tu pourras le récupérer. Maintenant, si tu veux bien signer…

Philos est occupé à tracer les termes du contrat dans la cire lorsque Martha passe la tête par la porte et le désigne du menton.

— Le maître le fait demander.

Philos attend d'avoir reçu la signature des deux femmes puis tend les tablettes à Amara.

— Si vous voulez bien m'excuser, murmure-t-il.

— Tu as beaucoup de domestiques, remarque Myrtale après le départ des deux esclaves.

— Ils appartiennent à mon protecteur.

La courtisane hoche la tête.

— Ça passe très vite, tu sais, dit-elle d'un ton amer. J'étais comme toi, autrefois.

Son maquillage s'est craquelé et ses larmes ont fait couler son kohl qui souligne d'autant plus les pattes-d'oie autour de ses yeux. Amara songe à Cressa, de l'Antre des Louves : une femme sur la pente descendante. Ou pire, Fabia, l'abjecte indigence du troisième âge. Des images terrifiantes – et sa peur s'aigrit, se change en cruauté.

— J'en doute, réplique-t-elle en allant ouvrir la porte pour lui indiquer qu'il est temps de partir.

Philos a déjà quitté la maison lorsque Victoria et Amara partent faire les boutiques. Il doit avoir été convoqué par Rufus ou Hortensius, comme d'habitude, pour les aider à gérer les affaires de la famille. Amara songe aux joailleries et bijouteries sur la devanture de la propriété de Rufus. Une source de cadeaux pour elle, et aussi de curiosité lorsqu'elle ose passer dans la rue. Mais pour Philos, ces lieux, ces objets doivent être plus que familiers. Sans parler de ce qu'il sait sur leurs comptes. Songer à tout ce qu'elle ignore de sa vie fait monter en elle une sensation étrange.

— Alors, on va où ? s'enthousiasme Victoria, le pas bondissant, plus rayonnante que le miroir d'argent d'Amara. Ici, dans ta rue ? Ou ailleurs, quelque part de nouveau ?

— Il y a des grandes boutiques sur la via Vénéria. Celle près de chez Julia propose un choix de soie assyrienne. On pourrait y passer des heures.

— Parfait ! répond-elle en lui saisissant la main.

Amara est consciente que toutes deux captent les regards, côte à côte sur le trottoir, mais Victoria s'en moque. Elle semble incapable de comprendre qu'elle n'a plus besoin d'attirer l'attention des hommes, à moins qu'elle ne veuille guérir sa fierté après avoir été rejetée par Quintus. Amara hésite entre s'en amuser et s'exaspérer.

— On n'arrivera jamais au magasin si tu continues comme ça, lance-t-elle après que le passage de Victoria a déclenché l'ire d'une épouse outragée par les regards appréciateurs de son mari.

— Pense aux pourboires que je récolterai aux Floralies ! lance Victoria en rejetant ses cheveux en arrière. Je ne fais que m'entraîner.

La boutique est l'une des plus belles de la via Vénéria, ouverte sur la rue, surmontée de fresques tirées des mythes de Vénus : la déesse de l'amour reçoit des offrandes, un serpent enroulé à ses pieds pour porter chance. Au contraire de chez Virgula, il n'y a que très peu de tissus pendus devant l'entrée. Peut-être sont-ils trop précieux pour les risquer ainsi. Amara hésite soudain en songeant au prix. Mais avant qu'elle ne puisse exprimer ses angoisses, Victoria prend les devants et se dirige vers le comptoir avec l'assurance d'une femme qui a toujours rêvé de ce moment.

— De la soie assyrienne ! lance-t-elle à la jeune employée. Nous voudrions voir tout ce que vous avez.

Celle-ci prend la mesure de ces deux clientes. Son regard s'attarde sur le pendentif en argent au cou d'Amara, avec son exquise larme d'ambre. C'est le premier cadeau que lui ait fait Rufus ; il évoque encore à Amara ce sentiment qui ressemblait alors à de l'amour.

— Si vous voulez bien me suivre, mesdames !

Victoria fonce à sa suite et Amara leur emboîte le pas. Impossible de ne pas s'imaginer la silhouette plus mince de Didon en lieu et place des formes voluptueuses de Victoria. Un an plus tôt à peine, Amara et Didon entraient pour la première fois dans une boutique de Pompéi. Elle se rappelle l'émerveillement de Didon devant la soie d'argent translucide. *C'est comme porter une toile d'araignée !*

Les trois femmes arrivent dans une petite pièce blanche décorée d'une frise de cupidons. Une fenêtre en haut du mur s'ouvre sur ce qui doit être l'atrium de l'immense maison qui abrite la boutique. Amara n'en distingue que les poutres. À nouveau, elle songe à Philos, se demande s'il travaille dans un endroit semblable en ce moment même.

La jeune employée ouvre une sorte de livre de bois, où le jaune des tablettes de cire a été remplacé par les couleurs de la soie.

— Les échantillons sont classés du moins cher au plus cher, explique-t-elle.

— Nous voudrions voir votre tissu le moins cher pour deux robes, et une variété de soies pour la troisième, mais rien d'extravagant.

Amara jette un coup d'œil à Victoria qui hoche la tête. Toutes deux ont déjà parlé argent. Chaque sou gagné par Victoria contribuera à rembourser sa dette envers Félix. Cela fait, elle pourra enfin garder ses propres gains en ne versant qu'un faible pourcentage à Amara en guise de loyer. Son choix de vêtements demeure donc limité pour le moment.

Sans perdre de temps, Amara sélectionne la soie pour Phébé et Laïs, en y ajoutant deux des épingles les plus simples. Victoria, quant à elle, n'est guère d'humeur à se précipiter. La jeune employée lui a proposé cinq rouleaux de soie différents et Victoria savoure chacun d'entre eux, en touchant le tissu avec la révérence d'un prêtre qui accueille les offrandes lors d'un sacrifice. Lorsqu'elle lève les bras, la soie lui colle au corps en moirant sa nudité d'or. Amara sourit. Victoria adore les vêtements et passait des heures au bordel à raconter à qui voulait l'entendre ce qu'elle aurait porté si elle était riche. Mais lorsque Victoria essaie le dernier tissu, d'un vert chatoyant et translucide, Amara s'aperçoit avec une certaine surprise que les yeux de son amie se sont remplis de larmes. Elle la prend discrètement à part.

— Qu'est-ce qui ne va pas ? murmure-t-elle.

— C'est tellement beau, répond Victoria d'une voix tremblante. Et il ne me verra jamais comme ça… Il ne me fera jamais de compliments…

Tout son visage se crispe, comme celui de Primus, le fils de Drusilla, lorsqu'il essaie de ne pas pleurer.

— Il me manque tellement. Parfois, je n'arrive même pas à croire que je ne le reverrai jamais.

Amara l'entoure d'un bras et presse sa joue contre la sienne.

— Tu trouveras quelqu'un d'autre, chuchote-t-elle. Je te le promets.

— Je n'ai jamais aimé que lui. Personne d'autre ne lui ressemble…

Ça, c'est bien vrai, pense Amara qui sent l'amertume lui irriguer le cœur, comme de la sève sortant d'une tige de ciguë.

— Ça passera, je te le promets, répète-t-elle. Je te promets que tu l'oublieras.

— Est-ce que je pourrai t'accompagner demain ? Quand tu iras le payer ? Juste pour lui expliquer que je lui pardonne. Et que j'espère… j'espère qu'il me pardonne aussi.

Amara songe à Félix, à son absence totale de souci pour Victoria, à son infinie brutalité, et ne peut réprimer son irritation devant l'aveuglement de son amie.

— Ce ne serait pas une bonne idée. Mais je lui ferai passer le message, si tu veux.

— C'est vrai ? demande Victoria avec une vulnérabilité qui ne lui ressemble pas. Tu me le jures ?

Amara lui prend le visage et essuie ses larmes.

— Bien sûr, ment-elle. Tu peux compter sur moi.

Chapitre 16

Mais maintenant je te connais trop !
Aussi, quoique je sois plus épris que jamais,
tu n'as plus pour moi ni les mêmes charmes ni le même prix.

Catulle, *Poésies*, 72.

— Tu veux aller là-dedans ?

Sur le seuil de la taverne, Britannica interroge Amara, dubitative. L'établissement d'Asellina se trouve sur la partie la plus fréquentée de la via Vénéria. Même au milieu de la journée, un terrible vacarme s'en échappe, entre deux bouffées d'air surchauffé.

— Fabia n'aurait pas accepté de nous retrouver ailleurs. Et comme ça, on pourra dire bonjour à Nicandrus…

Britannica fait la grimace, guère émue à l'idée de revoir de vieux amis. Amara s'exaspère – elle ne devrait pas avoir à convaincre sa propre esclave de faire ce qu'elle lui demande.

— J'ai besoin de savoir ce que manigance Félix avant d'aller le voir !

La Bretonne hausse les épaules pour signifier son accord comme son manque de conviction. Toutes deux s'assurent une dernière fois que personne de leur connaissance ne les observe, puis elles entrent en baissant la tête pour ne pas heurter le phallus en métal qui pend au linteau – Britannica est de si haute taille qu'elle s'y cogne malgré tout, si bien que leur arrivée est signalée par un bruit de grelots. Quelques-uns des buveurs ne font que leur jeter un regard curieux avant de revenir à leurs affaires, mais d'autres s'esclaffent et les sifflent.

— Alors, on vient se débaucher, les filles ? crie l'un d'eux. Si vous cherchez un homme, un vrai, vous êtes au bon endroit !

— Un petit merdeux comme toi n'est pas un homme, réplique Britannica.

Le buveur hésite, partagé entre le besoin de défendre son honneur et son inquiétude en voyant la main de Britannica filer sous sa cape pour saisir son couteau. Il s'affaisse sur sa chaise et marmonne :

— De toute façon, je n'ai jamais vu de putain aussi moche…

— On se calme, merci beaucoup ! claironne une voix de femme.

Debout près d'Amara, la patronne surgit de derrière le comptoir. Son visage est luisant de la chaleur du four, et son expression n'a rien d'amical.

— Nous ne voulions pas vous créer des ennuis, lui murmure Amara. Vous êtes Asellina ? Nous sommes là pour voir Fabia, une amie de Nicandrus.

— Ah oui, ce vieux sac d'os, répond Asellina. Là-bas, près de l'escalier. Elle m'a raconté qu'elle attendait des amies qui lui paieraient le repas !

Amara suit le regard d'Asellina. De l'autre côté de la pièce enfumée, Fabia leur fait signe de son bras maigre, assise dans un coin sombre.

— C'est bien elle, dit Amara. Oui, en effet, je vous prendrai trois portions de ragoût. Et nous voudrions être servies par Nicandrus. Je serai heureuse de le revoir.

La propriétaire hausse les sourcils, mais note clairement la luxueuse cape d'Amara et son excentrique esclave.

— Comme vous voudrez.

Amara et Britannica se fraient un chemin entre les tables pour gagner l'arrière-salle, en évitant l'homme qui les a apostrophées, même s'il semble désormais tout aussi désireux de les ignorer. En s'asseyant à la table de Fabia, Amara s'est déjà adaptée à la vulgarité de l'endroit :

— Mais qu'est-ce qui t'a pris de nous donner rendez-vous ici, bordel ? Te voir chez moi serait bien plus discret !

— Il ne faut pas que Victoria m'aperçoive, répond Fabia sans s'émouvoir de cet accueil. Je ne lui fais pas confiance quand il s'agit de Félix.

— C'est mieux comme ça, approuve Britannica. Elle est toujours son esclave.

— Ce n'est plus son esclave ! proteste Amara.

Mais avant qu'elle ne puisse se lancer dans une autre vaine dispute avec Britannica, Nicandrus passe sous l'escalier, un plateau à la main.

— Amara ! s'écrie-t-il.

Elle est soudainement transportée au Moineau, avec Didon, à l'époque où Nicandrus y travaillait. Son amour pour l'amie d'Amara était si évident qu'il aurait aussi bien pu l'écrire en rouge sur sa tunique. Elle porte une main à sa bouche, les larmes aux yeux.

— Oh…

— Amara… répète-t-il en posant le plateau.

À l'évidence, il est tout aussi affecté, et elle doit se retenir pour ne pas l'enlacer. Plus maigre et plus sale que dans son souvenir, il semble servir une maîtresse moins bonne que ne l'était Zoskalès.

— Je suis tellement contente de te voir, Nicandrus. Tu ne peux pas t'asseoir avec nous ?

— On a besoin de moi à l'arrière. Asellina m'a dit qu'il faudrait que tu paies si tu voulais que je m'attarde un moment. Et même comme ça, ce ne sera pas longtemps.

— Bien sûr que je paierai, répond-elle.

Nicandrus attrape un tabouret et s'assoit nerveusement en bord de table, en lançant un regard par-dessus son épaule. Amara lui donne deux as pour Asellina et lui propose sa part de ragoût. Il accepte l'argent mais refuse la nourriture d'un signe de tête. Fabia engloutit déjà le contenu de son assiette dans un concert de bruits de succion et de raclements de cuillère.

— Comment vas-tu ? demande Amara.

— Ma maîtresse est généreuse, répond Nicandrus en faisant un signe de tête discret vers la cuisine pour lui faire comprendre qu'il ne peut parler librement.

Ils se dévisagent mutuellement. Plus ils retardent le moment de mentionner Didon, plus le poids de son absence se fait sentir, toujours plus douloureux.

— Mais ça n'a pas d'importance, reprend-il. Plus rien n'a d'importance depuis…

— Je suis désolée.

— Tu l'aimais aussi. Tu sais à quel point elle était merveilleuse.

— Est-ce qu'il l'a bien enterrée ? demande Amara malgré la cruauté de la question – le besoin de savoir dévore les convenances, comme des braises dévorent une enveloppe de parchemin.

— Je ne sais pas, répond Nicandrus, les traits affaissés par le chagrin. Je lui ai supplié de me le dire. Je l'ai même… Je l'ai même menacé. Alors Zoskalès m'a vendu.

— Toi ? Tu as menacé Félix ?

— J'aimais Didon. Elle était tout pour moi.

Nicandrus n'a jamais rien eu d'un héros romantique, avec son corps maigre et sa dévotion sans issue, qu'il n'osait exprimer que rarement. Amara songeait autrefois que Didon méritait mieux, mais elle comprend désormais à quel point elle l'avait sous-estimé.

— Elle t'aimait aussi, souffle-t-elle en lui prenant la main. Je ne sais pas si elle te l'avait dit. Elle ne voulait pas ajouter à ses souffrances en aimant quelqu'un qu'elle ne pouvait pas avoir. Mais je t'assure que tu es le seul homme qui ait jamais compté pour elle, le seul qu'elle estimait bon. Tu as illuminé sa vie.

Nicandrus l'écoute en pleurant sans bruit. Puis il dégage sa main et se frotte les yeux si vigoureusement qu'il se retrouve avec des traces de poussière noirâtres. Cela fait, il se relève.

— Je dois y aller.

Amara observe sa maigre silhouette se glisser entre les tables jusqu'à disparaître derrière le comptoir. Incapable de le rappeler, elle laisse les profits des autres clients se déformer sous ses propres larmes.

— Tu vas le manger, ça, ou je peux le prendre ? demande Fabia en tapant sa cuillère contre le bol d'Amara.

— Mais tu n'as pas d'émotions ou quoi ? Merde ! s'écrie Amara.

— Les émotions, ça ne réchauffe pas le ragoût, réplique Fabia. Et je n'ai pas mangé depuis deux jours.

Britannica a également entamé son repas. Amara est la seule à n'y avoir pas touché. Elle pousse son bol vers Fabia.

— Prends-le.

Enveloppée par le vacarme de la taverne, elle regarde la vieille femme dévorer sa seconde portion en léchant les bords du bol pour absorber jusqu'à la dernière goutte de sauce. À la table derrière la leur, deux hommes occupés à marchander s'échauffent sur le prix d'une mule. Amara tourne son regard vers le mur, où s'écaille un petit portrait de serveuse occupée à tendre des flacons de vin aux clients. La légende au-dessus de sa tête affirme : *Tout le monde veut un baiser !* Quelqu'un a griffonné une réplique dessous : *Bonne chance avec une tenancière pareille.*

— Alors, qu'est-ce que tu veux savoir ? demande Fabia qui a fini de manger.

— Il a parlé de moi dernièrement ?

Inutile d'employer le nom de Félix : toutes savent parfaitement qui est le sujet de la conversation.

— Il a été de bien meilleure humeur depuis ta dernière visite. Béronice l'a surpris à siffloter l'autre jour. Tu imagines ? Mais à part ça, ajoute Fabia en secouant la tête, toujours le même bâtard.

Britannica, qui n'a pas fini de manger, feule quelques mots dans sa propre langue. Nul besoin d'être bilingue pour saisir leur intention meurtrière.

— Il a parlé de Victoria ?

— On n'a pas le droit de prononcer son nom, explique Fabia en baissant la voix. Personne n'aurait osé, de toute façon. Mais on ne peut pas dire qu'il ait le cœur brisé. Il a pris la nouvelle à l'étage deux ou trois fois. Rien de comparable aux heures qu'il passait avec toi, bien sûr !

Elle jette un regard entendu à Amara, comme si ce dernier commentaire devait la flatter.

— Et Béronice ?

— Toujours folle de Gallus. Je ne pensais pas que ça durerait aussi longtemps. Ça m'étonne qu'il ne l'ait pas encore lâchée.

Fabia, les bras croisés, ne cesse de fixer la porte. Maintenant qu'il n'y a plus rien à manger, s'attarder à la taverne la rend clairement nerveuse. *Et moi donc,* songe Amara. Puis la vieille dame se penche subitement vers Amara, qui fait de même, presque au point de presser son front contre le sien.

— La vraie nouveauté, c'est qu'il diversifie ses affaires, murmure Fabia. Il a ouvert une petite taverne près des bains. Gallus et Thrason meurent d'envie de la tenir. Mais il les fait courir, il n'a pas encore décidé à qui la confier.

Malgré elle, Amara ressent une pointe d'admiration. À la place de Félix, elle ne se contenterait pas du bordel, elle non plus.

— Voilà, c'est à peu près tout, conclut Fabia en se redressant.

Amara la remercie, même si elle n'est pas certaine que ce qu'elle vient d'apprendre valait la peine de courir autant de risques.

— Je ne pourrai pas revenir ici, Fabia. Une taverne sur la via Vénéria, c'est trop. Rufus pourrait le découvrir.

— Oui, tu as raison, on ne se sent pas en sécurité, ici, acquiesce Britannica.

— Tu ne veux vraiment plus venir chez moi ? Je t'assure que Victoria ne dirait rien.

Fabia refuse tout net. Sa peur de Félix surpasse jusqu'au risque de mourir de faim.

— Alors, je vais laisser de l'argent au comptoir, propose Amara. Assez pour dix repas. Si tu viens deux fois par semaine, ça fait cinq semaines au total. Ensuite, j'enverrai Britannica renouveler l'avance.

— Pourquoi ? demande Fabia en plissant le front. Je ne pourrai pas te transmettre d'informations comme ça.

— Mais si. Tu laisseras tout message digne d'être communiqué à Nicandrus. Britannica viendra lui parler chaque semaine. Si l'offre te convient, bien sûr.

Que l'idée lui plaise ou non, Fabia ne refuserait jamais des repas gratuits.

— Bien sûr. Ce n'est pas cher payé, pour tant de générosité.

Les deux femmes se sourient : la jeune courtisane face au spectre de son futur.

Amara n'emmène pas Britannica lorsqu'elle part voir Félix. Elle repasse chez elle pour prendre Philos et

Juventus et partage une nouvelle fois l'argent entre eux trois pour le trajet jusqu'au bordel. Arrivés là-bas, ils patientent dans la pièce aux motifs géométriques. Un souvenir assaille Amara : le soulagement qu'elle ressentait en entendant Philos la demander à l'époque où elle vivait ici. Son arrivée annonçait quelques heures de répit auprès de Rufus. La vue de Philos n'a désormais plus rien de relaxant : tête courbée, muscles tendus, il agrippe le rebord du banc. Juventus, assis entre eux, semble plus détendu. Il a tant écarté les jambes qu'Amara doit se tasser sur le côté pour éviter que leurs cuisses se touchent.

Le portier lance quelques mots à Philos dans leur dialecte, avec un sourire en coin. Philos hésite un instant avant de répondre, et Juventus se renfrogne : le commentaire devait concerner Amara.

Paris l'appelle. En se levant, Amara ne saurait décrire le sentiment qui l'envahit, tout comme elle ne saurait expliquer son cœur battant au moment de passer le seuil. Félix est à son bureau. Amara s'ordonne de le considérer comme un homme ordinaire, de l'étudier pour déceler ses faiblesses plutôt que sa propre peur. Elle prend une grande inspiration et remarque l'odeur de l'huile : il s'est lissé les cheveux en arrière, et semble aussi rasé de frais.

— L'argent d'abord, cette fois, lance-t-il sèchement en lui faisant signe de s'asseoir.

Elle s'avance pour déposer les bourses de cuir devant lui et reste debout pendant qu'il compte les pièces. Visiblement agacé qu'elle le regarde de haut, il répète son geste. Cette fois, elle obtempère. Félix repousse les bourses vides vers son côté du bureau avant de pousser bruyamment les pièces vers une boîte.

— Ça va, le compte y est. Il est bien confiant, ton joli garçon, pour t'autoriser à venir me voir. C'est surprenant, à vrai dire.

Est-ce la peine de mentir ? Amara se décide pour la vérité :

— Il n'est pas au courant.

— J'espère que Victoria te donne une prime de risque, commente-t-il sans prendre la peine de mentionner Britannica.

— Elle le fera sans doute, maintenant que j'ai d'autres filles qu'elle à vendre.

Félix la fixe intensément sans qu'elle puisse deviner ce qu'il ressent.

— Te voilà maquerelle, maintenant ?

— Pourquoi pas ? Je m'y connais un peu. Et il faut bien gagner sa vie.

— Je devrais peut-être augmenter ton taux d'intérêt…

— Tu ne peux pas. Philos l'a inscrit dans le contrat.

Elle sait bien que Félix en est conscient : il cherchait à voir à quel point il pourrait l'effrayer. Lorsqu'il sourit, Amara saisit à nouveau les effluves de ses cheveux soigneusement huilés. Elle est soudain convaincue que c'est pour elle qu'il s'est coiffé, et cette idée lui donne du courage.

— Tu aurais pu m'exploiter bien mieux.

— Comment ça ?

— J'aurais pu nous rapporter cinq fois plus.

Félix ne relève pas le « nous », mais elle sait qu'il l'a remarqué.

— Toi qui aimes tant l'argent, je n'ai jamais compris pourquoi tu refusais d'agir dans tes propres intérêts.

— Tu t'imagines que tu aurais fait une bonne partenaire en affaires ?

— J'aurais été excellente, et tu le sais très bien. Mais tu n'aurais pas supporté d'admettre que nous sommes pareils.

Félix s'esclaffe, les yeux brillants d'un amusement qui pourrait aisément passer pour de l'affection. Il appuie son menton sur ses mains, une fausse démonstration d'intimité dont il usait souvent à l'époque où Amara était son esclave.

— Ah oui ? Dans ce cas, dis-moi : à ma place, quel accueil aurais-tu réservé à quelqu'un qui te ressemblait autant ?

Amara hésite. Elle n'y avait pas songé. De fait, elle n'aurait pas cru que Félix l'avait bel et bien comprise à ce point.

— C'est bien ce que je pensais, commente-t-il, ironique.

Il ouvre un tiroir dans lequel il fouille sans cesser de la regarder : à l'évidence, l'objet qu'il cherche lui est si familier qu'il peut le trouver à l'aveugle. Lorsqu'il le place avec douceur sur le bureau, Amara le reconnaît. C'est la statuette de Diane chasseresse qu'elle lui a envoyée après avoir retrouvé sa liberté. Le vœu d'une vengeance à venir.

— On ne me la fait pas, Amara. Je sais reconnaître la haine. Et je sais aussi comment mon père est mort.

Amara fixe la figurine. Diane, son arc bandé, prête à décocher sa flèche. Elle passe en revue tout ce que lui a dit Fabia comme elle fouillerait dans un coffre à vêtements pour retrouver ces mots qu'elle pensait moins importants que les autres, fourrés au fond de sa mémoire. *Le maître d'avant est mort dans une bagarre de rue. Il ne manquait pas d'ennemis, après tout. On lui devait tant d'argent...* Amara songe à Drauca, à Simon, à tous ceux que Félix a tués sans jamais toucher un couteau. Il a donc fini par venger sa mère, semblerait-il.

Pour éviter de croiser son regard, elle prend la petite statue mal taillée.

— Tu as tort là-dessus, réplique-t-elle en lui montrant l'objet. Ce n'était pas un message de menace. Tu m'as dit une fois que je t'avais rappelé Diane le jour où tu m'as achetée. Quelle femme ne serait pas flattée d'être comparée à une déesse ?

Félix plisse les yeux, guère convaincu. Amara doit aller plus loin, frôler la vérité de plus près. Elle puise dans la honte qui se tapit au plus profond d'elle-même pour la répandre entre eux.

— Je suis comme toi, mais je ne suis pas toi. Si tu avais su te montrer juste, au lieu de m'humilier, tu n'aurais jamais trouvé plus loyale que moi, articule-t-elle en sentant une émotion sincère lui enflammer les joues.

Et Félix rougit en retour. Comme pour le dissimuler, il se réfugie dans la cruauté :

— Alors c'est ça, que tu voulais ? Comme n'importe quelle femme, en fait : qu'un homme fasse semblant de t'aimer. Tu ne vaux pas mieux que Victoria !

— Mais je ne te parle pas d'amour ! crie Amara, incapable de se contenir. Tu t'imagines que ça m'intéresse ?

Elle se lève et Félix l'imite en repoussant brusquement sa chaise, tous deux face à face au-dessus du bureau. Amara y pose les mains à plat et se penche en avant.

— J'aurais pu nous rendre riches. Je le pourrais encore.

Ses bras tremblent sous la pression de tant de haine. Félix tend la main vers elle, mais elle le repousse sèchement.

— Non ! Je ne suis plus ton esclave. Ça, il va falloir le mériter.

— Je pourrais très bien le prendre, répond-il avec une colère froide.

Elle lui montre le dos de ses mains, joue avec les anneaux que lui a offerts Rufus, symboles de son protecteur, de sa puissance. Devant l'impuissance de Félix, elle sourit.

— Tu n'oserais pas.

Chapitre 17

BACCHIS : C'est pour notre beauté
que nos amants nous courtisent ; dès qu'elle décroît,
ils portent leur fantaisie ailleurs.
Si dans l'intervalle nous ne nous sommes pas ménagé
quelques ressources, nous vivons dans l'abandon.

Térence, *L'Héautontimorouménos*, Acte II, Scène 3.

Le poids de la coiffure de Drusilla doit lui tendre la nuque, mais elle n'en montre rien. Thalia, sa servante, enroule ses tresses en un chignon élaboré, en s'interrompant de temps à autre pour les épingler. Assise face à la fenêtre, Drusilla contemple son jardin. En cette fin d'après-midi, un rai de lumière traverse la pièce, illuminant la danse des particules de poussière.

Amara est déjà coiffée de fausses tresses retenues en place par de douloureuses épingles. Rufus tenait à ce qu'elle fasse bonne impression aux Floralies, où elle apparaîtra publiquement comme sa maîtresse : c'est lui qui a suggéré que Drusilla s'occupe de sa tenue. Comme il souhaite la surprendre, il ne lui a rien dit du déroulement de la procession ni de la suite. Fort heureusement, Drusilla estime que les surprises ne sont bonnes que pour les enfants.

— Tu sais à quoi ressemble le char ? demande Amara.

— J'y suis déjà montée l'an dernier. Il appartient à la famille de Quintus. Tu n'as pas vu la procession ?

Amara secoue la tête. L'année précédente, à la même époque, elle se produisait avec Didon chez Cornélius – là où joueront Victoria et les flûtistes ce soir. Victoria était déçue de rater la pièce de théâtre, mais Amara est secrètement soulagée : elle ne sait pas comment aurait réagi son amie en la voyant conduite en triomphe dans les rues.

— Je ne suis jamais montée en char. Je ne peux pas l'imaginer.

Thalia, qui a enfin fini, tend le miroir à sa maîtresse. Drusilla vérifie son travail puis lui fait quitter la pièce d'un signe de tête. Une fois seule avec Amara, elle lui confie :

— C'est une expérience incomparable. Tu auras l'impression d'être un dieu.

Les deux femmes s'aident mutuellement à ajuster leurs vêtements à la perfection. Avec douceur, Drusilla corrige le pli du tissu à l'épaule d'Amara. Celle-ci était surprise de voir la tenue offerte par Rufus : toute de soie rouge, la robe n'est pas translucide mais reste bien moins modeste que ce qu'elle aurait imaginé, en lui collant au corps. Amara a tenu à porter le collier d'argent au pendentif d'ambre, le tout premier des cadeaux de Rufus, un geste sentimental qui a beaucoup plu à son amant. Mais il a pris soin d'exhiber également sa richesse sur tout le reste de la personne d'Amara : à ses oreilles des perles empruntées aux joailleries de la famille, à ses poignets des bracelets d'argent. Les épingles qui retiennent son chignon si dense scintillent dans la lumière.

Malgré cet attirail, Amara sait qu'elle n'arrive pas à la cheville de Drusilla. La courtisane la plus en vue de Pompéi est enveloppée de soie jaune et couverte d'or, jusqu'à son maquillage qui ressort si joliment sur sa peau mate. À sa vue, Amara ressent non pas de la jalousie, mais plutôt de l'amertume envers son amant. *Si je n'étais pas aussi mince, je ferais meilleure figure à côté d'elle.*

Des trompes claironnent dans l'air chaud de l'après-midi : la procession approche. Toutes deux descendent l'escalier avec précipitation et traversent l'atrium pour se tenir à la porte. Le cœur d'Amara bat plus vite à mesure que le bruit s'accroît – non seulement des trompes, mais aussi des chants et des cris désormais. À sa grande surprise, Drusilla lui prend la main.

— Ne sois pas nerveuse.

Mais en voyant ses yeux écarquillés, chose rare pour Drusilla, Amara ne saurait dire à qui s'adresse vraiment ce conseil. Le vacarme s'interrompt un moment, puis les trompes sonnent deux fois. Joséphus, l'intendant de Drusilla, ouvre grand les portes. De l'autre côté de la rue les attend un énorme char écarlate – ses quatre roues dorées sont presque aussi grandes qu'Amara. Deux chevaux bais y sont harnachés, les flancs luisant de sueur, les naseaux frémissant. L'un d'eux ne cesse de racler les pavés du sabot en secouant la tête d'inquiétante façon, peut-être alarmé face à toute cette agitation.

Lorsqu'elle s'avance vers la foule, Amara sent un flot d'excitation balayer son angoisse. La scène lui rappelle les Vinalies, les rues envahies de cohortes de femmes. Celles qui sont en tête de la procession sont magnifiquement habillées, drapées de guirlandes de fleurs, bavardant avec les musiciens – l'une d'elles rejette la tête en arrière pour éclater de rire, exposant sa gorge blanche au soleil. Derrière le chariot s'étire une longue file de femmes aux habits moins éclatants. Certaines dévisagent les riches courtisanes, d'autres rient et discutent entre elles. Ce sont des prostituées, Amara le sait bien : les Floralies sont l'un des seuls festivals où l'on célèbre les putains en public. La foule est baignée d'une puissante odeur de sueur à demi masquée par des parfums bon marché. Amara contemple l'océan de visages en songeant à Didon, puis s'avise soudain que Béronice, son amie abandonnée, s'y trouve peut-être ; elle se détourne bien vite.

On aide Drusilla à monter la première dans le char. Amara fixe les scènes en médaillon frappées à l'arrière des sièges, un entrelacs fiévreux de corps nus découpés dans le métal – des satyres retenant des nymphes qui se débattent et tentent de s'enfuir. De sombres souvenirs l'assaillent un instant. Un serviteur lui propose sa main pour l'aider. Elle l'agrippe et se retrouve hissée aux côtés de Drusilla. En s'asseyant, elle repousse les images du bordel. Les Floralies célèbrent les plaisirs de la chair : les femmes sont là pour qu'on en profite. C'est ce que les invités de Cornélius attendront de Victoria, Phébé et Laïs. C'est pour cela qu'Amara les a envoyées là-bas. C'est aussi la nature de son accord implicite avec Rufus, la raison pour laquelle on la célèbre aujourd'hui.

Elle a beau s'attendre au départ des chevaux, le char qui s'ébranle la fait tressaillir. Elle s'accroche aux rebords du siège et observe les alentours, stupéfaite : de si haut, presque au niveau des étages des maisons, la rue semble complètement différente. Elle aperçoit, derrière un vantail, un jeune garçon qui ose un regard puis s'efface bien vite à leur passage. Impossible de discuter avec le grondement des roues qui s'ajoute au tumulte des trompes et des chants, mais elle adresse un grand sourire à Drusilla qui semble tout aussi excitée qu'elle, les bras chargés d'une gerbe de blé garnie de roses. On leur a donné des bouquets à toutes deux lorsqu'elles ont pris place dans le char, chose qu'Amara avait complètement oubliée : elle rattrape le sien juste avant qu'il ne se répande à ses pieds.

Le char descend la via Vénéria avec difficulté sous le soleil de fin d'après-midi, qui tape dur sur la foule. Malgré sa lenteur, il ne cesse de brinquebaler lorsque les roues accrochent les ornières de la route. Amara et

Drusilla contemplent les gens sortis des maisons pour les observer. Les hommes se rincent l'œil au passage des courtisanes, à défaut de pouvoir se les payer, mais c'est le regard des femmes qu'Amara savoure le plus. Jamais elle n'avait été enviée à ce point – un rappel du chemin qu'elle a parcouru, de tout ce que lui a offert Rufus. Elle songe à son amant au début de leur relation, à sa joie lorsqu'il lui a offert le collier qu'elle porte en ce moment même. Si seulement elle pouvait encore le voir ainsi, plus innocent qu'il n'est vraiment.

Le temps que la procession atteigne le théâtre, Amara est au bord de l'évanouissement tant elle a chaud, mais c'est malgré tout à regret qu'elle s'arrache au char. Ayant littéralement perdu de leur hauteur, Drusilla et elle sont absorbées par la foule de femmes et de musiciens. Chahutée, Amara regarde le char s'éloigner avec un pincement au cœur. Les Floralies n'encouragent guère la modestie ; la femme pressée contre elle enlace déjà l'un des musiciens, sans se soucier de sa coiffure en désordre, des fleurs écrasées. La pièce a beau être gratuite, elle n'est pas ouverte à n'importe qui, et l'essentiel de la foule devra se contenter de célébrations sur le parvis. Drusilla prend la main d'Amara, et elles se fraient un chemin jusqu'à l'entrée du théâtre. Grâce à la haute taille de Drusilla – et à l'image récente de leur défilé en char, fraîchement imprimée dans les mémoires –, on leur ouvre la voie.

Très peu de gens patientent encore dans le couloir ou l'escalier : la plupart des spectateurs ont déjà été guidés jusqu'à leur place – tous sauf Rufus et les plus importants invités. Drusilla et Amara font leur entrée par le haut de l'auditorium, ce qui aurait dû leur assurer une certaine discrétion, mais Amara entend malgré tout des murmures, sent des yeux se poser sur son corps. La voilà face à l'immense arc de l'amphithéâtre, un mur de visages tous occupés à l'examiner. Elle sent ses joues brûler. Cela fait bien des années qu'elle a perdu sa respectabilité, mais un sentiment de honte demeure : la notoriété n'est pas bien perçue chez une femme. Cet honneur que lui fait Rufus est à double tranchant, et n'est possible que parce qu'elle n'a en réalité rien à perdre en matière de réputation. Une bouffée de colère la traverse. Elle songe à Britannica, à l'air de défi qu'elle adresse au monde, toujours campée sur ses jambes, et rend son regard à la foule. *Fixez-moi donc.*

— N'y prends pas trop de plaisir non plus, murmure Drusilla, amusée.

Toutes deux descendent avec précaution l'escalier de pierre pour gagner la loge d'honneur encore vide, près de la scène. Se mouvoir avec modestie n'est pas évident dans cette robe de soie : Amara n'est que trop consciente de la façon dont elle dévoile son corps à chaque pas. Drusilla, qui a choisi ses propres habits, se déplace avec plus de grâce, mieux dissimulée par sa tenue jaune d'or. Enfin, elles atteignent les emplacements qui leur sont réservés. Rufus leur a expliqué qu'elles seraient positionnées derrière le mur séparant les spectateurs ordinaires de la loge. Lui sera de l'autre côté, si près et pourtant si loin.

Amara est heureuse de découvrir des coussins sur la pierre. Elle trouve une position confortable et lisse les plis de soie avec un sentiment renouvelé d'excitation. Soudain, des applaudissements éclatent : Rufus, Helvius et leurs partisans viennent d'arriver dans l'amphithéâtre. Chacun sait que Rufus finance la soirée. Amara a beau ne plus savoir combien d'affection elle éprouve encore pour son amant, elle ne peut réprimer son orgueil. Drusilla lui chuchote :

— Je parie que tu n'as jamais été aussi heureuse de le voir.

Rufus monte l'escalier qui mène à la loge. Amara essaie de croiser son regard, mais il ne tourne pas la tête vers elle. C'est Hortensius, son père, qui jette un œil aux deux courtisanes. Il ignore Amara mais adresse un léger sourire à Drusilla en guise de salut. Puis lui et son fils disparaissent de l'autre côté du mur.

— Hortensius semble toujours te témoigner beaucoup d'intérêt, dit Amara qui tente de masquer sa vexation face au manque d'attention de Rufus.

— Pour que je tolère un tempérament pareil, il faudrait d'abord qu'il me couvre d'or, répond Drusilla en plissant les lèvres.

— Il est violent ?

— Pas autant que son père, à ce qu'on dit, fait-elle en haussant les épaules. Tu as de la chance que Rufus soit d'une nature plus douce…

— Tu veux dire *Térentius ?* s'écrie Amara.

Choquée par la possibilité que Drusilla ait connu l'homme qui a tant tourmenté Philos, elle a parlé plus fort qu'elle ne l'aurait voulu. Drusilla jette un bref regard vers la foule pour lui faire comprendre qu'on les écoute peut-être.

— Plus tard.

Les musiciens viennent prendre leurs places sur scène depuis les coulisses, en passant sous les linteaux vivement colorés. Rufus lui a déjà annoncé le programme : un court numéro de mimes en l'honneur de Flora, puis la pièce de son choix, avant un second numéro de mimes, plus long. Amara se laisse aller sur les coussins et tente de se laisser absorber par la soirée, d'oublier sa propre vie au moins quelques instants. Mais ses pensées dérivent, et le spectacle se change en une rivière floue de couleur et de mouvement. Elle revient aux Floralies de l'année précédente, chez Cornélius, à sa propre performance avec Didon. Son amie près de la fontaine aux nymphes dorées, absorbée par son chant. Amara ferme les yeux pour mieux s'immerger dans ce souvenir.

Un mot familier la ramène brutalement au présent : *Chrémès.* Même déformé par l'accent d'Italie, le nom de l'homme qui avait acheté Amara à sa mère, est un choc des plus déplaisants. C'est lui qui s'est servi d'elle comme concubine avant de la vendre comme putain. Mais le Chrémès sur scène est bien différent : un vieillard troublé par la relation de son fils avec une prostituée. Amara, les paumes moites, tente de se concentrer sur l'histoire. Rufus ne sait pas ce que signifie ce nom pour elle. Amara ne lui a jamais parlé de son maître d'Aphidna.

L'arrivée de Bacchis, la courtisane, est saluée par des sifflets et des rires. L'actrice surjoue son personnage dans sa robe d'un vert criard, des perles aux poignets. Une troupe de danseuses accompagne ses pas. De si loin, Amara ne perçoit que quelques bribes des répliques, qui lui suffisent néanmoins pour comprendre l'essentiel. Bacchis est obsédée par l'argent et terrifiée à l'idée de perdre sa beauté, tentant de jouer son rôle aussi longtemps que possible. Amara jette un regard à Drusilla, qui n'affiche qu'un calme sourire alors même que l'indignité de leurs vies est mise à nu. Cette version si peu charitable d'elle-même hypnotise Amara, consternée à l'idée que Rufus puisse la voir ainsi.

Sur scène, une autre courtisane, plus jeune et plus innocente, déclare son amour pour son seul client, les mains pressées sur le cœur en signe de sincérité. Le soulagement envahit Amara. Non, voilà qui la représente sans doute aux yeux de Rufus, cette fragile créature plutôt que Bacchis. L'histoire prend ensuite le tour habituel, comme un char s'engage dans les ornières laissées par le précédent

– Amara l'a maintes fois entendue de la bouche de son amant : une jeune fille vertueuse, enlevée et réduite à la prostitution, libérée par son généreux protecteur qui l'épouse lorsqu'elle se révèle être de bonne naissance. Amara, qui ne peut se rabattre sur pareil statut, n'a jamais aimé ce fantasme, et l'aime encore moins aujourd'hui.

Elle s'aperçoit que ce sont les paroles de Philos qui lui reviennent en mémoire. *Seuls les idiots s'imaginent que la vie est comme une pièce de théâtre, et que l'on a une chance de protéger sa vertu.* Philos est bien différent de Félix, mais tous deux sont plus proches d'Amara que Rufus ne le sera jamais. Imaginer le mépris de son ancien maître pour cette pièce de théâtre n'est pas difficile. Amara se sent rougir en se remémorant leur dernière entrevue, ce qu'elle lui a suggéré. Parfois, elle n'arrive pas à croire qu'elle joue à pareil jeu avec Félix. Même si elle lui doit de l'argent, la seule idée d'entrer en affaires avec lui devrait sembler folie. Pourtant, indéniablement, Félix sait assurer ses arrières. Il ne se retrouvera jamais dans la position de Myrtale, ou pire, celle de Fabia. Et si Rufus abandonne Amara, elle risque de manquer de choix en matière d'associés. Mieux vaut être Félix – ou son alliée – que mourir de faim.

Elle jette un regard vers la loge où se trouve son protecteur, comme pour se rassurer, même si elle ne peut le voir. Le mur aveugle ne lui offre guère de réconfort. Rufus l'a placée là, vêtue d'écarlate, le corps rutilant de bijoux d'emprunt. La vérité lui échappe peut-être encore, mais finira par lui apparaître : Amara est Bacchis. Elle songe à la nuit où il a laissé éclater sa colère, à ce qu'il lui a dit. *Ça t'a salie.* Elle referme les yeux et s'imagine chez elle, dans son bureau, plutôt que sur ce banc de pierre, exposée aux regards, masquant sa peur d'un sourire.

Chapitre 18

— Les amants, comme les abeilles,
mènent une existence aussi douce que le miel !
— Si seulement.
Deux graffitis de Pompéi

Amara rentre du théâtre en litière. La nuit tombe à peine, mais elle ne peut se joindre à Drusilla pour le dîner sans Rufus, pas en présence d'autres hommes. Son protecteur mange avec sa famille ce soir. Il fait noir dans la litière – le cocon des rideaux l'abrite des passants, mais elle se sent enfermée. Malgré ses efforts pour apprécier ce luxe, elle ne pense qu'au poids qui repose sur les épaules des porteurs, les hématomes qu'impriment les brancards dans leur chair. Désorientée, incapable de voir où on l'emmène, elle est aussi soulagée que surprise quand la litière s'arrête. Les porteurs la déposent au sol. Amara sort sur le trottoir et frappe à la haute porte d'entrée, consciente de la présence des hommes qui l'ont transportée jusque-là, comme des ombres dans son dos. Le lourd vantail s'ouvre en grinçant et elle se glisse à l'intérieur.

Juventus ne se recule pas immédiatement pour la laisser passer. Amara tente de s'écarter mais il se penche vers elle pour verrouiller la porte, ce qui la force à se presser contre lui pour passer, sans quoi il la piégerait contre le battant. Pendant qu'il tourne les loquets, elle file vers le couloir et traverse l'atrium pour monter dans ses appartements, en se répétant qu'elle n'a pas peur de lui.

Une lueur danse sur les nymphes peintes aux murs de sa chambre, leur donnant l'illusion de la vie. Martha a laissé une lampe brûler pour elle sur la table près de la couche, à côté d'un verre de vin – peut-être a-t-elle songé que sa maîtresse s'autoriserait une célébration solitaire en cette soirée de Floralies. Amara songe à Didon et se demande si elle donnerait tout ce qu'elle a, si elle retournerait même à l'Antre des Louves, pourvu que son amie lui soit rendue.

Un bruit monte de l'atrium : Juventus, sans doute, qui fait un dernier tour de la maison avant d'aller se coucher. Amara résiste à l'envie d'aller s'enfermer dans sa chambre. Après tout, elle n'est pas seule chez elle avec le portier. Philos, Martha et Britannica doivent être dans les parages, eux aussi.

Au lieu de se cacher, Amara s'assoit à sa coiffeuse. Elle retire une à une les scintillantes épingles prêtées par Rufus, profondément enfoncées dans ses cheveux, et les compte soigneusement – deux fois – avant de les ranger dans une boîte avec les perles onéreuses qu'elle avait aux oreilles. Le vin est trop sucré, mais elle continue à le boire, à petites gorgées, jusqu'à sentir sa chaleur se répandre dans son corps en lui délassant les membres. Elle prend le miroir d'argent pour se dévisager, mais son reflet, déformé par les ombres, pourrait être celui de n'importe qui : elle s'attend à moitié à voir Bacchis, la prostituée de théâtre, lui rendre son regard. Amara passe sa vie à jouer un rôle, et sans Didon, sans quiconque à qui faire entièrement confiance, elle craint d'être en train d'oublier son identité propre.

Le verre est maintenant vide et l'absence de Didon toujours aussi vive. Amara se languit tant de son amie, de leurs conversations, que ses doigts tremblent tandis qu'elle continue à défaire sa coiffure. Didon est morte, et sans elle, l'amour d'Amara – ce qu'il lui restait à donner – est consumé par la douleur et la solitude. Elle songe à la cassette dans son bureau. Le besoin de l'avoir entre ses mains, de s'assurer qu'elle est toujours bien là, devient irrésistible.

La ligne noire de son ombre bondit devant sa lampe lorsqu'elle traverse l'atrium. Elle pousse la porte du bureau. Première surprise : une autre lampe y brûle déjà. Deuxième surprise : Philos est assis sur sa chaise, plongé dans le rouleau offert par Pline.

— Qu'est-ce que tu fais là ?

— Je ne voulais pas te faire peur, s'excuse-t-il en se levant. Tu m'as dit que je pouvais venir quand je n'étais pas au travail. Je ne m'attendais pas à ce que tu repasses ce soir…

— Non, bien sûr, répond Amara, troublée. Ce n'est pas un problème, pas du tout.

Elle entre dans le bureau et laisse la porte se refermer en les isolant du monde. Philos la regarde, parfaitement immobile. Comme de la fumée, le silence s'épaissit, emplit toute la pièce, l'empêche de respirer.

— C'est plus compliqué à lire que ce que je pensais, finit par expliquer Philos. C'est une écriture très étroite, et mon grec n'est peut-être pas aussi bon ce que j'imaginais.

— Où en es-tu dans le texte ?

— Regarde, si tu veux, répond-il en lui offrant le rouleau.

Elle s'approche. Le vin lui embrase les veines. Sur le bureau est étalé un diagramme familier : l'explication de Hiérophile sur la circulation sanguine. Elle fixe les mots qu'elle a déjà lus tant de fois. En cet instant, elle est incapable d'en absorber un seul. Tout ce qu'elle distingue est la main de Philos, posée sur le parchemin. Amara la recouvre de sa paume et lève les yeux vers lui. Il lui rend son regard. Il semble attendre de voir ce qu'elle compte faire. Elle songe à Félix, à eux deux debout autour du bureau, et cette pensée la fait hésiter.

Philos prend sa main libre et la porte à son propre cœur.

— Tu veux que je m'en aille ? murmure-t-il.

Amara se penche vers lui et ferme les yeux au moment où leurs lèvres se rencontrent. Elle sent le cœur de Philos battre à grands coups sous sa paume. Tous deux se pressent avec tant d'urgence l'un contre l'autre qu'ils manquent de perdre l'équilibre. Les mains de Philos courent sur les épaules d'Amara, sur la soie rouge achetée par Rufus, lorsqu'il la serre contre lui. Appuyée contre le bureau, elle attire son corps contre le sien, aveuglée par le désir ; mais l'instant d'après, elle se rend compte qu'il est en train de la repousser, qu'il tente de se dégager. Elle le relâche aussitôt.

— Je suis désolé, dit-il, le souffle court. Je suis vraiment désolé. Je n'aurais jamais dû te toucher.

Il porte ses doigts à sa propre bouche. Amara tend la main vers lui pour le rassurer.

— C'était ce que je voulais. Tu n'as rien fait de mal, je t'assure…

— Tu ne l'aurais pas voulu si tu connaissais la vérité, répond-il sans saisir sa main. Je ne t'ai pas tout avoué.

— Sur quoi ?

— Sur toi.

— Moi ? répète-t-elle, complètement perdue.

Philos semble nerveux, agité.

— C'est moi qui ai rédigé le contrat, commence-t-il. Celui où Pline cède ta protection à Rufus. Je n'avais pas le choix. Rufus ne voulait pas que tu sois au courant.

Il se met à faire les cent pas dans le bureau sous les yeux étonnés d'Amara.

— Je voulais t'avertir, mais quand tu es arrivée ici, tu étais si bouleversée au sujet de Didon. Je n'aurais pas supporté de te faire encore plus de mal. Puis j'ai pensé qu'il valait peut-être mieux que tu n'en saches jamais rien…

Amara s'assoit sur le rebord du bureau, désormais aussi alarmée que confuse.

— Savoir quoi ? Le contrat transfère ma protection d'un homme à l'autre, c'est tout.

— Non, ce n'est pas tout, avoue Philos d'un air misérable. L'amiral t'a libérée sans conditions. Mais la protection de Rufus, elle, est soumise à certaines clauses…

Il s'arrête près d'elle et tente de lui prendre la main, mais cette fois, c'est Amara qui refuse son contact.

— C'est très commun dans le contrat d'une affranchie qu'on libère au titre de concubine. N'importe qui d'autre que Pline aurait demandé la même chose…

— Arrête de me faire peur ! Dis-moi ce qu'il y a dans ce contrat !

— Si tu es infidèle à Rufus, tu redeviendras automatiquement esclave.

Le malaise que ressentait Amara depuis son entrée dans cette maisonnée prend enfin corps. Ce n'est pas un choc qu'elle ressent, mais un éclair de cohérence. *Elle appartient toujours à Rufus.*

— Pourquoi ne pas m'en avoir parlé plus tôt ?

— Je pensais que ce serait plus facile pour toi de ne rien savoir, explique-t-il en la regardant anxieusement. Que tu pourrais peut-être même aimer Rufus, si tu pensais qu'il t'avait vraiment libérée. Quand j'ai compris que ce n'était pas le cas, j'ai songé que tu serais tranquille tant que tu ne t'attachais pas à quelqu'un d'autre…

— Tu veux dire quelqu'un d'autre que toi ? s'écrie Amara.

Le silence de Philos est une confession qui ne fait qu'attiser sa colère.

— Alors, ce qui vient de se produire là, entre nous, ça suffirait à me faire redevenir… ?

Elle est incapable de prononcer le mot. Philos évite sa question.

— Le contrat est là pour t'empêcher de trahir Rufus auprès d'un autre protecteur. Il n'avait pas besoin de se prémunir contre ses serviteurs. Il a toujours eu droit de vie et de mort sur nous deux.

— Eh bien, au moins, je ne mourrai pas esclave, crache Amara avec toute la haine, tout le dégoût qu'elle ressent pour son passé.

— Pas comme moi, donc ? se méprend Philos en s'empourprant de colère.

— Ce n'est pas ce que je voulais dire !

— Je crois que j'ai très bien compris ce que tu voulais dire.

Amara enfouit son visage dans ses mains, sans savoir qui la frustre le plus, de Philos ou d'elle-même.

— Tu te trompes, insiste-t-elle en essayant de garder son calme. Tu te trompes sur toute la ligne si tu crois que je ne risquerais pas ma vie pour quelqu'un que j'aime !

Son éclat les prend tous les deux par surprise. Philos est silencieux, complètement inexpressif. Amara se hâte de quitter la pièce pour échapper à l'humiliation de son propre aveu.

Chapitre 19

Toutes les erreurs de ma jeunesse
Je m'en repens bien moins, je te l'assure
Que de t'avoir laissé seul la nuit dernière
Dans un effort désespéré pour te dissimuler mon ardeur.

Sulpicia (poétesse romaine), *Élégies*, VI.

Étalée sur le banc avec Phébé et Laïs dans un entrelacs de bras et de jambes, Victoria fait résonner son rire dans le jardin. Amara est assise un peu à l'écart sur un tabouret, Britannica debout à ses côtés, plus rigide qu'un membre de la garde prétorienne.

— Une somme pareille, tu y crois ? s'écrie Victoria. Je n'avais jamais vu autant de pourboires ! On aura remboursé Félix en un clin d'œil !

On ne peut nier que le butin de Victoria est impressionnant, surpassant de très loin les profits d'Amara et Didon en leur temps.

— Et ce n'était pas trop dur pour vous trois ? demande Amara avec un regard nerveux vers les flûtistes qui ne verront pas la couleur de cet argent.

— Oh, je leur ai expliqué comment ça marche. Il faut bien baiser pour vivre, même avec un seul homme ! Je n'avais pas vraiment besoin de leur faire un dessin, d'ailleurs, Rufus n'est pas très subtil dans son genre, s'esclaffe Victoria. Et je leur ai dit qu'une fois la dette remboursée, on pourrait augmenter leur part.

— C'est très généreux, maîtresse, merci beaucoup, ajoute Phébé, que le ton irrespectueux de Victoria semble un peu inquiéter.

— Je suis tellement contente que tu aies demandé à Egnatius de me présenter Fuscus, poursuit Victoria. En voilà un qui sait lâcher son argent ! Mais je n'ai jamais vu quelqu'un d'aussi pitoyablement membré. Quel ennui, vraiment… Qu'est-ce que tu faisais, toi, pour le faire durer assez longtemps ?

Britannica lâche un grondement soudain qui les fait toutes sursauter. Amara s'alarme de la voir fixer Victoria, une main sur la poignée de son couteau. Elle effleure le bras de Britannica pour lui faire signe de se calmer, puis se retourne vers Victoria.

— Il faut comprendre que je ne peux pas discuter du passé ainsi. Mon protecteur en serait déshonoré.

— C'est la chienne de garde de Rufus, maintenant, celle-là ? s'énerve Victoria. Il n'est même pas là !

— Un homme comme Rufus s'attend à une loyauté sans faille, déclare Amara avec amertume en songeant aux révélations de la nuit. En sa présence comme en son absence.

— Bon, ça va ! lâche Victoria, exaspérée. Si on ne peut même plus rigoler… Tu t'en fichais, de la loyauté, avec Félix.

— Félix n'était pas mon protecteur ! s'insurge Amara. Ce n'est qu'un maquereau de merde !

Victoria ne s'émeut guère de sa colère, et semble même satisfaite d'avoir poussé Amara à jurer.

— Au fait, qu'est-ce qu'il a dit sur moi ? demande-t-elle. Tu as oublié de me le raconter.

— Quoi ?

— Quand tu lui as passé mon message, insiste Victoria qui la dévisage. Celui que tu avais promis de transmettre…

Le cœur toujours plein de rage après avoir appris la trahison de Rufus, Amara ne ressent que cruauté ; sa voix devient aussi glaciale que celle de Félix.

— Il se fout complètement de toi. Il ne voit pas pourquoi il se préoccuperait d'une femme qu'il louait au tout-venant comme putain.

Dès que les mots lui échappent, elle est transportée dans le bureau de Félix, le jour où elle l'avait vu humilier Victoria si férocement. Une nausée l'envahit tant son dégoût d'elle-même est puissant.

— Pardon, bafouille-t-elle. Je n'aurais pas dû…

Sans répondre, Victoria quitte le jardin. Phébé et Laïs, restées en arrière, ne savent pas quoi faire, gênées.

— Allez vous reposer, vous aussi, leur dit Amara.

Elle est incapable de croiser leur regard, incapable de supporter son rôle de maquerelle, son hideuse ressemblance avec Félix. Les deux femmes s'en vont bien vite. Britannica renâcle bruyamment :

— Elle mérite tout ça. Quelle idiote.

— Ne dis pas ça…

— Elle appartient toujours à Félix, poursuit Britannica en l'ignorant.

— Entraînons-nous un peu, suggère Amara avec lassitude pour changer le sujet. Tu veux bien aller chercher les couteaux ?

Dans l'air brûlant, la soie rouge lui colle au corps. Assise à la harpe offerte par Rufus, Amara rejoue les mêmes mélodies encore et encore dans l'espoir de se perfectionner. Deux verres de vin patientent sur la table. Rufus, qui a promis de venir la voir cet après-midi, est en retard. Consciente que le dernier homme à l'avoir touchée dans cette tenue est Philos, elle sent un frisson de peur la parcourir, comme si Rufus pouvait déceler l'empreinte de ses mains sur le tissu. Son souffle s'accélère lorsqu'elle se rappelle ce qu'elle a ressenti en embrassant Philos – ce que cela fait de désirer quelqu'un à ce point, au lieu de simplement tolérer l'étreinte. Puis elle se remémore l'expression de Philos lorsqu'elle a fui la pièce, et se sent déchirée entre la frustration face à ses mensonges et le remords d'en avoir trop dit. Une fausse note la rappelle à l'ordre et elle ferme un instant les yeux, avec un soupir. Puis elle reprend la mélodie du début.

— Mon petit oiseau ?

Rufus est debout sur le seuil, l'air ému. Amara sent son corps se raidir. Souriait-il ainsi lorsqu'il a dicté les termes du contrat ? Elle l'imagine le parcourir en détail avec Philos, hocher la tête en signe de satisfaction, sachant qu'il la possédera entièrement. Amara ne peut exprimer sa rage autrement qu'en agrippant plus fermement sa harpe.

— Te voilà, souffle-t-elle. Je me suis languie de toi toute la journée.

Rufus la rejoint sur la couche et pose une main sur sa cuisse, un geste qui lui rappelle leur première soirée ensemble.

— Te voir ainsi… Je ne peux jamais te résister.

Amara repose la harpe et l'embrasse d'un air de ravissement, soumise comme toujours à ses humeurs. Comment a-t-il jamais pu lui inspirer un sentiment quasi sincère ? Il s'étale sur elle, presque à l'écraser, mais elle sait gérer ses clients et n'ignore pas comment changer de position sous prétexte d'un élan de passion. En vérité, elle ne peut plus supporter son poids sur elle, son visage si proche du sien.

Après l'acte, ils restent étendus ensemble à siroter le vin. Rufus lui raconte tous ses triomphes de la nuit précédente, et Amara l'encourage à grand renfort de répliques soigneusement travaillées. Ce n'est que lorsqu'il lui demande ce qu'elle a ressenti dans le char, face à cette preuve de sa dévotion, qu'elle hésite.

— Tu as tant fait pour moi, murmure-t-elle, consciente que c'est la vérité. Je crois que je ne saurai jamais comment te remercier.

Rufus prend son émotion pour de l'humilité et, ravi, dépose en souriant un baiser sur le dos de sa main.

— Ton amour me suffit.

La nuit est tombée, mais Amara ne peut trouver le sommeil, assise dans le jardin. Didon en habit de Diane n'est qu'une silhouette sous la lune. Malgré sa chair de poule, Amara ne peut se résoudre à rentrer. Le murmure de la fontaine semble plus fort, maintenant qu'il n'est plus en compétition avec la rumeur d'une journée pompéienne. Amara revoit le moment où elle a aperçu Philos ici même, le jour où elle a commencé à comprendre ses sentiments pour lui. Elle se dit qu'elle a suffisamment attendu, qu'il était idiot de s'imaginer que Philos viendrait la trouver après le départ de Rufus. Mais au moment où elle s'apprête à se lever, elle s'aperçoit qu'elle n'est plus seule.

— Viens près de moi, chuchote-t-elle.

Philos s'assied à ses côtés. Sa main frôle celle d'Amara sur le banc, un contact si léger qu'elle comprend que Philos voulait lui permettre de l'ignorer, si elle le souhaitait. Lorsqu'elle appartenait à Félix, Amara ne cessait de mettre sa vie en jeu pour des espoirs pourtant bien minces. Elle se souvient clairement de cette ivresse mêlée de terreur, et sait qu'elle s'apprête à refaire le même choix. Sa main touche celle de Philos, qui entrelace leurs doigts.

Le cœur d'Amara bat si fort qu'elle ne peut plus bouger. Elle appartient à Rufus, qui s'imagine qu'il peut la traiter comme n'importe quel autre objet dans sa maison, comme il traite cet homme qui lui tient la main. Rien n'excuse un risque pareil. Pourtant, l'idée de *choisir* un amant, d'enfin satisfaire ses propres désirs, est irrésistible. Incapable de regarder Philos, incapable de lâcher prise, elle murmure :

— Tous les soirs, quand je vais me coucher, je ferme la porte à clé. Mais pas aujourd'hui.

Elle se lève en sentant ses doigts glisser des siens, puis quitte le jardin avant de pouvoir changer d'avis.

Une fois dans sa chambre, elle procède avec méthode – elle ouvre le coffre à vêtements, en sort son contraceptif, défait sa coiffure et secoue ses cheveux. L'attente est une agonie, sans qu'elle sache ce qu'elle redoute le plus : que Philos vienne, ou qu'il ne vienne pas. Debout au milieu de la pièce, elle fixe la porte qu'elle a laissée entrouverte jusqu'à ne plus comprendre ce qu'elle voit.

Puis le battant s'ouvre.

Il reste sur le seuil, comme s'il hésitait toujours à croire, même maintenant, qu'elle espérait bel et bien sa présence.

— Je ferme à clé ?

Surprise par le côté pratique de la question, elle hoche la tête. Philos ferme la porte, tourne le verrou, puis lui fait à nouveau face. Ils se fixent si longuement qu'elle finit par comprendre qu'il ne s'avancera pas, qu'il est encore plus terrifié qu'elle.

— Je t'ai souvent imaginé ici, dit-elle.

— Vraiment ?

Elle hoche la tête.

— Est-ce que tu songeais à moi… ? commence-t-elle sans savoir ce qu'elle veut vraiment entendre.

— Toutes les nuits.

— Et maintenant, te voilà.

— Me voilà, répète-t-il en prenant la main qu'elle lui tend.

Contrairement à la nuit dans le bureau, leur baiser est nerveux, maladroit. Puis leur peur se change en désir. Amara essaie de se convaincre qu'ils peuvent encore s'arrêter, qu'ils peuvent renoncer, qu'ils n'ont pas encore commis l'irréparable. Elle se le répète tandis qu'ils s'asseyent ensemble sur le lit, que Philos fait glisser sa robe au bas de ses épaules. Elle se le répète encore même lorsqu'elle est nue.

Elle tente de lui ôter sa tunique, mais il refuse gentiment.

— Je veux te voir aussi, proteste-t-elle.

Impossible de se méprendre sur son expression : il est envahi de honte.

— Je ne voudrais pas te rebuter.

— Tu ne pourras jamais me rebuter. Je t'en prie…

Il fait passer sa tunique par-dessus sa tête et Amara comprend aussitôt ce qu'il voulait dire. Le côté gauche de sa poitrine est non seulement marqué au fer rouge, mais complètement défiguré. Un travail bâclé, sans doute, à moins qu'il n'ait tenté de résister : les mots sont difficiles à lire, déformés par les cicatrices. *Non subdito.* Insoumis.

Amara sait qu'elle n'a qu'un instant pour réagir avant que Philos ne prenne son choc pour du dégoût. Il tressaille lorsqu'elle pose la main sur sa peau brûlée, mais ne la repousse pas. Elle se penche pour embrasser ce qu'il avait si peur de révéler, puis relève les yeux.

— On ne marque pas les prostituées au fer rouge, dit-elle. Cela réduirait leur valeur. Mais parfois, j'ai l'impression que pas un bout de mon corps n'a été épargné.

Cette fois, lorsque Philos l'embrasse, Amara n'essaie plus de se dire qu'ils pourraient encore s'arrêter.

Après l'étreinte, ils restent enlacés ensemble. Philos, le visage enfoui dans les cheveux d'Amara, murmure des excuses sans fin, en lui promettant qu'il durera plus longtemps la prochaine fois. Amara ne peut lui répondre – elle ne veut pas qu'il s'aperçoive qu'elle pleure. Mais lorsque ses larmes se répandent sur l'épaule de Philos, il se redresse soudain.

— Je t'ai fait mal ?

— Non, sanglote-t-elle. C'était juste… différent. J'ai compris ce qu'on pouvait…

Elle est incapable de continuer, incapable d'articuler ce sentiment de perte qui l'envahit. Philos l'attire contre lui.

— Je comprends. Ne t'en fais pas.

Elle s'accroche à lui et ses larmes refluent tandis qu'il lui caresse les épaules.

— Je sais que ça peut prendre par surprise, poursuit-il. Si ça peut te consoler, la première fois que j'ai connu une femme après Térentius, c'est moi qui ai éclaté en sanglots.

— Toi ? répète-t-elle, incrédule.

— C'était horrible. J'étais tellement gêné.

— Comment a-t-elle réagi ? Tu l'as revue ensuite ?

Elle sent l'hésitation lui tendre le corps avant même qu'il refuse de répondre.

— Peut-être que je te raconterai toute l'histoire un jour. Mais tu dois déjà avoir vécu tout cela, avec le garçon à la lampe. Quand je vous ai vus ensemble, j'ai su que tu l'aimais.

— Ménandre ? demande Amara, effrayée par sa perspicacité. Oui, je l'aimais, mais nous n'avons jamais couché ensemble. Impossible de trouver un moment…

Philos semble aussi ravi que surpris :

— Alors, c'était ta première fois ? Non, je suis sérieux ! insiste-t-il quand Amara s'esclaffe tant la question est ridicule. Ceux que tu n'as pas choisis, ça ne compte pas.

— Philos, s'amuse-t-elle, je dois avoir couché avec des centaines d'hommes. Littéralement ! Je travaillais dans un bordel ! J'ai perdu le compte depuis longtemps.

— Mais ça ne comptait pas, répète-t-il avec sérieux. Si tu ne l'avais pas choisi, ça ne comptait pas.

— Alors, d'accord. Tu es mon premier amant…

Malgré ses bonnes intentions, elle ne peut s'empêcher de se remettre à rire avant d'achever sa phrase.

— Ris donc, lance Philos en l'embrassant, mais je viens de te tirer des larmes.

— C'est de ça que les hommes se vantent, maintenant ? Faire pleurer les filles au lit ?

Secoués d'hilarité, tous deux tremblent d'effort pour garder le silence. Chaque fois qu'Amara pense retrouver son calme, elle croise le regard de Philos et s'étouffe à nouveau.

Peu à peu, leur amusement s'apaise. Lorsque Philos se redresse sur un coude pour la regarder, elle remarque qu'il couvre instinctivement sa cicatrice de son autre bras.

— Alors, je pourrai revenir te faire pleurer demain soir ?

— Oui. Mais je ne sais pas comment je survivrai à ton absence jusque-là.

Sa réponse assombrit l'atmosphère. Si proche de Philos, dans la douce lueur de la lampe, Amara se sent complètement en sécurité. Elle sait bien pourtant que tous deux sont plus en danger que jamais.

— Si nous nous voyons ainsi, déclare-t-il, il faut nous protéger mutuellement. Ça veut dire ne pas échanger un seul regard durant la journée. Pas de petits gestes, pas de signes. Il faut que tu m'ignores. Si Rufus me punit, tu le laisses faire. Et s'il te fait du mal, je ne pourrai pas intervenir.

Philos s'interrompt, l'air mal à l'aise.

— Il n'a jamais… Enfin…

— Non.

Mais Philos attend qu'elle élabore, et soudain, elle se refuse à lui mentir.

— Si, une fois. Je sais donc qu'il en est capable. Il n'a pas recommencé depuis.

La colère de Philos est si manifeste qu'Amara s'en alarme : c'est bien la première fois qu'elle voit cette expression chez lui.

— Je n'aurais pas dû t'en parler, fait-elle en lui effleurant le bras.

— Si. Mieux vaut tout partager pour savoir comment se comporter. Un de ces soirs, je te dirai tout ce que je sais sur lui, mais je ne crois pas que je pourrais supporter de le faire maintenant.

— Pas après m'avoir fait pleurer, plaisante Amara dans l'espoir de faire renaître leur rire.

Philos sourit, sans masquer entièrement sa tristesse.

— Je t'aime, lui dit-il.

Quelque chose de fort monte en Amara : pour la première fois depuis la mort de Didon, elle ne se sent plus seule. Elle prend la main de Philos, celle qui lui couvrait le torse, et le ramène contre elle.

— Moi aussi.

Lemuria

Chapitre 20

De là ce dicton populaire,
que les méchantes femmes se marient en mai.

Ovide, sur les rites des Lémuries, *Fastes*, V. 5.

Cinq femmes boivent ensemble dans la salle à manger, esclaves et affranchies, en l'honneur des Lémuries. Amara a toujours trouvé ce festival dérangeant – la nuit où les âmes de ceux que l'on n'a pas enterrés, ceux que l'on a assassinés, reviennent hanter les vivants. La nuit où l'on doit apaiser la colère des morts. Pourtant, même en cette sombre occasion, elle ne ressent que du bonheur à l'idée qu'elle retrouvera bientôt Philos. Depuis leur première nuit ensemble, il est revenu presque tous les soirs – tous deux ne cessent de discuter des risques sans parvenir malgré tout à se séparer.

Amara n'est pas la seule à être de bonne humeur. Phébé et Laïs, encouragées par Victoria qui les abreuve de vin et de compliments, se détendent de plus en plus. Le dîner a disparu depuis longtemps. Pour la première fois depuis leur arrivée sous son toit, Amara se force à examiner son opinion des flûtistes. Qu'aurait-elle pensé d'elles, si elle les avait rencontrées à l'Antre des Louves ? Les deux femmes sont assises ensemble sur la couche. L'arc paresseux du bras de Laïs, appuyé sur le genou de Phébé, rappelle les membres blancs de l'une des amantes de Zeus peintes au mur. Amara n'est pas certaine d'aimer

Laïs, qui a quelque chose de dur, d'impitoyable. La voix de Félix murmure dans son esprit. *À ma place, quel accueil aurais-tu réservé à quelqu'un qui te ressemblait autant ?*

Phébé est différente – alerte, mais sans froideur. Elle a beaucoup fait rire les autres ce soir avec ses remarques bien placées sur les hommes qu'elle sert. Amara se serait sans doute liée d'amitié avec elle au bordel. Elle sait bien que la chose est impossible dans leurs circonstances actuelles.

— Tu es bien silencieuse. Tu penses à ton amour ?

La question de Victoria prend Amara par surprise.

— Bien sûr, voyons, répond-elle. Je pense sans arrêt à Rufus.

— Je ne parle pas de Rufus, rétorque Victoria en la faisant pâlir. Je pense qu'on sait toutes que si Jupiter s'offrait à toi comme roi des dieux ou pluie d'or, tu choisirais la seconde option…

Amara s'esclaffe, de soulagement comme d'amusement ; en voyant la réaction de leur maîtresse, les flûtistes éclatent également de rire sans craindre qu'elle ne s'en offense. Amara sent Britannica changer de position près d'elle. Pas besoin de la regarder pour savoir qu'elle reste impassible.

— Maîtresse a raison, dit Laïs, obséquieuse. L'argent, c'est important.

— Vous avez appris la flûte ensemble, toutes les deux ? leur demande Amara. En Attique ?

— Non, répond Laïs. À Baïes. On travaillait ensemble là-bas.

— De quelle partie de l'Attique venez-vous, maîtresse ? demande Phébé, plus polie que curieuse.

— Aphidna.

— C'est là-bas que vous avez appris à être courtisane ? s'enquiert Laïs.

— Si on veut, oui.

— Pas du tout ! s'esclaffe Victoria. Amara était fille de docteur !

— C'est vrai, sourit Amara. Puis concubine, puis putain. Et maintenant, courtisane.

— Courtisane, c'est bien, affirme Laïs en hochant vigoureusement la tête. *Hetaira.*

Son expression se transforme avec ce seul mot de leur grec natal. Amara ne peut résister à la suivre dans ce langage pour sonder ce qu'y exprime Laïs.

— *La chance m'a souri : j'ai trouvé mon protecteur adoré, Rufus,* dit-elle. *Peut-être la vie t'offrira-t-elle une occasion semblable. Vous avez toutes les deux assez de talent pour la saisir.*

— *Merci pour votre générosité, maîtresse,* répond Laïs d'une voix plus profonde. *Je prie Aphrodite pour qu'elle m'envoie un protecteur aussi bon que le vôtre. Quelqu'un qui pourra vous offrir un bon prix, à vous et Maîtresse Drusilla, bien sûr, pour le bénéfice de tous.*

— *Rien ne me ferait plus plaisir. L'intelligence d'une femme dure plus que sa beauté.*

— *Et les deux durent plus que sa vertu !* lance Phébé.

C'est une remarque commune mais toutes les trois éclatent de rire.

— Je ne comprends rien, s'irrite Britannica. Le latin, c'est déjà difficile. Le grec, impossible !

— Désolée, répond Amara. Je leur disais que j'espérais que la vie leur sourirait, car elles ne manquent pas de talent.

— Tu as aussi été concubine, Britannica ? demande Phébé.

Victoria manque recracher son vin à force de rire. Britannica l'ignore et se frappe le cœur de la main droite :

— Je suis une guerrière.

— Comment es-tu arrivée ici ? demande Laïs.

Amara, honteuse, se rend compte qu'elle n'a jamais songé à lui poser la question.

— Un raid, répond Britannica, le visage de marbre. Ils ont tué les hommes. Tout brûlé. Enlevé femmes et enfants. Dans ma famille, ils sont tous morts. Je les ai vus mourir.

Même Victoria ne peut remplir le noir silence qui suit. Britannica promène un regard sur son public en absorbant leur malaise, puis leur adresse son sourire aux dents manquantes, celui où Amara ne décèle jamais aucune chaleur.

— Vous priez toutes ce soir pour éloigner les esprits. Moi, je dis : venez ! Venez vous venger !

Elle jette un regard à Amara et aux flûtistes.

— Je n'ai pas de problème avec les Grecs. Seulement avec les Italiens.

Victoria, la seule Italienne présente, ne peut ignorer l'insulte.

— Alors, tu devrais t'en aller ! siffle-t-elle. Si tu oses nous amener tes morts…

Britannica se lève et toutes se reculent d'un bond. Amara tend le bras sans savoir si elle va devoir retenir la Bretonne, mais celle-ci lui adresse un signe de tête.

— C'en est assez pour moi, Amara. Je pars dormir.

Elle quitte la pièce à grands pas.

— Pourquoi tu ne l'as pas empêchée de raconter cette histoire ? s'écrie Victoria en fixant Amara. Justement cette nuit ! C'est bien la dernière chose dont on avait besoin, qu'une horde d'esprits barbares s'invite chez nous !

— Je n'y ai pas pensé, dit Amara, incapable d'avouer qu'elle ne savait rien du passé de Britannica. Je vais demander à Philos ce qu'il faut faire.

— Je n'arrive pas à croire que c'est Philos que Rufus a nommé à la tête de la maisonnée ! s'agite Victoria. Au moins, Juventus a de la carrure ! Explique-moi comment Philos compte chasser les esprits des morts ? En les battant à un concours de discrétion ?

— Rufus sait ce qu'il fait. Il m'a assuré que Philos avait suffisamment d'autorité pour nous protéger, répond Amara en quittant sa couche pour venir s'asseoir près de Victoria.

Elle passe un bras autour de ses épaules, bien consciente que Victoria redoute cette nuit depuis des semaines. La tribu furieuse de Britannica n'est pas la seule à les menacer ce soir. Plus inquiétant encore : l'homme qu'a tué Victoria. Son âme cherchera à se venger de la meurtrière qui a abandonné son cadavre dans les allées reculées de la nécropole, sans aucun rite funéraire.

— Tout ira bien, je te le promets.

Victoria se laisse aller contre elle, mais ne semble guère rassurée, peut-être parce que Amara a laissé transparaître sa propre peur. Si seulement Philos était là – elle est toujours plus apaisée en sa présence. Mais tous deux ont décidé la veille qu'il serait plus prudent de séparer la maisonnée, si bien qu'il prend son dîner, comme d'habitude, dans le petit cellier attenant à la cuisine, avec Martha et Juventus. Même s'ils s'ignorent déjà scrupuleusement de jour, ils craignaient trop de révéler leur familiarité par erreur durant un dîner collectif, qui leur ferait courir un grand risque.

— On va devoir tambouriner encore plus fort sur les casseroles, conclut Victoria en retrouvant un peu de calme. Il faudrait aller les chercher, ce doit être presque l'heure…

Tous alignent leurs sandales contre le mur de l'atrium et se serrent en petit groupe, armés de bâtons et de marmites. Le corridor prend des airs de tombeau, la moindre de ses fissures emplie d'obscurité, comme bouchée par la terre. Seul l'étroit carré ouvert sur le ciel les relie encore au monde des vivants. Dans l'atmosphère saturée d'angoisse, Amara entend Victoria respirer trop vite. Elle aussi aurait préféré ne pas apprendre aujourd'hui que la famille entière de Britannica a été massacrée.

— Et si elle les appelle depuis l'étage ? murmure Victoria. Si elle nous les envoie pour qu'ils se vengent ?

Amara n'a pas le temps de lui répondre : il est minuit. Philos quitte le groupe, une lampe à huile à la main gauche. Les pieds nus, il s'avance silencieusement jusqu'au centre de l'atrium et s'arrête dans un faible carré de lune, une bien mince silhouette pour les défendre contre les forces des ténèbres.

— Esprits de mes pères et de mes ancêtres, lance-t-il d'une voix claire. Quittez ces lieux sans vous y attarder.

Il se met à marcher le long du mur en puisant des haricots noirs dans sa besace pour les jeter par-dessus son épaule. Leur bruit sec sur les dalles rappelle la pluie. La lueur qui chatoie sur son visage est bien faible : c'est à peine s'il voit où il va. Philos ne jette pas un seul regard en arrière, un geste qui inviterait les morts à l'emporter.

— Je vous envoie ces haricots, dit-il en passant si près du groupe qu'Amara pourrait le toucher en tendant la main. Ainsi, je rachète mon âme et celle des miens.

Amara sait que les âmes damnées doivent être en train de s'enrouler autour de ses chevilles comme des volutes de fumée, attirées par le sang. Mais les morts se satisferont de l'offrande. Du moins, elle l'espère. Juventus se met à taper sur sa marmite et le reste du groupe l'imite, Victoria avec plus d'énergie que tous les autres.

— Esprits de mes pères et de mes ancêtres, quittez ces lieux ! crient-ils.

Le long de la rue, d'autres maisonnées font de même, chacune sur un rythme différent, une cacophonie de casseroles qui s'élève dans la nuit. Philos répète l'incantation en boucle. Le chaos doit être total pour mieux dérouter les esprits. Il parcourt la maison en jetant ses haricots, le groupe à sa suite, chassant par leur vacarme toute âme qui oserait s'attarder. Amara s'écorche la voix à force de crier. C'est un rituel auquel elle se livrait aussi chez elle, avec son père dans le rôle que tient aujourd'hui Philos. À l'époque, il était absolument impensable que leur famille puisse avoir omis d'enterrer un proche, si bien que le sentiment de menace était bien moins tangible. Amara s'efforce de ne pas passer en revue toutes les âmes en peine qu'elle connaît désormais. Sa mère doit être restée en Attique : son père aura certainement trouvé un moyen de reconnaître son épouse et de l'emmener auprès de lui dans le monde des morts. Amara observe Victoria et, en la voyant si pâle, sait ce qui lui traverse l'esprit. Elle même tente de repousser l'image de l'homme qui s'écroule au sol, le cou ruisselant de sang, sa vie cisaillée par un éclat de poterie. Puis c'est Cressa qui lui apparaît, elle aussi sans sépulture : ses os pourrissent au fond du port de Pompéi. Jalouserait-elle la bonne fortune de ses deux vieilles amies ?

Le rituel est presque fini. Philos revient sur ses pas pour faire une dernière fois le tour de l'atrium, très calme, sans cesser de lancer des poignées de grêle noire derrière lui. *Pas Didon,* songe Amara en refusant d'imaginer sa silhouette hideuse, déformée, rampant au sol pour dévorer les haricots. *Il l'a enterrée. Félix l'a enterrée.*

Assise au bord du lit, parfaitement réveillée, Amara attend. Peut-être Philos sera-t-il trop anxieux pour venir la trouver ce soir, ce qui exigerait qu'il traverse seul les couloirs que fouillent les morts. Mais il n'avait pas l'air inquiet plus tôt. Elle tend l'oreille, sans rien entendre que le silence. Il est toujours si discret : le plus souvent, elle ne s'aperçoit de sa présence que lorsqu'il est déjà dans la pièce. Alors qu'elle se demande si elle saurait trouver le courage de gagner l'atrium pour aller le chercher sur la pointe des pieds, il se glisse enfin dans sa chambre, en la faisant sursauter.

— Désolée, murmure-t-il en verrouillant la porte. Je voulais être sûr que Juventus soit endormi. Tu n'es pas trop fatiguée, au moins ? Je peux m'en aller, si tu ne veux pas que je reste…

Son manque d'assurance est encore plus frappant par contraste avec l'autorité dont il faisait preuve un peu plus tôt. Amara se hâte de répondre, plus empressée qu'elle ne l'aurait voulu :

— Je ne suis pas fatiguée ! Je ne serais jamais trop fatiguée pour te voir.

— Bon, tant mieux, s'amuse-t-il en s'asseyant près d'elle.

— Ce n'est pas une raison pour avoir l'air aussi content de toi, répond-elle en réprimant un rire.

Sa présence a repoussé la peur qui s'attardait encore. Trop impatiente pour se donner en spectacle, elle retire sa robe et le pousse sur le lit.

Donner du plaisir à Philos n'est pas difficile. Le voir perdre tout contrôle si rapidement est toujours réjouissant, même si ses années de solitude doivent jouer en plus des talents d'Amara. Mais après l'empressement fiévreux de leurs premières nuits, il s'est mis à résister et à vouloir la satisfaire en retour, ce qui est loin d'être aussi simple. Amara n'aurait jamais survécu au bordel si elle n'avait pas appris comment se dissocier de son corps, et se défaire de cette habitude n'est pas évident alors même qu'elle souhaiterait désormais tout ressentir.

Elle tente d'expliquer à Philos qu'elle trouve bien assez de plaisir à le contenter, mais il ne veut pas l'entendre et refuse de l'embrasser jusqu'à ce qu'elle lui indique une préférence. Bien que tentée de mentir pour passer à autre chose, Amara se surprend à lui avouer qu'elle a besoin de le regarder dans les yeux. Aussitôt, elle regrette sa révélation, certaine qu'il en devinera la raison. Mais Philos se contente de l'embrasser en changeant de position pour lui faire face.

— J'avais peur que tu ne craignes que ça nous porte malheur, le soir des Lémuries, dit-il.

Sa voix n'est qu'un murmure – tout ce qu'ils font est marqué du sceau du silence. Il s'est tourné vers elle, allongé si près que leurs nez se frôlent. Une position qui leur est devenue familière parce qu'elle leur permet de se serrer ensemble, mais aussi de discuter sans être entendus.

— On n'a pas le droit de se marier pendant les Lémuries, mais rien n'interdit de faire l'amour, chuchote-t-elle en retour. Mais, si nous en avions l'occasion, je prendrais le risque de t'épouser même pendant la pire nuit de l'année.

Il se contente de sourire en retour, et Amara se sent mortifiée d'avoir ainsi révélé l'étendue de ses sentiments. Pire que Béronice. Malgré toute son expérience de prostituée, après d'innombrables fausses déclarations d'amour, elle est incapable de dissimuler quoi que ce soit à cet homme. Elle se détourne pour fixer le plafond où l'ombre et la lumière dansent au-dessus de la lampe.

— Je ne voulais pas paraître si froid, explique-t-il en lui effleurant la joue. Je crois juste qu'il vaut mieux ne pas songer à ce qui est hors de portée. Ça ne fera que nous rendre malheureux.

— Tu es bien défaitiste.

— Je suis réaliste.

Il se penche sur elle pour lui embrasser le front.

— Ne sois pas fâchée, mon amour, je ne voulais pas te faire de la peine.

Incapable de résister, elle se retourne vers lui. Il lui prend la main pour la presser contre son torse, en lui caressant les doigts – un geste qui lui rappelle Britannica lorsqu'elle s'est déclarée guerrière.

— Britannica nous a parlé de sa famille ce soir.

— Ah oui ? J'ai pensé à eux pendant le rituel. C'est tellement triste. Tous ces efforts pour protéger son petit frère, en vain… J'espère qu'elle pourra se pardonner un jour.

— Quand est-ce qu'elle t'a parlé de lui ? demande Amara, encore plus coupable de n'avoir jamais songé à poser de questions.

— Il y a un moment déjà. Je lui ai demandé comment elle était arrivée ici, d'où venait son peuple. Beaucoup de femmes se battent dans les tribus de Bretagne. J'étais curieux.

Plongée dans ses yeux gris, si ouverts, si gentils, Amara souhaiterait que ce moment dure toujours.

— Mais aucun d'entre nous n'a de parcours heureux, reprend-il. Même ceux qui sont nés esclaves. Je sais que ce n'est pas ton cas non plus.

— Tu crois que tu m'aurais aimée si je n'avais jamais été réduite en esclavage ?

— Je n'en aurais pas eu l'occasion. Tu ne m'aurais jamais regardé. Pas en tant qu'homme.

Il lui caresse toujours les doigts, avec douceur. Semblables aux haricots noirs retombant en pluie sur le sol pour nourrir les morts, des souvenirs en cascade s'égaillent dans l'esprit d'Amara. Chrémès, Félix, le bordel, même Rufus. Tous ces hommes qu'elle a dû endurer contre son gré. Elle libère sa main pour se couvrir le visage, comme pour les tenir à distance.

— J'aurais vraiment préféré que tu sois mon seul et premier amant.

— Ne me dis pas que tu t'inquiètes pour ta vertu, plaisante-t-il gentiment en la serrant contre lui. Moi-même, je n'en ai pas.

— Ce n'est pas à ça que je pensais.

— Je sais, murmure-t-il en lui frottant le dos comme chaque fois que les ténèbres du passé s'élèvent entre eux.

Son geste et ses battements de cœur réconfortent Amara, et sa respiration s'apaise. Comme elle aimerait être liée à Philos, former une famille avec lui.

— Tu ne songes vraiment jamais à ce que nous pourrions construire ensemble ?

— En toute franchise, j'essaie de ne pas y penser.

— Mais pourquoi pas ?

— Amara, soupire-t-il avec un brin d'exaspération. Ça n'a rien à voir avec mes sentiments pour toi. Nous avons si peu de contrôle sur nos vies ! À supposer qu'on ne nous découvre jamais, Rufus finira par perdre intérêt pour toi, ou par me placer ailleurs. C'est inévitable. Soit je deviens fou à force de songer aux souffrances qui nous attendent, soit je témoigne ma gratitude à Fortuna pour les jours de bonheur qu'elle nous offre. À quoi bon planifier un futur qui ne nous appartient pas ?

— Je ne ressens aucune gratitude ! s'enflamme Amara, surprise par sa propre colère. On ne peut pas se contenter d'attendre que la roue du destin tourne d'elle-même ! Qu'est-ce que c'est que cette attitude ? Il faut l'empoigner, la forcer à bouger !

Philos semble amusé par son éclat, mais Amara ne veut plus de ses baisers ni de sa condescendance, si remontée qu'elle en oublie presque de baisser la voix.

— Je suis sérieuse ! Tu es plus intelligent que Rufus, et moi aussi. Pourquoi ne pas trouver un moyen de te libérer ?

— Tu dis ça parce que tu es née libre. Je ne pourrais pas imaginer ce que ça fait.

— Mais si, tu peux l'imaginer ! Tu le sais déjà ! Quand tu récitais du Homère dans le jardin de ton maître et que tous les autres enfants t'en voulaient parce que tu étais meilleur qu'eux, tu le sentais, n'est-ce pas, que tu avais le droit d'avoir les mêmes exigences ? Et puis, qu'est-ce que nous réclamons de si déraisonnable aux Parques ? Que tu aies un peu plus de contrôle sur ta vie ! Je ne te parle pas de devenir empereur !

Philos semble stupéfait de la voir si féroce.

— Tu veux m'épouser à ce point ?

— Ne t'inquiète pas, ce n'est pas de ça qu'il s'agit, répond Amara en essayant de ne pas s'esclaffer. Si tu reprends ta liberté et que tu me quittes, tant pis.

Elle laisse ces nobles paroles s'attarder un moment, puis reprend :

— Enfin, ça m'agacerait un peu quand même.

Cette fois, tous deux échangent un rire – ou plutôt un tremblement silencieux des épaules, le seul rire qu'ils peuvent se permettre. Amara sent sa résistance s'affaiblir à nouveau et l'enlace si étroitement qu'elle le touche presque avec tout son corps, la joue pressée contre ses cicatrices. Même ainsi, elle voudrait être plus près.

— Tu m'aimes vraiment, chuchote-t-il.

À voix si basse, difficile de savoir s'il s'agit d'une question ou d'un constat. Amara le serre encore plus fort.

— Non, je ne peux pas te supporter.

Chapitre 21

Assure-toi, esclave, de nous laver les pieds à l'eau claire,
et d'essuyer les gouttes d'une serviette,
et de couvrir la couche d'un tissu.

Écrit au mur d'une salle à manger de Pompéi

Amara passe la matinée aux bains de Vénus, non pour y voir Drusilla mais en quête de nouvelles clientes. Depuis qu'on l'a vue sur le char des Floralies, son statut s'est envolé vers les sommets, tout comme sa notoriété. Même si elle ne sera jamais respectable, cette exhibition publique lui aura au moins conféré une aura de richesse. Julia lui témoigne toujours plus de marques d'amitié et joue les entremetteuses de façon bien pratique, en lui présentant sous couvert de rendez-vous amical des femmes qui pourraient avoir besoin de soutien financier.

Une fois leurs affaires achevées, Amara et Julia s'offrent un verre de vin coupé à l'eau, assises ensemble dans la cour. Même en matinée, la chaleur de mai est déjà oppressante, et Amara est heureuse de pouvoir profiter de l'ombre des colonnades.

— Elle est bien gentille, commente Julia en parlant de la jeune épouse qui vient de les quitter. Dommage qu'elle se laisse tenter par tout ce qui brille. Mais tant mieux pour toi.

— Merci de nous avoir présentées.

Julia agite la main ; un éclat de soleil s'accroche à ses anneaux d'or.

— On ne peut pas compter sur la beauté pour s'attarder, et sur les amants, encore moins. Mais je ne pense pas qu'un tas d'argent ait jamais fait pleurer une femme ! C'est ce que disait autrefois ma tendre mère. Tu lui aurais beaucoup plu, je n'ai aucun doute là-dessus. Et je suis très heureuse de constater que tu as la tête sur les épaules. Ne laisse jamais un homme te faire croire que la richesse n'a rien de romantique.

Amara sourit en songeant à ses irresponsables rendez-vous avec Philos, un risque pour lequel Julia n'aurait que mépris. Elle ose une référence oblique au bordel :

— Dans la rue où j'habitais autrefois, il était écrit au linteau d'une maison : « Gloire au profit ! » J'ai pris cette leçon très à cœur.

— Gloire à Rufus, en ce qui te concerne, rit Julia.

En voyant ses yeux pétiller, Amara ne peut s'empêcher de rire à son tour. Julia est si désarmante : elle a un véritable don pour donner à ses interlocuteurs l'impression que nul n'est plus important qu'eux. Elle aurait fait une courtisane exceptionnelle, même si – pour ce qu'en sait Amara – les hommes ne l'intéressent d'aucune façon.

— Tu es rayonnante, en tout cas, poursuit Julia.

Amara est gênée par cette remarque. Julia hausse les sourcils, amusée par la réaction de son amie.

— Je n'en reviens pas que tu ne sois encore jamais passée chez moi, continue-t-elle. Je vis avec la veuve de mon neveu, Livia. Vous vous entendriez très bien, j'en suis sûre.

— Je ne savais pas que tu avais une nièce. Je serais heureuse de la rencontrer.

— Dans ce cas, suis-moi, lance Julia en s'appuyant brièvement sur l'épaule d'Amara pour se lever. Je vais vous présenter.

C'est la première fois qu'elle ouvre ses appartements privés à Amara, qui est parfaitement consciente de l'honneur qu'on lui fait. Elle emboîte le pas à son hôte, conservant une distance respectueuse entre elles. La lavande, dont Julia se sert pour parfumer l'eau des bassins, embaume l'air. Amara n'avait jusque-là qu'entraperçu le jardin par la fenêtre des bains ; il est encore plus somptueux que ce qu'elle imaginait, divisé par un long canal ombragé d'arbres. Sous la surface de l'eau, elle distingue des anguilles au corps sinueux, gris ou argent au gré de leurs contorsions.

— Livia, ma chérie, regarde qui je t'amène !

Amara s'attendait à une femme plus jeune, peut-être même une adolescente. Mais Livia, assise sur un banc à l'ombre des colonnades, est autant sinon plus imposante que sa tante. Elle se lève à leur approche et sort dans la lumière, une main en visière.

— Qui est-ce ? demande-t-elle d'un ton impérieux.

— Amara, l'affranchie de l'amiral, celle dont je t'avais parlé.

— La petite Grecque de Pline ? Oh, merveilleux ! lance Livia avec autant d'intérêt que d'amusement. Mais comment as-tu fait pour attirer son attention ? Je ne le pensais pas capable de s'extraire assez longtemps de ses livres pour remarquer une femme !

Amara se sent rougir. Comment répondre sans insulter son protecteur ?

— Je… lui ai fait la lecture.

Livia rejette la tête en arrière et rugit de rire – comme le ferait un homme, sans se soucier de l'impression qu'elle donne.

— Quelle renarde tu fais ! Oh, il faut que tu me racontes toute l'histoire, j'insiste, dit-elle en prenant le bras d'Amara pour la tirer vers le banc. Julia, tu n'as donc pas pensé à nous faire apporter du vin ? Reviens sur terre !

Julia ne relève pas le ton péremptoire de Livia et se contente d'adresser un geste à l'un des serviteurs à demi cachés dans l'ombre, pour satisfaire ses exigences.

— Quand je pense que Julia t'a gardée pour elle tout ce temps ! poursuit Livia.

Elle détaille Amara de la tête aux pieds, le regard appréciateur, puis jette un regard en coin à sa tante par alliance.

— En fait, je ne peux pas vraiment m'en étonner…

— J'ai bien fini par te l'amener, ma chérie, alors ne me fais pas trop de reproches tout de même, dit Julia en riant.

Amara n'est pas certaine de comprendre qui est la cible de ces plaisanteries et préfère changer de sujet :

— Pline est donc l'une de vos connaissances, à toutes les deux ?

— C'est un grand ami de Julia, répond Livia. Et moi aussi, j'adore ce vieux fou. Alors pas d'inquiétude, ma chérie ! Nous ne sommes pas en train de nous moquer de lui.

Puis elle baisse la voix avec des airs de conspiratrice :

— De toute façon, je ne suis pas du genre à colporter les ragots. Tu peux me confier tous tes secrets sans crainte !

Le mensonge est si transparent qu'Amara se met à rire. Julia leur sourit :

— Je savais que vous vous entendriez bien.

Amara passe une bonne heure à répondre aux questions de Livia, toutes plus impertinentes les unes que les autres.

Lorsqu'elle rentre chez elle, rougie par le vin, Rufus l'attend près du bassin, flanqué de Philos et d'un autre de ses serviteurs, Vitalion. Ce dernier est chargé d'un grand panier que personne ne l'a autorisé à poser par terre.

— Mon amour ! Je ne t'attendais pas aujourd'hui ! s'écrie Amara en courant à sa rencontre.

Rufus l'embrasse et la prend par la taille pour la soulever du sol, exubérant. Bien qu'incapable de voir Philos, Amara n'est que trop consciente de sa présence à leurs côtés. Rufus la repose, mais sans la relâcher.

— Je n'ai donc pas le droit de te surprendre ? lance-t-il.

— Surprends-moi autant que tu veux, répond-elle d'un air radieux.

— Je vais te présenter quelqu'un qui m'est très cher, dit Rufus en lui prenant le bras pour l'entraîner vers la porte. Une petite virée hors de la ville…

Philos et Vitalion les suivent en silence, et Juventus se recule pour les laisser passer, en fixant le sol – en présence du maître, aucun danger qu'il laisse courir son regard sur le corps d'Amara. Lorsqu'ils gagnent la rue, Virgula s'incline à leur passage. Rufus lui répond d'un signe gracieux. Philos prend la tête du groupe, à la grande contrariété d'Amara, tandis que Vitalion ferme la marche. À l'évidence, tous deux ont déjà reçu leurs instructions. Amara n'a pas le choix : elle devra fixer son amant pendant tout le trajet.

On ouvre la voie à Rufus et Amara dans la rue. Celle-ci sait bien que c'est à Rufus et non à elle que l'on témoigne ces attentions, mais l'aura protectrice de son amant est si forte qu'elle aussi en bénéficie. Personne ne s'écarte pour Philos ; il n'est là que pour signaler aux passants qu'il leur faut laisser le passage à son maître. Dans la pleine lumière d'un jour brûlant, sa tunique semble encore plus misérable qu'au sein de leur maison. Le tissu est râpé aux épaules, et une petite déchirure a été soigneusement raccommodée dans son dos. Philos se tient toujours très droit, contrairement à bien des esclaves, mais sans la puissance conférée par la richesse, même son beau visage ne lui donne aucune autorité. Amara, honteuse, a conscience qu'elle ne lui aurait prêté aucune attention si elle n'était pas déjà amoureuse de lui.

Leur petit groupe traverse la ville jusqu'à gagner la porte du Vésuve – la montagne bleutée s'élève lentement au-dessus des toits à mesure qu'ils s'en rapprochent. La route n'est pas la plus fréquentée des voies commerciales, et leur laisse tout l'espace nécessaire. Amara sait qu'au-delà des murs, ils trouveront des vignes et des villas, une riche communauté à l'extérieur de la ville.

— À qui rendons-nous visite ? demande-t-elle en tentant de paraître pleine d'excitation.

Elle espère que, quelle que soit leur destination, Philos restera en arrière-plan, afin de ne pas surcharger sa journée du complexe réseau de culpabilité qu'elle ressent envers les deux hommes.

— Je ne veux pas encore gâcher la surprise, répond Rufus. Tu vas devoir être patiente.

À mesure qu'ils approchent de l'enceinte, la rue se congestionne : des gens font la queue devant les vendeurs de plats à emporter agglomérés autour de la porte. Beaucoup discutent en petits groupes. Certains sont chargés d'un panier, comme Vitalion. Amara et Rufus se retrouvent coincés entre eux et une demi-douzaine d'enfants debout sur le bord du trottoir, occupés à jeter des pierres à un chien de l'autre côté de la route. Avant que Philos ne puisse leur ouvrir un passage, un homme vociférant arrive en trombe, décoche une taloche à l'un des gamins et le ramène dans la queue. Les autres enfants s'égaillent.

— On rend hommage aux morts aujourd'hui ? demande Amara, mal à l'aise devant la foule qui patiente.

Rufus lui presse les doigts, mais ne répond rien. En passant sous la porte, ils profitent de quelques moments à l'ombre, puis se retrouvent de l'autre côté sur une route bien plus large, bordée d'énormes tombeaux et monuments, à la solennité quelque peu sapée par les familles installées çà et là pour un pique-nique. Quelques-uns font des offrandes de nourriture et de vin à leurs proches décédés, mais la plupart discutent en mangeant. Amara et Rufus suivent Philos jusqu'à un tombeau familial, en vue des murs de la ville. Imposant et carré, ouvert sur la rue, il abrite un banc circulaire à l'ombre du toit en dôme. Les niches des murs sont garnies de statuettes peintes représentant les morts. Rufus s'arrête et désigne d'eux d'entre elles :

— Ce sont mes grands-parents.

Philos et Vitalion se sont placés derrière leurs maîtres. Amara est heureuse que Philos ne puisse voir son visage, ni assister au spectacle de son ravissement feint devant Térentius.

— C'est si gentil de ta part de me les présenter ! s'écrie-t-elle. J'espère qu'ils ne s'offenseront pas de ma visite...

— Grand-père t'aurait adorée, lui assure Rufus en l'invitant à s'asseoir sur le banc ombragé. C'était un vrai personnage !

Vitalion pose le panier aux pieds d'Amara puis se retire avec Philos pour patienter dehors, sous le soleil brûlant. Rufus passe un bras par-dessus les genoux d'Amara pour sortir une petite bouteille de vin.

— Ça, c'est pour lui, avant qu'on s'en aille.

Il fait signe à Amara de lui tendre tout le panier, qui se révèle garni de pain, d'olives et même de quelques figues séchées enveloppées dans un torchon. Elle aurait emporté la même chose avec ses parents pour pique-niquer sur la tombe – bien plus modeste – de ses propres ancêtres.

Amara a l'estomac trop serré pour manger. Philos lui tourne le dos, face à la route, rôti par le soleil.

— Tu devais beaucoup aimer tes grands-parents, dit-elle à Rufus. Quel honneur tu me fais…

— Je reviens demain avec le reste de la famille, répond-il en avalant quelques olives. Mais j'ai soudain eu envie que tu les rencontres aussi.

Malgré elle, Amara est touchée par son affection, et le remercie chaleureusement. Rufus recrache un noyau dans la paume de sa main et promène son regard sur les murs scintillants, décorés de symboles de richesse – de l'argenterie et des joyaux empilés sur des étagères imaginaires.

— Grand-père est celui qui a fait entrer la famille en politique. Il a même été duumvir. Les gens parlent encore des jeux qu'il avait organisés aux arènes… Parfois, il avait son caractère, mais il était plein de bonnes intentions. Il me racontait de merveilleuses histoires. J'adorais l'écouter quand j'étais petit. Sa façon de décrire Icare chutant des cieux ! Je me sentais pousser des ailes, moi aussi ! Et il adorait le théâtre. Mon père ne s'y est jamais vraiment intéressé, alors c'était Grand-père qui m'y emmenait.

Philos reste parfaitement immobile près de Vitalion. Amara sait qu'il entend tout.

— Et ta grand-mère ? demande-t-elle dans l'espoir de changer de sujet.

— Oh, c'était une grande dame. Elle venait d'une famille bien plus respectable. Sans ça, Grand-père ne l'aurait sans doute pas écoutée autant. En vieillissant, il est devenu un peu… excentrique. J'avais de la peine pour les esclaves qui le contrariaient. Un jour, il donnait des coups de sandale à un pauvre malheureux dans le jardin quand Grand-mère est sortie en courant pour lui crier dessus. Je croyais qu'elle était en colère parce qu'il battait son esclave, mais non, c'était la sandale qui ne lui plaisait pas… Au final, le garçon s'est fait battre deux fois : d'abord avec la sandale, puis avec le fouet.

Rufus laisse échapper un petit rire gêné, pour l'inviter à se moquer avec lui des marottes de ses grands-parents.

— C'est ça, la vieille génération… conclut-il en haussant les épaules. Ils sont tous un peu trop stricts.

Le pain d'Amara s'est quasiment désintégré tant elle y enfonce les doigts. Elle se rappelle très bien ce qu'elle ressentait quand Félix ou Thrason la battaient : la rage née de son impuissance. Incapable de défendre un corps qui ne lui appartient pas. Térentius doit avoir battu Philos ainsi. Peut-être était-il ce garçon dans le jardin, subissant les coups de sandale. Elle fixe l'homme adulte qui se tient toujours aux côtés de Vitalion, en marge du tombeau, immobile.

— Quelque chose ne va pas, mon petit oiseau ? s'inquiète Rufus.

À ces mots, oui, Philos bouge : elle le voit transférer son poids d'un pied à l'autre comme pour combattre l'envie de se retourner.

— Oh ! s'écrie-t-elle, je pensais à mon propre grand-père… Je suis tellement triste à l'idée que tu ne rencontreras jamais personne de ma famille.

— Adorable, commente Rufus en lui embrassant le front. Tu veux bien me parler de lui ?

Amara hésite. Elle n'a jamais connu aucun de ses grands-parents. Sa mère, après son union, n'a plus cherché à fréquenter sa propre famille, bien moins fortunée que celle de son mari. Quant à ses grands-parents paternels, ils sont morts trop tôt pour qu'Amara puisse se souvenir d'eux.

— Mon grand-père était médecin, comme mon père…

Cela au moins n'est pas un mensonge.

— Il aimait beaucoup que je lui fasse la lecture. Il me demandait de réciter la liste des herbes médicinales et de leurs propriétés… Il devait connaître toutes les plantes du monde. Après tout, son propre père était apothicaire. Il était tellement gentil, dit-elle, émue par ce grand-père imaginaire qui n'est en vérité qu'une autre version de son père.

— Tu devais être une enfant si intelligente ! s'écrie Rufus. Je t'imagine très bien, toute jolie, très sérieuse, avec tes grands yeux et tes cheveux bouclés. Moi, j'étais bien plus lent dans mes études, j'en ai peur. Je n'ai jamais enchanté mon grand-père en récitant mes poèmes, je peux te l'assurer… Mais il avait toujours un esclave favori à sa disposition pour tout ça. Encore quelque chose dont ma pauvre grand-mère s'irritait.

Rufus repousse une boucle de cheveux derrière l'épaule d'Amara.

— Mais c'est pour ça que je sais qu'il aurait été heureux de me voir avec toi. L'amour romantique comptait beaucoup pour lui. Pourquoi ne pas satisfaire ses désirs ? On aura tout le temps de se priver dans l'au-delà. C'est ce qu'il disait toujours.

Cette fois, Amara n'ose pas regarder en direction de Philos. Elle prend la main de Rufus et la presse contre sa joue pour dissimuler son mutisme. Au-dessus d'eux, depuis leurs alcôves, les figures peintes de Térentius et de son épouse posent sur le monde un regard aveugle.

Le même soir, Amara est certaine que Philos ne viendra pas la voir, qu'il doit la détester après avoir enduré pareille humiliation. Elle ne cesse de repenser à sa propre gêne en le voyant si pauvrement vêtu dans la rue, et la culpabilité l'étouffe. Lorsqu'il finit par se glisser dans sa chambre, une nouvelle vague de honte la submerge.

— Je n'avais pas idée que Rufus m'emmenait là-bas, explique-t-elle tandis que Philos s'assoit près d'elle. Je suis tellement désolée de ne pas l'en avoir empêché. Je suis désolée pour tout ce qu'il a raconté. J'aurais voulu…

Philos pose un doigt sur les lèvres d'Amara.

— Je préfère ne pas en parler. Tu veux bien ?

— Bien sûr.

Ils s'allongent ensemble sur le lit. Philos ne tente pas de la dévêtir comme à son habitude. Tout son corps exprime clairement qu'il n'est pas d'humeur. Amara se rapproche, consciente qu'elle-même a horreur qu'on la prenne en pitié, qu'elle ne s'en sent que plus rabaissée.

— Tu me prends dans tes bras ? demande-t-elle comme si elle lui demandait du réconfort au lieu de lui en offrir.

La chaleur de son corps, si familière, est un soulagement. Elle se presse contre lui en calant sa tête sous son menton ; en guise de réponse, il lui caresse le dos. Peu à peu, Amara le sent se détendre. Comme sa respiration se fait plus profonde, et comme le silence se prolonge, elle craint qu'ils ne s'endorment tous les deux.

Sans cesser de lui frotter les épaules, Philos déclare :

— Rufus a fait preuve de modestie en te parlant de son enfance. C'était un petit garçon adorable. Je me suis souvent demandé quel genre d'homme il serait devenu s'il était né dans une autre famille.

Amara, qui ne l'avait encore jamais entendu parler de son maître de façon si intime, dissimule sa surprise.

— Quel âge avait-il lors de votre première rencontre ?

— Il devait avoir sept ans. Je l'aidais dans ses études. C'est vrai, qu'il se débrouillait très mal en récitation. Les heures qu'il lui fallait rien que pour retenir quelques lignes… À s'arracher les cheveux !

Philos soupire.

— L'amour déforme la mémoire… Ou alors, il ne voulait pas te parler des coups que lui donnait son grand-père lorsqu'il se trompait dans sa lecture. C'est pour ça que je l'aidais. Ce n'était qu'un enfant. J'avais horreur de le voir pleurer.

— Mais alors… tu l'aimes ! dit Amara, si choquée qu'elle semble l'accuser d'un crime.

— Non. Je l'ai aimé. C'est toute la différence.

— Quand as-tu changé d'avis ?

— Ça s'est fait peu à peu, pas d'un jour à l'autre. Les enfants se mettent à comprendre qui a de l'importance. Au fil des semaines, j'ai cessé d'être le grand frère qui l'aidait à lire, et je suis devenu un objet de plus parmi ceux que possédait sa famille. Le genre d'objet devant lequel on ne ressent que de la gêne quand on le voit battu à coups de sandale.

— C'était toi ? s'horrifie Amara. Il savait, et il a raconté cette histoire devant toi ?

— Moi-même, je ne sais plus qui c'était. C'était une maison très violente, Amara. Ç'aurait pu être n'importe lequel d'entre nous. J'ai perdu le compte des coups que j'y ai reçus.

Philos a cessé de lui caresser le dos et la tient étroitement contre lui ; elle sent la tension revenir dans le corps de son amant.

— Ce n'est qu'après Faustilla que j'ai vraiment commencé à le mépriser, je crois. Je ne pouvais plus me raconter qu'il était toujours l'enfant que j'avais connu.

— La fille de Vitalion ? demande Amara, perplexe. La petite servante, celle qui était sa maîtresse ?

— « Maîtresse » n'est pas le mot que j'emploierais…

— Tu m'as raconté qu'elle était amoureuse de lui.

— Non, c'est toi qui l'as supposé, et je ne t'ai pas contredite.

Amara se remémore la façon dont Rufus a déposé la harpe au sol, après le dîner avec Helvius. La violence rentrée de ses gestes. La confusion qu'elle ressentait, le poids de la main de Rufus sur sa nuque. Alors, elle comprend ce qui est arrivé à Faustilla – ce qu'il a dû lui faire.

— Non, souffle-t-elle en s'agrippant à Philos, refusant de l'entendre.

— Je lui ai trouvé tellement d'excuses. Je me suis dit qu'il ne faisait qu'imiter les autres hommes de sa classe : ils se servent tous de leurs esclaves ainsi, et personne ne pense à mal. Peut-être qu'ils ne se rendent même pas compte de ce qu'ils font… Mais non, c'est se leurrer, pas vrai ?

Il se dégage avec douceur et se recule sur la couche afin de lui faire face.

— Parce qu'en définitive, c'est de deux personnes au lit qu'on parle. Et quand on est si proches, continue-t-il en lui agrippant les épaules, impossible de ne pas remarquer la détresse de l'autre. Ce n'est pas difficile à voir. Non, il savait très bien ce qu'il faisait. Mais il n'accorde aucune importance à la souffrance d'un esclave, comme son grand-père avant lui. Ils sont pareils, tous les deux.

Malgré ces paroles, Amara le soupçonne d'être plus partagé au sujet de son maître qu'il ne peut l'admettre.

— Mais tu n'as pas la même relation avec l'un qu'avec l'autre, dit-elle. Ce n'est pas facile, de haïr Rufus. En dépit de tout, je n'y parviens pas toujours. Il ne faut pas t'en vouloir si tu n'y arrives pas, si tu l'aimes encore de temps à autre…

— Je n'ai aucun mal à le haïr, dit froidement Philos. Ce n'est plus un enfant. C'est un homme, comme l'étaient son père et son grand-père. Un homme qui me tuerait pour avoir touché une femme qui lui appartient.

— Mais je ne lui appartiens pas, corrige-t-elle en l'embrassant. Pas quand je suis avec toi.

Après un temps d'hésitation, il lui rend son baiser. Mettre fin à la conversation est un soulagement pour Amara. Ils restent étendus un moment, à échanger des caresses jusqu'à ce que celles-ci se fassent plus empressées. Enfin, Philos la fait rouler sur le dos. Elle tente de le tirer entièrement au-dessus d'elle, pour mieux ressentir le poids de son corps, pour écraser la honte, le souvenir du tombeau, l'image de Faustilla. Mais il résiste et lui embrasse le cou pour ne pas la regarder dans les yeux.

— Tu lui appartiens toujours, lui murmure-t-il à l'oreille. Je suis bien placé pour le savoir. C'est moi qui ai rédigé ton contrat pour lui.

Amara s'assoit d'un coup, désorientée par la colère.

— Répète ce que tu viens de dire ?

Philos se redresse également, sans tenter de la retenir.

— Plus si difficile de le détester, maintenant, n'est-ce pas ?

Elle n'a aucun mal à lire l'émotion qui transforme ses traits, aussi familière que son propre battement de cœur : la haine, celle qui engloutit tout le reste, aussi puissante que le désir. En le voyant ainsi, elle comprend que ce ne sont pas que de tendres sentiments qui poussent Philos à lui rendre visite toutes les nuits. Peut-être devrait-elle être révulsée à l'idée qu'il répande dans son corps sa détestation pour Rufus en plus de son amour pour elle. Mais elle songe au bordel, à toutes les fois où elle a réussi à se jouer de Félix. Un plaisir si intense qu'elle était prête à risquer tout ce qu'elle avait.

— Montre-moi à quel point tu le hais, ordonne-t-elle.

Chapitre 22

Au reste, nous accorderons au patron
sur son affranchi un léger châtiment,
et le préteur ne recevra pas ses plaintes
comme s'il eût souffert une injure.

Ulpien, juriste romain, *Digeste*, XLVII. X. 7. 2.

— C'est censé m'impressionner ? demande Félix en soulevant la bourse trop garnie avec une grimace.

— Pourquoi tu t'imagines que je me soucierais d'impressionner quelqu'un comme toi ? rétorque Amara.

Elle sourit pour contrebalancer la froideur de ses paroles – un tour qu'elle tient de lui – et se laisse aller contre le dossier de sa chaise, comme s'ils se trouvaient dans son bureau à elle, et non dans celui de son ancien maître. Félix persiste à grimacer, ce qui ne fait que l'amuser davantage.

— Ipstilla m'a raconté que Victoria était allée chez Cornélius, dit-il.

— Bien sûr. Pourquoi ne pas piocher dans mon ancien carnet d'adresses ? Le bon côté d'avoir un protecteur au lieu d'être coincée dans une cellule, c'est que je peux gagner encore plus d'argent. Quand je pense que tu aurais pu partager tout ça avec moi… ajoute-t-elle, mauvaise.

L'atmosphère est pesante, et les vêtements d'Amara lui collent à la peau. Félix a cessé de lui offrir du vin lorsqu'elle lui rend visite. Mais elle ne peut s'empêcher de remarquer que ses cheveux sont toujours lissés en arrière, ses joues toujours rasées du matin. Et cette odeur… serait-ce de la pommade ?

— Si tu n'es venue que pour te vanter, j'ai mieux à faire, commente-t-il sèchement.

— Ta nouvelle taverne ?

— Je vois que tu es au courant.

— C'est un investissement parfaitement logique. Très bonne façon d'augmenter tes bénéfices.

— Content de t'avoir impressionnée, lance-t-il, sarcastique.

Cette fois, elle ne peut s'empêcher de rire. Un élan de satisfaction la traverse lorsqu'il sourit en retour. Tout son visage est transformé par cette chaleureuse illusion. Il se penche en avant, le menton dans les mains.

— Chaque fois que tu viens me voir, tu te comportes comme une femme prête à me proposer quelque chose. Et pourtant, tu n'en fais jamais rien. Dis-moi donc, qu'est-ce que tu attends de moi ?

Philos est juste à côté, songe Amara. Sa satisfaction revient, plus sauvage. Félix serait sans doute tout aussi furieux que Rufus en découvrant son amant, en comprenant qu'elle se rit de ses efforts pour la séduire. L'amour et le danger énergisent chacune de ses journées, au point de la maintenir dans un état d'euphorie permanente qui la pousse à prendre toujours plus de risques. Mais ce n'est pas seulement son amant secret qui lui donne cette audace. Elle connaît bien ce sentiment : l'ivresse d'avoir retenu l'attention du maître, de pouvoir, peut-être, le manipuler. Il serait imprudent de trop en dire à Félix, elle le sait bien, et pourtant elle ne peut résister à la tentation de l'appâter davantage.

— Un protecteur, ça ne dure qu'un temps, déclare-t-elle.

— À moins qu'il ne t'épouse, rétorque Félix. Mais ton joli cœur n'est peut-être pas si romantique que ça, après tout…

En voyant son expression, Amara comprend qu'elle a fait une erreur. Elle tente d'éluder ses paroles d'un haussement d'épaules :

— Tu sais bien que les hommes de son statut n'épousent pas les putains.

Félix sourit – et ce faisant, il reprend si brusquement le contrôle de la situation que l'estomac d'Amara se retourne comme une charrette qui heurte un rocher sur la route.

— Tu veux faire affaire avec moi quand ton joli cœur t'aura lâchée. C'est ça que tu mijotes, pas vrai ?

— Peut-être bien…

Félix soupèse à nouveau la bourse, pensif.

— Tu as un vrai talent pour gagner de l'argent, je ne peux pas le nier.

Puis il repose l'argent dans un cliquètement de pièces.

— Mais un partenariat avec une femme ? Ce serait insensé. Et si tu te mariais ? Tous mes investissements, ma part de nos affaires, envolés, comme ça ! lance-t-il en claquant des doigts. Tu appartiendrais à quelqu'un d'autre, comme tout ce que tu gagnes !

L'effort de présentation de Félix, l'odeur de la pommade, tout cela n'amuse plus Amara ; au contraire, elle n'en est que plus mal à l'aise.

— Peut-être que je n'ai pas envie de me marier.

— Alors je dois compter sur ton cœur de pierre pour assurer mes profits ?

— C'est ce que tu as fait jusqu'à maintenant.

— La seule façon de sécuriser la richesse d'une affranchie, c'est de l'épouser. C'est ça que tu me proposes ?

Sur le mur écarlate derrière lui s'étirent les plinthes noires, surmontées des crânes de taureaux qui fixent Amara de leurs orbites vides. Comment a-t-elle pu s'imaginer prendre le dessus sur lui ici ? C'était de la folie.

— Non, répond-elle en se levant.

Mais Félix est trop rapide : il la devance et bloque la porte, le visage déformé par la colère.

— Tu me prends pour un idiot ? Pour un de tes putains de clients ? Quelqu'un que tu peux allécher par des suggestions ? Oh, non, tu ne t'en tireras pas comme ça, gronde-t-il en lui saisissant le poignet lorsqu'elle tente de forcer le passage.

— Philos et Juventus sont juste à côté ! dit-elle en haussant la voix pour masquer sa peur. Ils m'entendront si je les appelle.

Félix ne la relâche pas, mais ne la tire pas vers lui non plus.

— Tu ne devrais pas offrir ce que tu n'es pas prête à donner.

— Je ne t'ai rien offert ! s'exaspère-t-elle.

— Ah non ? fait-il en haussant les sourcils. Dommage, alors. Plus j'y songe, plus j'y vois clair dans tes petites insinuations. Un jour, Rufus finira par… t'abandonner. À qui appartiendras-tu alors ? Un autre protecteur ? Peut-être. Ou peut-être que tu te retrouveras toute seule, sans personne pour veiller sur toi.

Il raffermit sa prise sur le poignet d'Amara.

— C'est ça que tu voulais, depuis le début. Non ? Me persuader de faire affaire avec toi. Te servir de moi, mais de loin. Tu sais bien, pourtant, que ma protection se paie.

Ce n'est que maintenant qu'il est trop tard qu'Amara prend toute la mesure de son erreur. Tout ce temps gâché, pendant son esclavage, à redouter l'indifférence de Félix. C'était son désir qu'elle aurait dû craindre – un désir qui n'a rien à voir avec de l'amour, ou même de la luxure, choses qu'elle pourrait manipuler. Non, ce qui enchante Félix, c'est la posséder. Elle jette un coup d'œil vers la porte : impossible de le repousser pour l'atteindre. Et malgré ses menaces, elle ne voudrait surtout pas entraîner Philos dans une lutte contre Félix, qui est très certainement armé.

— Qu'est-ce que tu me proposes ? demande-t-elle.

— Quand Rufus te quitte, tu reviens avec moi. Tu seras libre de gagner autant d'argent que tu veux, de la façon qui te plaira. Mais tu le gagneras pour mon compte.

— Tu sembles persuadé que je ne trouverai pas de meilleur protecteur…

— Peut-être que tu y arriveras, élude-t-il en haussant les épaules. Et moi, peut-être que je trouverai une femme capable de me rapporter encore plus d'argent.

— Je vais y réfléchir.

— Je sais que tu essaies de te débarrasser de moi, fait mine de plaisanter Félix. Une proposition… ce n'est pas le bon mot. C'est plutôt une *promesse.*

Il l'attire contre lui et gagne en audace en voyant qu'elle n'essaie pas de lui résister. Elle sent la chaleur émaner de son corps tant il est proche.

— Tu n'es qu'une putain qui a attiré l'intérêt d'un homme riche. Rien de ce que tu possèdes n'est vraiment à toi. Et tu dois plusieurs milliers de sesterces à ton ancien maître. Tu n'es pas en mesure de refuser une offre, certainement pas la mienne.

Il la plaque contre lui, si proche désormais que son odeur de pommade mêlée de sueur lui envahit les narines.

— Nous sommes pareils, tous les deux. Je sais que tu en as conscience. C'est pour ça que je ne vais pas te prendre dès maintenant, même si tu sais comme moi que tu ne te débattrais pas. Tu me laisserais faire. Parce que ce serait plus prudent que de devoir expliquer des bleus à ton chéri d'amour…

La rage d'Amara supplante enfin sa peur, et elle se dégage d'un coup.

— Je suis censée te remercier ?

Félix éclate de rire et recule enfin d'un pas.

— Bien sûr, voyons ! Disons qu'on ajoute ça à ta note… Mais il faudra bien finir par la régler.

En retrouvant ses deux compagnons dans la petite salle d'attente, Amara ne parvient pas à dissimuler son agitation à Philos : elle le voit écarquiller les yeux, plein de questions qu'il ne peut poser. Elle-même n'a d'autre choix que de détourner le visage.

Ils quittent les appartements de Félix en descendant l'étroit escalier pour gagner la rue. Amara et Philos ne peuvent toujours rien se dire ; un silence tendu enfle entre eux. Mais en arrivant à la via Vénéria, Philos se tourne soudain vers Juventus pour lui dire quelques mots dans leur dialecte. Amara est perplexe, incapable de les comprendre. Le portier hoche la tête puis s'en va vers le Forum, à l'opposé de la maison.

— Mais qu'est-ce que tu lui as dit ? demande Amara, ébranlée par ce départ inattendu.

Philos s'est déjà remis à marcher, si bien qu'elle hâte le pas pour revenir à sa hauteur.

— Rufus voulait que je fasse une course pour lui. Quelque chose à rapporter aux joailliers. J'ai envoyé Juventus à la place.

Ils s'arrêtent afin de laisser passer un groupe de femmes en grande conversation, qui doivent se rendre aux bains pour mariner tout l'après-midi dans l'eau chaude. Philos baisse la voix :

— Ne me regarde pas, Amara. Mais rassure-moi : il ne t'a pas fait de mal ?

— Non, il ne m'a rien fait.

— Alors que se passe-t-il ?

— Je n'aime pas être à proximité de lui, c'est tout. Cela fait remonter trop de vieux souvenirs…

— Je ne te crois pas. Il s'est passé quelque chose.

— Il veut m'épouser.

Le dire à haute voix semble si ridicule qu'elle manque d'éclater de rire.

— Ce n'était pas une demande en mariage. Il m'a expliqué que c'est ce qui se produira quand Rufus me quittera.

Inutile de regarder Philos pour le savoir choqué. Son silence en dit bien assez long.

— Il faut que tu le rembourses. Immédiatement. Demande à Drusilla, à Julia… Même à Rufus. Mieux vaut devoir de l'argent à toute la ville qu'à cet homme. On ne peut pas continuer à vivre sous une telle menace.

Amara n'apprécie pas son ton péremptoire.

— Tu t'imagines que je peux tout simplement demander qu'on me prête une somme pareille ? Drusilla a un fils à nourrir, et je ne pourrai plus faire affaire avec Julia si elle découvre que je n'ai pas d'argent à prêter ! Et tu sais très bien dans quelle rage entrerait Rufus si je lui demandais ça.

Philos marmonne quelque chose d'injurieux dans son propre langage, sans cesser d'avancer à grands pas comme pour piétiner le trottoir.

— De toute façon, ce ne sont que des menaces en l'air, conclut-elle.

— Des menaces en l'air ? répète Philos, incrédule, avant de lancer un nouveau juron en dialecte. Et d'abord, pourquoi a-t-il soudain suggéré une chose pareille ? Qu'est-ce que tu as déclenché ?

— C'est ma faute, maintenant ? s'écrie Amara si fort qu'un passant tourne la tête, intrigué.

Elle contient sa rage et fixe le sol en hâtant le pas. Avoir une relation secrète ne lui a jamais tant pesé qu'en cet instant où elle voudrait pouvoir se disputer avec son amant en pleine rue.

— Je t'ai entendue un jour, chuchote Philos. Tu lui as crié : « Je ne te parle pas d'amour. » Qu'est-ce que ça signifiait ?

Soudain submergée par la honte, Amara se plaque une main sur la bouche.

— Je ne suis pas en colère, continue Philos, encore plus bas. Explique-moi, je t'en prie.

— Je ne sais pas, souffle Amara. Je ne sais pas ce que j'ai déclenché.

— Tu l'aimes ?

— Non !

Elle a crié si fort que Philos lui lance un regard d'avertissement.

— Merde, bien sûr que non, répète-t-elle entre ses dents. Fabia m'a dit que je lui plaisais et j'ai été assez bête pour penser pouvoir le manipuler. Et maintenant, j'en paie le prix.

— Emprunte l'argent dont tu as besoin pour le rembourser. Je t'en supplie, insiste Philos avec désespoir.

Demande à Drusilla. J'ai peur qu'il te… qu'il te fasse du mal.

Amara sait très bien ce qu'il veut dire par là.

— Je t'appellerais à l'aide avant qu'il ne puisse me toucher, ment-elle. Je te le promets. Et puis, c'est de Félix qu'il est question. Il ne parlait pas sérieusement. Il aime jouer avec les gens, c'est tout. Je sais le gérer, je t'assure. Après tout, j'ai de l'entraînement.

Ils tournent à l'angle pour s'engager enfin dans leur rue. Victoria doit attendre. Egnatius les a recommandées à un nouveau client, et toutes deux ont un rendez-vous avec son intendant pour discuter du tarif et confirmer la réservation. Amara n'aura pas un moment de libre pour parler avec Philos en privé.

— Tu m'appellerais vraiment à l'aide s'il te menaçait ? Tu me le jures ?

Amara dévisage Philos. Il se laisserait tuer par Félix si elle lui demandait de la protéger, elle en est consciente. Jamais elle ne permettrait une chose pareille.

— Je le jure.

Chapitre 23

Si quiconque souhaite faire punir un ou une esclave en privé,
voici la marche à suivre : s'il veut faire fouetter l'esclave,
il devra payer pour les poteaux, les chaînes,
le fouet pour le bourreau et le bourreau lui-même.

Inscription trouvée à Puteoli,
ville romaine voisine de Pompéi

Les appartements privés d'Egnatius semblent plus miteux de jour que de nuit. Même les luxueuses fresques d'Hercule paraissent sordides, les exploits du héros encrassés par la constante fumée des lampes. Amara est étendue avec Egnatius sur la couche, si près qu'elle peut humer son odeur si familière d'huile d'acacia, sans rien d'autre pour les séparer qu'un mince espace soigneusement étudié. Une proximité qui la fait transpirer, non parce qu'elle redoute son client de longue date – elle sait bien qu'il n'éprouve aucune attirance pour elle – mais parce qu'elle ne peut s'empêcher d'imaginer comment réagirait son protecteur devant la scène. Rufus ne s'est encore jamais vraiment intéressé à ses affaires. Peut-être préfère-t-il croire à ce qu'elle lui raconte sur son intérêt purement artistique pour la musique, plutôt que de regarder en face son insatiable besoin de s'enrichir.

Sur la couche qui leur fait face s'étend Victoria, tout contre leur nouveau client, Castrensis, un petit homme au corps noueux et à la barbe si mince qu'il semble l'avoir crayonnée sur son visage. Sa main, dissimulée sous les plis de la tunique, doit reposer quelque part en haut de la cuisse de Victoria ; celle-ci pousse un soupir théâtral, comme incapable de résister à ses attentions.

— Vu votre enthousiasme pour manipuler la marchandise, puis-je supposer que la réservation est validée ? demande Amara.

Elle entend Egnatius souffler d'amusement derrière elle. Il lui touche le bras.

— Castrensis sait bien que tes filles lui sont très chaudement recommandées, ma chérie. Je ne l'ai encore jamais déçu…

— À ce prix, c'est le moins qu'on puisse espérer ! rétorque Castrensis.

Victoria fait mine de ne pas avoir entendu et se laisse aller plus langoureusement encore contre lui.

— Je pense que vous êtes plus intéressé que vous ne le laissez paraître…

Elle échange un regard avec Amara qui comprend le message et se lève. Ce petit numéro a été maintes fois répété.

— Si vous n'achetez pas, nous partons, siffle-t-elle en faisant signe à Victoria.

— Je n'ai pas dit que je n'étais pas intéressé ! s'écrie Castrensis, les joues rouges, en raffermissant sa prise. Si vous voulez bien me laisser seul quelques instants avec votre amie, je vous ferai part de ma décision ensuite…

— Signez d'abord, et vous aurez bien plus que quelques instants.

Victoria se contorsionne pour se retourner et agrippe l'homme par la taille pour l'attirer encore plus près.

— Dites oui, supplie-t-elle. Je vous en prie…

— Bon, d'accord, répond Castrensis qui semble avoir un peu trop chaud.

Avant qu'il ne puisse y réfléchir plus avant, Amara lui tend les tablettes de cire ainsi que le stylet.

— Je crois que nous ferions mieux de procéder à la signature des témoins dehors, suggère-t-elle ensuite à Egnatius.

Celui-ci se lève, agacé, mais obtempère. Une fois dans le couloir, il signe le contrat d'un geste élégant avant de refermer la tablette dans un claquement sec.

— Pourquoi tant de manières ? Ça ne te ressemble pas, commente-t-il en lui rendant l'objet. Castrensis est parfaitement capable de s'activer devant un public. Et je t'assure, ça ne durera vraiment que « quelques instants »…

— Il est si laid que je n'avais pas envie de le regarder plus longtemps que nécessaire.

— Moins mignon que ton intendant, c'est sûr. Je n'arrive pas à croire que tu ne m'aies plus jamais ramené l'adorable Philos, ajoute-t-il, la mine boudeuse. C'était l'un des garçons de Térentius, n'est-ce pas ?

— Je ne sais pas grand-chose de son passé, répond Amara avec un haussement d'épaules. C'est l'homme de Rufus, voilà tout.

— Il a de si beaux yeux… Et ces pommettes ! Espérons qu'il ne détournera pas Rufus du droit chemin, lance-t-il avec un sourire entendu et un regard en coin.

— N'importe quoi ! s'amuse Amara en lui giflant le bras – un geste joueur mais suffisamment énergique pour faire vraiment mal.

Egnatius s'esclaffe et tente de lui rendre la pareille ; devant l'absurdité de ces chamailleries d'enfant, Amara manque d'éclater de rire, elle aussi. Elle prend le temps de se demander combien d'intérêt envers Philos elle peut se permettre de manifester.

— Alors, vous connaissiez le grand-père de Rufus ?

— De réputation seulement, répond Egnatius en frissonnant. C'est à cause d'hommes comme lui que toi et moi devrions remercier chaque jour les dieux pour notre liberté.

Victoria empêche Amara d'en apprendre plus en ouvrant brusquement la porte. Avant de sortir, elle se retourne pour jeter un dernier regard vers la pièce, en s'essuyant la bouche du dos de la main, un geste suggestif qui remonte au bordel. Par bonheur, Amara ne peut apercevoir la réaction de Castrensis depuis le couloir.

— Et voilà, tout le monde est content ! s'écrie Egnatius.

Il fait la bise à Victoria, puis à Amara en guise d'au revoir. Avant de la relâcher, il lui murmure à l'oreille :

— Et n'oublie pas mon pourcentage pour cette charmante rencontre, ma chérie. Je sais que tu as parfois la mémoire effroyablement courte sur certains sujets…

Une fois dans la rue, Victoria prend la main d'Amara et toutes deux s'éloignent sur le trottoir.

— Même pas un pourboire ! grommelle Victoria. Quel grippe-sou. J'ai connu des mendiants plus généreux que lui !

— Je suis désolée. Si seulement tu n'étais pas obligée de faire ça, dit Amara d'une voix tremblante. Je voulais te sauver de Félix, pas finir comme lui.

Victoria se retourne vers elle, stupéfaite devant son expression.

— Mais qu'est-ce que tu racontes ? Amara, qu'est-ce qu'il y a ?

— On lui doit tellement d'argent, souffle-t-elle en se mordant la lèvre pour ne pas pleurer. Il m'a menacée, aujourd'hui… S'il tente vraiment quelque chose, je ne pourrai rien faire. Je ne peux pas me permettre de le repousser et rentrer à la maison complètement débraillée. Que dirait Rufus ?

D'une certaine façon, il lui est plus facile d'avouer sa vulnérabilité à Victoria qu'à Philos. Elle sait que son amie comprendra.

— J'ai cru pouvoir être plus maligne que lui... Quelle idiote je fais.

Victoria s'arrête et lui passe un bras autour des épaules.

— Si seulement tu me laissais lui parler. Je suis sûre que je pourrais arranger les choses.

— C'est trop dangereux.

— Mais pourquoi ce serait à toi de prendre tous les risques ? En plus, si c'est à moi que Félix met un œil au beurre noir, pas de problème avec Rufus.

Amara est trop touchée par la générosité de son amie pour lui avouer que ce qu'elle craint le plus n'est pas la violence de Félix, mais sa capacité à manipuler son amante d'autrefois.

— Non, ce n'est pas la peine. De toute façon, il ne ferait que trouver une autre manière de s'en prendre à moi. Il faut juste le rembourser aussi rapidement que possible. Plus on pourra décrocher de clients, mieux ce sera...

— Je fais de mon mieux ! Crois-moi, je ne relâche jamais mes efforts pendant les soirées. Je suis déjà à mon maximum !

— Je sais. Je le sais bien, réplique Amara en lui pressant le bras.

Ce n'est pas ainsi qu'elle imaginait la liberté lorsqu'elle a acheté Victoria : toutes deux toujours en lutte pour rassembler le plus d'argent possible afin de payer leur ancien maître. Elles se remettent en route dans le plus grand des silences.

En arrivant à la maison, une surprise les attend : les grandes portes dorées sont fermées à double tour. Les clous luisent sous le soleil de l'après-midi comme si leur foyer s'était carapaçonné. Amara, d'abord confuse, sent monter une vague glacée d'angoisse. Elle vérifie que Virgula et les autres voisins ne sont pas là pour assister à la scène, puis frappe, pas trop fort dans l'espoir de ne pas attirer l'attention. Aucune réponse. Elle essaie encore, puis encore, en perdant toujours plus son calme, jusqu'à ce qu'enfin elle et Victoria se mettent à tambouriner sur le bois.

Enfin, les battants s'entrouvrent, non sur Juventus, mais sur Vitalion. Amara le fixe avec stupéfaction.

— Mais qu'est-ce que tu fabriques ? siffle-t-elle. Laisse-nous entrer !

Vitalion ouvre plus grand la porte et toutes deux se faufilent à l'intérieur. Une fois en sécurité à l'intérieur, Amara laisse éclater sa colère :

— Mais qu'est-ce qui se passe ? Où sont Juventus et Philos ?

— On les a rappelés dans la maisonnée d'Hortensius.

— Quoi ? s'écrie Amara en s'agrippant à Victoria pour ne pas s'effondrer. Pourquoi ? Pendant combien de temps ?

Vitalion hausse les épaules. Amara tente de garder son calme. Elle sait que cet homme l'a toujours haïe, mais elle sait aussi qu'il aime Philos. Il ne serait pas aussi glacial si son ami était en danger, n'est-ce pas ?

— Tu dois bien avoir une idée, insiste-t-elle sans pouvoir empêcher sa voix de trembler.

— Ils vont se faire interroger.

— Interroger ? répète Amara qui ne contrôle plus ses tremblements. Mais sur quoi ?

— Quelqu'un n'a pas la conscience tranquille, on dirait, ricane Vitalion.

— Ferme ta gueule ! explose Victoria. Mais pour qui tu te prends, à lui parler comme ça ? C'est quoi, ces esclaves qui ne savent pas se tenir, à la fin ?

— Parce que toi, tu sais te tenir, peut-être ? hurle Vitalion. Je vois que le service n'est pas assez bien pour des femmes aussi éduquées que vous !

— Il y a un problème ?

Tous sursautent : personne n'avait entendu approcher Britannica, qui doit avoir descendu l'escalier à pas de loup en entendant la dispute. Elle domine Vitalion de toute sa hauteur et sourit juste assez pour révéler ses incisives manquantes.

— Tu as un problème avec nous ? insiste-t-elle.

Vitalion fixe les trois ex-prostituées qui lui font face en une rare démonstration de solidarité.

— Non, marmonne-t-il en réponse. Pardon si je vous ai manqué de respect.

— Pourquoi sont-ils en train de se faire interroger ? répète Amara. Je t'en prie, Philos est ton ami, tu dois bien être au courant !

— Crois-moi, je te le dirais si je le savais…

Les efforts d'Amara pour masquer son désespoir deviennent insoutenables. Il faut qu'elle se retire avant d'éveiller la curiosité. Elle adresse un hochement de tête à Vitalion, puis se retourne vers ses amies.

— Je suis fatiguée. Si Rufus arrive, dites-lui que je me repose dans ma chambre.

Dès qu'elle se retrouve seule entre quatre murs, un sanglot lui échappe. Elle se bâillonne d'une main : même ici, elle n'ose pas pleurer. Elle s'étend sur le lit qu'elle a si souvent partagé avec Philos et reste là, rigide, les mains plaquées sur les yeux. Une douleur brûle dans sa poitrine ; elle s'efforce de l'en déloger en respirant lentement, profondément, mais elle ne peut chasser l'image de son amant torturé jusqu'à avouer leur relation. Amara a l'habitude de prendre des décisions rapides face au danger, mais voilà qu'elle se retrouve paralysée à l'idée qu'on puisse faire souffrir Philos.

— Ce n'est pas vrai, murmure-t-elle, afin de répéter d'avance ce qu'elle devra peut-être affirmer à Rufus. Ce n'est pas vrai, mon amour, je te le jure…

Elle garde sa porte grande ouverte, l'oreille tendue pour déceler le moindre bruit dans l'atrium. Sa panique ne fait que monter à mesure que le temps passe. Lorsqu'elle entend enfin les voix de Juventus et Philos, qui parlent en dialecte avec Vitalion, elle ne peut d'abord pas bouger. Puis elle se lève précipitamment et passe dans son antichambre pour mieux entendre. Choquée, elle entend Juventus éclater de rire. La réponse de Philos est plutôt sèche mais semble dépourvue d'angoisse. Vitalion lui répond d'un ton monotone. À l'évidence, quoi qu'il se soit produit, Amara et Philos n'ont pas été découverts. Elle appuie le front contre la fraîcheur du mur et se mord la lèvre pour ne pas sangloter de soulagement.

Ce n'est qu'après la nuit tombée qu'elle apprend enfin ce qu'il s'est passé. L'histoire est si banale qu'elle a encore plus honte de la panique qui l'a envahie, et pire encore, de sa quasi-incapacité à dissimuler ses émotions. Philos lui explique qu'une esclave chez les joailliers était soupçonnée de vol. Rufus les a convoqués, Juventus et lui, pour leur demander leur opinion sur la jeune fille. Les objets manquants ont fini par être retrouvés et personne n'a été puni. Lorsque Amara avoue à Philos comment elle a vécu ce moment, il semble troublé.

— Même si on m'interrogeait sur notre relation, tu ne peux pas te laisser démonter, lui murmure-t-il en la serrant dans ses bras. Je t'en prie, mon amour. Si quelque chose m'arrivait, ce ne serait pas ta faute. C'est un risque que j'ai choisi de courir. Et tu dois bien savoir que je ne te trahirais jamais, quoi qu'ils me fassent. Si tu paniques, tu ne feras que te révéler, et tout sera ruiné…

— Mais pourquoi est-ce que Vitalion ne m'en a pas parlé ? J'étais à genoux, et il s'en moquait !

— Il ne savait pas, c'est tout.

— Il a bien dû se rendre compte que j'étais terrorisée ! Il aurait pu m'expliquer que tu n'étais pas en danger, au moins. À la place, il a insinué que j'avais quelque chose à me reprocher !

— Je suis désolé qu'il ait été aussi cassant. Mais ce n'était pas de la cruauté de sa part. Il ne sait pas ce que tu ressens pour moi. Il ne sait rien de notre relation. Et c'est parfait ainsi.

— Qu'est-ce qu'il t'a raconté sur moi quand tu es revenu ?

— Il m'a dit de garder un œil sur toi, parce que tu semblais très nerveuse. Je lui ai assuré que je te surveillais constamment et que tu étais d'une fidélité irréprochable envers Rufus.

Philos l'embrasse sur le front.

— Je ne veux pas que tu vives constamment dans la terreur, mon amour. Si tout cela ne te rend que plus malheureuse, peut-être que je devrais espacer mes visites…

— Non, souffle Amara en le serrant plus fort. Ne dis pas ça.

Malgré le rouge qui lui monte aux joues, elle poursuit :

— Si je ne te voyais plus, je ne le supporterais pas. Parfois, j'ai l'impression que ma vie n'existe que lorsque nous sommes ensemble. Le reste n'est qu'une longue attente. Tu n'as jamais ressenti la même chose ?

— Si, mais c'est bien ce qui m'inquiète.

— Tu voudrais ne pas m'aimer ?

— Je ne voudrais pas te perdre. Et je ne pensais pas…

Il s'interrompt, mais semble se résoudre à achever sa pensée en voyant l'expression d'Amara.

— Pour être franc, je ne pensais pas que je t'aimerais à ce point.

Amara éclate de rire, soulagée.

— C'est flatteur. Tu voulais juste t'amuser un peu, c'est ça ?

— Non, répond-il, amusé. Non, tu sais bien que ce n'est pas ce que je voulais dire.

Amara le repousse soudain en arrière pour le chevaucher au lieu de se nicher dans ses bras. En voyant son air surpris, elle le taquine :

— Alors, ce n'est pas ça que tu veux, tu es sûr ?

Le désir dans le regard de Philos est familier ; tant d'hommes l'ont fixée ainsi. Mais aucun ne l'avait attirée contre lui avec une telle tendresse.

— Je te voudrai toujours.

Chapitre 24

La nuit, Crescens prend les filles au filet !

Graffiti de Pompéi

Amara transpire sous l'auvent irradié de soleil, assise entre Victoria et Britannica sur les plus hauts gradins, ceux que l'on réserve aux femmes. Au moins, il y a plus de place que d'habitude : le spectacle du jour est payant, ce qui réduit le public à ceux qui peuvent s'offrir le billet. Les Jeux des Pêcheurs de juin ne sont pas l'un des plus grands événements de l'année, ce qui n'empêche pas le port d'être bondé : n'importe qui se réjouirait de pouvoir échapper à son travail pour un jour, même si ce n'est que pour assister de loin au sacrifice de la pêche du jour à Vulcain – une offrande afin que la mer soit toujours généreuse.

— Je me demande si Céladus se souviendra de moi… lance Victoria en s'éventant d'une main.

Amara songe aux jeux de l'an dernier, lorsque le gladiateur a repéré Victoria dans la foule et l'a soulevée pour l'embrasser et lui murmurer un secret à l'oreille avant de reprendre son entrée dans l'arène. Ce même jour, Amara avait rendez-vous avec Ménandre, lors du seul après-midi qu'ils aient jamais passé ensemble. Didon était encore là. Cressa aussi. Le chagrin d'Amara l'écrase autant que la chaleur.

— Tu ne nous as jamais dit ce que Céladus t'avait murmuré, fait-elle remarquer à Victoria.

Celle-ci sourit à ce souvenir mais ne répond rien. Britannica, impatiente, voudrait en venir au fait :

— Qui sont les combattants ? Qu'est-ce qu'ils vont faire ?

— À ton avis ? demande Victoria en plissant les lèvres. Ce sera des rétiaires aujourd'hui, pour la plupart.

— C'est quoi « rétiaire » ?

— Des gladiateurs qui rappellent des pêcheurs, explique Amara. Ils sont armés d'un filet pour entraver leur adversaire, et d'un gros trident. Un genre de lance à trois pointes. Et une dague, au cas où leur trident serait arraché ou détruit.

— Avec un trident, je gagnerais trop vite, répond Britannica.

Jamais Amara ne l'avait vue manifester tant d'intérêt pour quelque chose. Elle se tient aussi droite que possible, en étirant le cou pour mieux voir l'arène. Soudain, une voix familière se fait entendre.

— *Amara ! Victoria !*

Les deux femmes se retournent, stupéfaites.

— Béronice ! appelle Amara en se levant pour tenter de repérer leur amie.

— La voilà ! crie Victoria en agitant la main. Par ici ! Béronice !

Béronice progresse avec difficulté le long du rang des femmes, qui se tassent pour la laisser passer. Amara et Victoria la regardent lutter pour avancer, sans grâce ni dignité, jusqu'à ce qu'elle franchisse enfin le dernier obstacle – deux matrones au mauvais caractère. Les trois filles de Félix tombent dans les bras l'une de l'autre, incapables d'y croire : les voici de nouveau réunies.

— Mais quelle élégance ! s'écrie Amara, stupéfaite par l'apparence de Béronice. Qu'est-ce qui t'est arrivé ?

Au lieu de la toge d'un jaune criard que sont contraintes de porter les prostituées, Béronice porte une longue tunique et un châle, les cheveux couverts d'un voile fin, comme une respectable femme au foyer.

— Il m'a épousée ! crie-t-elle, triomphante. Je suis mariée !

Amara et Victoria n'ont pas à lui demander de qui elle parle – ce ne peut être que Gallus. Victoria porte la main à son cœur comme si Béronice venait de lui décocher un coup à la poitrine.

— Félix t'a laissée l'épouser ?

Béronice s'assoit sur le banc et les entraîne avec elle.

— Félix a une taverne, maintenant. C'est Gallus qui s'en occupe ! Et mon Gallus l'a persuadé que les affaires marcheraient mieux s'il avait une femme pour l'aider !

— Mais alors, tu es libre ? demande Amara, abasourdie.

Qui aurait pu imaginer que Béronice, qui n'a jamais passé ne serait-ce qu'une journée à ourdir sa libération, y accéderait complètement par hasard en gagnant l'affection d'un portier tout aussi faible d'esprit qu'elle ? Mais Béronice la détrompe aussitôt.

— Non, je ne suis pas libre, mais ça n'a aucune importance. J'appartiens à Gallus, maintenant, et il m'a épousée. Il a même accepté une réduction de salaire pour rembourser Félix, précise-t-elle comme si elle rapportait la plus extrême des générosités.

— Je croyais qu'il avait toujours promis de te libérer en plus de t'épouser ? dit sèchement Victoria. C'était pour ça que tu lui donnais tous tes pourboires !

— On s'en fiche ! rétorque Béronice, trop heureuse pour se laisser troubler. Ça ne me dérange pas, de lui appartenir. De toute façon, ce n'est pas comme si j'espérais le quitter un jour !

Victoria et Amara sont bien sceptiques quant aux bonnes intentions de Gallus. Mais Béronice n'en voit rien, car elle a enfin remarqué Britannica.

— Oh ! Toi aussi, tu es là !

— Félicitations pour ta bonne fortune, lance Britannica.

Avant que Béronice ne puisse crier sa surprise en l'entendant parler, les femmes du rang arrière leur intiment de se taire : les trompes résonnent, les jeux sont sur le point de commencer. Amara a beau tendre l'oreille, il est quasiment impossible d'entendre l'annonceur depuis leurs sièges au sommet de l'arène. C'est en de tels moments qu'elle se rappelle que le latin n'est pas sa langue natale.

— Qu'est-ce qu'il a dit ? murmure-t-elle à Victoria.

— Il va y avoir un châtiment public avant les duels. Des esclaves qui se sont enfuis, des voleurs, des criminels, ce genre de choses… Ils vont être livrés aux fauves.

L'arène vrombit des murmures excités des spectateurs, qui se mettent soudain à hurler : un groupe d'hommes vient d'être poussé dans l'arène. Vêtus de tuniques mitées, ils n'ont que quelques lances pour retarder leur mort et prolonger le divertissement, sans rien d'autre pour se protéger. Amara est trop loin pour distinguer leurs visages, incapable même d'entendre d'éventuels pleurs ou cris tant la foule est assourdissante. L'un d'eux trébuche. Amara agrippe son siège. Elle revoit Philos en route vers la tombe de Térentius, si mince, presque sans substance. *Il me tuerait pour avoir touché une femme qui lui appartient.*

La peur d'un châtiment hante Amara depuis sa panique après l'interrogatoire de Philos quelques semaines plus tôt. Lorsqu'elle est auprès de lui, elle rejette ces pensées et se répète qu'ils ne seront jamais surpris. Mais tel un enfant qui a grimpé malgré les interdictions jusqu'au sommet d'un trop grand arbre, elle ne peut soudain s'empêcher de baisser les yeux vers le vide. Elle a de quoi tomber de très haut. Que ferait Rufus à Philos pour une telle trahison ? Une exécution publique de son propre esclave pour adultère le couvrirait d'opprobre. Il ne recourrait sans doute pas à de telles mesures. Mais il pourrait l'accuser de tant d'autres choses… Inventer un crime moins gênant… Philos n'aurait aucun moyen de se défendre, lui qui est marqué au fer rouge, sa désobéissance déjà imprimée dans sa chair.

On lâche un ours dans l'arène. Les prisonniers se dispersent et les spectateurs se mettent à hurler de joie, impatients de voir du sang. Amara se lève.

— Je ne veux pas voir ça, annonce-t-elle en tournant le dos à la scène.

Ses trois amies semblent surprises. Amara tente de se frayer un passage le long du rang jusqu'à la sortie, mais la panique lui donne le vertige. Béronice lui prend le bras.

— Attends, je viens avec toi. Ça ne me dérange pas, de rater les fauves. Les duels sont bien mieux.

Toutes deux progressent vers la sortie dans une litanie d'exclamations irritées jusqu'à ce qu'elles atteignent l'escalier, où elles cessent de boucher la vue. Ainsi libérée de la chaleur oppressante des gradins, Amara se sent déjà mieux. Son pas se fait plus assuré tandis qu'elles descendent les marches, ce qui ne l'empêche pas de rester agrippée au bras de Béronice.

— Merci, dit-elle lorsqu'elles arrivent en bas.

— Pas de problème. De toute façon, je préfère discuter. J'ai tellement de choses à te raconter ! Allons nous asseoir là-bas, lance Béronice en désignant l'ombre des platanes.

Toutes deux traversent les stands de nourriture et de souvenirs. La foule est pratiquement plus dense à l'extérieur qu'à l'intérieur de l'arène. Un vendeur de lampes tente de les retenir en rentrant son plateau dans les côtes de Béronice, mais elles le repoussent sans ménagement, pressées de gagner l'ombre avant qu'on s'y installe à leur place. Lorsqu'elles y arrivent enfin, Amara se laisse tomber sur l'herbe et enfonce ses doigts dans la terre, allongée sur le dos, rassurée par sa solidité.

— Je suis tellement contente de te voir, dit-elle à son amie avec affection. Raconte-moi tout.

— Par où commencer ? Il s'est passé tant de choses, s'écrie Béronice. Un matin, Gallus est arrivé au bordel et a déclaré à tout le monde qu'on allait se marier ! Au début, j'ai cru qu'il plaisantait, mais il m'a entraînée avec lui à l'étage pour voir Félix, et tout était déjà prêt. Félix lui a transféré mes droits ! Je n'aurai plus jamais à travailler là-bas.

Elle pousse un soupir en penchant la tête en arrière pour admirer les éclats de soleil au travers des lourdes branches.

— Je sais que vous vous moquiez tout le temps de moi, Victoria et toi… Vous me prenez pour une idiote depuis le début. Mais quand je me suis retrouvée à l'étage de la taverne, toute seule avec Gallus, dans notre propre chambre, pour la première fois… J'ai cru mourir de bonheur.

Amara a toujours trouvé incompréhensible la dévotion de Béronice envers Gallus qui n'est au mieux qu'un crétin arrogant, au pire qu'une brute sans scrupule. Mais en entendant parler son amie, Amara n'a aucune envie de la tourner en ridicule. Après tout, qui sait ce que Béronice penserait de Philos ?

— C'est merveilleux, approuve-t-elle. J'espère qu'il te méritera toujours.

— J'en suis sûre. Et si tu le voyais derrière le comptoir ! Il est né pour ça ! La taverne n'est vraiment pas grande, les clients doivent rester debout pour le moment, mais on a déjà rapporté tellement d'argent à Félix…

Béronice arrange ses cheveux sous son voile en tapotant l'arrière de sa coiffure, un geste qui lui était déjà coutumier au bordel.

— Pour être honnête, Gallus est encore parfois légèrement jaloux. Si les clients sont un peu trop aimables avec moi, ça ne lui plaît pas du tout. Il voulait me renommer, tu sais ? Maintenant que je suis à lui, il en a le droit. Comme ça, il m'a dit, si un autre homme m'appelle par mon nouveau nom, je saurai qui me l'a donné et à qui j'appartiens. Mais ensuite, on a pensé que Félix n'aimerait peut-être pas ça…

— Cela vaut sans doute mieux ainsi, approuve Amara qui ne trouve rien de charmant dans cette histoire – elle lui rappelle le contrat de Rufus à son sujet. Félix n'a rien mentionné quand il t'a vendue à Gallus ?

— Non. Il ne m'a jamais trouvée très intéressante. Tant mieux !

Amara songe à leur dernière rencontre, lorsqu'elle n'a pas pu arracher Béronice aux griffes de leur maître, et lui prend la main.

— Je suis tellement heureuse que tu sois en sécurité. Si seulement j'avais eu de quoi te libérer avant… Ce n'était pas parce que j'aimais Victoria plus que toi, j'espère que tu le sais. J'avais une dette envers elle, c'est tout.

— Et tu savais ce que m'avait promis Gallus, ajoute Béronice, rayonnante, sans une trace de ressentiment. Tu devais avoir deviné qu'il y parviendrait. Et il l'a fait !

Un rugissement s'échappe de l'arène ; peut-être vient-on de lâcher un nouvel animal sur les prisonniers. Amara se redresse et remonte les genoux contre sa poitrine. Béronice se méprend sur la raison de son changement d'humeur :

— Oh, mais il faut qu'on parle de Rufus ! C'est merveilleux que tu aies trouvé l'amour, toi aussi… Et avec un homme riche, en plus !

Il n'y a pas le moindre signe d'envie chez elle. Amara sait que Béronice n'échangerait pas Gallus et leur minuscule taverne enfumée pour le plus riche protecteur de Pompéi.

— Oui, j'ai beaucoup de chance.

— Et tu l'aimes ?

L'espace d'un instant, Amara voudrait tout lui avouer. Quel soulagement ce serait, parler de Philos, énumérer ses charmes, expliquer à Béronice qu'elle aussi comprend ce que l'on ressent lorsqu'on aime à la folie. Mais il serait impensable de risquer sa vie, ou sa liberté, pour quelques ragots.

— Bien sûr. Rufus est plus généreux que dans mes rêves les plus fous.

— Et Victoria, elle a retrouvé quelqu'un ?

En voyant Amara secouer la tête, Béronice fait la grimace.

— Je n'arrive toujours pas à croire à quel point Félix la maltraitait. Et je n'arrive toujours pas à comprendre comment elle faisait pour le supporter !

— Félix a plusieurs facettes. Il sait se montrer très charmant. Il a dû s'en servir contre elle.

Béronice frissonne.

— Eh bien moi, je ne l'ai jamais vu, son côté charmant. D'après Gallus, la seule raison pour laquelle Félix l'a libéré, c'est parce que avoir des affranchis est un signe de statut…

— Alors, Gallus ne l'apprécie pas ?

— Ce n'est pas ce que j'ai dit, corrige nerveusement Béronice. Gallus travaille très dur pour lui. Comme moi.

— Et si on buvait quelque chose en attendant le début des combats ? demande Amara, pour changer de sujet.

Elles partent vers l'un des stands et Amara paie pour leurs verres. Le vin est amer, coupé d'eau, mais il ne fait que délier davantage la langue de Béronice. Trop heureuse de pouvoir parler de Gallus sans être tournée en dérision, c'est à peine si elle reprend son souffle. Amara sent sa concentration faiblir tandis que Béronice lui vante son don pour le négoce, les fils qu'il voudrait avoir, sa miraculeuse endurance au lit. Amara a perdu toute envie de dévoiler ses sentiments pour Philos. Au contraire, elle a la désagréable impression que même Béronice la jugerait. Amara s'est choisi un amant au statut si incroyablement bas qu'on ne peut même pas le qualifier d'homme. Légalement, ce n'est qu'un objet. Tout ce qu'elle aime chez lui, toutes ces qualités qui le rendent supérieur à Gallus en tout point n'ont aucune valeur en société. Songer à l'écart entre ce qu'elle ressent et ce que perçoivent les autres lui fait mal. La seule qui aurait pleinement compris l'amour d'Amara est Didon.

Lorsque Béronice arrive enfin à bout de compliments envers son épuisant mari, Amara demande :

— Ce n'était pas trop difficile au bordel, après la mort de Didon ? Je sais que tu l'aimais beaucoup.

La douleur qui tord le visage de Béronice est presque un réconfort pour Amara : une preuve que Didon manque terriblement à ceux qui l'ont connue.

— C'était horrible. Je n'avais jamais rencontré quelqu'un d'aussi gentil…

Toutes deux restent silencieuses un moment. Puis Amara aborde enfin le sujet qu'elle attendait depuis le début de l'après-midi.

— Personne ne sait ce qu'a fait Félix de son corps. Tu as déjà demandé à Gallus où étaient enterrées ses cendres ?

— La deuxième fois que je lui ai posé la question, il a menacé de me mettre une gifle, explique Béronice, gênée. Et il ne fait ça que quand il est vraiment très en colère. Alors je n'ose plus demander.

— Mais Félix doit bien l'avoir enterrée, n'est-ce pas ? demande Amara qui n'aime pas l'idée de Gallus rudoyant Béronice. Même lui, il n'aurait pas jeté son corps à la décharge…

— Non, bien sûr que non ! s'écrie Béronice en secouant la tête. Même Félix ne ferait pas ça. Mais ça l'amuse de garder cette information pour lui.

Assises sur l'herbe, elles songent à l'homme qui leur a causé tant de souffrances. L'homme qui a juré de remettre la main sur Amara. Lui échapper va demander beaucoup d'efforts.

— On y retourne ? finit par proposer Amara. Ils doivent avoir rappelé les fauves.

— Si tu te sens mieux, d'accord ! lance Béronice en se relevant avec enthousiasme. J'ai intérêt à ne pas tout rater. Gallus voudra discuter des combats plus tard. Ça l'agace quand je ne sais pas de quoi il parle.

Le temps qu'elles regagnent l'intérieur de l'arène, les duels ont déjà débuté. Leur pénible progression le long du rang est accueillie avec encore plus d'agacement cette fois-ci ; une femme en colère les bombarde de noyaux d'olive, en atteignant Amara aux mains. Toutes deux esquivent le pire et se tassent près de Victoria et Britannica, qui ont laissé un large espace entre elles plutôt que de s'asseoir côte à côte. Amara espérait qu'après la dispute avec Vitalion, ses deux amies se rapprocheraient, mais leur inimitié mutuelle semble trop profondément enracinée pour cela.

Britannica lui agrippe le bras ; son autre main s'est refermée sur l'amulette de gladiateur qu'elle porte toujours au cou.

— Amara ! lance-t-elle, les joues rouges. Enfin, te revoilà ! Il ne faut pas rater ça !

En contrebas, deux hommes se jaugent en décrivant de lents cercles sur le sable de l'arène. Le rétiaire est aisément identifiable, torse nu et sans casque, avec son trident pour tenir à distance le secutor lourdement armé. Celui-ci semble à peine humain, le visage et le torse carapaçonnés de métal. Il lève son bouclier pour parer quelques coups de trident et tente de s'approcher afin d'atteindre le corps exposé de son adversaire. Le rétiaire répond d'un coup de filet, en visant les jambes. Lorsque le secutor trébuche, des hurlements s'élèvent de la foule, mais il parvient tout juste à esquiver d'un bond les pointes mortelles du trident.

— C'est trop lourd, commente Britannica. Il va se fatiguer.

Nul besoin de demander duquel elle parle. Dans son armure, le secutor doit suer à grosses gouttes. Toute sa tête est enfermée à l'intérieur d'une boule de métal, qui reflète le soleil dans un éclat d'argent. Le rétiaire, par contraste, est bien plus agile, ses muscles luisant de sueur. Sa façon de narguer le secutor a quelque chose de familier. Amara songe au Palestre, lorsqu'elle est partie trouver Félix. Il dépassait à la course tous ceux qui s'étaient engagés sur la piste. Elle constate que Victoria est fascinée par le rétiaire.

— Tu connais son nom ? demande Amara.

— Crescens, souffle Victoria sans même la regarder.

Amara se retourne vers Britannica, tout autant captivée par le combat que Victoria, les deux femmes au moins unies par l'intensité de leur intérêt. On ne peut en dire autant du reste des spectateurs. Beaucoup de femmes discutent, en profitant de ce combat à mort pour échanger des ragots. Les duels de gladiateurs n'ont pas l'imprévisibilité des combats de fauves – l'habileté prend le pas sur la sauvagerie, ce qui les rend peut-être moins haletants. Amara elle-même ne ressent qu'un profond malaise en voyant le secutor s'épuiser à pourchasser le rétiaire, qui finit par envoyer valser son bouclier d'un coup de trident.

— Maintenant, le rétiaire va l'achever, lance Britannica avec satisfaction.

La mise à mort n'a rien de glorieux ni de rapide : Crescens lève les bras en signe de triomphe tandis que son adversaire – qui était peut-être un ami – se meurt à ses pieds. Les hurlements de la foule sont assourdissants, mais malgré ce tumulte qui lui bat aux tempes, Amara entend tout de même ce que Britannica lui crie à l'oreille :

— *Je ferai ça quand tu me libéreras ! Un jour, je serai gladiateur !*

Amara est un peu amusée par cette déclaration, mais Britannica ne le remarque pas : elle fixe Crescens avec une férocité inquiétante.

Chapitre 25

Oh, si seulement je pouvais maintenir tes bras autour de mon cou
Dans une douce étreinte, et couvrir tes tendres lèvres de baisers.

Graffiti de Pompéi

Amara s'est mise d'accord avec Rufus pour quitter les jeux avant leur conclusion, mais convaincre Victoria ou Britannica de l'accompagner s'avère impossible. Elle finit par les laisser avec Béronice et gagne la sortie à l'heure prévue. Philos l'attendra au bas de l'escalier : Rufus lui fait toujours confiance pour jouer les intermédiaires, comme à l'époque du bordel.

Même depuis le sommet de l'arène, la vue de la mince silhouette de Philos l'ébranle profondément. Tous les doutes qu'elle a pu nourrir sur leur relation clandestine s'évanouissent. Ils échangent un sourire – jamais ils ne se permettraient une telle démonstration d'affection chez eux, mais au sein d'une telle foule, ce geste devient anonyme.

Plus elle s'approche, plus Amara doit se montrer réservée. Une fois arrivée à sa hauteur, elle se tient à quelque distance au lieu de lui prendre le bras comme elle le souhaiterait.

— Comment étaient les jeux ?

— Pas terribles, répond-elle tandis qu'ils quittent l'arène et traversent le marché toujours bondé. Mais nous sommes tombées sur Béronice. Gallus l'a épousée.

— Il l'a épousée ? répète Philos qui semble aussi stupéfait que l'était Amara en apprenant la nouvelle. Alors qu'elle appartient toujours à Félix ?

— Non, Félix l'a vendue à Gallus.

Philos reste muet quelques instants. Amara le soupçonne d'avoir la même réflexion qu'elle : Béronice s'est débrouillée pour accomplir quelque chose qui leur est impossible.

— Je suis très heureux pour elle, se contente-t-il de dire. J'espère que Gallus sera bon envers elle.

— Il ne le sera pas. En tout cas, pas autant qu'elle le mérite. Mais il reste bien meilleur que Félix.

La foule se clairsème peu à peu. Bientôt, ils atteindront les rues, où leur conversation sera encore moins discrète.

— Quand Béronice m'a parlé d'amour, lance soudain Amara, j'ai eu envie de tout lui raconter.

— Rassure-moi, tu ne l'as pas fait ?

— Bien sûr que non ! s'indigne-t-elle. Je lui ai dit que j'avais de la chance d'avoir un protecteur si généreux, rien d'autre.

— Bien sûr, réplique Philos en écho. Je suis désolé.

S'excuse-t-il d'avoir un instant douté d'elle, ou est-il navré par leur situation si frustrante ? Difficile à dire. Leurs pas les ont conduits jusqu'à la vigne entourée de murs auxquels s'adosse le marché. Ils prennent à gauche pour se diriger vers la rue. Les jours de jeux sont toujours riches en clients pour les prostituées, et Amara sait bien que la plupart des femmes qui enlacent leur amant contre le mur sont motivées par l'argent plutôt que par le désir. À leur passage, l'un des hommes lance un regard suggestif à Amara, en se méprenant sur la raison de son intérêt. Elle se rapproche de Philos – si seulement il pouvait marquer son territoire de quelque façon. Appartenir à un homme est toujours utile pour en repousser d'autres.

— Nous ne sommes plus très loin de la ville, déclare Philos. Peut-être que tu ferais mieux de marcher de l'autre côté…

Il tend le bras pour accompagner ses paroles et lui effleure l'épaule lorsqu'elle passe – un geste qu'Amara sait parfaitement délibéré sous ses airs d'innocente coïncidence. Son cœur accélère. Une fois le soir venu, ils pourront enfin se toucher et discuter librement.

— Rufus te rejoindra plus tard que prévu, poursuit Philos. Il a invité un ami à dîner. Je crois bien qu'il restera toute la nuit.

— Oh, fait Amara sans pouvoir dissimuler sa déception. Il n'a pas précisé quel ami ?

— C'est une surprise. Il n'a même pas voulu me le dire, à moi. Mais il a ajouté que tu serais ravie. Je sais au moins que ça ne peut pas être Quintus, car Drusilla a pris Phébé et Laïs pour la soirée.

Voilà la rue. Amara devra marcher en tête. D'un ton très bas, presque inaudible, Philos murmure :

— Ce n'est qu'une nuit.

Devant la coiffeuse, Martha démêle les cheveux d'Amara sans aucun soin. Comment réagirait-elle si elle savait que l'ex-prostituée qui lui sert de maîtresse trompe le maître ? Philos jure que ni Martha ni Juventus ne se doutent de rien, et Amara ne peut que le croire. Son amant fait de constants allers-retours entre le monde des esclaves et celui des hommes libres, sous différents masques. Ses conversations en dialecte avec le portier sont pour Amara aussi mystérieuses que la nature précise de son travail pour Rufus au sein de l'entreprise familiale.

Un coup de peigne encore plus sec que les autres la fait grimacer.

— Pas si fort, s'il te plaît.

— Pardon, maîtresse, répond Martha sans aucune sincérité.

Ses gestes gagnent malgré tout en douceur. Amara soupire et ferme les yeux. Même si les mains de Martha n'ont rien d'aimant, elle les préfère cent fois à celles de Rufus. Une nausée la prend à l'idée de la nuit à venir. Impossible de partager son lit avec Philos, en s'efforçant de son mieux de s'ouvrir aux sensations qu'il lui offre, si c'est pour retrouver Rufus et devoir se changer à nouveau en pierre. Peut-être serait-ce plus facile si son protecteur se contentait d'assouvir son désir sans exiger son amour par-dessus le marché. Amara associe désormais si complètement sa chambre avec Philos que la présence de Rufus y semble obscène. Et pourtant, c'est bien Rufus qui possède sa maison, son corps, son amant ; c'est de lui que viennent tous ses privilèges. Tout repose sur son affection, même la relation d'Amara avec Philos.

Martha ayant achevé de la coiffer, Amara l'envoie finir le dîner. Elle change de boucles d'oreilles puis, satisfaite de son apparence, elle prend place sur la couche et attrape sa harpe pour répéter un peu, au cas où Rufus souhaiterait l'entendre jouer.

— Rufus vient ?

Britannica se tient sur le seuil. Amara est heureuse de la voir revenue à sa maussaderie habituelle, mille fois préférable à sa fiévreuse transe devant le spectacle de la violence.

— Oui, il sera bientôt là. Je suis contente de voir que vous êtes revenues sans vous entre-tuer, Victoria et toi.

— Elle est toujours là-bas.

Amara fronce les sourcils.

— Comment ça, toujours là-bas ?

— Elle est restée pour baiser Crescens.

— Elle a fait *quoi ?* s'écrie Amara sur un ton suraigu.

Britannica répète plus lentement, mais elle sait parfaitement que le message est passé. Amara se lève, en furie :

— Mais ce n'est pas possible ! Qu'est-ce qui t'a pris de la laisser faire une chose pareille ?

— C'est une putain. C'est ça qu'elle fait.

— Et si elle se fait tuer ? hurle Amara. Je t'avais demandé de la ramener !

Philos entre dans la pièce et vient se placer près d'elle.

— Amara, Rufus sera bientôt là. Il faut que tu te calmes.

— Victoria est partie se faire un gladiateur ! lui crie Amara. Elle devra traverser la ville toute seule en pleine nuit pour rentrer ! À supposer qu'elle sorte de là vivante !

— Victoria est une grande fille. Pense à la vie qu'elle a toujours menée. Reste calme, je t'en prie. Rufus ne peut pas te trouver dans un état pareil.

Heureusement pour eux deux, Britannica est le seul témoin de la scène ; car, emportée par l'émotion, Amara touche le bras de Philos pour se rassurer et il pose sa main sur la sienne, sans réfléchir.

— Tu as raison… dit-elle.

— C'est une putain, répète Britannica. C'est comme ça !

— Ça suffit, lui siffle Philos. Assez, Britannica, s'il te plaît.

La Bretonne hausse les épaules et tourne les talons pour quitter la pièce, non sans lancer :

— Mais c'est vrai.

Ce n'est qu'après son départ qu'Amara se rend compte de ce à quoi Britannica a assisté. Elle retire sa main comme si la peau de Philos l'avait brûlée.

— Tu crois qu'elle… ?

— Non, elle n'a rien remarqué. Concentre-toi pour retrouver ton calme avant l'arrivée de Rufus.

Il la laisse seule et Amara se laisse tomber sur la couche.

Victoria n'est toujours pas revenue lorsque Rufus fait son apparition. En entendant sa voix résonner dans l'atrium, Amara se lève et part lentement le retrouver, un gracieux sourire sur son visage, prête à accueillir quiconque l'accompagne. Son protecteur se tient près du bassin, en lui masquant son invité, mais le serviteur de ce dernier est bien visible, debout près de Philos. Secundus, l'intendant de Pline.

Toute sérénité enfuie, Amara traverse l'atrium en courant, dans un grand cri d'émoi. Pline se tourne vers elle au moment exact où elle se jette à ses pieds, si choquée qu'elle ne peut même pas lui souhaiter correctement la bienvenue.

— C'est vous ! s'exclame-t-elle en pressant l'ourlet de sa cape contre son cœur. Vous êtes revenu me voir !

— Bien sûr, voyons, répond Pline, gêné, en tentant de la relever. Vous pensez bien que je n'avais pas écrit cela en l'air…

Amara reste agrippée à sa cape ; c'est à peine si elle parvient à s'empêcher de lui baiser la main.

— Comment vous remercier pour ce que vous avez fait ? Comment vous témoigner toute ma gratitude ? Je vous dois tout ! Je ne pourrai jamais égaler votre générosité, jamais…

— Allons, allons, lance Pline en la hissant sur ses pieds. Vous m'avez déjà envoyé un très joli mot, et Rufus doit bien vous avoir lu ma réponse. Inutile de me remercier davantage.

Amara jette un regard à Rufus dont elle avait fugitivement oublié l'existence ; ce n'est qu'alors qu'elle entend les paroles de Pline. Jamais Rufus ne lui a dit que Pline avait répondu à la lettre de remerciements qu'Amara avait jointe à son propre courrier pour l'amiral. Jamais il ne lui a fait savoir que Pline comptait lui rendre visite.

— Je savais bien que ça te ferait plaisir, commente Rufus avec un sourire crispé.

Amara lui saute au cou et l'embrasse, en espérant que sa gratitude feinte sera aussi convaincante que l'émotion sincère qu'elle vient de répandre.

— Comme tu es bon pour moi !

— Arrêtons là les débordements d'hystérie, intime-t-il en se dégageant de cette étreinte qui semble malgré tout avoir amélioré son humeur. J'ai invité l'amiral à dîner, pas à un spectacle de pleureuses !

Tous ensemble gagnent la salle à manger. Pline admire poliment les frises qui décorent les murs, alors même qu'il doit en avoir de cent fois plus belles chez lui. Amara n'est que trop consciente de l'étroitesse de la pièce comparée à la magnifique résidence où il séjournait lors de leur première rencontre. Pline et Rufus s'installent l'un face à l'autre. Amara sait que son amant s'attend à ce qu'elle s'étende à ses côtés, mais elle hésite. Dès qu'elle l'aura rejoint, Rufus l'enlacera et elle ne sera plus qu'un objet, réduite à rien sous les yeux de l'amiral. L'idée lui déplaît tant qu'elle prend place sur une autre couche, entre les deux hommes, sans oser croiser le regard de Rufus.

— Je suis enchanté de vous voir si bien installée, déclare Pline.

Il se tient appuyé sur un coude, guère détendu, conforme au souvenir d'Amara – un homme qui préférerait vaquer à ses occupations plutôt que d'avoir de la compagnie, d'où cet air perpétuellement distrait.

— Et Rufus m'a dit que vous vous intéressez toujours aux herbes médicinales, ce dont je vous félicite. Il faut que je vous envoie un ouvrage que j'ai récemment découvert en Grèce. Je crois qu'il vous intéresserait beaucoup.

— C'est très généreux, merci beaucoup, dit-elle. Rufus m'a gentiment encouragée à cultiver mes propres herbes, et j'adorerais agrandir ma collection. J'espère que vos recherches sont toujours aussi fructueuses… ?

— Je n'ai que peu de temps à leur consacrer ces jours-ci, élude Pline d'un geste de main. La flotte occupe presque chacune de mes heures, à part celles que je puis offrir au sommeil. Et comme vous le savez, dormir ne m'inspire guère.

— Je m'en souviens, sourit Amara.

Pline lui rend son sourire, chose rare chez lui. Peut-être songe-t-il comme elle aux longues heures qu'elle a passées à lui faire la lecture, jusque tard dans la nuit.

— Si l'amiral est à Pompéi, c'est dans le cadre de sa campagne contre les pirates, interrompt Rufus.

— Vous resterez longtemps ? demande Amara.

Martha entre avec le pigeon rôti et les sert pendant que Pline répond :

— Rien qu'une nuit. Je passais en revue les défenses des villes de la baie. Dès demain, je repars à Misène.

Il trempe son pain dans le bol de purée de pois chiches que lui a offert Martha et hoche la tête pour marquer son appréciation.

— En revanche, j'espère pouvoir profiter de votre présence chez moi pour un court séjour. Je serai au travail en journée, mais j'ai invité quelques amis dans ma villa, si bien que vous aurez de quoi vous distraire.

— Vous êtes trop bon, répond Rufus. Malheureusement, je dois rester en ville pour les affaires de mon père.

— C'est fort dommage. Mais peut-être pourras-tu te passer d'Amara pendant quelques jours ? Si emprunter ma propre affranchie n'est pas trop demander, plaisante-t-il.

Comme le prouve son petit rire, il n'avait aucune intention d'offenser Rufus, ce qui n'empêche pas celui-ci de rougir jusqu'à la racine des cheveux.

— Bien sûr. Amara ne sera que *trop* heureuse de vous accompagner, j'en suis sûr.

Pline déguste son pigeon, sans remarquer la tension croissante.

— Tu l'appelles toujours Amara ? Je pensais que tu emploierais le nom que lui a donné son père, plutôt que cette invention de son proxénète. Cela n'aurait-il pas votre faveur ? ajoute-t-il en se tournant vers elle.

Le nom que lui a donné son père. Un nom que Rufus n'a jamais cherché à connaître. Elle fixe Pline en tentant de lui transmettre ses véritables sentiments : oui, elle préférerait redevenir Timarété. Mais cela risquerait d'aviver plus encore la colère de Rufus.

— Je préfère Amara, désormais, lui assure-t-elle. Car c'est le nom que m'a donné Rufus, et il m'est à la fois père et mari.

— Eh bien, si c'est ce que vous souhaitez… répond Pline en haussant les sourcils. Cela semble un peu inhabituel, voilà tout.

Amara regarde Rufus en espérant que sa déclaration de soumission absolue l'aura apaisé, mais il se détourne.

Chapitre 26

Là commence la Campanie fortunée,
et c'est le point de départ des coteaux chargés de vignes,
et de ces grappes dont le jus est célébré dans tout l'univers ;
là est, comme l'ont dit les anciens,
le théâtre de la plus grande rivalité entre Bacchus et Cérès.
Pline l'Ancien, *Histoire naturelle*, III. 8.

Rufus n'a pas choisi de rester, ce qui jette un froid sur le bonheur qu'éprouvent Amara et Philos en pouvant finalement passer la nuit ensemble. Pressée contre lui avec sa main tiède sur sa hanche, elle lui raconte le dîner dans un murmure, en listant toutes les fois où Pline a offensé Rufus sans s'en rendre compte. Philos fait la grimace lorsqu'elle lui relate la requête de l'amiral, « emprunter » sa propre affranchie.

— Si seulement tu avais trouvé un moyen de refuser l'invitation… Rendre Rufus aussi jaloux ne donnera rien de bon.

— C'est de Pline qu'on parle ! Pourquoi Rufus serait-il jaloux de l'homme qui l'a aidé à m'acheter ?

— Je crois bien que c'est précisément pour cela qu'il est jaloux. Il a conscience que l'amiral a beaucoup d'emprise sur toi.

— Mais il sait très bien que notre relation n'avait rien d'amoureux, insiste Amara en se demandant si Philos n'éprouverait pas lui aussi quelque possessivité. Pline ne s'est jamais servi de moi ainsi. Il était gentil, respectueux, rien de plus.

Philos l'attire contre lui et l'embrasse jusqu'à ce qu'elle sente une chaleur se répandre dans tout son corps, pareille à celle du vin. Il ne lui faut pas d'autre encouragement pour faire rouler son amant sur le dos.

— Ça ne me regarde pas, mais je suis soulagé d'entendre que Pline ne t'a jamais fait de mal, déclare-t-il, les yeux levés vers elle.

— Un soulagement de ta jalousie ? le taquine Amara.

— Je te l'ai dit mille fois, murmure-t-il en lui prenant le visage, les doigts dans ses cheveux. Les seuls amants qui comptent sont ceux que l'on choisit.

Le lendemain matin, Victoria est enfin de retour, comme l'avait prédit Philos. Elle est déjà au jardin lorsque Amara se réveille, et son chant emplit toute la maison. Quand Amara sort dans l'idée de la mettre face à ses errances, la colère qu'il lui restait s'envole en la voyant agenouillée près de la fontaine, le visage levé vers le soleil. Comment ne pas sourire devant quelqu'un d'aussi plein de joie ?

— Alors, Crescens en valait le coup ?

— Tu n'as pas idée !

Amara éclate de rire.

— Dans ce cas, tu vas devoir me donner les détails.

Victoria part s'asseoir sur le banc et passe son bras autour d'Amara lorsque celle-ci s'assoit à ses côtés, ce qui la touche. Elle que rien n'a jamais empêchée de décrire son plaisir, la voilà qui déclare :

— Ce n'est pas le genre de plaisir qu'on peut décrire. Il était tout simplement… parfait ! Et son corps ! C'était comme étreindre Apollon…

Elle pousse un soupir qui rappelle dangereusement ses gémissements feints au bordel. Amara lève un sourcil :

— Essaie de te contenir, d'accord ? Si tu invites la moitié des gladiateurs de Pompéi chez nous, Rufus nous jettera toutes à la rue !

— Je l'aime ! s'indigne Victoria. Je me fiche des autres ! Je n'ai couché qu'avec lui la nuit dernière, d'ailleurs.

— De l'amour, déjà ? C'était rapide…

Victoria pousse un nouveau soupir.

— C'est bien de l'amour, mais « rapide » n'est absolument pas le mot que j'emploierais…

Toutes deux s'esclaffent, un rire vulgaire qui consternerait Rufus. Amara ne s'était plus sentie aussi légère depuis des semaines.

— J'espère que je ne vous dérange pas ? lance une voix.

C'est Secundus, l'intendant de Pline, au seuil du jardin. Amara se lève, gênée d'avoir été surprise à se prélasser comme une esclave aux Saturnales.

— Non, bien sûr que non. Mais je ne vous attendais que cet après-midi…

— L'amiral m'a envoyé vous chercher. Ses affaires à Misène ne peuvent attendre. Il fera hisser les voiles dans l'heure.

Amara, désarçonnée, pensait avoir plus de temps pour se préparer, et surtout pouvoir discuter avec Philos avant son départ.

— Oh ! Je songeais…

Elle s'interrompt. Secundus, les sourcils levés, attend qu'elle achève sa phrase.

— Je songeais à laisser des instructions à mon… à l'intendant.

— Si vous parlez du compétent jeune homme que j'ai rencontré la nuit dernière, répond Secundus sans la quitter des yeux, il saura anticiper le moindre de vos désirs, je n'en doute pas un instant. Mais quoi qu'il en soit, vous avez le temps de lui laisser vos ordres. Nous n'avons pas à partir dans la minute.

— Bien sûr, vous avez raison. Merci.

Revenue dans ses appartements, Amara découvre que Martha a déjà préparé ses bagages, en lui laissant tout ce dont elle pourrait avoir besoin sur la couche. Elle fouille le sac pour vérifier que sa servante y a bien inclus les robes offertes par Pline. Non qu'elle s'attende à ce que l'amiral les reconnaisse, mais elle préfère se préparer à toute éventualité. Affairée à les replier, elle entend le pas léger de Philos dans son dos. Elle est touchée autant qu'alarmée qu'il ait pris le risque de venir lui dire au revoir.

— Mon amour, murmure-t-elle, il ne faudrait pas…

Lorsqu'elle se retourne vers son amant, les yeux pleins de tendresse, sa voix meurt dans sa gorge. Secundus se tient dans l'encadrement de la porte, à contre-jour.

— Il ne faudrait pas tout vous permettre, achève-t-elle sèchement comme si elle avait toujours su de qui il s'agissait. Ce sont mes appartements privés !

Secundus s'incline sans un mot et quitte la pièce.

Lorsqu'ils s'engagent dans les rues qui mènent au port, Secundus ne montre aucun signe de suspicion. Il porte les bagages d'Amara sans se plaindre et répond par d'inoffensifs sourires à ses questions sur la semaine à venir. Son comportement apaise quelque peu les craintes d'Amara, mais elle le sait trop fin pour s'être mépris sur l'affection qu'elle a si inconsidérément révélée. Elle ne peut qu'espérer qu'il gardera ses soupçons pour lui. Après tout, l'intendant de l'amiral ne doit rien à Rufus.

Hors de l'enceinte de la ville, depuis la route qui descend en pente douce vers la mer, Amara aperçoit le vaisseau qui les attend. Il éclipse par sa taille tous les autres bateaux amarrés aux jetées. Peint en rouge, il arbore d'immenses voiles blanches, éblouissantes sous le grand soleil.

— Quelle est la taille de la flotte que dirige l'amiral ? demande-t-elle à Secundus.

— Cinquante navires, répond-il avec fierté. La plus grande de l'Empire ! Vous en verrez beaucoup au port de Misène.

Désormais trop impressionnée par la perspective des jours à venir, Amara reste bouche bée. Elle ne connaît personne à Misène, excepté le commandant de la flotte, qui sera très certainement trop occupé pour lui prêter grande attention, et Secundus, qui la met profondément mal à l'aise. Elle aurait presque préféré que Rufus l'accompagne.

La quadrirème a attiré une foule de curieux sur les quais. Deux silhouettes s'y détachent : Julia et Livia, près d'un serviteur chargé de sacs. Amara les salue avec un cri de soulagement.

— C'est merveilleux de te voir ! s'écrie Julia en la prenant dans ses bras. J'avais bien insisté pour que Pline t'invite. Mais j'espère que Rufus ne te manquera pas trop…

Vu l'éclat malicieux dans son regard, elle doit se douter que la chose n'est guère probable. Livia fronce le nez.

— J'espère bien que non. Ce serait assommant. Une femme devrait toujours chérir ses moments de liberté, pas se languir de sa prison !

D'aucuns pourraient s'offusquer d'une telle opinion dans la bouche d'une veuve, mais Julia se contente d'en rire.

— Impossible de se languir de quoi que ce soit dans la villa de Misène. Elle est vraiment extraordinaire. Pompéi risque de te sembler bien fade à ton retour…

— Mesdames, si vous êtes prêtes, vous êtes priées de monter à bord !

Ce n'est pas Pline qui les y invite, mais l'un de ses marins. Rien à voir avec le minable équipage du vaisseau marchand qui a transporté Amara depuis Le Pirée jusqu'à Puteoli : l'homme porte la livrée de la garde personnelle de l'Empereur. Amara ne peut que le fixer sans un mot, en laissant Julia lui répondre.

S'engager sur la passerelle éveille de bien mauvais souvenirs, mais une fois en sécurité sur le vaste pont qui luit sous le soleil, Amara oublie tout de son précédent voyage en tant que marchandise.

— Quel vaisseau magnifique, souffle-t-elle.

— Ce n'est pas ce que disent les ennemis de Rome en le voyant fondre sur eux comme un aigle ! s'esclaffe le marin qui l'a aidée à embarquer.

Il part rejoindre la proue où Amara aperçoit enfin Pline, qui discute avec un autre de ses hommes. Même d'aussi loin, il est bien différent de l'érudit aux façons distraites qu'elle connaît. Pour la première fois, Amara parvient à l'imaginer jeune homme, durant ses longues années de service militaire en Germanie.

— Les voyages en mer me font toujours songer à mon père, paix à son âme, soupire Julia en s'accoudant au bastingage.

Livia se joint à sa tante par alliance et lui caresse le dos, un geste étrangement intime qui rappelle à Amara la façon dont la touche Philos.

— Était-il également au service de l'Empereur ? demande Amara.

— Son dernier poste était auprès de Pline, en Hispanie, à l'époque où Pline y était procurateur impérial, répond-elle. Mon père avait beaucoup d'expérience dans la finance ; c'est ainsi qu'il avait gagné sa liberté à la cour, longtemps avant ma naissance, bien sûr.

Amara la sait illégitime, grâce à une inscription dans les bains de Vénus qui la décrit comme *fille de Spurius*. Sa mère devait être concubine, comme Amara elle-même.

— Il m'a eue à l'hiver de sa vie, achève Julia. Je suis heureuse qu'il ait vécu si longtemps.

Amara s'agrippe au bastingage lorsque les avirons se soulèvent. Une voix hurle des ordres qu'elle ne parvient pas à comprendre. La quadrirème quitte lentement le port, en frôlant la colonne de Vénus à son entrée. Vue de si près, la déesse paraît plus énorme encore ; Amara est soudain saisie par la peur irrationnelle qu'Aphrodite tende une main géante pour l'écraser comme une fourmi.

Une fois au large, les rames s'activent sur un rythme bien plus soutenu, jusqu'à propulser le navire à une vitesse ahurissante. Amara raffermit sa prise sur la rambarde, décoiffée par le vent.

— Il faut s'y habituer, remarque Livia.

Amara, effrayée, reste cramponnée à son appui tandis que Pline s'avance vers elles. Il se déplace avec aisance sur le pont, sans se soucier du mouvement de la houle. Elle se force à se redresser lorsqu'il arrive à leur hauteur, de peur qu'il ne la trouve faible.

Plutôt que de perdre son temps à les saluer, Pline leur désigne la côte.

— Vous n'aurez pas de plus belle vue de la Campanie que depuis la mer.

Obéissante, Amara laisse son regard porter par-delà le bleu miroitant des flots qu'ils fendent à une vitesse toujours aussi terrifiante. La côte se déplace moins vite, bien que Pompéi ne soit déjà plus qu'un point, la déesse du port désormais minuscule.

— Ces creux plus sombres que vous distinguez sur les pentes du Vésuve comptent parmi les plus belles vignes d'Italie, l'informe Pline. On les fait grimper le long des peupliers, jusqu'aux plus hautes branches, ce qui rend la récolte extrêmement difficile. J'ai même entendu dire que les gens que l'on emploie à cette tâche font en sorte d'inclure des dispositions funéraires dans leurs contrats de travail.

Comme il parle avec le sourire, Amara ne saurait dire s'il plaisante.

— Cela m'étonnerait qu'un vigneron d'expérience fasse une chute mortelle depuis un peuplier, sauf s'il a un peu trop profité de sa précédente récolte, plaisante Julia.

— De ce côté, Surrentum, poursuit l'amiral. On peut sans doute apercevoir le promontoire de Minerve, là-bas, regardez… Ancien lieu de vie des sirènes.

— Il y avait des sirènes *ici ?* s'étrangle Amara. Sur la côte italienne ?

— À en croire les légendes, s'amuse Pline.

Jamais les heures n'avaient passé si vite que lors de cette traversée de la baie de Naples. Pline leur décrit non seulement les détails du paysage – les sources chaudes, les villes, les rivières – mais aussi les légendes qui s'y rapportent, les animaux qu'on trouve dans chaque région, jusqu'aux plantes qui y poussent et leurs propriétés. Amara l'écoute avec fascination. De temps à autre, elle sent sur elle le regard de Julia, incapable de dissimuler son hilarité en la voyant ainsi en adoration totale devant l'amiral. Même Pline, qui n'a jamais paru particulièrement intéressé par Amara en tant que femme, ne semble pas entièrement insensible à tant d'attention.

À l'approche de leur destination, le vaisseau perd en vitesse, et Pline s'excuse pour aller rejoindre son équipage.

— Il est toujours ravi d'avoir un public, murmure Julia avec affection en le regardant discuter avec le capitaine à la proue. Pas étonnant qu'il t'ait prise comme affranchie.

— C'est à croire qu'il n'oublie jamais rien de ce qu'il lit ! s'ébahit Amara. Quel homme exceptionnel ! Il doit être unique au monde !

Livia s'étouffe de rire tandis que Julia la tance avec une sévérité feinte :

— Amara, domine-toi un peu, je t'en prie. Si tu traites Pline comme un dieu pendant toute la semaine, il deviendra insupportable.

La quadrirème ralentit encore davantage aux abords de Misène, et lorsqu'elle s'engage dans le port, Amara y découvre une forêt flottante – tant de mâts, et si rapprochés, qu'on croirait voir les bois qu'elle vient d'observer le long de la côte. La plupart des ponts fourmillent d'activité : des hommes lavent et réparent les bateaux, certains pendus par des cordes le long des coques, à quelques mètres de l'eau. Le bateau de Pline, plus grand que la plupart des autres, s'avance avec une lenteur extrême le long des vaisseaux de guerre pour s'amarrer près des casernes navales.

C'est Secundus qui aide Amara à descendre, et elle s'accroche à son bras, déséquilibrée malgré la solidité retrouvée de la terre ferme. Pline ne les accompagne pas ; Amara, déçue, comprend qu'il doit avoir encore du travail. L'intendant tourne le dos à la ville – une agglomération de bâtiments colorés dans le lointain, accrochés au flanc du port comme autant de bernacles – et les mène à l'opposé, en traversant un pont de bois jeté sur un large canal. Amara se rend compte qu'il mène à un autre port, plus immense encore : la multitude de mâts qu'elle a vus à l'arrivée ne représentait qu'une fraction de la flotte.

La route grimpe en pente raide. Derrière eux, le port s'efface, et la vaste baie brille d'un bleu toujours plus vif à mesure qu'ils s'élèvent le long de la colline. Une fois au sommet, ils se découvrent attendus par le char privé de l'amiral. Amara y grimpe et prend place sur le banc couvert de coussins, entre Julia et Livia. Secundus charge leurs bagages à l'arrière puis s'installe avec elles, à une distance respectueuse. Depuis l'intérieur, Amara distingue le dos du conducteur qui pousse les chevaux à s'engager sur la route, dans un demi-tour qui la fait glisser contre Livia.

Le trajet n'est pas long ; bientôt, le char s'arrête, et l'on aide les passagères à descendre : on les a menées droit au cœur de la grandiose propriété de Pline. Perchée au bord de la colline se trouve la villa, cernée de hauts murs et entourée d'une vaste terrasse, face à l'immense Vésuve de l'autre côté de la baie.

— Je vais avertir Plinia de votre arrivée, annonce Secundus en les menant sur la terrasse.

Amara entend les vagues en contrebas, le cri des mouettes, les voix distantes des marins. Cet endroit lui semble bien différent de Pompéi.

— Qui est Plinia ? demande-t-elle timidement.

— La sœur de l'amiral, répond Julia.

Secundus revient les chercher et les guide au travers d'un véritable labyrinthe de couloirs ornementés et de cours intérieures, jusqu'à émerger dans un splendide jardin où clapote une fontaine. Son murmure couvre à moitié les voix de deux hommes et d'une femme assis sur un banc à l'ombre de la colonnade.

Cette dernière se lève pour les accueillir et Amara est aussitôt frappée par sa ressemblance avec Pline : la même mâchoire carrée, encore plus visible chez une robuste quarantenaire. Elle étreint Julia et Livia avec affection et salue poliment Amara.

— Voici donc l'affranchie. Ravie de vous rencontrer.

Elle leur présente les deux autres invités : Alexios, érudit de Grèce, et Démétrius, fonctionnaire impérial.

Celui-ci semble connaître Julia de longue date, à en croire l'affection avec laquelle ils se saluent. Amara se joint à eux tandis que Livia et Plinia discutent avec l'érudit.

— Tu n'es pas en plein travail à Rome ? demande Julia. Je ne m'attendais pas à te trouver en train de bronzer au jardin à cette époque de l'année !

— Je suis à la retraite.

— Balivernes ! Tu es comme mon père, tu ne t'arrêteras jamais.

Démétrius semble rendre un certain nombre d'années à l'amiral : de profondes rides lui marquent les yeux et les coins de la bouche. Son accent le révèle grec, comme Amara et Alexios, et lorsqu'il lui jette un regard, elle est bien consciente qu'il prend sa mesure.

— D'accord, peut-être que le mot de « retraite » est exagéré, répond-il à Julia. Mais l'Empereur, dans sa grande bonté, a bien voulu m'accorder du temps pour me rendre dans mes propriétés de Campanie.

En remarquant l'intérêt de Démétrius pour Amara, Julia lui fait rejoindre la conversation :

— Voici notre chère Amara. C'est la première fois qu'elle se rend à Misène. Elle prend son rôle d'affranchie très, très au sérieux. Si nous traitons l'amiral avec rien de moins que la plus entière révérence, nous risquons fort de nous faire gronder !

Ses taquineries irritent Amara, mais Démétrius semble s'en amuser.

— Il est parfaitement normal qu'une affranchie témoigne sa loyauté envers son protecteur, dit-il. En remerciement de quoi vous a-t-il libérée, ma petite ?

Amara se sent mal à l'aise devant cet examen poussé. Révéler son statut – concubine d'un autre homme – est un exercice délicat.

— Seul l'amiral lui-même pourrait vous révéler les raisons d'une bonté si exceptionnelle, répond-elle. Mais je crois qu'il a voulu récompenser mon assistance dans ses recherches, et témoigner sa générosité au jeune neveu de Julius Placidus, qui souhaitait devenir mon protecteur.

— Offrir un tel cadeau à un autre homme était effectivement d'une générosité sans pareille, répond Démétrius. Mais il faut avouer que l'amiral est un homme remarquable.

Au lieu de baisser les yeux face au compliment, comme l'exigeraient les convenances, Amara plante son regard dans le sien et déclare :

— Je lui dois tout.

Ils échangent un sourire, puis Démétrius se retourne vers Julia pour discuter de son père.

Le reste de l'après-midi s'écoule paisiblement, embrumé de luxe. Nul besoin de quitter le jardin : les esclaves de Pline leur apportent des rafraîchissements dans un ballet constant. Dire qu'Amara avait supplié l'amiral de compter parmi leur nombre pour le restant de ses jours. Elle était bien loin d'imaginer qu'elle visiterait ces lieux en tant qu'invitée. Consciente d'être d'un statut bien moindre que les autres, elle reste silencieuse la plupart du temps, en se contentant d'écouter Démétrius parler de son travail à la cour impériale. Elle n'est que trop reconnaissante envers Julia, toujours amicale, qui ne cesse de l'inclure à la conversation avec le plus grand naturel.

Lorsque l'amiral vient enfin retrouver ses hôtes, la nuit tombe, et ils ont déjà pris place dans la salle à manger d'extérieur. Le mur est sculpté en trompe-l'œil, imitant une falaise. Une cascade y rebondit pour se jeter dans un bassin orné d'une mosaïque de la vie marine, ondoyant sous la surface. Des lampes ont été placées sur la table et dans des alcôves prévues à cet effet ; Amara s'aperçoit que leur organisation reflète plusieurs des constellations que lui avait appris à repérer son père.

Sur ces entrefaites arrive un jeune garçon – le neveu de Pline, qui l'accueille avec beaucoup d'affection. L'enfant doit avoir douze ans et l'amiral lui consacre toute son attention, en lui demandant de lui raconter sa journée, puis de répondre à des questions de grec posées par Alexios. Amara ne peut s'empêcher de songer à tous les rouleaux prêtés par Pline durant son séjour chez lui, à sa façon de l'interroger pour s'assurer qu'elle les avait tous lus.

De tous les invités, c'est Démétrius que Pline paraît le plus apprécier. En les observant discuter, Amara est soulagée d'avoir répondu aux questions sur son passé avec le plus d'honnêteté possible : Démétrius semble homme à se renseigner lui-même, quel que soit le sujet. Pendant que les invités bavardent, des serviteurs apportent les plats : des œufs à la coque, un bouillon d'oursins pêchés dans la baie, de luxuriants plateaux de fruits cultivés hors saison. Tout est si bon qu'Amara ne peut s'empêcher de manger à sa faim, résignée à prendre du poids et irriter Rufus. Après le dîner, elle constate que Pline devient distrait, et se rappelle qu'il a mentionné ne pouvoir travailler que la nuit. Les yeux de l'amiral viennent se poser sur elle.

— Amara, dit-il. Seriez-vous disposée à nous ravir par votre lecture, pendant que je prends quelques notes ? Les textes auxquels je songe sont en grec, non en latin, si bien qu'ils ne devraient vous poser aucun problème. Votre voix est si musicale : je suis certain que tout le monde serait enchanté de vous écouter.

— Rien ne me ferait plus plaisir, répond-elle, heureuse de pouvoir le remercier ainsi.

Deux esclaves apportent les rouleaux, le matériel d'écriture de Pline et une petite table. Lorsqu'elle s'assied près de lui, il commence par s'assurer, pointilleux, qu'elle a les bons paragraphes sous les yeux ; mais lorsqu'elle entame sa lecture, il pose brièvement une main sur ses cheveux – un geste qui lui rappelle son père, et que Pline avait également adressé à son neveu plus tôt dans la soirée.

Le texte, par le philosophe Démocrite, est rédigé d'une belle écriture facile à déchiffrer, mais Amara n'avait jamais rien vu de si étrange. Elle le lit d'une voix lente tandis que Pline prend des notes. Les autres invités l'écoutent quelques instants, puis commencent à se retirer pour la nuit. Plinia est la première à partir, pour aller coucher son fils. Julia, Livia et Alexios s'esquivent un peu plus tard. Aucun d'eux ne souhaite la bonne nuit à Pline, qui s'irriterait sans doute qu'on interrompe le fil de ses pensées. Seul Démétrius s'attarde encore. Il est hors de vue d'Amara, mais elle sent clairement sa présence, sans compter que la pipe qu'il fume répand un fort parfum de lavande. Puis il les laisse également, et elle reste seule avec Pline. Le jardin est entièrement plongé dans l'ombre, empli du murmure des grillons et du clapotis de fontaines invisibles. Si Amara peut poursuivre sa lecture, ce n'est que par la grâce des esclaves épuisés qui ne cessent de remplir les lampes à huile.

La nuit est profonde, et la voix d'Amara enrouée, lorsque Pline lui permet enfin de s'interrompre.

— Qu'en avez-vous pensé ? demande-t-il.

Cela fait déjà plusieurs heures qu'Amara a perdu la capacité de se concentrer pleinement sur le texte.

— Je n'avais encore jamais rencontré cette idée. Que nous sommes faits d'atomes indivisibles, que même notre âme est matérielle et ne peut être détruite.

— Et cela vous semble-t-il probable ?

— Je n'en sais rien, avoue-t-elle.

— Ce sont des fadaises. L'idée que la mort mène à une seconde vie n'est qu'un rêve d'enfant, rien de plus.

Il prend la main d'Amara, ses doigts pressés au centre de la paume.

— Voici votre corps, Amara. Alors, où est votre âme ? Pourquoi ne puis-je la voir, la toucher ? Parce qu'elle n'existe pas. Le corps et l'esprit n'ont pas plus de sensations après la mort qu'ils n'en ont avant la naissance. Voilà mon opinion sur le sujet.

Amara songe à Didon, à tous ceux qu'elle a perdus.

— Je ne sais pas si je pourrais supporter d'y croire.

— Pourquoi pas ? s'étonne Pline en fronçant les sourcils. La mort est un cadeau de la nature. La certitude que toute souffrance trouve une fin. Ce n'est qu'après avoir accepté que nous n'avons que cette vie que l'on peut l'employer au meilleur escient.

L'idée que Philos ne sera jamais libre, pas même après sa mort, n'est que trop douloureuse. Amara se l'imagine, seul dans sa cellule dans la maison de Pompéi. Comme elle voudrait l'étreindre, suspendre les heures et les jours dont l'écoulement finira inévitablement par mener à leur insoutenable séparation. Au lieu de répondre, elle reste assise près de Pline. Il semble l'avoir oubliée, le regard plongé dans l'obscurité qui masque le jardin, sans paraître songer à l'envoyer au lit. Lorsqu'elle ajuste sa position sur la couche pour lui rappeler sa présence, il relâche sa main.

— Vous devez être fatiguée. Un serviteur vous mènera à votre chambre.

Sans qu'on ait à le solliciter, l'un des hommes, qui gardait les lumières allumées, sort de l'ombre, une lampe à la main. Amara se lève, souhaite bonne nuit à Pline, et suit l'inconnu dans le noir.

Chapitre 27

Il disait souvent : « Il n'y a point de si mauvais livre qu'il ne renferme quelque chose d'utile. »

Pline le Jeune, au sujet de son oncle
Pline l'Ancien, *Lettres*, III. 5.

Les journées à Misène s'écoulent avec la même sérénité, la même sensualité que les vagues qu'Amara entend se briser au pied de la villa. Chaque matin, elle s'éveille dans la splendide chambre d'amis que lui a donnée Plinia, bien plus grande et aérée que ses appartements de Pompéi, décorée d'une fresque exquise inspirée par le mythe d'Apollon et Daphné. Amara les contemple pendant des heures : l'extase sur le visage du dieu frappé par la flèche vengeresse de Cupidon, la terreur de Daphné fuyant Apollon pris de folie à force de désir, la transformation de la nymphe en laurier, ses bras levés se muant en branches délicates. Cette dernière image est si réaliste qu'Amara pourrait presque cueillir les feuilles au mur.

Après le petit déjeuner, elle rejoint Julia et Livia dans les bains privés. Son corps est massé et épilé par de silencieuses servantes, toutes tensions dénouées par la luxuriante chaleur de la vapeur. Elle passe ses après-midi dans les jardins ou sur la terrasse. Pline continue à lui prêter des rouleaux qu'elle consulte pendant des heures. Démétrius vient souvent la retrouver sous prétexte de lui demander ce qu'elle lit et d'en discuter avec elle. L'intérêt manifeste de cet homme plus âgé la flatte autant qu'il la rend nerveuse : comment y répondre ? Il semble particulièrement amusé par ses lectures nocturnes pour le bénéfice de Pline. Depuis son arrivée à la villa, l'amiral se passe de ses autres secrétaires. Selon lui, la voix d'Amara a pile la bonne cadence pour certains auteurs.

— Vous ne faites qu'encourager sa tyrannie en cédant ainsi à ses caprices, remarque Démétrius pendant la seconde semaine du séjour. Cet homme dévore les livres, et votre voix y passera.

Tous deux sont seuls sur la terrasse – Julia et Livia, peu après l'arrivée de Démétrius, ont trouvé une excuse pour se retirer. Amara ne peut s'empêcher de remarquer que les deux femmes s'absentent de plus en plus lorsque Démétrius se joint à elles, à croire qu'on leur en a fait la requête.

— Faire la lecture à l'homme qui m'a libérée n'est pas grand-chose, au regard de ma dette envers lui, affirme-t-elle. Et puis, cela me plaît beaucoup.

— Soit vous êtes sincère dans votre dévouement, soit vous êtes une très grande actrice, remarque Démétrius en levant les sourcils. Je ne saurais dire ce qui est le plus désirable des deux chez une femme.

Il se penche vers elle pour ajuster le châle qui a glissé sur son épaule, comme pour la protéger de la brise marine. Démétrius semble trouver toujours plus d'excuses pour la toucher.

— En ce qui concerne Pline, il s'agit bien de sincérité, répond-elle.

Il lui sourit : elle n'a pas nié l'éventualité qu'elle puisse posséder les deux talents, et il l'a bien compris. Tous deux se dévisagent, jusqu'à ce qu'elle se sente mal à l'aise face à son désir si évident.

— Peut-être pourrais-je vous en convaincre en vous faisant la même faveur ? propose-t-elle. Si vous consentiez à ce que je vous fasse la lecture.

— J'y consens.

Elle déroule la *Théogonie* d'Hésiode et se lance, consciente d'être toujours sous le feu de son regard. Son cœur bat plus vite. Elle vit de son intelligence et de son corps depuis trop longtemps pour ignorer que sans son amour pour Philos, sans le contrat qui l'emprisonne auprès de Rufus, Démétrius représenterait une chance à saisir. Julia lui a révélé d'intrigants détails sur le personnage – qu'il est lui-même un affranchi, qu'il a la faveur de l'Empereur, et surtout qu'il est d'une richesse ahurissante. Amara ne pourrait jamais le désirer, pas comme Philos, même avec l'aura que confère le pouvoir : il est trop vieux. Mais il ne la rebute pas pour autant. Julia a également fait une multitude de remarques entendues sur la concubine qui attend son vieil ami à Rome, si querelleuse qu'il songe très certainement à la remplacer. L'idée que Julia soit en train de fomenter une alliance inquiète Amara.

Elle vient à peine de se plonger suffisamment dans le texte pour se détendre, en oubliant qu'on l'observe, lorsqu'une ombre traverse le parchemin sur ses genoux. Démétrius est en train de se pencher vers elle. Elle hésite : doit-elle poursuivre sa lecture ? Puis il lui soulève le menton de l'index, en pressant son pouce sur sa lèvre inférieure. Cela n'a rien à voir avec les autres fois où il s'est permis de la toucher, et elle se rétracte aussitôt, par pur réflexe, afin de mettre son corps hors de portée d'un homme pour lequel elle n'a ni amour ni confiance – un homme qui n'est pas Philos.

— Vous êtes donc si amoureuse de votre jeune protecteur ? demande Démétrius sans paraître s'offenser de sa réaction, mais sans se reculer non plus.

— Il a ma loyauté, dit-elle.

Démétrius ne bouge toujours pas ; à l'évidence, cette réponse ne l'émeut guère. En regardant cet homme si puissant qui était autrefois esclave, Amara comprend comment le convaincre.

— Et… nous sommes liés par contrat.

— Ah, fait-il en se redressant, dans un complet revirement d'attitude. C'est bien dommage.

Il se tourne vers l'infini bleuté de la mer, surmonté de la montagne à l'horizon.

— Je suis désolé de vous avoir interrompue. Poursuivez, je vous en prie.

Elle obtempère. Le temps passe, les ombres s'allongent, et malgré ses déclarations sur la nécessité de protéger sa voix, Démétrius ne bouge pas, jusqu'à ce qu'enfin l'érudit grec, Alexios, vienne se joindre à eux. Désireux d'échanger quelques mots avec son compagnon de séjour, il interrompt Amara qui saisit aussitôt cette occasion de se retirer.

De retour dans sa chambre, elle s'assoit sur le lit. Huit jours déjà qu'elle a quitté Pompéi. Elle se recroqueville sur elle-même. Si seulement Philos était là pour l'étreindre. Parfois, dans cette villa, elle peine à croire qu'il existe. L'idée qu'ils puissent un jour bâtir une vie ensemble paraît ridicule depuis Misène. Un rêve, une chimère.

Un coup à la porte la fait sursauter. Elle se redresse, inquiète à l'idée que Démétrius ait changé d'avis et soit venu la poursuivre de ses ardeurs, mais ce n'est que Julia.

— Tu es un peu pâle, remarque celle-ci en venant s'installer près d'Amara sur le lit. J'espère que Démétrius ne t'a pas embêtée ?

Amara comprend alors que Julia était au courant de ses intentions.

— Pas du tout. Il m'a fait un immense compliment.

— Que tu as accueilli favorablement, j'espère ! se réjouit Julia.

— Que j'ai dû refuser.

Julia fait claquer sa langue.

— Ma petite Ama, j'espère que tu ne t'es pas mis en tête de rester loyale à Rufus, ou je ne sais quelle sottise. Ma mère était concubine, et laisse-moi te dire que la fidélité n'apporte absolument rien de bon.

— Je suis sous contrat. Si je trompe Rufus, je perdrai ma liberté.

— Mais qu'il est donc pénible ! s'écrie Julia. Après que Pline a payé pour toi ! Je ne pensais pas Rufus capable de ce genre de manigances. Qu'est-ce que les hommes peuvent être cons !

En la voyant si indignée, Amara ne peut s'empêcher de rire, mais Julia secoue la tête.

— Ça n'a rien d'amusant. Une concubine n'a que quelques années pour assurer son avenir, et elle devra vivre de ses gains pour le restant de ses jours. Rufus s'est conduit avec un égoïsme consternant. À moins qu'il n'ait accepté de te verser une pension, comme l'a fait mon père avec ma mère ?

— Je ne crois pas que ce soit prévu, non.

— Dans ce cas, j'espère que tu n'as pas rejeté Démétrius avec trop de fermeté. Il pourrait se laisser persuader de conserver sa maîtresse actuelle un peu plus longtemps, jusqu'à ce que tu sois libre. Tu sais, quel que soit le contrat, il est automatiquement rompu si c'est le protecteur qui quitte sa concubine.

— Mais cela ne fait que quelques mois que je suis avec Rufus ! proteste Amara.

— Rufus s'imagine qu'il t'aime. Crois-moi, ce genre d'arrangement ne dure pas. Alors qu'un homme comme Démétrius aura des attentes bien plus réalistes.

Rassure-moi, tu ne l'as pas carrément éconduit ? J'espère que tu es restée polie…

— Bien sûr, voyons. Je n'aurais pas osé. J'ai mentionné le contrat, c'est tout.

— Eh bien ! Impossible qu'il te prenne pour une petite innocente après ça ! Mais ça vaut sans doute mieux : il n'a aucune patience pour les débordements d'émotion. Espérons que tu l'aies suffisamment marqué pour qu'il soit disposé à t'attendre un moment…

À l'évidence, Julia n'envisage pas un instant l'idée qu'Amara puisse rejeter Démétrius, songer à faire autre chose de sa vie. L'idée n'a rien d'agréable.

— C'est très gentil de te soucier de moi. Je ne sais pas ce que j'ai fait pour le mériter…

— Allons, ne sois pas ridicule. Je t'aime bien, voilà tout ! Et puis, tu m'intrigues tellement. Une prostituée qui persuade Pline – *Pline !* – de la libérer, et qui semble maintenant complètement indifférente aux attentions d'un des hommes les plus riches de toute la Campanie. Quel est ton secret ? J'aimerais bien le savoir !

Amara est parfaitement consciente que la vérité horrifierait Julia, mais elle dissimule ses angoisses, comme toujours, et sourit.

— Qu'est-ce qui te fait penser que j'ai un secret ? Tout le monde en a un.

L'éclat joueur dans ses yeux s'est évanoui. Amara comprend que Julia ne cherche plus à la percer à jour : c'est d'elle-même qu'elle parle.

— Je vous envie, toi et Livia, déclare-t-elle avec prudence. Pouvoir tant partager est un don. Les hommes comprennent si rarement ces choses-là.

Julia se lève et dépose un baiser sur sa tête.

— Je savais que tu étais une fille intelligente, murmure-t-elle.

Le lendemain, Démétrius laisse Amara en paix, sans chercher à lui parler. C'est un soulagement, mais aussi – bien qu'elle ait honte de l'admettre – une certaine déception. Pline a proposé de la renvoyer chez elle, exprimant sans grande conviction la crainte que son protecteur finisse par se languir d'elle. Elle s'est sentie obligée de tomber d'accord avec lui : ce doit être Julia qui a soufflé l'idée à l'amiral, désormais consciente du danger que court Amara à rendre Rufus trop jaloux. L'idée de rentrer à Pompéi éveille en elle des sentiments plus complexes qu'elle ne le souhaiterait. Lors de son précédent séjour auprès de Pline, vivre dans les beaux quartiers de Pompéi lui était apparu comme l'insurpassable sommet du luxe ; mais la villa de Misène lui a montré que la richesse et ses plaisirs n'ont pas de limites.

Plongée dans sa lecture, seule, elle prend conscience que l'on se tient près d'elle. Elle lève les yeux en s'attendant à trouver Démétrius, mais il s'agit de Secundus.

— Vous m'avez fait peur…

— Pardonnez-moi, dit-il en s'asseyant près d'elle. J'ai cru entendre que vous partiez ?

— Demain, oui. J'en suis bien désolée, mais Rufus doit se sentir seul… Et j'ai des devoirs envers ma maisonnée.

— Bien sûr. Quoique je suis certain que l'intendant de votre protecteur s'en charge parfaitement pour vous. Rappelez-moi son nom ? Cet élégant jeune homme qui a eu l'amabilité de me tenir compagnie pendant votre dîner avec l'amiral. Il avait des yeux gris tout à fait frappants.

Amara sent l'angoisse monter. Elle s'efforce de répondre sans émotion.

— Philos.

— *Amour*, traduit Secundus en hochant la tête. Comment ai-je pu l'oublier ? C'est bien ce que son nom signifie en grec, n'est-ce pas ?

— Oui.

— Un garçon parfaitement compétent, poursuit Secundus d'un ton léger. D'une discrétion impeccable sur les habitudes de son maître, comme il se doit. Également prompt à garder les secrets de la concubine de la maisonnée, quoique étonnamment bien informé à son sujet.

Amara voudrait lui demander ce qu'il entend par là, mais ne peut se permettre d'éveiller ses soupçons. Secundus élabore :

— Il se trouve que Pline a posé à Rufus un certain nombre de questions à votre sujet pendant le trajet jusque chez vous. Rufus ne connaissait presque aucune réponse, mais votre « Amour » les avait toutes.

— Ce ne doit pas être le seul intendant à avoir meilleure mémoire que son maître…

— Vous n'avez pas tort, sourit Secundus. Le premier devoir d'un intendant est de protéger son maître. Je prends toujours grand soin de préserver la réputation de l'amiral. Une responsabilité que vous partagez, puisque Pline vous a fait l'extraordinaire honneur de vous donner son nom.

— J'aimerais mieux mourir que déshonorer l'amiral.

— Et je ne doute pas que Philos n'ait aucun désir d'entacher la réputation de son propre maître. Peut-être qu'il ne vous trouve pas assez bien pour Rufus. Peut-être que c'est pour cette raison qu'il a détourné la tête quand celui-ci vous a embrassée. C'était un geste si discret que je ne l'aurais jamais remarqué si je n'avais pas déjà été en train de le dévisager.

— C'est possible. Je suis bien consciente que l'élévation de mon statut ne plaît pas à tout le monde.

— Une élévation stupéfiante, que la protection de Rufus n'a fait qu'amplifier.

Secundus se penche vers elle, un geste d'une étonnante agressivité selon ses standards habituels.

— Le statut d'une femme n'est jamais dicté que par celui de l'homme qu'elle reconnaît comme son maître. Ainsi, si vous me passez ces termes plus crus, son corps n'a de valeur que par celui qui en fait usage.

— C'est un peu cru, oui, pour vous, répond Amara en fronçant le nez.

— Je vous ai vue, murmure-t-il. Votre expression lorsque vous m'avez pris pour lui. Cela m'aurait suffi pour comprendre ce qu'il représente pour vous, même sans vos pantomimes amoureuses. Rufus a peut-être oublié qu'un esclave reste un homme, mais moi, je ne l'oublie jamais.

— Vous m'insultez, dit-elle.

Amara s'attend à ce qu'il poursuive, mais il garde le silence en attendant qu'elle prenne la parole. Impossible de conclure la conversation ainsi, au bord du précipice. Elle tente d'ignorer ses paumes moites, les battements frénétiques de son cœur effrayé.

— Quand l'amiral a acheté mes services, vous lui aviez parié un denier que je lui soutirerais des cadeaux, je m'en souviens. Mais je n'en ai rien fait. Peut-être me croirez-vous donc si je vous dis que j'accorde plus de valeur à sa réputation qu'à celle d'aucun autre homme. Je vous le jure, jamais je ne le déshonorerais.

Secundus la fixe et Amara discerne enfin l'émotion qu'il s'efforçait de dissimuler : c'est de la peur.

— J'espère de tout mon cœur que vous êtes sincère.

Chapitre 28

Je veux une fille facile,
qui se promène sans rien d'autre qu'un manteau.
Je veux une fille qui a déjà tout cédé à mon esclave.

Martial, *Épigrammes,* IX. 32.

Lorsque Amara rentre à la maison, Philos est absent. C'est Victoria qui l'accueille, en l'enlaçant dans l'atrium, et Amara comprend aussitôt que quelque chose ne va pas.

— Qu'est-ce qui se passe ? demande-t-elle en songeant aux soupçons de Secundus, alarmée à l'idée qu'il ait dénoncé Philos à Rufus.

— Allons plutôt dans tes appartements, lance Victoria en l'emmenant loin de Juventus qui pourrait laisser traîner une oreille.

Elles se hâtent de gagner la première des pièces qui lui sont réservées et s'asseyent ensemble sur la couche. Victoria lui prend la main, ce qui ne fait qu'attiser la peur d'Amara.

— Rufus n'est pas content, dit-elle à voix basse. Il est jaloux. Il m'a même posé des questions, à moi !

— Pourquoi ? Sur qui ? s'affole Amara en s'accrochant à sa main.

— Sur Pline, bien sûr ! Et ça ne me surprend pas. Qu'est-ce qui t'a pris de partir en vadrouille avec un ex-amant ?

— Je n'ai jamais été l'amante de l'amiral !

— Oh, garde tes efforts pour Rufus, soupire Victoria. J'étais là, Amara, quand tu es revenue au bordel après ta semaine là-bas, complètement transie d'amour pour le vieux. Tu m'as même raconté que vous aviez partagé un lit ! Bien sûr, j'ai juré à Rufus que ce n'était pas le cas.

— Mais c'est vrai, proteste-t-elle. Nous n'avons pas couché ensemble, nous avons juste dormi dans le même lit. Je ne voulais pas te l'avouer, sur le moment, j'avais peur que tu te moques de lui.

C'est bel et bien la vérité, mais ses propres paroles lui semblent ridicules.

— Tu sais que ce n'est qu'à Rufus qu'il faut mentir ? ironise Victoria. Je ne vois pas pourquoi tu t'embêtes à me cacher des choses.

— Je te jure que c'est vrai !

— D'accord, d'accord, fait Victoria qui semble agacée par ce qu'elle perçoit comme un manque de confiance. Vous n'avez pas baisé. Il a pris une prostituée pour la semaine, vous avez partagé un lit, mais il ne t'a rien demandé d'autre que de lui faire la lecture, ce que n'importe quel autre esclave aurait pu faire pour lui. Tu étais là, complètement nue, et il ne t'a pas touchée.

Elle se lève.

— Tu as intérêt à inventer quelque chose de plus plausible pour Rufus. Et si tu voulais bien te rappeler qu'il n'y a pas que ton futur en jeu… Si tu n'arrives pas à le convaincre, moi non plus, je n'aurai nulle part où aller.

En la regardant quitter la pièce, Amara ne peut réprimer son amertume :

— Didon m'aurait crue.

Victoria s'immobilise. Amara s'attend à ce qu'elle explose, mais elle ne se retourne même pas.

— Peut-être que si tu m'avais traitée comme tu la traitais, je t'aurais crue, moi aussi.

Amara écrit un mot à Rufus sans laisser transparaître aucune de ses craintes, en l'informant de son retour et en se déclarant impatiente de le voir. Après l'avoir envoyé, elle travaille un morceau de harpe dans le jardin, dans l'espoir de dissiper sa nervosité. Le temps qu'il arrive, elle est beaucoup plus calme, si bien qu'elle est choquée de l'entendre hurler son nom dans l'atrium comme celui d'un esclave après une tentative de fuite. Elle pose l'instrument et se hâte d'aller le retrouver.

— Mon amour, s'écrie-t-elle en ignorant son air orageux. Comme c'est merveilleux de te revoir ! Tu m'as tellement…

— *Dix jours ?* l'interrompt-il. Tu passes dix jours auprès d'un autre homme et tu t'attends à ce que je croie à ton petit numéro ?

Elle recule d'un pas, ce qui ne fait que l'encourager à marcher sur elle.

— Tu dois me prendre pour un parfait abruti ! Je devrais être reconnaissant que tu aies enfin réussi à t'arracher au lit de l'amiral, c'est ça ?

La rage le rend méconnaissable. Toute la maisonnée, alertée par ses cris, s'est rassemblée pour assister à l'humiliation d'Amara. Elle voit Victoria et les flûtistes qui s'accrochent les unes aux autres au bas de l'escalier, Britannica à leurs côtés, les poings serrés. Juventus et Martha ouvrent de grands yeux depuis le seuil. Mais le pire est Philos, qui doit être arrivé avec Rufus. Debout près de son maître, il fixe le sol sans oser la regarder.

— Rufus, je t'en prie, murmure-t-elle. Tu sais bien que je ne te trahirais jamais. Ne pourrait-on au moins discuter dans mes appartements ? Je nous ferai apporter du vin et je pourrai répondre à toutes tes questions en privé.

— Tu veux me faire boire et me séduire comme une putain ? Tu t'imagines que ça servira à quelque chose ?

— Mais non, répond-elle en ne parvenant qu'à grand-peine à garder son calme. Il ne s'est rien passé avec Pline. Mon amour, je t'en prie, il faut me croire. Il ne s'est rien passé du tout. Pline ne m'a jamais témoigné que le plus grand respect.

— Tu aurais pu me tromper avec n'importe qui, mais tu choisis de m'humilier avec le seul homme auquel je ne peux pas demander réparation ! lui hurle-t-il à la figure. C'était lui que tu voulais depuis le début, lui et personne d'autre, j'en étais sûr ! Ah, tu dois avoir bien ri en pensant que je n'oserais jamais me plaindre, que tu pourrais te laisser passer dessus et revenir la bouche en cœur !

— Tu es ridicule ! hurle-t-elle sans plus pouvoir contenir sa colère. Tu t'entends parler ? Si tu es incapable de me témoigner un peu de respect, évite au moins d'insulter l'amiral !

— Ah ! Tu vois ? C'est lui que tu préfères ! Tu ne peux même pas le cacher !

Il ne fait que s'apitoyer sur son propre sort, comme un enfant. Amara doit faire appel à toute sa maîtrise de soi pour ne pas laisser transparaître l'étendue de son mépris.

— Mon amour, reprend-elle d'une voix qui se brise sous l'effort. Comment peux-tu t'imaginer que je tienne à quiconque d'autre que toi ?

Rufus la saisit par les bras, en serrant si fort qu'il lui fait mal.

— Regarde-moi.

Elle obéit, mais soudainement il lui tire la tête en arrière par les cheveux. Devant ses yeux écarquillés, il gronde :

— Si je découvre un jour que tu m'as trompée avec un autre homme, même l'amiral, je te *tuerai*.

— Je ne te trahirai jamais, souffle-t-elle.

Rufus la dévisage, puis l'embrasse sans relâcher ses cheveux. Amara est trop secouée pour lui rendre son baiser, mais l'ardeur de Rufus n'en semble que plus intense. Il la soulève comme s'il était venu la sauver au lieu de la persécuter.

— Je t'aime trop, c'est ce qui me rend jaloux, explique-t-il avec plus de douceur. Ne t'en fais pas. Je te crois.

Il l'emporte vers ses appartements et Amara presse son visage contre son épaule, furieuse d'avoir aussi peur.

Après son départ, elle ne quitte pas sa chambre. Elle ne veut parler à personne ; elle ne recevrait que de la pitié ou du mépris. Elle sent toujours la poigne de Rufus, ne cesse de revivre la scène – il faisait preuve d'une telle violence qu'elle craignait qu'il ne lui brise la nuque. Comment faire face à Phébé ou Laïs, ou Juventus, maintenant qu'ils l'ont vue humiliée en public ? Nul n'ose lui apporter à manger ni défaire sa coiffure pour la nuit. Seule Victoria tente de venir lui parler, en l'appelant avec douceur depuis le seuil. Amara l'ignore et écoute la maisonnée qui se prépare à dormir. La pièce s'assombrit. Elle tente de se rappeler comment elle endurait la violence de Félix, en enterrant sa peur pour ne laisser que sa colère. Mais elle est épuisée.

Lorsque Philos vient enfin la trouver, elle est toujours roulée en boule sur les couvertures. Sans rien dire, il vient se coucher derrière elle, en l'entourant de son corps.

— Je suis désolé, murmure-t-il. Je suis tellement désolé…

Ils restent étendus ainsi, Philos s'excusant sans cesse pour le mal que lui a fait un autre homme, jusqu'à ce qu'elle se retourne vers lui et sanglote dans sa tunique, comme elle le faisait avec Didon lorsqu'elles se réconfortaient l'une l'autre au bordel. Philos ne cherche pas à la calmer et patiente jusqu'à ce qu'elle soit vidée de son émotion.

— Je ne pensais pas que ça se passerait ainsi, déclare-t-il. J'ai toujours pensé que si Rufus découvrait tout, il s'en prendrait à moi, pas à toi. Ce n'était qu'une illusion égoïste. Je n'aurais jamais dû te mettre sous cette menace.

— Ce n'était pas ton choix. C'était le mien.

— Rien ne vaut le risque qu'il te fasse du mal.

— Alors, tu as le droit de décider de ta vie, mais pas moi ?

— Amara, souffle-t-il en lui caressant les cheveux. Je ne pourrai pas vivre sous la pression, conscient que tu risques de tout perdre par ma faute…

— Je ne perdrai rien du tout, et toi non plus, parce que nous ne serons jamais découverts, réplique-t-elle en retrouvant un peu de son énergie habituelle. Si tu ne m'aimes plus, dis-le. Mais si tu viens à peine de comprendre que nous jouons avec le feu et que tu veux m'abandonner à Rufus, c'est autre chose.

— Mais je ne peux pas te protéger contre lui. Je ne pourrai jamais te protéger. Tout ce que je fais, c'est te mettre en danger !

— C'est ce que tu t'imagines ? soupire-t-elle en se laissant retomber sur l'oreiller, le visage rougi par les larmes qu'elle a versées. Je n'ai jamais pu protéger Didon d'un seul client, alors que je savais à quel point elle souffrait. Tout ce que je pouvais faire, c'était l'aimer autant qu'elle m'aimait. Elle était toujours là pour moi. Je n'aurais jamais survécu à cet endroit sans elle.

Elle lui prend la main.

— Il va vraiment falloir que je te supplie de rester ?

— Non, répond-il en la serrant contre lui pour l'empêcher d'en dire plus. Tu n'auras jamais à faire ça.

Il ne relâche pas son étreinte, et après quelques secondes, Amara se détend : il ne partira pas.

— Mais il faut que tu me promettes quelque chose, murmure-t-il. Nous ne serons pas découverts, je sais, mais si nous l'étions… Jure-moi que tu raconteras à Rufus que je t'ai violée, que je t'ai fait chanter pour que tu deviennes ma maîtresse.

— Jamais ! s'écrie Amara en se dégageant.

— Jure-le-moi. Si la vérité éclate, quoi qu'il arrive, on me tuera. Le contraire serait impossible. Mais tu pourrais avoir une chance, bien plus qu'une chance, si j'avouais t'avoir forcée.

— Non, dit-elle en se couvrant le visage pour repousser l'idée.

— Je t'en prie, insiste Philos en lui écartant les mains pour la regarder. Tu as raison. Nous ne serons pas découverts. Nous serons encore plus prudents qu'avant. Mais je ne pourrai pas supporter ma culpabilité si tu ne me fais pas cette promesse.

Une promesse est facile à faire, songe Amara. Elle en a déjà rompu tellement. À commencer par sa promesse envers Rufus, puisque la voilà allongée avec Philos. Mais elle sait aussi que sa volonté de vivre est plus forte que tout : elle a laissé choir Ménandre sans hésitation pour saisir sa liberté. Philos lui donne la permission de vivre, même au prix du pire des abandons. Elle hoche la tête, incapable de répondre à haute voix.

La vénus des jardins de Drusilla est d'un blanc éclatant sous le soleil. Penchée sur le bassin, un bras couvrant à demi sa poitrine, le visage éclairé d'un sourire malicieux, la déesse de marbre semble écouter la conversation de ses deux disciples : assise près de la fontaine avec Drusilla, Amara lui raconte son voyage à Misène. Primus et sa nourrice ont été envoyés dans une autre partie de la maison, laissant les deux femmes profiter du soleil matinal dont la chaleur est plus supportable.

Bien que tentée de se vanter un peu pour rendre Drusilla envieuse, Amara ne mentionne pas Démétrius. Julia lui a très fermement conseillé de taire ce sujet.

— Rufus était très jaloux quand je suis rentrée, explique-t-elle après avoir relaté le long voyage de retour.

— Mais c'est idéal ! se réjouit Drusilla. Rien n'excite autant la dévotion d'un homme que lorsqu'il pense avoir un rival.

— Je ne sais pas. Il était… vraiment en colère.

— Désolée, s'esclaffe Drusilla, mais l'idée de Rufus en colère est un peu ridicule…

Puis son sourire s'efface lorsqu'elle voit l'expression d'Amara.

— Il t'a frappée ?

Amara ne sait pas ce qu'elle peut révéler ; et décrire la façon dont Rufus se comporte, entre violence et menace, n'est pas évident.

— Il… n'a pas été très doux, dit-elle enfin. Mais ça ne s'arrête pas là. J'ai l'impression qu'il trouve un certain plaisir à me faire savoir qu'il est plus fort que moi. Qu'il pourrait me faire du mal s'il le voulait.

— Oui, Rufus aime les femmes fragiles, élude Drusilla sans prendre la chose aussi sérieusement que l'espérait Amara. Tu le savais depuis le début. C'est ce qui lui plaît.

— Mais avant, il aimait bien que je le défie, voire que je lui impose mes exigences ! Je croyais que c'était ça qu'il attendait de moi. Maintenant, il a l'air de vouloir m'humilier…

— Tu étais esclave au début de votre histoire : difficile de faire plus humble. Et se faire réprimander par une femme devait avoir l'attrait de la nouveauté pour lui, dans les premiers temps. Les choses ont changé depuis. Excuse-moi si j'ai l'air de manquer de sympathie, mais tu te comportes comme si vous n'étiez pas liés par contrat. Tu seras bien plus heureuse si tu te concentres sur la façon de le manipuler. À moins que tu ne l'aimes vraiment ?

— Non, admet Amara en vérifiant que personne ne les écoute.

— Eh bien, voilà. Tu as toujours su qu'il voulait te considérer comme une petite chose délicate, et tu viens de découvrir qu'il aime bien t'effrayer de temps à autre. Prépare-toi à ces moments plus déplaisants, et essaie de le flatter un peu plus dans l'intervalle. Tu es une fille intelligente, je ne devrais pas avoir à t'expliquer tout ça, conclut Drusilla avec un haussement d'épaules.

Amara sent monter une vague de ressentiment en songeant à la maison que possède Drusilla, aux locaux qu'elle loue, à ce filet de sécurité qui la sauvera si ses amants la déçoivent. Elle préfère changer de sujet :

— Et toi, avec Quintus, tout va bien ?

— Oh, je crois que nous avons fait le tour. Ce n'est plus qu'une question de temps avant que je le quitte. Ma réputation ne s'en relèverait pas s'il partait le premier. Heureusement, j'ai trouvé un autre amant, plus qu'accommodant…

— Raconte-moi tout, lance Amara qui est plutôt réjouie à l'idée que l'arrogant Quintus se fasse moucher.

— Ampliatus, articule Drusilla comme pour savourer son nom. Propriétaire de la moitié des entrepôts du port. Certes, il ne vient pas d'une famille puissante comme Quintus et Rufus, mais tu ne pourrais même pas imaginer à quel point il est riche. Et les amants plus âgés, c'est très rafraîchissant : ils sont si reconnaissants au lit, et bien moins épuisants à satisfaire.

— Et il te traite bien ?

En réponse, Drusilla montre avec nonchalance son poignet où scintille un nouveau bracelet, rouge et argent, qui arrache une exclamation à Amara.

— Je t'avais dit qu'il était riche, dit-elle avec satisfaction. Et généreux, avec ça. Je pensais l'inviter à dîner en tête à tête, et à passer la nuit, bien sûr. Quintus ne pourra pas ignorer une insulte aussi publique. Il me fera une scène, et tout sera fini.

Amara se demande ce qu'entend Drusilla par « plus âgé ». Ce marchand serait-il de la même génération que Démétrius ?

— Il est bel homme, cet Ampliatus ? hasarde-t-elle.

— Et l'amiral, il est bel homme ? réplique Drusilla en haussant les sourcils.

Puis elle s'esclaffe devant l'air agacé d'Amara.

— Ma chérie ! J'ai toujours su que c'était lui qui te plaisait. C'est terriblement évident chaque fois que tu ouvres la bouche pour discourir sur sa générosité ou son intelligence ou je ne sais quoi d'autre. Et je suis sûre que la villa de Misène n'a rien gâché. Rufus n'est pas complètement idiot : il sait bien que tu le lâcherais pour Pline en un battement de cils. Qui ne ferait pas de même ?

— Je suis reconnaissante envers l'amiral, et je le respecte, mais je ne le vois pas comme un amant.

— « Comme un amant », raille Drusilla. Qu'est-ce que tu racontes ? Il est riche et puissant. Même s'il n'était pas aussi intelligent que ce que tu prétends, ce serait bien assez.

Amara est mal placée pour juger Drusilla dont les remarques n'ont que trop en commun avec ses propres calculs. Mais ses désirs à elle vont plus loin encore. En ce moment même, l'homme qu'elle aime est en plein travail dans une boutique qui ne lui rapportera jamais un sou, aux ordres d'un homme qui ne lui donnera jamais rien. Lorsqu'elle l'imagine dans sa tunique râpée, elle sent la honte embraser sa poitrine, consciente qu'elle détesterait exposer cet amour à Drusilla. Et pourtant, elle aime tant Philos qu'elle veut le défendre, ne serait-ce qu'en elle-même.

— Tu as raison, comme toujours, dit-elle avec un sourire froid. Que pourrait-on attendre d'autre d'un homme ?

Lorsqu'elle rentre chez elle, la maison est presque vide. Victoria, Laïs et Phébé sont aux bains, et Juventus ne sait pas lui dire où est passée Britannica, qui ne se fatigue jamais à signaler ses déplacements. Amara part à l'étage, dans son bureau. Sa conversation avec Drusilla lui a laissé l'envie brûlante de revenir sur ses comptes : louer ses filles pourrait-il lui rapporter davantage ? Combien peut-elle se permettre de prêter à de nouveaux clients ? Si elle ne cherche plus un riche protecteur, mais un moyen de libérer Philos, elle a besoin de gagner autant d'argent que possible.

Lorsque Philos lui rend visite peu après, elle n'est pas étonnée, car il lui apporte souvent son aide dans ses finances ; mais elle sursaute lorsqu'il ferme la porte à double tour derrière lui.

— Qu'est-ce que tu fabriques ? siffle-t-elle en se levant.

Ils étaient pourtant d'accord pour ne jamais prendre ce genre de risque durant la journée. Philos porte un doigt à ses lèvres, traversé par une agitation qu'elle ne reconnaît pas. Il s'approche du bureau pour se tenir près d'elle.

— Il veut que je t'espionne.

— Rufus ?

— Il est convaincu que tu comptes le quitter pour Pline, ou pour un autre homme que tu aurais rencontré à Misène. Il m'a ordonné de te suivre partout, de noter qui te rend visite et qui tu vas voir, et de passer plus de temps ici, dans la maison.

Amara peine à y croire : Rufus n'aurait pas mieux agi s'il voulait les encourager à le trahir encore davantage.

— Tu es sûr qu'il ne nous soupçonne pas ? demande-t-elle. Nous ferions mieux de rester prudents au cas où il prévoirait de nous prendre sur le fait…

— Je le connais bien. Impossible qu'il me suspecte de quoi que ce soit, je t'assure.

Le soulagement lui monte à la tête ; elle porte une main à sa bouche pour réprimer un éclat de rire.

— Alors, tout va bien ?

— Pour le moment.

Amara le voit venir, et reçoit son baiser déjà assise sur le bureau, en refermant ses jambes autour de lui. Mais malgré le désir qui lui embrume les sens, elle voit bien qu'il reste soucieux.

— Qu'y a-t-il ? demande-t-elle en plaçant sa main à plat contre son torse.

— La façon dont il parlait de toi…

— Qu'est-ce qu'il a dit ?

Philos couvre sa main de la sienne, en la pressant contre son cœur, comme pour empêcher ses paroles de lui faire du mal.

— Il a fait tout un discours sur combien il t'aimait. Puis il t'a traitée de putain ingrate, qui se laisserait séduire par n'importe qui après avoir connu tant d'hommes. Qui est salie à jamais, peu importe son innocence d'avant… Je préfère ne pas tout répéter.

— Ce n'est pas ce que tu penses de moi, n'est-ce pas ? demande Amara, sans comprendre ce qui le bouleverse autant.

— Bien sûr que non ! Mais s'il en est à dire des horreurs pareilles, combien de temps encore te gardera-t-il près de lui ? J'ai peur de ce qu'il pourrait faire.

— Je suis sûre que nous pourrons le rassurer, puisque c'est toi qui lui rapporteras ce que je manigance.

Philos ne semble pas entièrement convaincu. Elle l'embrasse à nouveau, en espérant le distraire ainsi, mais il l'empêche de resserrer son étreinte.

— Ça ne te dérange pas, que je lui fasse des rapports sur toi ?

Amara comprend ce qu'il lui demande : si ce pouvoir qu'il détient sur sa vie la préoccupe. Elle passe ses doigts dans ses cheveux en se penchant si près qu'il affermit sa prise sur sa taille, d'instinct.

— Non, ça ne me dérange pas, murmure-t-elle en appuyant son front contre le sien. Je te fais confiance.

Le toucher en plein jour, dans la maison en éveil, est très différent de tout ce qu'avait imaginé Amara. Hors de la demi-pénombre de la chambre à coucher, Philos semble plus réel, plus vulnérable d'une certaine façon. Elle l'admire en lui caressant le visage, et il ferme les yeux pour mieux l'apprécier.

— J'imagine que nous avons de la chance qu'il ne me considère pas comme un homme, dit-il. Sans cela, jamais il ne prendrait le risque de me laisser seul avec toi, dans cette maison.

Il tentait de plaisanter, mais Amara perçoit la colère qui couve sous ses paroles et, pire encore, la honte.

— Tu *es* un homme, affirme-t-elle.

Ils échangent un regard complice. Puis Philos l'embrasse à nouveau, si doucement – il prend toujours tant de précautions, et Amara sait avec certitude que quoi qu'elle fasse, même si elle se retournait contre lui, Philos ne se servirait jamais de son corps pour lui faire du mal. Elle voudrait lui exprimer à quel point cela compte pour elle, mais ne trouve pas les mots. À la place, elle retrousse sa robe en haut de ses cuisses, en forçant un instant Philos à cesser de se presser contre elle, et fait passer le vêtement par-dessus sa tête. Il semble ébranlé par sa nudité soudaine.

— On avait dit jamais de jour… murmure-t-il malgré ses mains qui reviennent déjà se poser sur son corps.

— J'ai changé d'avis, répond-elle.

Chaque fois qu'elle a connu Philos, elle a frôlé le plaisir d'un peu plus près. Mais malgré ces signes avant-coureurs, elle ne s'attendait pas à ce que son corps le lui accorde enfin dans un moment pareil, frénétique et empressé, là, contre un bureau. Quand Philos comprend ce qui lui arrive, il ralentit et l'étreint de toutes ses forces pendant qu'elle s'agrippe à lui en tentant de rester silencieuse. Une fois le moment passé, elle ne veut plus le lâcher, envahie par la chaleur de sa tendresse, de leurs murmures d'amour.

Jusqu'à ce qu'une pensée la traverse : elle ne portait pas son contraceptif.

Chapitre 29

Rêver des bouchers qui débitent la viande et la vendent sur l'agora est signe de danger.

Artémidore, *L'Onirocritique*, III. 56

Le vieil homme est assis sous le petit autel de Vénus au coin de la rue. Malgré l'odeur aigre des fouleurs de tissus qui s'échappe du bâtiment voisin, il semble avoir attiré un public. Les diseurs de bonne aventure sont toujours appréciés durant la Fors Fortuna, ce festival de la fin juin qui honore la déesse de la chance.

Amara et Victoria se joignent à la petite foule. Elles méritent bien de flâner un peu : Victoria vient de persuader le déplaisant Castrensis de leur verser davantage, pour prix de ses très précises exigences envers Victoria et les flûtistes lors de la soirée à venir. Amara tend le cou pour voir ce qui se passe. Le diseur de bonne aventure s'est lancé dans son petit discours et propose d'interpréter les songes de ses clients, ou de lancer les dés pour déterminer leur futur. Victoria lance un coup de coude à Amara lorsqu'un jeune esclave verse le montant demandé puis raconte un long rêve ennuyeux, dont il espère clairement qu'il annonce sa liberté prochaine.

— Tu es grec ? croasse le vieil homme. Non ? C'est bien dommage ! Porter du blanc en rêve annonce la liberté pour un esclave grec, la mort pour un autre.

— Vous êtes sûr ? dit le garçon.

— Fors Fortuna ne ment jamais ! s'écrie-t-il en levant les deux mains vers les cieux.

Avant qu'Amara ne puisse l'en empêcher, Victoria l'entraîne au premier rang en bousculant les passants. Elle lance une pièce aux pieds du vieillard.

— Jette donc les dés pour nous, grand-père, dit-elle.

Il la regarde en prenant clairement note de sa posture séductrice, avec sa tunique qui lui glisse sur l'épaule.

— Fort bien, ma fille.

Les dés sont jetés. Il examine le résultat, puis leur fait un sourire plein de sous-entendus.

— Tu rencontreras un homme au coin de la rue, qui sera le meilleur amant que tu aies jamais connu…

La foule s'esclaffe. Même Victoria est amusée, quoiqu'elle tente de paraître agacée. Être sous les feux de ces regards suggestifs irrite Amara, qui tente de faire repartir son amie.

— Allez !

— Tu ne veux donc pas connaître ton avenir, ma fille ? lance l'homme en haussant la voix pour être entendu malgré les rires.

Amara n'a aucune envie d'entendre ses minables prédictions, mais refuser serait attirer le mauvais œil.

— Très bien.

Le vieil homme jette à nouveau les dés puis marque une pause théâtrale. Enfin, il annonce :

— Tu tireras profit de la souffrance.

— Qu'est-ce que c'est censé signifier ?

— Pour une interprétation, il y aura un supplément, rétorque-t-il avec un regard rusé.

— Non merci, lance-t-elle en se retirant.

Un esclave enthousiaste prend aussitôt sa place, lui aussi clairement plein d'espoir à l'idée de s'entendre prédire la liberté.

— Ça ne coûte quasiment rien, proteste Victoria tandis qu'Amara l'entraîne dans la rue.

— Après la prédiction qu'il t'a sortie ? Pourquoi payer pour ça ?

— Tu n'as vraiment aucun humour, parfois… En plus, je te rapporte des tonnes d'argent. On travaille presque chaque semaine ! Tu auras bientôt fini de rembourser Félix, non ?

— Non.

Amara n'est pas enchantée par ce rappel de la visite qu'elle devra rendre à leur ancien maître dans l'après-midi. Philos angoisse tellement à cette idée, depuis des jours, qu'ils ont bien failli se disputer à nouveau.

— On est encore très loin d'avoir tout payé…

Amara le regarde s'absorber dans la lecture d'une tablette de cire posée sur son bureau. Ses mouvements lui sont si familiers, toute cette tension contenue, cette énergie qui ne demandent qu'à exploser. Son profil lui rappelle celui de la statue du dieu des voleurs, Hermès, celle qu'elle fixait toujours sur l'agora de sa ville natale. C'est ainsi qu'il est le plus attirant, concentré sur autre chose qu'elle, lorsqu'elle est libre d'oublier quelle sorte d'homme il est.

— Ça ne t'intéresse pas ? demande Félix.

Amara hausse les épaules. Plus il est poli, plus elle se méfie.

— Je ne vais pas offenser ta vertu, se moque-t-il. Pas besoin de t'inquiéter.

Elle n'a aucune intention de s'approcher, si bien qu'elle se redresse à genoux sur la chaise pour mieux voir.

— Bon, d'accord, s'agace-t-il en se levant.

Il contourne le bureau et abat la tablette devant elle.

— Voici les profits de la taverne. Regarde. Et le loyer qu'on me propose pour un deuxième local. Qu'est-ce que tu en penses ?

— Pourquoi tu me poses la question ?

— Tu es douée avec les chiffres. J'aimerais bien savoir si nos calculs concordent.

Amara fronce les sourcils, mais prend la tablette, incapable de résister à la tentation d'examiner tout cela de plus près. Elle parcourt les chiffres : les dépenses, les gains, les risques potentiels.

— Ça me semble intéressant, mais ça ne te laisserait pas beaucoup de marge. Tu ferais mieux d'attendre un mois de plus pour t'assurer que Béronice et Gallus continuent sur leur lancée.

Félix lui reprend la tablette avec un petit grognement.

— Quelqu'un pourrait me souffler l'endroit d'ici là.

— Alors, tu en trouveras un autre. Ça ne vaut pas la peine de prendre un tel risque.

— Je ne te pensais pas aussi prudente…

— C'est ton argent. Je ne fais que t'expliquer ce que je ferais si c'était le mien.

Félix est toujours debout près d'elle. Elle aimerait bien qu'il s'éloigne, mais accéder à ses désirs n'est pas dans les habitudes de son ancien maître.

— Encore un versement excessif, remarque-t-il. Tu vas finir par me couvrir d'or. Faut-il y voir un message ?

Amara croise les bras dans l'espoir de dissimuler sa nervosité à le sentir si près.

— Le message, c'est que je n'aime pas être endettée envers toi. *Non,* siffle-t-elle lorsqu'il fait mine de s'approcher.

Elle n'ose pas lever la voix. L'idée de Philos qui l'attend dans la pièce d'à côté, prêt à voler à son secours, ne fait que la tendre davantage. Mais à sa grande surprise,

Félix se pétrifie. Si elle ne le connaissait pas aussi bien, elle pourrait jurer qu'il semble gêné.

— Je ne voulais pas te menacer, la dernière fois.

Amara le fixe, abasourdie.

— Quoi ?

— Bordel de merde, je ne vais pas m'excuser, non plus ! Je t'ai dit que je ne voulais pas te menacer ! s'écrie-t-il en abattant sa main sur le bureau, si fort qu'elle sursaute. Ce n'est pas compliqué à comprendre, non ?

— Mais tu n'as jamais rien fait d'autre que me menacer, répond-elle, toujours incrédule. Dès le premier jour.

— Et si je te promettais de ne plus le faire ?

— Ce serait mentir.

— Tu me prends vraiment pour un monstre…

Étrangement, sa contrition ne fait que réveiller la souffrance d'Amara.

— Tu *es* un monstre. Tu m'as toujours fait du mal – tu as toujours fait du mal à tout le monde – sans aucune arrière-pensée. J'ai cru que tu allais me tuer plus d'une fois !

— Je n'aurais jamais fait ça. Jamais.

— Bien sûr que non, ça t'aurait coûté trop d'argent ! crie-t-elle, horrifiée de se découvrir au bord des larmes. J'ai dit *non !*

Félix, qui faisait mine de la toucher, se rétracte à nouveau en la voyant tressaillir. Il serre les poings : elle voit bien qu'il tente de se contrôler.

— Tu as toujours su comment me provoquer, gronde-t-il.

— Mais quand on respire, ça te provoque ! Tu n'as jamais eu besoin de chercher une raison pour frapper qui que ce soit !

— À t'entendre, on croirait que je ne t'ai jamais fait que du mal. Et toutes les heures que tu as passées ici à travailler sur mes comptes, quand je t'ai aidée à te lancer comme prêteuse sur gages ? Et la nuit que tu as passée avec moi ? Pour une putain, tu as toujours été lamentable au lit, complètement incapable de faire semblant d'aimer ça. Mais cette nuit-là, tu aurais soudain découvert comment sourire à un homme que tu détestes ? J'ai du mal à y croire.

Amara sait très bien de quelle nuit il parle, marquée par sa honte dévorante au petit matin. C'est ce jour-là qu'elle a décidé de ne ressentir que de la haine pour Félix, car l'aimer l'aurait détruite.

— C'est trop tard pour tout ça, répond-elle.

— Trop tard ? Pourquoi trop tard ? s'écrie-t-il, galvanisé par le fait qu'elle n'ait pas cherché à le contredire. Il s'est passé quelque chose cette nuit-là, tu l'admets. Et si je ne t'avais pas fait autant de mal ? Si j'avais été plus gentil ? Tu aurais pu me voir différemment…

— Mais tu ne l'as pas été.

Félix s'assoit lourdement au bord du bureau.

— La façon dont tu me regardes… C'est comme ça que je regardais mon père quand je souhaitais qu'il crève. Et ne me sors pas que je suis comme lui. Je le sais très bien, merde.

— Tu as choisi de l'être, répond-elle sans aucune sympathie.

À sa grande surprise, il se met à rire.

— Putain sans cœur ! Aucune autre femme n'oserait me dire ça. Même quand tu étais à moi, même quand tu ne l'ouvrais pas, je t'entendais le penser. C'est pour ça que tu m'as toujours plu.

Si Amara ne le connaissait pas si bien, si elle n'était pas amoureuse d'un autre homme, ces flatteries auraient peut-être de l'effet. Mais elle sait combien ses humeurs sont changeantes. Elle a vu la façon dont il a traité

Victoria, passant sans cesse de la tendresse à la cruauté dans de terrifiants revirements.

— Tu ne peux pas t'attendre à gagner ma confiance d'un coup, explique-t-elle d'une voix plus douce. Si tu arrives à ne pas me menacer pendant plusieurs mois, je pourrai peut-être me laisser convaincre.

— Ça t'arrangerait bien. Comment puis-je être sûr que tu ne me fais pas marcher ?

Le sourire d'Amara devient sincère. Elle préfère les soupçons de Félix à son numéro de charme : cela, au moins, elle peut y croire.

— Tu ne peux pas en être sûr.

Elle se penche vers lui et sent la brûlure familière de la haine dans sa poitrine.

— Peut-être que je ruse, peut-être que toi aussi. Il va falloir attendre la fin de la partie pour le savoir.

Nemoralia

Chapitre 30

Rien ne dure à jamais :
Le soleil qui brillait retourne à l'océan ;
La lune hier pleine, la voilà qui s'efface.
Même la férocité de Vénus s'envole parfois avec le vent.
Graffiti de Pompéi

Toute la maison embaume de l'odeur du jasmin. Sa douceur ramène Amara aux premiers jours où Rufus lui faisait la cour. Mais au lieu de son protecteur qui lui tient la main, elle est face à Britannica qui tente de lui apprendre à porter un coup plus violent. La mosaïque étoilée de l'atrium semble agréablement fraîche sous leurs pieds nus en ce chaud matin d'août.

— C'est important d'être rapide, explique Britannica. Tu n'es pas assez forte pour un long combat. Essaie encore.

Amara se fend en avant, l'un des nombreux mouvements que lui a enseignés son amie. Britannica pare avec aisance, mais hoche la tête.

— C'est mieux.

Des rires et des chansons leur parviennent du jardin : les flûtistes et Victoria y répètent pour une soirée à venir. C'est en grande partie grâce aux talents de négociatrice de cette dernière qu'elles ont décroché deux performances en une semaine. Amara lui est reconnaissante de prendre en charge cet aspect de leurs affaires – elle se rend souvent seule aux rendez-vous avec leurs collègues souteneurs, ce qui épargne bien des embarras à Amara. Les soirs où elle ne travaille pas, Victoria est souvent absente, toujours absorbée par sa relation passionnée avec Crescens. Amara craignait que cet amour l'empêche de continuer ses activités, mais Victoria a balayé ses inquiétudes d'un rire en lui assurant que Crescens n'était pas du genre jaloux.

Amara observe les gestes de Britannica avec la lame de bois, son jeu de jambes si léger qu'elle semble presque danser.

— À quel âge as-tu appris à te battre ?

— Chez nous, on apprend enfant, répond la Bretonne. C'est mieux comme ça.

— Je suis désolée pour ce qui est arrivé à ta famille.

Britannica continue ses enchaînements. Amara les reconnaît : elle les travaillait au bordel, une série d'affrontements imaginaires dans sa cellule pour ne pas laisser s'étioler ses forces.

— La mort n'est pas un déshonneur, répond-elle. Ils sont partis en combattants. C'est moi, la déshonorée.

— Plus maintenant, dit Amara en supposant qu'elle parle de son passé de prostituée. C'est fini.

Britannica s'interrompt et baisse lentement le bras.

— Le déshonneur ne me quitte jamais.

— Ton frère ?

— Philos t'a raconté, comprend Britannica.

Ce n'est pas la première fois qu'Amara se demande si elle n'en saurait pas un peu trop long sur eux. L'expression de la Bretonne s'assombrit :

— Mon frère n'était pas un homme, mais un enfant. Ma famille m'a demandé de le cacher, de le protéger. Mais je n'ai pas été assez rapide.

— Mais tu étais seule, et il devait y avoir tellement de soldats…

— Je n'ai pas été assez rapide, répète Britannica. Pour Didon non plus.

— Ce n'était pas ta faute ! s'écrie Amara, choquée à l'idée que Britannica se sente coupable de la mort de Didon.

Elle a tant l'habitude de la voir forte, avec sa si haute taille et sa musculature toujours plus impressionnante, qu'elle a presque oublié comment était Britannica lors de leur rencontre : enragée, mais aussi traumatisée, incapable de refuser les clients du bordel, alors qu'elle se battait presque jusqu'à la mort contre eux.

— Ce n'était pas ta faute, insiste Amara. C'était celle de Félix.

Britannica hoche la tête.

— Un jour, je vais le tuer, déclare-t-elle très calmement. La première fois qu'il m'a touchée, je me suis fait cette promesse. Mais d'abord, je dois retrouver mon honneur.

Amara n'est pas surprise par ce vœu de vengeance ; c'est plutôt l'entendre repousser ce moment qui l'étonne.

— Comment ?

— Quand je serai gladiateur, répond Britannica. Gagner ou mourir. Voilà l'honneur.

— Les gladiateurs sont des esclaves. Vue de l'arène, leur vie peut sembler glorieuse, mais elle est très brutale. Je ne voudrais pas te voir mourir comme ça.

— Je n'ai aucune intention de mourir, s'esclaffe Britannica.

Elle se retourne d'un coup et presse la pointe émoussée du couteau contre la gorge d'Amara.

— Attends voir, dit-elle. Je suis trop rapide pour eux.

Amara a conservé un souvenir très clair du restaurant et sourit à Rufus, heureuse qu'il la ramène sur les lieux de leur première sortie ensemble. La terrasse sur le toit est aussi belle que dans sa mémoire, à l'ombre de la treille. Par-delà les toits, le Vésuve est d'un bleu profond dans la nuit tombante. Ce doit être en partie par culpabilité qu'il a choisi ce lieu : elle sait qu'il a couché avec Victoria.

Lorsqu'elle veut prendre son verre, il attrape sa main pour l'embrasser. Amara penche la tête sur le côté, comme charmée par son geste, puis avale une gorgée de vin.

— Tu es si belle, murmure Rufus.

Amara se demande bien s'il sort les mêmes répliques à Victoria. Il n'a partagé son lit qu'une poignée de fois pour le moment ; à en croire son amie, il est toujours dévoré de remords ensuite, en lui faisant jurer le secret pour ne pas briser le cœur d'Amara. Le pauvre n'a aucune idée que les deux femmes l'ont piégé.

— Et toi si bon envers moi, répond Amara en battant des cils.

Rufus accepte le compliment sans l'ombre d'un malaise. *Pas si coupable,* songe Amara. C'est elle qui a remarqué la première que les yeux de son protecteur dérivaient vers les voluptueuses formes de Victoria chaque fois qu'elle chantait pour eux au jardin. Lorsque Amara a évoqué son idée, Victoria s'est montrée étonnamment enthousiaste, prête à l'aider. Amara les a laissés seuls dès que l'occasion s'en présentait, puis s'est mise à parler à Rufus d'un jour entier qu'elle comptait passer avec Drusilla. Sans surprise, Rufus est passé à la maison en son absence.

Plus tard, enfermée avec Amara dans ses appartements pour passer en revue les détails, Victoria a lancé :

— Je ne vois pas pourquoi il se plaint toujours que tu manges trop. Mes courbes à moi n'avaient pas l'air de le déranger du tout…

Alors seulement, Amara s'est sentie inquiète en imaginant Victoria et son protecteur ensemble. Elle a malgré tout pu en rire : Victoria a bien mérité de se rengorger un peu. Et de toute façon, Amara aime autant ne pas avoir à coucher avec lui elle-même. Alors, pourquoi s'en soucier ? Drusilla a toujours su retenir l'intérêt de ses protecteurs tout en leur présentant une ribambelle de femmes. Et par ce stratagème, Amara ne perdra pas Philos.

— Tu ne crois pas que ça suffit, mon petit oiseau ? demande Rufus en interrompant le fil de ses pensées.

Il jette un regard entendu au morceau d'oursin qu'elle extrait de la soupière. Amara le dépose dans son assiette et continue à la remplir.

— Je n'ai vraiment pas l'impression d'être trop grosse, mon amour.

— Bien sûr que non ! se récrie Rufus en écarquillant les yeux, comme horrifié par l'idée. C'est juste que je te trouve déjà parfaite ainsi…

— Il faut bien se faire plaisir à l'occasion, ajoute-t-elle. Je fais attention à la maison, mais cet endroit me rappelle tant de bons souvenirs.

— Alors tu t'en souviens !

Son ravissement semble si enfantin. Il fut un temps où cette innocence la charmait. Rufus lui paraissait si différent des autres hommes. Maintenant qu'elle sait la vérité, elle est plutôt triste qu'en colère. Après tout, elle non plus n'est pas son petit oiseau.

— Je m'en souviens, dit-elle en plongeant ses yeux dans les siens.

— Drusilla et Quintus étaient assis là-bas… dit-il en désignant la meilleure table, dans l'angle, sous la fresque de Vénus, occupée ce soir-là par un riche jeune homme et sa courtisane. En parlant de Drusilla, c'est un peu fort, quand même, qu'elle ait épousé je ne sais quel marchand de vin. Tu savais que c'était un affranchi ? Son ancien maître l'a pris comme héritier, et il se pavane en l'appelant *père !*

Amara a conscience que le sujet est délicat, puisqu'elle est l'amie de Drusilla et Rufus l'ami de Quintus.

— Au moins, j'ai l'impression qu'il l'aime, déclare-t-elle.

— Ça m'étonnerait, s'esclaffe Rufus. J'imagine qu'elle t'a tout raconté sur lui, dans les moindres détails. Surtout les détails de ses comptes… Sans cesse à la couvrir de joyaux. Pauvre Quintus !

Amara est bizarrement offensée par ses moqueries, bien que Drusilla en soit la cible.

— Non, je crois qu'il l'aime vraiment. Elle dit qu'il est très gentil.

— Qu'est-ce que tu peux être innocente, parfois ! C'est pour ça que tu m'as plu. La première fois que tu es venue chez moi, après le théâtre, tu étais terrifiée.

— Je n'étais pas terrifiée, corrige-t-elle, agacée par son manque de mémoire. J'étais furieuse.

— Je ne suis qu'un idiot, je le sais bien, répond-il avec cette humilité qu'elle aimait tant autrefois et qui sonne désormais complètement faux. Mais même moi, je sais voir quand une fille a peur. Ce n'était que du bluff ! Et cet ultimatum absurde ! Me demander de conquérir d'abord ton cœur ! Jamais une femme ne m'avait sorti quelque chose d'aussi ridicule. Ni d'aussi adorable…

Amara sait bien qu'il ne parle pas des femmes de son rang, encore moins des jeunes filles parmi lesquelles il choisira un jour son épouse. Jamais une *putain* ne lui avait sorti quelque chose d'aussi adorable. En voyant son expression, Rufus soupire.

— Ne fais pas la tête. C'était un compliment ! Quand tu prends tes grands airs comme ça, on jurerait que tu es encore fille de médecin.

Incroyable qu'il puisse toujours la blesser alors qu'elle ne ressent plus guère que du mépris pour lui.

— Je serai toujours fille de médecin, lui rappelle-t-elle à voix basse.

Rufus s'empourpre, cette fois sincèrement gêné.

— Je suis désolé, c'était déplacé. Tu me pardonnes ?

Lui pardonne-t-elle ? Malgré tout ce qu'il lui a fait, tout ce qu'elle le soupçonne capable de faire, impossible d'oublier que sans Rufus, elle serait toujours au bordel. Impulsive, elle lui saisit la main.

— Bien sûr. Oublions ça, profitons de la soirée. C'est vrai, après tout, j'étais un peu nerveuse, ce soir-là.

Rufus lui serre les doigts en retour.

— Je ne disais pas ça comme un reproche ! Quelles drôles de réactions tu peux avoir. Parfois, j'ai vraiment l'impression de t'avoir rencontrée dans la maison de ton père. Je me rappelle la première fois…

Il laisse mourir sa phrase, songeant sans doute à Amara modestement assise aux côtés de Pline qui faisait les présentations. Elle sait ce qui lui traverse l'esprit.

— Je te jure qu'il n'y avait rien entre nous.

— Même si c'était le cas, je n'aurais pas le droit de m'en plaindre, tant qu'il te payait, admet Rufus avec un sourire crispé. Mon père n'arrête pas de me répéter que j'y accorde trop d'importance. Ce n'est pas comme si j'ignorais d'où tu es sortie…

L'idée de Rufus écoutant les conseils de son père Hortensius ne la réconforte guère.

— Il n'y avait rien, répète-t-elle.

— Mon cher petit oiseau, je sais *parfaitement* d'où tu sors. Je suis passé devant, un jour.

— Toi ? Mais quand ?

— Au début de notre relation. Quand je suis rentré chez moi, j'ai juré de ne plus jamais t'envoyer chercher. Mais je n'arrêtais pas de m'imaginer ton drôle de petit visage, si plein d'espoir… Tu aurais été si déçue…

— Tu savais comment c'était là-bas, répète stupidement Amara.

Elle est incapable de comprendre comment Rufus a pu la laisser souffrir au bordel de si nombreux mois après avoir vu l'endroit de ses propres yeux. Il se méprend sur la source de sa confusion, et son visage se durcit.

— Bien sûr, depuis le début. Après tous les efforts que tu avais déployés pour me cacher où tu vivais, tu ne pensais tout de même pas que j'allais retenir ma curiosité ! Mais je me disais que cet endroit ne t'avait pas touchée. Aujourd'hui, je comprends que c'était trop demander.

Jamais un homme n'avait traité si poliment une femme de putain. Le serveur survient avant qu'Amara ne trouve comment répondre. Il s'affaire autour de la table, déposant de nouveaux plats et emportant les assiettes vides, mais elle est consciente que Rufus la fixe toujours, sans se laisser distraire par ce ballet. Qui est-il pour la juger ? Comment réagirait-il si elle se levait et proclamait son amour pour Philos, si elle lui criait que son esclave est mille fois meilleur que lui ? Impossible, bien sûr, de prononcer ces mots, mais elle se sent mieux rien que de les penser. Après le départ du serveur, elle sourit à Rufus.

— Je ne pense pas que tu détestes *tout* ce que j'ai appris là-bas, murmure-t-elle en se débarrassant de ses chaussures sous la table pour remonter un pied nu le long de sa cuisse.

En voyant sa bouche s'entrouvrir et la froideur déserter son visage, elle sent le soulagement l'envahir. Au moins, pour l'instant, il la désire toujours. Mais elle sait que cela n'est que peu de chose au regard de l'amour, pour Rufus. Aucun doute, ils perdent de l'altitude ; et la chute, lorsqu'elle surviendra, pourrait être très abrupte.

Chapitre 31

Que s'épanouissent ceux qui aiment
Que périssent ceux qui ne connaissent point l'amour
Que périssent deux fois ceux qui l'interdisent.

Graffiti de Pompéi

La chaleur des bains décontracte tout son corps, jusqu'aux tendons, et la condensation lui ruisselle le long de la peau comme le frôlement d'une caresse. En levant les mains, elle voit la vapeur s'en élever. Les paumes vers le plafond, elle entrelace ses doigts, puis les sépare. Ses mains lui appartiennent. Son corps lui appartient. Elle ne cessera jamais de s'en émerveiller, après avoir été la possession d'un autre. En fermant les yeux, elle se laisse aller contre les dalles qui lui réchauffent le dos et songe à Philos, à leur dernière nuit ensemble. Il fut un temps où son corps ne donnait de plaisir qu'à ceux qui s'en servaient, sans rien lui accorder ; elle a presque du mal à y croire, tant cela semble désormais absurde.

Elle remplit ses poumons d'air brûlant dans une profonde inspiration. Tous les détails de Philos sont parfaitement clairs dans sa mémoire : ses gestes, surtout lorsqu'il parle, sa façon de rire ou de la regarder. Si expressif lorsqu'ils sont seuls, bien loin de l'invisibilité qu'il est contraint d'affecter dans son rôle d'esclave. Tout ce qu'elle sait à présent de sa vie, tous les souvenirs qu'ils ont échangés : les fables que la mère de Philos lui racontait dans son enfance, sa longue amitié avec Vitalion ; la compassion du père d'Amara pour ses malades, la façon dont chantait Didon. Philos lui est devenu plus précieux que quiconque au monde. Amara sent la tension revenir, comme un serpent dont les anneaux se resserrent sur son cœur. Le savoir esclave, sans aucun contrôle sur son existence, est insupportable.

Au début de leur relation, il arrivait à Amara d'en vouloir à Philos pour son fatalisme, ce qu'elle percevait comme de la résignation face à la brièveté annoncée de leur amour. Désormais, ce détachement lui manque, car la douleur de son amant est mille fois pire. Tout la révèle. Sa façon de regarder Amara, comme s'il cherchait à imprimer son visage dans sa mémoire au cas où elle lui serait arrachée ; ses étreintes parfois trop fortes, lorsque son cœur s'emballe au point qu'Amara le sente battre. Le pire est le moment où ils doivent se séparer après une nuit ensemble, lorsqu'il retourne à sa petite cellule. Dans ces moments, Amara le sait, ils se demandent tous deux si cette fois était la dernière, s'ils pourront se dire adieu quand arrivera la fin.

Amara se redresse, au bord de la panique. Plus sa relation avec Rufus faiblit, plus elle désespère de libérer Philos. Ils en ont discuté tant de fois ensemble – et si elle demandait à Rufus si elle peut lui acheter son intendant ? Quel serait le meilleur moment d'en discuter ? Combien proposer ? Mais rien de tout cela n'est convaincant. Avant que Rufus ne mette fin à leur liaison, Amara ne pourrait expliquer son désir d'acheter Philos ; autant exprimer une passion soudaine pour l'une des tables de la maison. Cela ne ferait qu'éveiller ses soupçons. L'autre option est d'attendre que Rufus annonce son intention de lui reprendre Philos, moment où sa passion pour Amara sera au plus bas.

Elle étreint sa propre taille comme pour y contenir son angoisse. Il existe une troisième possibilité, une stratégie qu'elle a déjà lancée sans en parler en Philos, car elle sait combien elle pourrait se révéler dangereuse. Elle se lève, la peau moite, prise de vertige à force de chaleur et d'appréhension. La roue de Fortuna ne tourne que pour ceux qui osent y monter.

Au moment où Amara quitte les bains, Victoria arrive en trombe dans la cour, à bout de souffle.

— Désolée du retard, halète-t-elle, rouge et en sueur dans l'étouffante chaleur d'août. Rufus est passé me voir…

Amara lui prend le bras et redescend avec elle l'escalier que Victoria venait de gravir, inquiète que sa voix claironnante ne parvienne aux clientes de Julia.

— Ce n'est pas grave. Désolée qu'il soit venu sans prévenir.

— Oh, ne t'en fais pas pour ça, répond généreusement Victoria. Ce n'est pas comme s'il m'avait demandé la totale. Mais il a l'air de moins en moins coupable chaque fois. Et tu devrais peut-être faire plus d'efforts : il n'arrête pas de me dire que je suis bien plus désinhibée que toi.

— Mais quel salopard ! s'irrite Amara. Quand je me lâche, il marmonne que le bordel m'a souillée, et maintenant il se plaint que je n'en fais pas assez ? Il est vraiment impossible !

Elles se dirigent vers le marché qui borde l'arène. Déjà, la fraîcheur du frigidarium s'est enfuie, et Amara commence à transpirer sous le soleil. Elle indique les pavés à Victoria et toutes deux traversent avec précaution pour aller marcher à l'ombre.

— C'est vrai que tu as l'air d'en avoir un peu assez de lui, lance Victoria en lui reprenant le bras. Je peux te demander pourquoi ?

— Tu as bien vu comment il m'a traitée quand je suis rentrée de Misène.

— Il était jaloux. Ça n'a rien d'affreux, sauf s'il t'a fait du mal ensuite. Je me suis posé la question, mais tu ne voulais pas me laisser entrer…

Amara sait que la tolérance de Victoria pour la violence est bien supérieure à la sienne. Par deux fois, Rufus a usé de sa force physique pour la terrifier et la dominer, ce qui est déjà bien suffisant pour qu'il perde la loyauté d'Amara. Mais comment l'expliquer à une femme qui a un jour aimé Félix, une femme dont l'amant actuel tue pour le plaisir des foules ?

— Je n'ai pas envie d'en parler, répond Amara.

— Comme tu veux, fait Victoria en levant les yeux au ciel. Espérons au moins qu'à nous deux, on pourra le convaincre de continuer à payer le loyer !

Le marché est bondé, plein de vendeurs ambulants debout ou assis près de leur marchandise. Certains ont tout disposé à même le sol, avec un tapis pour seul présentoir. Un vendeur de marmites installé au bord du trottoir tambourine sur un pot en hurlant pour attirer le chaland, ce qui rappelle les Lémuries à Amara. Elles le contournent de si loin que Victoria manque de trébucher sur une vieille femme qui vend de petites statuettes de Vénus et Cupidon.

— Elles vous porteront chance en amour, les filles ! leur crie-t-elle en tentant de fourrer un chérubin dans les mains d'Amara.

Toutes deux s'excusent et s'éloignent en hâte. Le fleuriste est l'un des commerçants permanents, installés à l'angle de la place – un baratineur qui accueille toujours Victoria et Amara avec des cris de ravissement, comme s'il retrouvait ses propres filles après des années d'absence. Au moins, son style théâtral est mémorable, et peut-être même bien efficace, car c'est désormais chez lui qu'elles achètent toutes les guirlandes dont se pare Victoria en soirée.

— Mes filles ! crie-t-il à leur approche. Regardez tous comme elles sont belles, mais regardez donc !

Il pince la joue de Victoria, sans se risquer à toucher Amara – il sait bien qu'elle n'apprécierait guère.

— Laissez-moi deviner ! Vous êtes là pour les Némoralies.

— Tu sais toujours ce qu'il nous faut, Herméros, lance Victoria en battant des cils pour entrer dans son jeu.

— Six guirlandes, l'informe Amara. Tu pourrais peut-être nous faire un prix ?

— Six ? s'écrie-t-il. Vous avez donc d'autres amies ! Aussi magnifiques que vous, je parie. Mais quand rencontrerai-je donc toutes ces beautés ?

— Bientôt, peut-être, si tu nous proposes une réduction…

— Pour mes clientes préférées ? Toujours ! répond-il avec un clin d'œil.

La conversation se poursuit, un va-et-vient de plaisanteries où s'entrelacent les détails de leurs achats et la date où elles viendront les récupérer. Herméros parvient à les convaincre de desserrer encore plus les cordons de leur bourse en insistant pour qu'elles goûtent les petits gâteaux au miel qu'un pâtissier de passage leur propose sur un plateau : *encore meilleurs que ceux de ma propre mère !* Amara soupçonne les deux hommes de s'être entendus pour favoriser leurs affaires. Une fois la commande passée, les adieux d'Herméros sont expéditifs – il guette déjà de nouveaux clients. Victoria et Amara s'éloignent vers le bord de la place avec leurs pâtisseries et s'asseyent sur un banc de pierre à l'ombre du mur des vignes.

— Alors, quand est-ce que tu me présentes Crescens ? demande Amara en léchant les dernières miettes sur ses doigts.

Elle meurt de faim, pleine d'amertume envers Rufus qui rationne ses repas tout en profitant de la généreuse poitrine de Victoria.

— Ce n'est pas évident pour lui de quitter l'école de gladiateurs. Et crois-moi, la taverne où je le retrouve ne serait pas ton genre. Rufus tomberait en apoplexie si tu te mettais à traîner là-bas.

— Tant que tu es heureuse et que tu ne prends pas de risques…

Mais Victoria ne l'écoute pas, distraite.

— Ce ne serait pas l'esclave du potier ? Là, regarde !

Amara suit son doigt tendu. Ménandre les fixe, debout en marge de la foule. Lorsqu'il croise le regard d'Amara, il se détourne. Sans songer aux conséquences, elle se lève d'un bond, sans plus songer qu'à une chose : lui parler. Il lui jette un nouveau coup d'œil, la voit venir. Elle croit un instant qu'il cherchera à l'éviter, mais au contraire, il l'attend.

Plus elle s'approche, plus elle est consciente de la distance qui s'est installée entre eux. Déjà, la voilà à sa hauteur, face à ses yeux noirs. Amara n'y retrouve rien de la chaleur d'autrefois. Toute l'horreur des Saturnales lui revient en pleine figure.

— Je n'ai pas fait exprès de laisser tomber la lampe, lâche-t-elle sans même le saluer. Je te le jure. C'était un accident.

— J'ai fini par le comprendre, répond-il, clairement gêné. Pas sur le moment, mais… après.

— Elle était tellement belle. Et je suis tellement désolée. Pour tout.

— Nicandrus m'a dit que ton protecteur t'a libérée peu après.

C'est à peine s'il parvient à croiser son regard. Elle n'aurait jamais cru le voir si rigide, si emprunté.

— Et il m'a raconté… ce qui est arrivé à Didon. Toutes mes condoléances. C'était une femme merveilleuse.

— Merci. Elle me manque.

Amara retient ses larmes. Avec une grande inspiration, elle parvient à se contrôler. Elle tente de sembler plus enjouée, de changer de sujet :

— Et toi, comment vas-tu ?

— Ça va, merci. Mais il faut que j'y aille, Amara.

En usant de son nom d'esclave plutôt que de son vrai nom, Timarété, celui qu'il employait toujours autrefois, il n'aurait pas pu la blesser davantage.

— Désolé. J'espère que tout ira bien pour toi.

Il se détourne et part bien vite, sans même attendre ses adieux.

Victoria, qui avait eu le tact de rester à distance, s'empresse de venir prendre Amara par le bras pour l'éloigner de la foule.

— Ne pleure pas, lui murmure-t-elle. Pas ici.

Ce n'est que de retour sur le banc qu'elle serre Amara dans ses bras pendant qu'elle sanglote contre son épaule, en murmurant des mots d'apaisement. Après quelques instants, Amara s'essuie le visage, gênée.

— Pardon…

— Ne t'excuse pas. Je sais qu'il comptait beaucoup pour toi.

— Ce n'est plus le cas… Enfin, plus comme avant. Mais je ne voulais pas lui faire de mal.

Victoria lui arrange les cheveux pour lui rendre sa contenance.

— À vrai dire, j'ai toujours trouvé que c'était complètement égoïste de sa part, ne pas remballer la lampe en voyant Rufus arriver. Elle était peut-être très jolie, mais quand même pas au point de perdre un protecteur, merde.

Amara se met à rire – le cynisme de Victoria la réconforte bien plus que la sympathie de quiconque.

— Et puis, ce n'est qu'un *esclave,* continue Victoria en reniflant dédaigneusement. Tu peux trouver mieux, maintenant !

— Un esclave n'est pas moins attirant pour autant, objecte Amara. Et Crescens, alors ?

Victoria se lève et l'entraîne avec elle, l'air hautain.

— Crescens est gladiateur, ça n'a absolument rien à voir. Et puis, il est bien plus beau !

Toutes deux rentrent avec le sourire, leurs bras étroitement liés.

Chapitre 32

Puisses-tu souffrir, Phébus !

Graffiti d'Herculanum

Dès l'instant où Amara entre dans le bureau, elle sait que Félix a changé. Durant ces deux derniers mois, au fil des jours qui basculaient dans la chaleur de l'été, elle l'avait trouvé toujours plus aimable, au point de se demander si ses remords n'étaient pas sincères – ou du moins s'il n'était pas vraiment capable de contrôler son humeur et tenir sa brutalité à distance. Mais Victoria devait y avoir cru, elle aussi.

Félix ne répond pas au salut d'Amara, ni à son sourire sans conviction. Il se dirige vers elle et tend la main pour recevoir l'argent. Elle y dépose les trois bourses et il retourne vers son bureau pour y répandre leur contenu. Les nerfs d'Amara supportent mal le vacarme des pièces sur le bois. Félix les compte en raclant chacune d'elle dans ses coffres, sans même commenter le versement, une fois de plus excessif. Son silence total la met très mal à l'aise, ce qui est bien évidemment voulu.

— Si tu n'as pas envie de discuter aujourd'hui, je m'en vais, tente-t-elle.

Sans surprise, Félix l'arrête :

— Je n'aime pas les règles de ton petit jeu.

— Quel jeu ?

— Tu as combien de clients, maintenant ? lui demande-t-il en la pointant du doigt. Combien te rapporte Victoria par mois ?

— Je ne vois pas pourquoi je te révélerais quoi que ce soit sur mes affaires.

— Ah, tu n'as plus envie de t'en vanter, maintenant ? Elle vaut plus que ce que je t'ai donné, c'est clair. Six mille sesterces, ce n'était pas assez.

— Eh bien, c'est dommage, s'irrite Amara. Parce que ce sont les termes du contrat.

— Reste là, gronde-t-il comme elle fait mine de s'éloigner.

— Je ne t'appartiens plus. Je t'ai versé plus que ce que je te devais ce mois-ci. Tu n'as aucune raison de me garder ici.

Félix penche la tête sur le côté, joueur. Elle espère un instant qu'il ait changé d'humeur ; puis elle voit la cruauté dans ses yeux.

— Je vais t'en trouver, des raisons. Numéro un : ton joli cœur ne sait pas que tu es là. Numéro deux : tu n'as pas envie qu'il le sache. Je continue ?

— Je croyais que tu ne me menacerais plus ?

— Ça, c'était le mois dernier, répond-il avec son plus charmant sourire.

— Je ne suis pas venue seule. Si je crie, mes hommes m'entendront.

— Ah oui, tes « hommes », juste à côté, lance-t-il comme s'il prenait acte d'un véritable danger. Le petit malin qui est encore plus maigre que toi, et le gros balourd sans cervelle. Je tremble rien qu'à l'idée de les affronter.

— Qu'est-ce que tu veux ?

Félix la prend par les hanches, lentement, comme pour sonder sa réaction. Elle lui agrippe les poignets pour lui faire comprendre qu'elle compte résister.

— Je me fiche des termes du contrat, lance-t-il. Tu m'as floué, et la différence, ça se règle en nature. Comme d'habitude entre nous…

— Non.

— Je t'ai attendue assez longtemps. Prouve-moi que tu ne me fais pas marcher.

— Tu n'étais pas censé gagner ma confiance ?

— Aux latrines, ta confiance ! Mais pour qui tu te prends ?

Il la relâche et se met à décrire de lents cercles autour d'elle, ce qui la force à se tourner pour ne pas le perdre des yeux.

— Je me répète, histoire que tout soit bien clair : j'attends un paiement de ta part. Soit tu te laisses faire, et je ne te ferai pas de mal. Soit tu te débats, et ton joli cœur se demandera comment tu t'es retrouvée avec tous ces bleus. Il ne sera sans doute pas ravi d'apprendre qu'un autre homme est passé par là. Au fait, tout va bien entre vous, ces jours-ci ? Ça fait un petit moment que tu es à lui, non ? Je me demande s'il te croirait si tu criais au viol…

Félix s'arrête devant elle, après avoir tant tourné qu'Amara en a le vertige. Mais ses pensées sont très claires : toutes leurs conversations, depuis qu'elle s'est endettée envers lui, n'ont fait que retarder ce moment, ce qu'elle lui doit pour avoir sauvé Victoria et Britannica. Peut-être avait-elle conscience dès le début de ce que finirait par exiger Félix. Et pourtant, elle n'a cessé de revenir, dans l'espoir de se jouer du destin. Si seulement Philos n'était pas juste à côté : cela rend les choses tellement plus difficiles.

Amara tente de se représenter Félix enfant. Le petit garçon terrifié qui adorait sa mère, qui a souffert comme elle a souffert. Elle tente de se convaincre qu'elle peut le trouver, le toucher. C'est le seul jet de dés qui lui reste. Lorsqu'elle lui prend la main, il baisse les yeux, surpris.

— Ce n'est pas ce que tu veux vraiment. Ce n'est pas ce que tu es vraiment. Je refuse d'y croire. Tu n'es pas ton père, Félix.

Lorsqu'il relève la tête, son expression rappelle celle des tigres de l'arène : la sauvagerie que doivent affronter les condamnés à mort face à une créature incapable de compassion. Il lui serre douloureusement les doigts.

— Alors, laisse-toi faire.

Lorsqu'il l'attire contre lui, Amara se sent revenue aux premiers jours de leur rencontre, quand elle a pris la mesure de toute la cruauté dont il était capable. Elle songe à Philos et s'efforce de ne pas paniquer, désormais certaine de la suite. Mais il existe une chose qu'elle pourrait retirer de cette épreuve, la seule compensation possible.

Elle agrippe le visage de Félix pour l'obliger à la regarder.

— D'abord, il faut que je te demande quelque chose.

— Quoi ? fait-il, si étonné qu'il s'interrompt. Ah, tu veux que je réduise ta dette, c'est ça…

Elle plonge son regard dans le sien. Elle ne doit pas rater son coup. Elle n'aura pas d'autre chance.

— Je veux que tu me dises où tu l'as enterrée.

Là, un éclat dans son expression : chez n'importe qui d'autre, ce pourrait être de la honte. Félix tente de la repousser pour détourner le regard, mais elle s'agrippe plus fermement encore, fouille ses yeux dans l'espoir d'y trouver une autre réponse.

— Même toi, tu n'aurais pas fait ça. Tu n'as pas fait ça. Pas à la décharge.

Elle attend qu'il nie, elle l'exige presque, mais il n'en fait rien. Elle lui envoie une bourrade dans la poitrine et entend sa propre voix enfler d'hystérie :

— Tu l'as forcément enterrée ! Dis-moi ! Dis-moi que tu ne l'as pas laissée là-bas !

— Il fallait que je te rende ce service, c'est ça ? crie-t-il en la saisissant par les épaules. Juste après que tu avais hurlé au monde que tu voulais ma mort ? J'étais censé payer pour la crémation d'une esclave, juste parce qu'elle comptait pour toi ? Mais pourquoi j'aurais fait une chose pareille ?

Amara sent sa douleur et sa rage, trop longtemps réprimées, entrer en éruption : son contrôle de soi n'y résiste pas. Elle le repousse violemment en lui hurlant au visage, elle maudit son nom, elle en appelle aux dieux pour qu'ils le réduisent à néant. Il la fixe sans comprendre, et elle se rend compte qu'elle vocifère sa tirade en grec, incapable en cet instant de trouver ses mots dans un autre langage. Elle attrape l'objet le plus proche – la chaise – et il n'a que le temps d'esquiver : elle s'écrase sur les étagères derrière lui, les jarres éclatent, l'argent cascade sur le sol. La fureur d'Amara ne fait qu'encourager sa violence : d'autres jarres explosent, puis elle abat la chaise contre le mur où elle se fracasse en morceaux.

La porte s'ouvre d'un coup sur Philos, les yeux écarquillés. Amara se retourne.

— Dégage ! hurle-t-elle. Dégage !

— Amara, c'est moi.

Il parle en grec, les mains levées, sans bouger, Juventus derrière lui.

— C'est moi…

Elle prend conscience de ce qui l'entoure, se rend compte qu'elle a cessé de hurler, qu'elle sanglote si fort que tout son corps est parcouru de spasmes, avec la chaise fracassée devant elle comme une arme, ou comme un bouclier. Félix est juste à côté, le couteau tiré.

— Pose cette putain de chaise, dit-il.

Amara ne répond pas. Il s'avance d'un pas en lui faisant signe du bout de la lame.

— Si tu la poses, je ne t'en voudrai pas. Je sais que ça t'a fait un choc…

Il ne lui avait encore jamais parlé ainsi, comme s'il cherchait à l'apaiser, comme si elle lui faisait peur. Elle ne lâche pas la chaise. Félix fait un pas de plus, ses yeux dans les siens.

— Si tu la poses, Amara, je te promets de te pardonner pour ce que tu viens de faire, dit-il à voix basse.

Cette offre de pardon est la goutte qui fait déborder le vase. Elle lui balance la chaise, en l'obligeant à se baisser ; et lorsqu'il se redresse, elle lui crache au visage.

— Tu crèveras avant, fils de *pute*.

Félix s'essuie la joue d'une main qui tremble de colère.

— Si tu t'en vas, si tu me quittes maintenant, je jure par tous les dieux que je te détruirai !

Sans s'abaisser à répondre, Amara lui tourne le dos et rejoint Philos qui la fixe toujours, horrifié.

Chapitre 33

La violence peut-elle être douce ?

Graffiti d'Herculanum

La rage d'Amara la transporte jusque chez elle. Ce n'est qu'en voyant la porte entrouverte qu'elle sent une première pointe de peur. Félix, qui fait chanter ses clients en échange de sa « protection » ; Félix, qui ne recule pas devant le meurtre, vient de jurer qu'il détruirait sa maisonnée. L'inquiétude d'Amara grandit lorsqu'elle passe dans l'atrium et entend Victoria et les flûtistes qui répètent au jardin. Ce n'est pas que sa propre vie qu'elle vient de mettre en jeu.

Elle ordonne à Juventus de fermer à double tour, et il se hâte de lui obéir. Puis elle se tourne vers Philos :

— Je dois mettre Victoria au courant.

Dans le jardin, le soleil de l'après-midi illumine le portrait de Didon. La voir ainsi immortalisée au sommet de sa beauté ne fait qu'amplifier la souffrance d'Amara en songeant à ce que Félix a fait de son corps. Sous les traits de Diane chasseresse, Didon est deux fois plus grande que les femmes qui chantent à ses pieds, et pour la première fois, Amara se sent coupable d'avoir donné la priorité à son amie décédée, plutôt qu'à celle qui vit encore. Elle aurait dû accorder plus d'attention à Victoria.

Celle-ci sourit en la voyant, mais ne cesse pas de chanter. Amara attend la fin du morceau.

— Vous n'arrêtez pas de vous améliorer, dit-elle. Egnatius sera ravi.

— Espérons que les invités seront d'humeur aux pourboires, répond Victoria qui semble heureuse du compliment.

Amara les rejoint sur le banc et prend la main de Victoria.

— Il faut que je te dise quelque chose. C'est au sujet de Félix.

— Qu'est-ce qui s'est passé ? demande Victoria, aussitôt blanche de terreur. Qu'est-ce qu'il t'a dit ?

Les flûtistes échangent un regard. Elles n'ont jamais rencontré Félix, mais Amara les a prévenues que son ancien maître représentait une menace et le leur a décrit au cas où il les suivrait dans la rue.

— J'ai découvert ce qui était arrivé à Didon… Il a jeté son corps à la décharge. Il ne l'a pas enterrée. Quand il me l'a dit…

— Tu ne l'as pas menacé, si ? Oh, dis-moi que tu ne l'as pas menacé…

Amara revoit le bureau de Félix, complètement détruit – les jarres en pièces, la chaise en morceaux. Les braises de sa fureur s'embrasent à nouveau.

— Je l'ai traité de fils de pute et j'ai prié pour sa mort.

Laïs étouffe un rire nerveux, mais Victoria éclate de rage :

— Tu as fait quoi ?

— Il l'a laissée pourrir ! s'exclame Amara qui s'irrite maintenant contre elle. Tu comprends, ça ? Son âme ne connaîtra jamais la paix ! Elle ne rejoindra jamais ses ancêtres ! Maintenant, elle est piégée entre ce monde et l'autre. Voilà ce qu'il lui a fait !

— Alors, tu aurais dû laisser son âme se venger d'elle-même ! crie Victoria en désignant la fresque au mur. Au lieu de nous exposer toutes à la revanche de Félix !

Elle a parfaitement raison, ce qui ne fait que décupler la colère d'Amara :

— Tu lui trouves toujours des excuses quoi qu'il fasse !

— C'est sur moi qu'il va se venger ! lui hurle Victoria. Ou sur l'une des filles ! Quand Simon l'a contrarié, c'est Drauca qui est morte ! Il ne peut pas te faire de mal, pas sans défier Rufus, alors qui est-ce qui reste ? À partir de maintenant, je veux que Juventus nous accompagne dans nos soirées, pour nous protéger. Et ce ne sera pas du luxe !

— Bien sûr qu'il vous accompagnera, dit Amara, contrite. Et je suis désolée de te faire courir ce risque, vraiment. Mais je n'avais pas le choix.

— Tu as toujours fait ce que tu voulais, Amara. Ça ne change pas.

Victoria quitte le jardin en trombe, abandonnant les flûtistes.

— Ton ancien maître… demande nerveusement Phébé en grec. Il est vraiment si terrible ?

Amara songe à tout ce qu'il lui a infligé, tout ce qu'il a infligé à tant d'autres. Son manque total de compassion, sa rancune si tenace.

— Si tu savais, répond-elle.

Victoria refuse d'adresser la parole à Amara pour le reste de l'après-midi. En apprenant la nouvelle, Britannica propose aussitôt d'aller tuer Félix : *frapper les premiers.* Écartelée entre ces deux extrêmes, Amara est toujours plus agitée. Le temps que la nuit lui ramène Philos, sa colère s'est tarie en ne laissant derrière elle que le sédiment noirâtre de la peur.

— Qu'est-ce que j'ai fait ? murmure-t-elle lorsqu'il s'assoit près d'elle. Mais qu'est-ce que j'ai fait ?

Il semble aussi angoissé qu'elle, ce qui n'est pas pour la rassurer.

— Ne t'en fais pas, dit-il. Nous trouverons bien une solution…

— Il a laissé le corps de Didon à la décharge. Il l'a laissée là comme si personne ne l'aimait. Comme si elle n'était rien. Je n'ai pas pu le supporter…

— Je sais, souffle-t-il en la serrant contre lui. Je ne t'en veux pas. Ce n'est pas ta faute.

— Bien sûr que si !

— Non. Parfois, les choses dépassent ce que l'on peut supporter.

— Tu n'aurais jamais perdu le contrôle de toi-même comme ça.

Philos se dégage avec douceur de son étreinte pour lui prendre les mains.

— Mais si, insiste-t-il. Ça m'est déjà arrivé.

Amara libère sa main droite pour la poser sur sa tunique, à la hauteur de la marque au fer rouge. Elle n'a jamais osé lui demander pourquoi on la lui avait infligée.

— C'est pour ça qu'on t'a… ?

Philos déplace sa main comme si la cicatrice était encore douloureuse.

— Tu te rappelles, il y a quelques mois, quand je t'ai raconté que j'avais un jour pleuré au lit avec une fille ? Je l'ai bel et bien revue. Je l'aimais beaucoup.

Il s'interrompt. Amara est sur le point de lui dire qu'il n'a pas à lui raconter toute l'histoire, mais il poursuit :

— Nous étions mariés.

— *Mariés ?*

— Je sais, les mariages entre esclaves n'ont rien d'officiel, tempère-t-il comme si là était la raison de sa surprise. Mais malgré tout, ça arrive.

Un autre silence.

— Elle s'appelait Restituta.

L'espace d'un instant, l'ombre de son épouse semble passer entre eux.

— Quand j'ai cessé d'intéresser Térentius, c'était presque pire qu'avant. Je ne savais pas quoi faire de moi-même. Je détestais ce à quoi il m'avait réduit. J'avais l'impression qu'il avait tout détruit. Et Restituta était si gentille… Je ne saurais pas t'expliquer à quel point.

— Autant que tu l'es envers moi, devine Amara.

Peut-être, s'avise-t-elle, Philos n'a-t-il pas toujours été aussi doux ; peut-être l'a-t-il appris grâce à l'amour que lui a témoigné cette autre femme.

— Quand on se marie, entre deux esclaves d'une même maisonnée, on sait bien qu'une séparation est toujours possible, mais on espère que ce ne sera pas le cas. Je ne sais même pas pourquoi la famille a décidé de la vendre. Quand nous l'avons appris, nous étions affolés. J'ai promis à Restituta d'aller voir Térentius. Je lui ai promis quc jc pourrais lc fairc changer d'avis.

Il s'interrompt. Amara ne comprend que trop à quel point Philos et Restituta devaient être désespérés ; elle-même a du mal à respirer en y songeant.

— Je l'ai supplié. J'ai pleuré. Je me suis mis à genoux. Et quand il a refusé… Je ne me rappelle même pas ce qui s'est passé. Je sais que j'ai saccagé la pièce, que je lui ai hurlé des choses. Quoi que j'aie fait, des coups de fouet ne suffisaient pas à me punir. Mais le fer rouge n'était pas le pire : ils ne m'ont pas laissé dire au revoir à ma femme. Je ne l'ai jamais revue.

Amara lui étreint la main, incapable de trouver les mots pour le réconforter. Elle s'était bien demandé ce que cachait cette marque mais, sans savoir exactement ce qu'elle imaginait, elle n'avait tout de même pas soupçonné une souffrance pareille.

— Nous avons pu échanger quelques messages après son départ, grâce au réseau des esclaves, qui est très lent – il repose principalement sur les portiers, en espérant qu'ils aient bonne mémoire. Puis, il y a deux ans, j'ai appris qu'elle était morte en couches.

Sa voix se brise. Il détourne la tête.

— J'espère qu'elle portait l'enfant d'un homme qui l'aimait.

— Je suis tellement désolée, Philos… murmure Amara en le prenant dans ses bras.

Leur étreinte dure un long moment, en silence. Lorsque Philos reprend la parole, c'est d'une voix toujours mal assurée.

— Je ne suis pas aussi gentil que tu le crois. Quand Rufus m'a informé que j'allais diriger la maisonnée de sa concubine, cette fille que j'escortais depuis le bordel, je voulais te séduire pour lui faire du mal. Mais quand tu es arrivée ici, je suis tombé amoureux de toi…

— J'ai fait bien pire que songer à séduire quelqu'un par vengeance, crois-moi, lui assure Amara, touchée qu'il se sente coupable pour un crime qu'il n'a même pas commis.

Elle s'allonge et l'entraîne avec elle pour qu'ils puissent se serrer plus confortablement. Ils appuient leurs fronts l'un contre l'autre, et elle sent la main de Philos se poser sur sa nuque.

— Je suis désolé de ne pas t'avoir parlé de Restituta avant. Mais maintenant que je l'ai fait… est-ce que tu crois que tu pourrais me parler de Félix ?

— Je t'ai déjà raconté ce qui s'est passé aujourd'hui.

— Ce n'est pas ça que je veux dire…

Songer à Félix fait mal, et Amara sait que si Philos expose ses plus grandes hontes, la douleur n'en sera que plus intense.

— Je ne vois pas où tu veux en venir.

— Tu m'as dit un jour que tu ne l'avais jamais aimé, mais j'ai toujours eu l'impression que ce n'était pas tout à fait vrai. Non, s'il te plaît, insiste Philos en la retenant lorsqu'elle tente de s'écarter. Mon amour, je ne suis pas jaloux. Je cherche juste à comprendre.

Amara revoit Félix au marché aux esclaves de Puteoli. Sa façon de se tenir à l'écart de ceux qui l'entouraient, dans la pleine lumière du soleil. Elle n'avait jamais vu d'homme aussi beau. Et quand il s'était approché, quand il leur avait souri, à Didon et elle, quel soulagement. Elle était encore assez naïve pour s'imaginer qu'il ne serait pas cruel.

— Je ne veux pas y penser, répond-elle d'une voix qui se brise. Ne me demande pas de faire ça...

— Ce n'est pas grave, si tu l'as aimé. Ce n'est pas ta faute. Tu le sais, n'est-ce pas ?

— Tu n'as pas eu l'idiotie d'aimer Térentius, n'est-ce pas ? Après tout ce qu'il t'a fait ?

— Non, pas Térentius. Mais j'ai beaucoup aimé mon premier maître. J'ai passé des années à essayer d'attirer son attention, de l'impressionner, d'être aussi important pour lui qu'il l'était pour moi. C'est si courant... Je ne voudrais pas que tu te sentes coupable pour une chose pareille.

— Comment ne pas me sentir coupable ? Je le hais tellement ! J'ai mille fois souhaité sa mort ! Et pourtant, quand j'ai cru qu'il allait vraiment mourir, quand Balbus est arrivé avec son couteau, j'ai prié pour qu'il esquive...

Elle s'interrompt pour se maîtriser : elle ne veut pas pleurer.

— Et c'est Didon qui s'est fait poignarder à sa place.

Une telle vague de dégoût l'envahit qu'elle s'attend presque à ce que Philos la ressente également et se recule. Mais il n'en fait rien.

— Même si tu as prié pour que Félix vive, ça ne signifie pas que tu voulais la mort de Didon. Ce n'était pas ta faute.

— Peut-être, concède Amara.

L'admettre à haute voix lui donne l'impression de se délester d'un très lourd fardeau.

— Mais ce qui s'est passé aujourd'hui, ça, c'était ma faute.

— Est-ce que tu me considères comme coupable pour ce qui s'est passé avec Restituta ? Non ? Alors pourquoi t'en voudrais-je pour ce que tu as fait ? Tu n'as pas un cœur de pierre. Si seulement je t'avais posé ces questions sur Félix bien avant… J'aurais dû comprendre que n'importe qui aurait fini par craquer.

— Je ne suis pas sûre que ça aurait changé quelque chose, puisque de toute façon, je ne t'aurais pas écouté, tente-t-elle de plaisanter.

— J'imagine que c'est vrai, sourit Philos. Mais j'espère que tu m'écouteras quand je te dis qu'il est plus que temps de régler la dette. Maintenant que Drusilla a un nouvel amant, tu ne pourrais pas lui emprunter cet argent ?

— Trois mille sesterces, c'est encore beaucoup trop !

— Je crois qu'il le faut. Mieux vaut contrarier Drusilla que retourner voir Félix.

Amara soupire. Il a raison, bien sûr. Philos l'embrasse au coin de la bouche.

— Mais tout ça peut attendre demain. Je vais te laisser te reposer.

— Je ne suis pas fatiguée. Pas encore, dit Amara en le retenant. Sauf si tu préfères y aller…

En guise de réponse, Philos l'étreint si fort qu'il efface tout espace entre eux, et l'enveloppe entièrement dans la chaleur de son corps.

Chapitre 34

Gloire au profit !

Mosaïque dans une maison pompéienne

La villa doit être l'une des plus ostentatoires de la ville. Amara passe l'immense portail aux côtés de Philos. Au sol, un poulpe géant déploie ses tentacules de mosaïque, entouré d'une inscription : *Le bonheur est dans le profit.* Ampliatus ne cherche pas à dissimuler quels dieux l'on vénère dans sa maison. Le portier qui les accueille est vêtu d'une tunique écarlate, ses sandales si bien huilées qu'on peut se voir dedans.

— Mon maître vous attend ? demande-t-il d'un air dubitatif.

— Nous sommes là pour voir Drusilla, répond Amara. Son intendant Joséphus m'a dit qu'elle accueillait ses visiteurs ici. Je suis Amara, concubine de Placidus Rufus.

À ce nom, on les laisse entrer, même si le portier ne peut cacher sa contrariété devant ces visiteurs imprévus. Il appelle une jeune esclave, vêtue de pourpre comme lui.

— Votre esclave doit patienter ici. Celle-ci vous guidera jusqu'à Drusilla.

Amara abandonne Philos et suit la servante dans l'immense atrium aux murs rouges où l'on a peint une glorieuse cité en trompe-l'œil – ce doit être Rome. La fontaine centrale représente un dauphin qui envoie son jet d'eau très haut dans les airs pour le faire retomber en une cascade qui la brumise au passage.

Le jardin croule sous les roses, organisées en treilles sur les murs et en buissons autour de l'énorme bassin où nagent des poissons. Le parfum des fleurs se mêle à la brise marine. Drusilla, assise à l'ombre d'une alcôve, est plongée dans un travail de broderie, ce qui stupéfie Amara. Une autre servante, inconnue, se tient à ses côtés.

— Amara ! s'exclame Drusilla en se levant, ravie. Quelle bonne surprise de te voir ici !

— Ce jardin est magnifique, commente Amara qui s'assoit à ses côtés sur le marbre garni d'épais coussins.

Drusilla replie son travail avec mille précautions – une tunique qu'elle lisse pour éviter les plis. Amara s'amuse de la voir occupée à une tâche si maritale :

— C'est pour Ampliatus ?

— Il aime bien les petites attentions. Et j'aime bien lui en prodiguer.

Son affection semble sincère, même si Amara sait bien que Drusilla est une formidable actrice et que la servante qui les écoute doit être la propriété de l'homme en question.

— Apporte-nous des rafraîchissements, lui ordonne Drusilla. Et quand tu reviendras, va près de la fontaine jusqu'à ce que je t'appelle.

Dès que la fille s'est éloignée, Amara s'écrie :

— Cet endroit est extraordinaire !

— Je te l'avais bien dit, se rengorge Drusilla.

— Et c'est quoi, cette tunique ? Je ne savais même pas que tu savais coudre !

— Bien sûr que je sais coudre, s'agace Drusilla. Il aime bien porter ce que je lui ai fabriqué. Il affirme qu'ainsi, je suis toujours près de son cœur.

— Mais… tu l'aimes bien !

Amara ne l'avait encore jamais entendue rapporter ainsi les flatteries d'un client avec affection. Drusilla plisse les lèvres :

— Et pourquoi je ne l'aimerais pas ? Qui n'apprécierait pas tous ces petits compliments ?

Elle baisse la voix :

— C'est mieux qu'un homme comme Quintus, qui prend tout ce qu'il peut et dont les cadeaux te donnent l'impression d'être une putain.

— Je suis heureuse d'entendre qu'Ampliatus te traite bien.

— Et surtout, il est gentil avec Primus, murmure-t-elle. Il l'a emmené faire le tour des entrepôts du port, comme un petit prince. Aucun de mes amants ne s'était intéressé à mon fils jusque-là, ils s'en agaçaient tous. Ampliatus lui raconte des histoires ! Primus *l'adore.*

Amara est si habituée à la scintillante façade que Drusilla présente au monde – aussi dure que du diamant – qu'elle n'aurait jamais imaginé la voir si vulnérable. Faut-il s'étonner que gagner le cœur de Drusilla ne se fasse ni par le sexe, ni par les flatteries, ni même par la richesse, mais par la gentillesse envers son enfant ?

— Tu as l'air d'être tombée sur un homme bien.

— Oui, enfin, ça reste un homme. Et alors, toi, comment va Rufus ? J'espère qu'il compte passer au moins un peu des Némoralies avec toi…

— Je les passerai avec Julia. Rufus m'a dit qu'il devait passer le festival avec ses parents.

— Ses *parents ?*

— Oui, moi non plus, ça ne m'a pas semblé de très bon augure.

Drusilla reste silencieuse un moment. La servante, qui est revenue avec deux verres sur un plateau, patiente à l'autre bout du jardin, mais Drusilla ne lui fait pas signe de venir.

— Tu as réfléchi à ce dont nous avions discuté ?

— Oui, et j'ai arrêté.

— Complètement ?

— Complètement. Depuis plusieurs semaines déjà.

Les deux femmes se dévisagent, conscientes de ce que cela implique. Ce moment d'intimité est si inhabituel qu'Amara s'en veut de le ruiner en demandant un prêt, mais il le faut.

— Drusilla, commence-t-elle en lui prenant la main. Il faut que je te demande quelque chose, et j'espère que tu pourras me le pardonner. C'est pour cela que je suis venue te voir aujourd'hui.

— Quoi donc ? demande Drusilla, méfiante.

— Je suis toujours endettée envers Félix pour Victoria, et si Rufus me quitte, je me retrouverai sans protection. C'est bien trop demander, j'en ai conscience, mais je te supplie, en tant que mon amie, de me prêter l'argent. Je jure de te rembourser au taux de ton choix et de te céder entièrement Phébé et Laïs, ainsi que tout ce qu'elles pourraient te rapporter.

— Combien ?

— Trois mille sesterces.

Drusilla prend une soudaine inspiration.

— Comment comptes-tu me rembourser si Rufus t'abandonne ?

La question est brutale, mais Amara s'y attendait.

— Je ne suis pas sans amis, explique-t-elle. L'amiral considère toujours qu'un lien existe entre nous, et Julia m'a déjà ouvert quelques autres… possibilités.

Elles sont si proches de la mer que dans le silence qui s'ensuit, Amara entend tous les bruits du port – les bateaux que l'on décharge, le criaillement des mouettes.

Drusilla la fait attendre, et pour cela, Amara ne peut s'empêcher de la détester un peu.

— D'accord.

Amara s'agrippe au banc, en proie à un soulagement vertigineux.

— Et sans intérêts. Mais tu ne pourras plus me demander aucun service tant que tu ne m'auras pas remboursée. Et je dois t'avertir : si Rufus te quitte, je ne pourrai pas t'héberger.

En voyant l'expression blessée d'Amara, Drusilla s'adoucit :

— Je suis désolée. Je ne voulais pas te l'annoncer puisque les choses sont si instables avec ton protecteur, mais Ampliatus m'a demandée en mariage. Je vivrai avec lui désormais, et je louerai ma maison.

— Je comprends. Et je ne sais pas comment t'exprimer ma gratitude pour ta générosité, répond Amara en plaçant ses mains sur son cœur en un geste formel. Toutes mes félicitations pour ton mariage, c'est une merveilleuse nouvelle.

— Ampliatus et moi n'avons aucune intention d'en faire toute une histoire, élude Drusilla qui semble gênée. Je suis loin d'être une jeune vierge, et en tant qu'affranchi, il ne pouvait pas s'attendre à trouver une femme libre issue d'une famille illustre. Son épouse est morte il y a deux ans, et il se sent seul. Quant à moi… tu sais bien que la vie peut être précaire. Bref, cela nous arrange parfaitement, tous les deux.

Elle fait signe à la servante de s'approcher : leur conversation privée touche à sa fin.

— Envoie Philos à Joséphus avec un contrat cet après-midi. Je lui dirai de préparer l'argent.

En regagnant l'atrium, Amara trouve le portier de meilleure humeur : le torse bombé, il raconte une anecdote quelconque à Philos qui l'écoute poliment, ayant sans doute déployé beaucoup d'efforts pour gagner sa confiance. La fierté d'Amara devant l'habileté de son amant à maquiller ses émotions est quelque peu ternie lorsqu'elle songe que Drusilla a mis la main sur un homme qui règne sur la moitié du port, alors que Philos ne possède même pas sa propre tunique. Cette pensée l'envahit aussitôt de honte et elle la repousse bien vite lorsque Philos se retourne pour lui sourire.

— Ah, revoilà ta maîtresse, lance le portier qui semble fâché de devoir s'interrompre.

— En effet. Merci pour votre hospitalité, répond Philos en s'inclinant.

Le portier répond d'un hochement de tête, ravi que Philos le traite comme s'il était le maître de maison au lieu d'Ampliatus ou de sa future épouse. Dès l'instant où ils regagnent la rue, Amara chuchote à Philos :

— Elle a dit oui.

— Dieu merci, exhale-t-il.

Amara reste un instant immobile, contemplant l'activité grouillante du port.

— Je ne veux pas déjà rentrer. Tu crois qu'on pourrait se promener le long des quais ? demande-t-elle. Ou est-ce que ce serait suspect ?

— Si on nous remarque, je pourrai toujours raconter à Rufus que tu avais besoin d'air. Ce n'est pas comme si je t'avais laissée partir toute seule.

Ils contournent l'énorme villa d'Ampliatus et se dirigent vers l'une des colonnades qui encadrent le port. De petites barques de pêche tanguent contre le mur tandis que leurs propriétaires déchargent leurs filets. Amara s'écarte pour ne pas être éclaboussée par les poissons qui bondissent et se convulsent à ses pieds. Derrière l'agitation des bateaux à quai s'étend le bleu illimité de la baie, au moins aussi vaste que la distance qui semble la séparer de Philos. Songe-t-il à Restituta ? Peut-être le hante-t-elle autant que Didon hante Amara.

— Jusqu'où veux-tu aller ? s'enquiert-il.

— Aussi loin que possible, plaisante-t-elle.

Mais sa tentative d'humour ne fait que le peiner, elle le voit sur son visage.

Il y a moins de passage sous la colonnade. Amara se rappelle le jour où elle s'y était assise avec les autres louves, en balançant les jambes au-dessus du vide. Elle et Philos ne pourraient s'autoriser un moment si éhonté.

— Joséphus te donnera l'argent cet après-midi, quand tu lui apporteras le contrat, explique-t-elle. Est-ce que Rufus t'a précisé s'il comptait rester chez lui pour les Némoralies ? Drusilla trouvait bizarre qu'il les passe avec ses parents…

— Il ne les passera pas avec ses parents. Ou pas seulement.

— Tu crois qu'il a trouvé une autre femme ?

Elle en rirait presque : s'inquiéter autant d'un homme dont elle se moque éperdument. Philos s'arrête pour qu'ils puissent contempler l'eau côte à côte.

— Je le vois moins, ces jours-ci. Quand je suis chez eux, je vaque aux affaires de la famille, pas aux siennes. Mais je ne crois pas que ce soit une maîtresse. Sa famille veut le marier. En tout cas, c'est ce qu'a entendu Vitalion.

Amara s'appuie sur la colonne pour sentir quelque chose de solide sous ses doigts. Le marbre est chauffé par le soleil.

— Désolé, poursuit Philos. Je cherchais un bon moment pour t'en parler, mais… C'est aussi pour ça que je tenais à ce que tu demandes ce prêt à Drusilla.

— Il ne paiera plus pour une maison avec une concubine dedans…

— Je ne crois pas, non.

— J'en parlerai à Julia. Elle loue des appartements, je sais qu'elle en a de libres. On sera un peu serrées, avec Victoria et les filles, mais on s'en sortira. Rufus me doit bien quelque chose : s'il me jetait à la rue, ça ferait mauvais genre. Si j'implique Julia, il aura encore plus de mal à sauver la face. C'est tout ce que je lui demanderai : payer mon loyer chez Julia… et me laisser te garder. Il ne pourra pas refuser, n'est-ce pas ?

Elle cherche le regard de Philos, mais il fixe les vagues dont la lumière danse sur son visage.

— J'espère que non, dit-il.

Chapitre 35

Puisque loin du danger maintenant tu te vois,
Viens à Diane offrir l'encens que tu lui dois.

Properce, *Élégies*, II. 30.

Le jardin est empli de rires : toutes les femmes de la maisonnée se sont rassemblées, même Martha, pour se laver les cheveux tout en s'éclaboussant à grands cris. Victoria déverse sur la tête d'Amara une amphore d'eau si froide qu'elle en frissonne, mais la chaleur du soleil est tellement intense que les gouttes sèchent presque dès l'instant où elles lui touchent la peau.

Amara prend une autre amphore pour arroser Britannica qui secoue ses cheveux comme un chien : une pluie de gouttelettes tombe sur Phébé, qui pousse un cri. Martha glapit et esquive d'un bond lorsque Victoria tente de l'asperger également. Amara n'avait encore jamais vu sa servante sourire.

— Attention ! s'esclaffe-t-elle lorsque Martha manque s'effondrer dans les plates-bandes médicinales si soignées.

Victoria y verse le reste de l'eau et Martha se laisse retomber sur les pavés brûlants, en étirant les jambes. Les Némoralies sont le festival de la déesse Diane : les femmes et les esclaves sont à l'honneur. Elles n'ont rien d'autre à faire aujourd'hui que se laver les cheveux et se décorer de guirlandes de fleurs, prêtes à se joindre à la procession aux flambeaux le long du Sarno. Philos et Juventus ont été bannis dans l'atrium où ils se prélassent en jouant au backgammon. Leurs rires portent parfois jusqu'aux jardins. Amara se laisse distraire par cette atmosphère de fête, en se répétant qu'elle s'inquiétera au sujet de Félix et Rufus après le festival.

Assise au bord du bassin, Victoria y laisse courir sa main.

— Je sais ce que je demanderai à Diane ce soir, annonce-t-elle.

— Des victoires sans fin pour Crescens ? suggère Amara.

Victoria plisse les lèvres, signe qu'elle ne veut rien révéler. Laïs s'ébouriffe les cheveux pour les faire sécher plus vite et lance :

— On ne peut pas demander des bénédictions d'amour à Artémis ! Elle a bien des visages, mais ça reste une déesse vierge…

— Alors, tu ne lui demanderas pas son aide pour piéger le cœur de Juventus ? la nargue Victoria.

— Une fois, rien qu'une fois, j'ai évoqué le fait qu'il n'était pas si laid, et tu ne me laisseras plus jamais l'oublier, soupire Laïs en levant les yeux au ciel.

— Pas besoin d'être grande chasseresse pour piéger ce cœur-là, lance Amara en songeant aux regards concupiscents du portier. Ce n'est pas comme s'il se faisait désirer.

Elles éclatent de rire et Amara espère soudain que Juventus ne peut pas les entendre.

— Plutôt lui que Philos, lance Victoria avec un frisson théâtral. Avec ses bras maigrichons !

Cette fois, les rires sont moins vifs. Amara penche la tête pour laisser ses cheveux lui cacher le visage, en les démêlant de ses doigts. Le corps de Philos lui est aussi cher que familier, et au fil de leur relation, son amant n'a fait que gagner en confiance, sans plus se soucier de dissimuler sa cicatrice. Elle n'aime pas qu'on se moque de lui.

— D'accord, mais il a vraiment un beau visage, contre Phébé.

— Un beau visage ? s'amuse Victoria. Ne me dis pas qu'il te plaît !

— Je n'ai pas dit ça, se défend Phébé dont la rougeur soudaine semble trahir le contraire. Ce n'est pas parce que je le trouve beau que je veux entrer dans son lit !

— Il a un beau visage, oui, appuie Britannica qui se cure les dents.

Cette déclaration est si inattendue que toutes éclatent à nouveau de rire. Britannica, que les railleries n'incommodent guère, hausse les épaules. Mais elle soutient un instant le regard d'Amara avant de détourner les yeux.

— On dirait que tu as une rivale, Phébé ! lance Victoria d'un ton narquois.

Amara se rappelle les taquineries incessantes de Victoria à l'encontre de Béronice au bordel. Elle pourrait continuer des heures si personne n'intervient. Elle ramasse une amphore à demi vide et asperge Victoria.

— Et toi, tu te moques trop !

Victoria pousse un cri suraigu et plonge la main dans la fontaine pour éclabousser Amara en retour : toutes s'égaillent à nouveau en hurlant et bondissant. Une fois le calme revenu, Amara part chercher le repas en cuisine. Il lui faut plusieurs allers-retours pour tout apporter. En tant que maîtresse de maisonnée, c'est elle qui doit servir les autres en ce jour de festival. La cuisine est minuscule, une simple alcôve où griller de la viande ou réchauffer des plats. Elle s'ouvre sur un cellier garni d'étagères, qui donne lui-même sur les latrines. Amara est prise de nausée face aux relents de fumée de bois, de poisson cuit et d'excrément. Pas étonnant que ni Martha ni Juventus n'apprécient d'y cuisiner.

Après avoir servi les femmes, Amara apporte leur part aux hommes dans l'atrium. Ses cheveux gouttent sur le sol au rythme de ses pas. Juventus laisse courir ses yeux sur le tissu mouillé qui lui colle au corps, mais elle le remarque à peine, happée par le sourire que lui adresse Philos.

— Mais tu gagnes ! remarque-t-elle en regardant son côté du plateau tout en déposant l'assiette.

Il est si proche, et ses yeux sont si pleins d'affection, qu'elle doit faire un effort pour ne pas l'embrasser. Juventus grimace :

— On n'a pas encore fini la partie.

Philos lui répond en dialecte quelques mots qui le décrispent. Tandis qu'Amara s'éloigne, Juventus lance une phrase aux accents salaces, parachevée d'un rire gras. Amara a travaillé au bordel assez longtemps pour reconnaître les remarques grivoises, qu'importe la langue. La réponse de Philos semble plus neutre, mais Juventus rit encore plus fort en l'entendant, ce qu'Amara n'apprécie guère.

— Si tu veux Juventus, sers-toi, lance-t-elle en grec à Laïs en s'asseyant près de lui. Peut-être qu'il serait plus tolérable s'il se trouvait une femme.

— Paie-moi et je le fais, répond Laïs, le sourcil levé.

L'espace d'un instant, Amara croit à une plaisanterie. Mais Laïs est parfaitement sérieuse : elle veut gagner de l'argent. Comme Amara le voulait à l'Antre des Louves.

— Si c'est ce que tu veux, d'accord.

— Tu pourrais le faire payer aussi, suggère Laïs. Et on se partage les gains ?

— Non, garde tout ce qu'il paie. C'est toi qui travailles, après tout. Mais pas besoin de le dire à Juventus.

En voyant le sourire en coin de Laïs, Amara la soupçonne d'avoir prévu cette réponse de la part de sa maîtresse. *Je ne suis pas comme Félix,* songe Amara, *ou elle n'aurait même pas osé me poser la question.* L'angoisse qu'elle tentait de réprimer se soulève à nouveau. Son regard porte vers Britannica, à la stature si haute et musculeuse, si rassurante, debout près de la fontaine. Les hommes n'ont pas le droit de les accompagner pour le rituel du soir, mais si Félix tente quelque chose sur le trajet du retour, Britannica sera armée.

Le soir tombe et adoucit enfin la chaleur d'août. Victoria part chercher les guirlandes de fleurs dans l'atrium. Les deux affranchies aident les esclaves à se préparer – Victoria prête main-forte aux flûtistes tandis qu'Amara tresse des fleurs dans les épaisses boucles noires de Martha et tente de persuader Britannica de porter une couronne d'amarantes.

— La déesse sera plus réceptive à tes prières si ta tenue lui fait honneur, insiste-t-elle comme Britannica se dérobe.

— Pas trop, marmonne la Bretonne en laissant enfin Amara la coiffer des fleurs écarlates.

Sur ses cheveux roux, on croirait une couronne de feu. Elle lève le menton vers Amara.

— Tu crois que la déesse de la chasse va m'écouter, moi ?

— Je l'espère, répond Amara en pressant une main sur son cœur.

Elles se tournent vers le mur où se tient Didon, une version de Diane qu'elles révèrent toutes deux.

— Je veux la venger, lance Britannica comme si elle s'adressait directement à elle.

— Tu sais écrire, au moins ? s'enquiert Victoria, occupée à griffonner au charbon sur l'un des cinq rubans qu'elles laisseront au temple.

Martha, qui est juive, n'adressera pas de prières à la déesse et n'a pas voulu d'un ruban. Amara est surprise qu'elle n'ait pas entièrement refusé de se joindre à la procession.

— Je peux écrire la prière de Britannica, répond Amara.

Elle étale deux rubans blancs sur le banc de marbre, écrit *vengeance* sur le premier, et *délivrance* sur le second, pour elle-même.

À l'approche du crépuscule, elles décident de préparer les flambeaux. Amara repart dans le cellier en retenant son souffle pour ne rien sentir et prend les petites torches de terre cuite qu'elle et Victoria ont achetées au Forum. De retour dans le jardin, elle trouve Philos qui l'attend avec une lampe à huile. Les femmes y allument leurs torches l'une après l'autre. En les regardant, Amara se demande combien de temps encore elles vivront ensemble sous un même toit. La peur qui lui serre la poitrine n'est pas son angoisse ordinaire, celle d'être séparée de Philos : elle s'est habituée à cet endroit, à cette presque famille qu'elle a rassemblée autour d'elle…

Elle allume son flambeau la dernière, en touchant la main de Philos sous prétexte de stabiliser la lampe à huile. Un lien sans paroles entre eux. D'un regard, elle vérifie que toutes les torches sont allumées, puis mène les autres vers l'atrium plongé dans les ténèbres. Juventus leur ouvre la porte sur la rue.

D'autres femmes longent déjà les trottoirs, des torches ou des bougies à la main. Les plus lointaines scintillent comme une foule d'étoiles dans le soir qui monte. Penchés à la fenêtre ou debout sur le pas de la porte, des hommes et enfants les regardent passer ; les voisins s'interpellent en riant, et la bonne humeur qui règne réchauffe autant l'atmosphère que les derniers rayons du soleil. Laïs et Phébé se tiennent par la main, comme Amara le faisait autrefois avec Didon. Elles finiront par être revendues ; lorsque cela se produira, Amara espère qu'elles ne seront pas séparées.

L'obscurité se fait plus profonde tandis que la procession quitte la ville par la porte du Théâtre, en direction de la rivière. Un chemin à l'écart de la route est balisé de torches brûlantes pour les guider. Elles passent devant des villas, des vignes, illuminées sur leur passage. Quelques-unes des femmes se lancent dans une chanson et Victoria se joint à eux d'une voix forte. Amara ne connaît pas les paroles.

Le petit temple de Diane est niché dans la courbe de la rivière, entouré de cyprès, de flammes dansantes et d'une foule de femmes. Malgré leur nombre, il fait bien moins chaud ici, près des tumultueuses eaux noires, et Amara n'est pas fâchée de s'être couverte d'une cape. Pas de rituel, pas de prêtre : Amara et les autres attendent leur tour pour nouer leurs rubans aux branches des cyprès. Britannica attache le sien si haut qu'il pend seul au-dessus des autres.

— Quelqu'un a apporté des offrandes ? demande Amara.

Comme les autres secouent la tête, elle se tourne vers Britannica et lui demande de l'accompagner pendant qu'elle va déposer la sienne. La Bretonne hoche la tête d'un air féroce, plus sinistre encore à la lueur de sa torche : elle doit avoir très envie de voir quel vœu de violence Amara offrira à Diane chasseresse. Côte à côte, elles se dirigent vers le monceau d'offrandes.

Une petite statue de marbre observe ses suppliantes. Amara la fixe en attendant son tour. La déesse de la lune lui rappellera toujours Félix, qui l'avait comparée à Amara pour sa sauvagerie et son orgueil. C'est une effigie de Diane que lui a offerte Amara en gage de sa haine éternelle. Mais ce soir, elle n'a pas apporté de cerf d'argile ni de chien de chasse. Lorsqu'elle atteint enfin le temple, elle tend sa torche à Britannica et dépose au bord du tas la statuette d'une mère avec son enfant.

Chapitre 36

Restitutus s'est joué de bien des filles.

Graffiti de Pompéi

L'eau qui glougloute sur les marches de pierre semble faire écho au rire de Julia. Amara n'avait encore jamais pénétré la salle à manger ouverte sur le jardin, réservée aux invités et aux locataires. L'endroit est si relaxant : quoi de mieux pour célébrer le deuxième jour des Némoralies ? Les murs sont bleu sombre, décorés de scènes du Nil égyptien, sous le regard de la déesse Isis. Des flacons de vin et des figues ont été disposés sur une table de bronze soutenue par trois satyres tumescents.

Par la grâce du festival qui renverse les hiérarchies sociales, Britannica a également été conviée. À la grande surprise d'Amara, Julia et Livia se sont montrées très aimables envers la taciturne Bretonne, en admirant sa force et en l'encourageant à leur montrer quelques passes d'armes au couteau.

— On dirait qu'elle danse ! s'extasie Livia devant les mouvements de chat de Britannica, sous l'ombre de la colonnade qui borde le long bassin. Elle sait vraiment ce qu'elle fait !

— Elle m'est très loyale, dit Amara, heureuse que quelqu'un d'autre que Philos comprenne son amour pour Britannica. Et très chère.

— Je n'arrive pas à croire qu'elle t'enseigne comment te servir d'une lame, renchérit Julia. Quelle fille mystérieuse tu fais… Dommage que Rufus n'ait pas pu se libérer au moins pour une partie du festival.

La remarque semble innocente, accompagnée d'un trait de vin, mais Amara connaît assez Julia pour ne pas s'y tromper.

— Ses parents ont insisté pour qu'il reste à leurs côtés, répond-elle. Il ne m'en a pas encore parlé, mais je crois qu'il compte bientôt se marier.

— Je me demandais si tu avais entendu les rumeurs. Ce n'est guère surprenant, puisqu'il se présente aux élections l'an prochain.

— Il ne m'a jamais beaucoup plu, ce Rufus, lance Livia sans quitter Britannica des yeux. Du genre pourri gâté, non ?

— Tous les hommes le sont, déclare Julia. Mais certains se bonifient avec l'âge, comme ce cher vieux Pline. Ou mon ami Démétrius…

— Rufus ne me donne jamais de nouvelles de l'amiral, dit Amara, gênée par la remarque de son amie. J'espère qu'il va bien ?

— Tous les deux vont très bien. J'essaie de persuader Démétrius de venir me rendre visite la prochaine fois qu'il fera le tour de ses propriétés. Je serais peut-être plus convaincante si j'avais une jolie locataire à lui présenter…

— Tu crois vraiment que je pourrais m'installer ici ?

— Bien sûr, lance Livia à la place de sa tante, tout en se laissant aller contre elle. Même si elle ne t'aimait pas, elle te supplierait quand même de prendre cet appartement. Personne n'en veut !

— Ne fais pas la mégère, lance Julia avec une tape affectueuse. Cela dit, Amara chérie, elle a raison.

L'endroit est bien plus petit que ta résidence actuelle, sans beaucoup de lumière. Mais bien sûr, tu pourrais profiter du jardin.

Des larmes de soulagement brûlent aux yeux d'Amara.

— Merci beaucoup, répond-elle d'une voix qu'elle parvient à empêcher de trembler. Je ne sais pas comment vous exprimer ma gratitude…

— Ce n'est rien, élude Julia d'un geste de la main. Au fait, tu crois que ta Bretonne a faim ? Dis-lui de revenir par ici. J'ai très envie de lui demander à quoi ressemble son pays. Mon père s'y intéressait beaucoup.

Amara comptait rester tard, mais elle se découvre épuisée et ne cesse de piquer du nez, bercée par le murmure de la fontaine. Lorsqu'elle repart chez elle avec Britannica, la nuit n'est pas encore tombée. La plupart des commerces sont fermés pour le festival, si bien que les rues sont moins bondées qu'à l'ordinaire.

En entrant dans l'atrium, elle entend des voix dans la salle à manger, ce qui l'étonne. Elle s'attendait à trouver la maison vide : Rufus a envoyé chercher Philos dans l'après-midi, les flûtistes jouent pour Drusilla et Ampliatus sur le port, et Victoria avait rendez-vous avec Crescens. Mais voilà que le rire de cette dernière tranche dans la fin d'après-midi. Amara est rentrée avec plusieurs heures d'avance.

— C'est le maître ? murmure-t-elle à Juventus, mortifiée à l'idée de le surprendre dans les bras de son amie.

— Crescens, marmonne Juventus en baissant les yeux. Le gladiateur.

— Elle a amené un *gladiateur* dans la maison ?

— Son visage était caché sous un capuchon ! proteste Juventus. Je n'ai même pas pu le voir correctement alors qu'il est passé tout près de moi…

— Mais c'est encore pire ! Et si les voisins racontent à Rufus qu'on fait entrer des hommes sous cape ?

— Et s'il nous voyait partir en expédition pour le bordel ? s'irrite Juventus. Ce n'est pas un repaire de vestales, ici !

Face à son expression rebelle, Amara comprend qu'elle a perdu jusqu'aux dernières traces de son autorité sur lui. Sans Britannica à ses côtés, Juventus ne s'en serait sans doute pas tenu là.

— Très bien, je m'en occupe moi-même, gronde-t-elle.

Elle traverse l'atrium à grands pas, suivie de la Bretonne. Sur le seuil de la salle à manger, elle s'immobilise. Les voix se sont tues, ce qui réveille son malaise. Ne ferait-elle mieux pas d'attendre qu'ils aient fini ? Mais elle finit par céder à sa colère et sa curiosité, et pousse la porte. Victoria et son gladiateur sont étendus sur une couche. Amara voit le dos nu de l'homme, les muscles qui jouent sous la peau, ses épaules qui se tendent à chaque mouvement. Elle pousse une exclamation ; Victoria la repère et se dégage aussitôt en remontant sa robe sur ses seins nus.

— Amara !

L'homme ne se presse pas et ramasse tranquillement sa propre tunique pour l'enfiler avant de se tourner vers elle. Le choc de le trouver chez elle est si grand qu'Amara ne peut que souffler son nom :

— Félix.

Britannica a tiré son couteau.

— Un mot de toi, gronde-t-elle, et je le tue.

Félix agrippe le manche de sa propre arme.

— Elle me semble un peu trop confiante, celle-là, lance-t-il avant de s'incliner en direction d'Amara, ironique. Ça t'arrive souvent de menacer la vie de tes invités ? Un maquereau mort, ce n'est pas le genre de scandale qui favoriserait l'entrée en politique de ton Rufus chéri…

— Sors d'ici.

— Tu ne me fais même pas visiter ? continue-t-il en s'avançant nonchalamment vers elle, mais sans quitter des yeux la lame de Britannica. Comme il est attentionné, ton amant. Regarde la décoration qu'il a choisie, toutes ces nymphes plongées dans leur musique… Heureux souvenir de l'époque où je te vendais au plus offrant…

— *J'ai dit sors d'ici !*

— Alors dis à ta chienne de garde de lâcher son couteau ! crache-t-il en tombant le masque. À moins que tu ne préfères que je l'égorge dans la salle à manger de ton joli cœur !

Amara se tourne vers Britannica.

— Fais-le sortir, mais ne le touche pas. Puis reviens ici.

Britannica abaisse son arme à contrecœur.

— Tu tentes quelque chose, c'est la mort, siffle-t-elle à Félix.

Amara essaie de fixer le mur d'en face tandis qu'il s'approche, mais il s'arrête en la forçant à lui accorder son attention.

— Je tiens toujours mes promesses, dit-il.

Ils se dévisagent. Puis Félix se détourne et se dirige vers la porte, escorté par Britannica.

C'est à peine si Amara peut supporter de regarder Victoria, qui tremble sur la couche.

— Comment as-tu pu ? Comment as-tu pu l'amener chez moi ?

— Je suis désolée.

— *Désolée* ? éclate-t-elle. C'est tout ce que tu as à dire ? Tu couchais vraiment avec Crescens, ou c'était Félix depuis le début ?

Le silence de Victoria lui répond clairement.

— Je n'arrive pas à y croire ! Putain de menteuse de merde !

— Je t'en prie ! s'écrie Victoria en joignant les mains sur sa poitrine. Je ne voulais pas te blesser, je ne voulais pas mentir… Je pensais que je pourrais le persuader d'alléger la dette ! C'est pour ça que j'ai accepté de le retrouver aux jeux. Mais quand je l'ai vu, il m'a dit à quel point je lui manquais, qu'il en crevait… Il était sincère, Amara, je le jure !

Elle éclate en sanglots :

— Je l'aime. Je l'aime, tu l'as toujours su, je ne supportais plus de ne plus le voir, c'était trop…

Britannica revient dans la pièce et ferme la porte derrière elle, si discrètement qu'Amara la remarque à peine.

— Mais tu es complètement idiote ! hurle-t-elle. Félix ne t'aime pas ! Il ne fait que se servir de toi pour se venger de moi ! Et toi, imbécile, tu le laisses faire ! Je n'arrive pas à croire que tu l'as laissé entrer chez moi ! C'était la première fois ? Il était déjà venu ?

Victoria hoche la tête, étouffée par les sanglots.

— Où est-il entré ? Qu'est-ce qu'il a vu de la maison ? Réponds-moi ! crie Amara en la secouant par les épaules.

— Il voulait tout voir ! s'écrie Victoria qui essaie de se dégager. C'est la deuxième fois qu'il vient…

Amara la relâche et inspire un grand coup, incapable d'appréhender l'étendue de sa trahison.

— Alors, il connaît le plan de la maison. Rassure-moi, tu ne lui as pas montré mes comptes ?

— Non ! Bien sûr que non !

— Pourquoi « bien sûr » ? Tu l'as fait entrer dans ma chambre. Tu le baisais ici même il y a cinq minutes encore !

L'image revient à l'esprit d'Amara, accompagnée d'une vague de rage si aveuglante qu'elle annihile tout ce qu'elle pourrait ressentir d'autre. Sa voix devient aussi glacée que celle de Félix dans ses pires jours :

— Tu es vraiment une ordure, Victoria. Pas étonnant que tes parents t'aient laissée crever à la décharge. C'était ta place depuis le début.

Les deux femmes se fixent tandis que résonnent les hideuses paroles d'Amara, plus noires que la fumée des lampes à huiles mourantes.

— Je t'ai défendue face à Félix tant de fois, répond Victoria. Quand il me sortait que tu t'en fichais de moi, que tu ne faisais que te servir de moi pour l'argent… Je t'ai défendue même après que tu m'as demandé de baiser Rufus. J'avais tellement de gratitude pour toi. Je t'aimais. Alors que depuis le début, tu n'es qu'une petite fille de médecin, une gamine pourrie gâtée qui me méprise. Comme le disait Félix.

La colère de Victoria enfle au fil de ses paroles, si bien qu'elle ne remarque pas l'objet que pose Britannica sur la table, derrière elle.

— La seule qui était assez bien pour toi, c'était Didon, pas vrai ? Toutes les deux au bordel, à froncer le nez, si supérieures… Et je sais que tu aurais échangé Didon contre moi en un clin d'œil, je le sais très bien !

Le sang bat aux tempes d'Amara. Elle se sent de retour au Forum, pendant la nuit des Saturnales. Didon se meurt à ses pieds. Amara ne peut rien faire, rien d'autre que la regarder mourir.

— C'est toi qui aurais dû mourir cette nuit-là ! vocifère-t-elle. Toi qui es si amoureuse de Félix, pourquoi tu n'as pas pris le coup de couteau, hein ? Pourquoi c'était Didon ? Elle valait mille fois mieux que toi !

— Peut-être bien, gronde Victoria avec défi. Mais regarde qui est-ce qu'on a jeté à la décharge, au final !

Les mots se brisent dans le cœur d'Amara comme des éclats de verre, en fracassant le peu de contrôle de soi qui lui restait encore. Elle saisit le couteau que Britannica a posé sur la table et, si rapidement que Victoria ne peut réagir, la saisit par les cheveux et presse la lame contre sa gorge.

— Tu le *savais* ? Il t'a avoué ce qu'il avait fait de son corps ? *Tu le savais ?* répète-t-elle face aux yeux écarquillés de Victoria.

— Non, souffle celle-ci.

— Amara. Reste calme.

Britannica pose une main sur son bras, avec douceur, pour éviter de déclencher un mouvement brusque. Victoria fixe cette femme qu'elle a si longtemps haïe et qui semble maintenant lui venir en aide : inconcevable retournement de situation.

— Je suis très calme, insiste Amara malgré son bras qui tremble.

— Tu dois la tuer maintenant.

— Non ! crie Victoria. Pitié !

Britannica agrippe l'épaule d'Amara pour la stabiliser.

— Réfléchis bien. Tout ce qu'elle sait. Tout ce qu'elle pourrait dire à Félix. Ta vie, tes secrets. Écoute-moi. Je dirai à Rufus qu'elle t'a attaquée la première. Que je t'ai défendue. Que c'est moi qui l'ai tuée.

— Amara, ne l'écoute pas, se désespère Victoria. Je ne révélerai jamais rien à Félix qui puisse te blesser, je le jure. Je t'en prie, je t'en supplie, ne fais pas ça…

Le regard d'Amara, jusque-là fixé sur son visage, glisse sur sa gorge ; elle sursaute, comme choquée par la vue du couteau dans sa propre main. Elle le laisse tomber et il rebondit sur les dalles. Victoria s'effondre sur la couche en se tenant le cou, aussi haletante qu'une femme qu'on a maintenue sous l'eau.

Britannica siffle entre ses dents et récupère l'arme pour la passer à sa ceinture.

— Tu fais une grave erreur.

Amara l'ignore, hypnotisée par la misérable silhouette qui sanglote sur la couche, l'amie qu'elle a failli assassiner.

— Je me suis endettée de milliers de sesterces pour toi, souffle-t-elle à Victoria. J'ai risqué ma vie pour te sauver. Je t'ai tout donné. Et tu me remercies en faisant entrer Félix chez moi.

— Et toi, tu as failli me tuer, réplique Victoria en retrouvant un peu de sa vivacité habituelle. Je crois bien qu'on est quittes.

— Je ne veux plus jamais te voir. Tu comprends ? Pars d'ici tout de suite.

Victoria se redresse, mal assurée, et tend la main vers elle.

— Je ne voulais pas choisir entre vous deux. Je ne voulais pas te préférer Félix…

— Mais tu l'as fait, réplique Amara en reculant d'un pas.

Les deux femmes se dévisagent. Plus aucune confiance dans les cendres de leur amitié, rien que des regrets.

Victoria fait un pas en arrière en surveillant Britannica et Amara, comme si elle craignait encore que l'une d'elles lui saute dessus. Puis elle se retourne pour ouvrir la porte et traverse l'atrium en courant. Elle bouscule Juventus pour sortir dans la rue où, sans nul doute, Félix l'attend.

Amara s'assied avec lourdeur sur la couche.

— Tu fais une grave erreur, répète Britannica. Elle te trahira bientôt.

— Que veux-tu qu'elle fasse d'autre ? dit Amara, lasse. Elle a déjà montré la maison à Félix. Il ne lui reste rien d'autre à voir.

Britannica se penche si près qu'Amara sent son souffle sur sa joue.

— Philos, murmure-t-elle.

Amara tressaille et relève les yeux vers elle : en voyant son expression, elle ne perd pas son temps à faire mine de ne pas comprendre.

— Victoria ne sait rien, murmure-t-elle. Impossible qu'elle le sache…

— Pourtant moi, je le sais.

— Comment ? Quand as-tu deviné ?

— Toi et lui, vous êtes pareils, répond-elle simplement. Victoria est aussi capable de le remarquer.

— Même si elle sait tout, je ne pouvais pas la tuer, gémit-elle. Tu me prends pour un monstre ?

— Tu le regretteras un jour. Crois-moi.

— Tu la détestes depuis le début, de toute façon, marmonne Amara.

— Et alors ? fait la Bretonne avec un certain amusement, les sourcils levés. Je déteste presque tout le monde.

Chapitre 37

J'ai racheté ma femme pour que son maître n'ait plus le droit de s'en servir comme de torchon.

Pétrone, *Le Satyricon*, LVII. 6.

Lorsque Amara se réveille le lendemain matin, elle n'a qu'un bref instant de grâce avant que la trahison de Victoria ne lui tombe dessus. Elle reste étendue, rigide, sans aucune envie de bouger. En haut du mur, les rayons de l'aube entrent par la fenêtre ouverte sur le tablinum. Amara referme les yeux, mais aussitôt, elle revoit Félix sur Victoria, le mouvement des muscles de son dos. La façon dont il s'est retourné pour lui faire face. Et pire, sa propre colère, quand elle a mis le couteau sous la gorge de Victoria. Le bruit de la lame qui tombe au sol.

Prise d'un haut-le-cœur, Amara se redresse en essayant de se contenir. Elle se roule en boule, frissonnante, jusqu'à ce que la nausée soit passée. Son front est humide de sueur. Elle se force à se lever et ouvre le coffre au pied de son lit pour en sortir ses vêtements. Le panier d'osier qui renferme ses contraceptifs de laine bouillie est toujours dans un coin de la pièce. Elle l'enfouit sous une pile de draps pour ne pas avoir à le regarder.

Le couvercle qu'elle referme lui semble très lourd. Elle se penche en avant pour s'appuyer contre le panneau de bois, gravé de sarments de vigne et de grappes de raisin qui s'impriment dans les paumes de sa main. Elle n'arrive toujours pas à digérer ce qu'a fait Victoria. Félix était là, dans ses appartements privés. Il a fouillé ses affaires, il se riait d'elle. Peut-être s'est-il étendu avec Victoria dans ce lit, ce même lit où Amara s'étend avec Philos...

Celui-ci a accueilli la nouvelle avec un calme surprenant. C'est lui qui rapportera les événements à Rufus aujourd'hui, afin de détruire entièrement la réputation de Victoria. C'est lui qui a suggéré d'affirmer que Victoria avait non seulement encouru le déshonneur de la maisonnée en y invitant un souteneur, mais aussi sali la réputation de Rufus. En jouant sur la culpabilité de ce dernier, ils espèrent qu'il sera moins enclin à décharger sa colère sur Amara, qui est après tout responsable de la présence de Victoria sous son toit.

En sortant de sa chambre, Amara trouve Martha qui l'attend déjà à la coiffeuse. L'expression de la servante est aussi lisse que de la cire : les événements de la nuit dernière n'y ont laissé aucune marque. Elle a pourtant bien dû les entendre hurler. Elle doit bien savoir que Victoria est partie.

Amara s'assied devant elle. Martha la salue à voix basse, comme chaque matin. Sa façon de la coiffer est tout aussi neutre que son visage. Elle a toujours travaillé en silence et sans douceur. Nul autre bruit que le peigne qui trace ses sillons dans la chevelure d'Amara. Celle-ci n'a quasiment rien appris sur Martha depuis son entrée dans la maison. Elle songe à son sourire inattendu pendant les Némoralies, à la solitude qu'elle doit endurer, à tout ce qu'elle a perdu. Elle aurait dû faire plus d'efforts pour gagner la confiance de sa servante, qui lui aurait alors peut-être fait part d'éventuels soupçons sur Victoria, ou sur l'homme qu'elle faisait venir.

Ce n'est qu'une fois maquillée et coiffée qu'Amara prend la parole, pour demander à Martha de faire venir Britannica. Sa servante s'incline et quitte la pièce. Quelques instants plus tard, la haute silhouette de la Bretonne se découpe dans l'encadrement de la porte et Amara ressent, pour la première fois depuis son réveil, une pointe d'espoir. Britannica n'est guère portée sur les effusions mais vient s'asseoir près d'Amara sur la couche et lui tapote le bras.

— Fabia t'a trahie aussi.

— Quoi ?

— Pendant des mois, j'allais chercher ses messages à la taverne, et elle n'a jamais rien dit sur Victoria.

— Peut-être qu'elle ne s'était pas rendu compte…

— Elle doit forcément savoir, insiste Britannica.

Une bouffée de colère rend à Amara un peu de son énergie habituelle.

— Si elle veut continuer à manger, elle a intérêt à parler.

— Viens, lance Britannica en se levant et en lui tendant la main. Allons à la taverne.

Elle la hisse sur ses pieds et pose sur elle un regard empreint d'un étonnant mélange de férocité et de tendresse.

Les deux femmes se livrent à une performance ridicule – demander à Philos la permission de se rendre au temple pour les Némoralies, comme s'il rapportait toujours les déplacements d'Amara à Rufus, comme si tous trois n'étaient pas unis dans la même trahison. Impossible de savoir si Juventus s'y trompe, mais il leur ouvre sans commentaire.

Les rues sont plus calmes qu'à l'ordinaire : les maîtres les plus généreux de Pompéi ont accordé à leurs femmes et leurs esclaves un congé même en ce dernier jour de festival. La boutique de Virgula est fermée, tout comme l'épicerie du coin de la rue. Un chien passe en trottinant, le cou orné d'une couronne de fleurs défraîchies en l'honneur de Diane. Britannica s'arrête pour l'observer en marmonnant quelque chose dans sa propre langue. Le chien se hisse sur le trottoir en griffant le rebord de ses pattes arrière. Tandis qu'elles le regardent progresser dans la rue, Britannica lance :

— Victoria est allée voir Félix.

— J'imagine que tu me trouves idiote de lui avoir fait confiance.

— Non, dit la Bretonne en reprenant son chemin. Même moi, je ne l'ai pas vu venir. Alors que je sais qu'elle est mauvaise.

Mauvaise, cela pourrait vouloir dire toute une foule de choses, toutes réduites à la brutale simplicité des phrases de Britannica, sans aucune finesse, alors qu'Amara la soupçonne d'en avoir beaucoup.

— Pourquoi n'as-tu jamais aimé Victoria ? C'est parce qu'elle t'a traitée de barbare ?

— Son regard, il est faux. J'ai toujours su qu'elle ne dit pas ce qu'elle pense vraiment. Quand tu quittais le bordel, elle changeait. Quand tu revenais, elle changeait encore.

— Quand je n'étais pas là, elle changeait d'attitude ?

— Tu es plus forte qu'elle. Je pense qu'elle le sait très bien, et qu'elle n'aime pas ça.

Britannica dévisage Amara avec un ressentiment évident.

— J'ai souvent tenté de te prévenir.

— Je croyais juste que tu ne l'aimais pas…

Britannica secoue la tête.

— Tu veux que je te dise ce que je pense de Philos ?

— Tu l'as observé ?

— Toujours, quand j'ai compris qu'il était important pour toi.

— Et qu'as-tu appris ? demande Amara que la réponse effraie malgré elle.

— Il est incapable de te protéger. Félix pourrait le tuer comme ça, dit-elle en claquant des doigts. Mais je sais qu'il est bon, ça se voit dans ses yeux.

Elle porte une main à son cœur.

— Je lui fais confiance. Il est mieux pour toi que d'autres hommes.

Les paroles de Britannica affectent Amara d'une façon qu'elle n'aurait jamais anticipée : après avoir si longtemps redouté la punition et l'opprobre, elle sent les larmes lui monter aux yeux devant cette absence de jugement. La Bretonne le remarque.

— Ah non, prévient-elle. Pas de ça.

Les voilà arrivées à la taverne d'Asellina, dont le vacarme et les relents de ragoût, de fumée et d'alcool se répandent dans la rue. On dirait bien que la propriétaire à l'air pincé n'a pas, elle, donné un jour de congé à ses esclaves. Amara se couvre la bouche pour réprimer un haut-le-cœur face à cette puanteur, et Britannica la regarde avec appréhension.

— J'y vais pour toi ?

— Non, répond Amara en secouant la tête. Il faut que je parle à Nicandrus.

Elles entrent du côté de la vente à emporter plutôt que par le bar. Nicandrus fait le service, encore plus maigre et dépenaillé que la dernière fois. Une chaleur écrasante règne à l'intérieur ; un chaudron d'eau bouillonne sur le feu près du comptoir, et dans le nuage de vapeur, Nicandrus ruisselle de sueur, les cheveux collés au front. Amara et Britannica font la queue. Nicandrus les repère bien avant leur tour et elle est heureuse de le voir appeler un autre esclave pour l'aider dans sa tâche. Même avec ce soutien, ils n'ont que quelques instants pour parler.

— Quand est-ce qu'arrive Fabia ? lui demande Amara. Elle a une routine ?

— Tous les vendredis, assez tôt, en général.

— Très bien. Ne la préviens pas qu'on vient.

Elle hésite : doit-elle lui apprendre ce qu'elle sait sur Didon ? Puis elle décide de n'en rien faire. Mieux vaut laisser Nicandrus croire que son amour a trouvé la paix.

— Merci beaucoup. Porte-toi bien, lui dit-elle.

Il hoche la tête, distrait, déjà harcelé par d'autres clients qui s'indignent de le voir gaspiller quelques secondes à discuter au lieu de servir. À l'évidence, certains pensent qu'un esclave ne devrait trouver de repos que dans la mort. Amara et Britannica l'abandonnent à sa tâche et ressortent dans la rue, pas fâchées de retrouver un air plus frais.

— C'est la faute de Félix si Nicandrus est coincé là, soupire Amara. Je n'arrive pas à croire que Zoskalès l'ait vendu à une harpie pareille !

— Les bons maîtres n'existent pas.

Elles échangent un regard, conscientes que cette même relation les unit.

— Ce n'est pas pareil, nuance Britannica. Je sais que tu vas me libérer un jour.

Elles suivent la rue principale jusqu'à retrouver le Forum. Dans cette partie de la ville, Amara a fait tous les trottoirs avec Didon. Mais aujourd'hui, en plus de sa douleur, elle ressent un lien étonnamment fort avec Britannica. Lorsqu'elles passent devant le bordel, toutes deux accélèrent le pas d'un commun accord et s'éloignent sans un mot.

La cage thoracique de pierre que constituent les colonnades du Forum emprisonne la chaleur dans son cœur de marbre blanc. Des voix s'élèvent comme l'encens devant le temple de Jupiter, en un murmure presque musical.

Pas de marchands de rue pour rompre l'enchantement par leurs cris discordants, rien que quelques derniers fleuristes qui soldent leurs ultimes offrandes fanées à Diane. Amara sélectionne deux glaïeuls moins fripés que les autres.

— Nous ne pouvons pas entrer dans le temple, explique-t-elle. Il faudra les laisser à la porte.

Elles se joignent à une petite file de femmes et d'esclaves qui font la queue devant le temple d'Apollon, où l'on vénère également Diane, la sœur du dieu. La femme qui se trouve devant Amara est lourdement enceinte et ne cesse de se caresser le ventre avec le petit bouquet qu'elle a apporté pour la déesse.

— La chasseresse aide aussi pour les accouchements ? demande Britannica.

— Oui, répond Amara.

À la porte, un serviteur aux traits fermés patiente avec un panier dans lequel les fidèles déposent silencieusement leurs offrandes. Il n'a pas l'air ravi de voir Britannica jeter un regard par-dessus sa tête à l'intérieur du temple, et la chasse d'un geste. Britannica ne semble pas disposée à lui obéir, et Amara ne la décide à bouger qu'en la tirant par le bras. En revenant vers le Forum, la Bretonne lui demande :

— La chasseresse est ta déesse, depuis toujours ?

— Non. Mes parents vénéraient Pallas Athéna avant tout.

— Mais aujourd'hui, tu offres le double à la chasseresse.

Amara reste silencieuse, et Britannica hoche la tête comme si elle n'avait pas besoin d'autre réponse.

— Philos est au courant ?

Elle fend la foule à grandes enjambées, persuadée qu'Amara pourra la suivre. Rien dans son attitude ne laisse entendre que la question pourrait être trop personnelle. *Au courant de quoi ?* manque de demander Amara. C'est la réponse qu'elle aurait donnée à Victoria. Mais impossible d'éviter le sujet avec Britannica : elle ne fera que répéter sa question sans honte aucune, de plus en plus clairement, jusqu'à obtenir l'information qu'elle recherche.

— Non, dit Amara. Pas encore.

En rentrant à la maison, elles y trouvent Phébé et Laïs de retour du port. Toutes deux murmurent avec Juventus et Philos dans l'atrium. Maintenant que Victoria est partie, il ne reste plus sous leur toit que des esclaves, en dehors d'Amara.

— Nous n'étions pas au courant, maîtresse, je vous l'assure ! s'écrie Phébé en grec dès qu'elle voit Amara.

— Je sais où elle cachait ses pourboires, ajoute Laïs. Je pourrai vous le montrer quand vous viderez sa chambre…

La chambre de Victoria. Amara n'avait pas encore songé à fouiller les affaires de son amie.

— Allons-y maintenant, ordonne-t-elle à Laïs.

Celle-ci se hâte de la précéder dans l'escalier, trop heureuse de pouvoir mettre en pièces la chambre de Victoria, et par-là même ce qui restait de sa bonne réputation. Dès qu'elle y entre, Amara se sent projetée au premier jour de l'arrivée de son amie. Toute cette joie, cette excitation… Une douleur enfle dans sa poitrine. Laïs fouille déjà les vêtements de Victoria, soigneusement pliés sur un tabouret d'angle.

— Trouvé ! s'écrie-t-elle en exhibant une bourse.

Elle la tend à Amara.

— Je crois qu'elle en faisait cadeau à Crescens… Ou plutôt, à celui qu'elle faisait passer pour Crescens.

Amara fait couler les pièces dans sa main. Quelques sous, rien de plus. Elle imagine Félix rafler les pourboires de Victoria en la récompensant par des compliments, de la tendresse. Ce doit être ainsi qu'il la traite encore. À moins qu'il ne soit furieux qu'elle ne lui ait pas rapporté davantage – et Victoria cherchera à apaiser sa colère en lui révélant encore plus d'informations sur Amara…

— Partagez-vous l'argent, annonce Amara à Phébé et Laïs qui patientent sur le seuil. Et les vêtements, tout. Servez-vous.

Elle sort sur le balcon intérieur. Philos et Juventus sont toujours en conciliabule près de la porte.

— Philos, appelle-t-elle en s'appuyant à la rambarde. Je veux savoir ce qu'a dit le maître de tout ça.

Il lève la tête, mais elle s'est déjà retirée dans son bureau, sans attendre de le regarder monter.

Dès que Philos referme la porte derrière lui, Amara abandonne sa froideur de façade et le serre contre elle.

— Non, il y a trop de gens ici, murmure-t-il en se dérobant. J'ai tout raconté à Rufus. Il était en colère, mais pas plus que prévu.

— Qu'est-ce qu'il a dit ?

— Il s'inquiète plus pour sa propre image que pour la sécurité de la maison.

— Mon opinion lui importe toujours tant que ça ? s'étonne Amara. Peut-être qu'il ne songe pas encore à se débarrasser de moi, finalement…

Philos s'appuie contre la porte et racle nerveusement la plinthe du talon, en évitant son regard.

— Je ne crois pas que ce soit l'idée. Enfin, c'est vrai qu'il m'a demandé si tu croyais aux propos de Victoria. Mais je crois qu'il voudrait surtout éviter que tout cela arrive aux oreilles d'éventuels futurs beaux-parents.

— Oh. Bien sûr.

— Mais je lui ai assuré que tu n'y étais pour rien, et il m'a cru. C'est le plus important.

Philos pose sur elle ce regard d'angoisse qui lui vient toujours lorsqu'il discute de la relation d'Amara avec Rufus.

— Et peut-être que la culpabilité de t'avoir trompée le poussera à te traiter avec plus de générosité le moment venu. En tout cas, je l'espère.

Amara lui prend la main et il l'étreint brièvement en lui embrassant le sommet du crâne.

— Ce soir, mon amour, murmure-t-il avant de la relâcher.

Elle le regarde partir et, une fois la porte refermée derrière lui, appuie la tête contre le mur et ferme les yeux.

Au réveil, elle se sent comme enfouie dans la boue. Une main lui presse l'épaule, ce qui renvoie aussitôt son corps au bordel : dans un éclair de panique, elle griffe l'air pour se défendre.

— Ce n'est que moi. Je ne voulais pas te faire peur.

Elle est au chaud dans son lit, dans sa chambre plongée dans la pénombre. Philos, le visage éclairé par la flamme vacillante de la lampe à huile, se tient près d'elle. Sa peur refuse encore de refluer.

— Qu'est-ce qui se passe ?

— Rien, dit Philos en dégageant les cheveux de son visage. Je voulais te laisser te reposer, mais tu as dormi tout l'après-midi… Tu es malade ?

Malade de peur, songe Amara qui lutte pour se redresser en position assise et n'y parvient qu'avec son aide.

— Non. Mais il faut que je t'avoue quelque chose, annonce-t-elle en se rapprochant si près que leurs genoux se touchent.

Comme elle n'arrive pas à parler, elle lui prend la main et la pose sur son ventre, en le fixant sans détour. Il lui rend son regard, d'abord confus, puis frappé par la compréhension. Elle l'entend prendre une brusque inspiration.

— Tu es sûre ? demande-t-il, les yeux si écarquillés qu'elle en voit le blanc même dans la pénombre.

Elle hoche la tête.

— Tu crois... hésite-t-il. Tu crois que c'est le mien ?

— J'en suis certaine.

— Comment peux-tu le savoir ?

— D'abord, je couche tous les jours avec toi, alors que Rufus ne me voit que de temps en temps. Mais surtout...

Elle s'interrompt. Comment va-t-il réagir ?

— Tu te rappelles, il y a deux mois, cette fois dans le bureau, quand j'ai pris peur parce que je n'avais pas mis de contraceptif ?

— Oui, bien sûr. Je ne m'étais jamais rendu compte que tu en utilisais.

— Après ça, j'ai réfléchi, et je me suis rendu compte que l'idée n'était peut-être pas mauvaise. Peut-être que j'aurais intérêt à ne plus en mettre avec toi, juste avec lui. Si je tombais enceinte, Rufus serait plus susceptible de t'autoriser à rester, car il me faudrait un intendant fiable pour prendre soin de l'enfant. Et puis...

Elle avale sa salive, embarrassée.

— Et puis, nous avons si peu de liberté. Je ne sais pas si nous parviendrons à rester ensemble ou si je te perdrai. Mais au moins, comme ça, une part de toi sera toujours avec moi.

— Tu veux dire que tu as fait *exprès ?*

— J'espère que tu pourras me pardonner...

— Te pardonner quoi ? D'avoir voulu mon enfant ?

Il cligne des yeux, s'essuie le visage, mais les larmes roulent sur ses joues et Amara craint qu'il ne se mette à sangloter. Elle le prend dans ses bras, une main à l'arrière de sa tête, l'autre sur son épaule, comme il le fait lorsque c'est lui qui la réconforte.

— Je n'ai pas le droit d'avoir une famille, souffle-t-il. Je ne pourrai jamais être officiellement le père de quiconque. Je ne suis même pas un homme. Et tu veux avoir un enfant avec moi…

Ces mots transpercent Amara par leur vérité.

— Si tu n'es pas un homme, je me demande bien comment tu as fait pour me mettre enceinte, lance-t-elle d'un ton léger, en espérant le faire rire.

Elle y parvient, et il s'écarte pour la regarder. L'anxiété se lit clairement sur son visage.

— Tu prends un tel risque…

— Des centaines de femmes accouchent tous les jours ! Je m'en sortirai, sourit Amara.

Mais elle aussi a peur. Tous deux savent bien que des centaines de femmes meurent aussi en couches. C'est d'ailleurs ce qui a tué Restituta, l'épouse de Philos.

— Tout ira bien, lui promet-elle avec un baiser. Et puis, ce n'est que le début, ça ne se voit même pas. Quand le moment sera venu, je demanderai à Drusilla de m'envoyer la sage-femme qui l'a accouchée de Primus.

— Mais un tel risque, pour moi…

— Non, le coupe-t-elle. Pas juste pour toi. C'est pour moi aussi. Je veux avoir l'enfant d'un homme que j'aime. Ce pourrait être ma seule chance.

— Comment réagira Rufus, à ton avis ? Il s'imaginera que l'enfant est de lui, évidemment…

Philos s'interrompt : il vient d'arriver à la même conclusion qu'Amara.

— L'enfant ne me verra que comme un esclave. Je ne serai jamais son père. On ne pourra jamais rien lui dire.

— Mais nous, nous saurons.

Amara tente de lui sourire à nouveau, de faire bonne figure, mais elle n'y parvient pas et soudain, sans prévenir, elle pleure si fort qu'elle peine à respirer. Philos la serre contre lui en essayant de la calmer, mais en vain.

— Ne t'en fais pas, dit-il en grec, en lui caressant les cheveux. Ne t'en fais pas, mon amour.

Même déformé par son très fort accent italien, le langage natal d'Amara l'atteint au cœur, plus que le latin ne le pourrait jamais.

— Je t'aime, sanglote-t-elle dans la même langue. Je t'aime tellement…

— Moi aussi, je t'aime. Je t'en prie, ne sois pas si triste… Tout ira bien, tu verras.

Amara parvient à retrouver assez de maîtrise pour parler clairement :

— Et si Rufus refuse de te laisser prendre soin de l'enfant ? S'il te garde auprès de lui ?

— Il n'en fera rien. Et quoi qu'il arrive, je te jure que je ferai tout pour rester auprès de toi. De vous deux, dit-il en laçant ses doigts aux siens.

Amara hoche la tête et le laisse l'attirer sur le lit, la réconforter encore. Elle ferme les yeux et tente d'y croire, même si leurs vies dépendent d'un homme qui s'éloigne d'elle chaque jour un peu plus.

Chapitre 38

Eh quoi ! Celle-là semble avoir oublié
qu'elle était autrefois flûtiste, à vendre comme une marchandise,
et que je l'ai tirée du ruisseau pour faire d'elle ce qu'elle est !
Pétrone, *Le Satyricon*, I. 64.

L'odeur de la taverne n'est pas plus supportable tôt le matin. Britannica force Amara à manger un peu de pain, en la regardant mâcher avec un air féroce qui se veut sans doute encourageant.

— Arrête de me regarder comme ça, tu vas me couper l'appétit, proteste Amara.

— C'est mieux qu'être malade.

— Contente-toi de guetter Fabia.

Assises à une table sous l'escalier, à demi cachées dans l'ombre, elles surveillent la taverne quasiment vide. C'est la voix de Nicandrus qui les alerte : il accueille bruyamment Fabia et l'accompagne jusqu'à sa place habituelle. Lorsque la vieille femme les aperçoit, il est trop tard. Nicandrus, avec sa marmite de ragoût brûlant, l'empêche de s'enfuir. Les épaules de Fabia s'affaissent lorsqu'il lui fait signe de s'asseoir.

— Tu as l'air d'aller bien, dit Amara à la vieille femme qui se courbe sur sa chaise.

Britannica renchérit d'un sourire qui révèle ses dents manquantes.

— C'est bien gentil de venir me voir, ma fille… chevrote Fabia.

— Tu es contente de ta nouvelle maîtresse ? Quel dommage que tu n'aies pas songé à m'apprendre l'heureuse nouvelle des fiançailles de Félix.

Fabia se lèche les lèvres. Pour une fois, elle ne touche pas à son plat.

— Je t'en prie… Il m'aurait tuée.

— À cause de Victoria, je pourrais tout perdre. Tu aurais pu trouver un moyen de me prévenir.

— C'est de Félix qu'on parle. Je t'en prie, répète Fabia. Ma vie ne vaut rien, à ses yeux. Et mon Paris…

— Qu'est-ce qu'il a, Paris ?

— Il m'espionne. Sur les ordres de Félix. Mon propre fils… Je prie pour que vous n'éprouviez jamais pareille douleur…

Amara ignore sa tentative de s'attirer leur sympathie.

— Raconte-moi ce qui s'est produit depuis le retour de Victoria.

Fabia se met à manger, sans son enthousiasme ordinaire.

— Il l'a emmenée fêter ça à sa nouvelle taverne. Il la sort partout en la présentant comme son affranchie et sa femme. Tu m'en veux, grimace Fabia. Mais tu crois que Béronice n'en savait rien ? Elle non plus ne t'a rien dit.

Amara sent une pointe de douleur lui traverser le ventre, aussi indigeste que le pain sec que Britannica la force à manger. Il fut un temps où elle considérait Victoria et Béronice comme ses sœurs.

— Ça ne durera pas, marmonne Fabia en s'essuyant le menton. Il finit toujours par se retourner contre elle. Je suis sûr que s'il s'est retenu tout ce temps, ce n'était que pour éviter que tu remarques les ecchymoses.

Amara songe à l'odeur de pommade de Félix, à ses cheveux gominés, et pire, à l'avidité dans son regard lorsqu'il l'a saisie par les hanches.

— Ce n'est pas Victoria qu'il veut, explique-t-elle. J'aimerais bien, pourtant.

— Il dit qu'il te détruira, murmure Fabia en courbant la nuque pour éviter son regard. Et je sais qu'il est sincère.

— Je le sais aussi.

Pour la première fois depuis l'arrivée de Fabia, Britannica s'exprime :

— Je le tuerai d'abord.

— Tu sais combien s'y sont déjà essayés ? siffle Fabia. Qu'est-ce que qui te fait croire que tu pourras y arriver ?

— Fabia, je t'en prie, lance Amara en lui prenant la main. Je ne t'en veux pas de t'être tue jusque-là. Mais il faut que tu me dises tout ce que tu sais, maintenant.

Fabia parle si bas que c'est à peine si Amara peut l'entendre :

— Il fait surveiller ta maison.

— Il compte l'attaquer ? M'attaquer, moi ?

— Victoria se vante de ces filles que tu loues avec elle depuis des mois…

— C'est aux flûtistes qu'il en veut ?

— Je ne suis sûre de rien, répond Fabia qui plisse les lèvres et reprend sa main. Tu ne crois quand même pas qu'il se confie à moi. Mais c'est comme ça qu'il fonctionne, d'habitude. Ce qu'il vise en premier chez ses rivaux, c'est leur gagne-pain.

— Merci.

Fabia hausse les épaules.

— S'il m'a fait suivre, je suis déjà morte. Alors autant te raconter tout ça.

Après avoir saucé son bol avec sa dernière croûte de pain, elle se lève pour partir. Le regard qu'elle jette à Amara est impitoyable.

— Tu aurais dû accepter sa proposition.

Tout semble différent dans le quartier d'Amara sur le trajet du retour. Elle ne s'attend pas à reconnaître qui que ce soit : ce n'est pas ainsi que fonctionne Félix. Son réseau est bien assez large pour lui permettre d'envoyer des espions inconnus d'Amara. Ou, au contraire, tout à fait familiers : l'un des marchands qu'elle salue chaque jour, acheté ou menacé.

Sans Britannica, Amara serait encore plus terrifiée. La Bretonne marche à ses côtés, une main sur son couteau, en surveillant les alentours sans relâche. Mais elle a beau être une redoutable guerrière, elle est seule et ne ferait pas le poids face à un groupe d'agresseurs.

La maison à la porte dorée se profile au loin. Du temps où Amara rêvait de fuir le bordel, cet endroit avait des airs d'impénétrable forteresse de luxe. Mais aujourd'hui, en regardant les volets de bois aux fenêtres de la boutique de Virgula, elle songe à un incendie qui les brûlerait tous dans leurs lits. Comme il serait facile d'en déclencher un à la faveur de la nuit…

— Je crois qu'il faudrait dorénavant garder la porte verrouillée, dit-elle à Juventus lorsqu'elles se glissent à l'intérieur.

— Pas maintenant. Le maître vient nous rendre visite.

Juventus fait passer sa langue sur ses dents et regarde Amara de haut en bas. Celle-ci sait que son ventre est encore plat, mais le portier semble hypnotisé par ses seins qui ont déjà grossi, en plus d'être douloureux. Il ouvre la bouche, sans doute pour faire un commentaire salace, mais se ravise en voyant l'expression de Britannica et garde ses remarques pour lui.

Amara part chercher sa harpe et va s'asseoir dans le jardin, aussi épuisée qu'angoissée. Rufus est-il lui aussi lassé de tout cela ? Lui est-il éprouvant de la voir, maintenant qu'il ne reste plus rien de sincère entre eux ? Au moins, elle sait enfin jouer correctement de l'instrument qu'il lui a offert. Elle se lance dans une mélodie qui s'accorde au murmure de la fontaine, la richesse des notes aussi douce que le clapotis de l'eau. Même Amara s'en trouve apaisée.

L'ombre de Rufus le précède dans le jardin ensoleillé. Ils échangent un regard, mais au lieu de s'approcher, son protecteur reste là, à l'observer. Il semble apprécier ce qu'elle joue, et Amara prolonge la mélodie autant que possible, en répétant encore et encore le dernier refrain, jusqu'à ce que les notes se noient dans le chuchotis du bassin. Rufus vient s'asseoir près d'elle.

— C'était magnifique.

Elle courbe la tête en s'attendant à ce qu'il l'embrasse, mais il n'en fait rien.

— Philos m'a dit que Victoria avait fait entrer le maquereau…

— Je suis tellement désolée, murmure Amara. Te faire honte était bien le dernier de mes désirs. Elle ne remettra jamais les pieds ici, je te le jure.

— Je t'avais prévenue. Tu n'aurais jamais dû l'amener ici.

— Tu avais raison. Je suis désolée.

— Une putain comme elle ne reculerait devant aucun subterfuge, ajoute-t-il.

À l'évidence, il tente de déterminer ce qu'elle sait, ou ce qu'elle croit. Amara enfouit son visage dans ses mains.

— Elle m'a raconté d'odieux mensonges. Quand je pense qu'elle a osé t'insulter ! Je t'en prie, pardonne-moi de lui avoir fait confiance. J'ai tellement honte…

Entre ses doigts, elle le voit se détendre. Il passe un bras autour de ses épaules et elle se serre contre lui. Puis il l'embrasse, et à son étreinte déjà plus exigeante, elle devine qu'il espère désormais une autre forme de soulagement.

Après l'acte, Rufus lui témoigne une affection inhabituelle. Allongé avec elle sur la couche de ses appartements privés, il la serre contre elle, aussi fort qu'autrefois. Elle sait qu'elle l'a satisfait : elle a tout fait pour lui donner du plaisir, bien que son corps soit devenu si sensible qu'elle va jusqu'à refuser les caresses de Philos.

— Je me rappelle la première fois où je t'ai fait l'amour dans cette maison, déclare langoureusement Rufus en lui caressant le flanc.

Amara s'en souvient également. Elle était si émerveillée par tout ce qu'il avait fait pour elle, pleine d'une gratitude si entière qu'on eût dit de l'amour. Et Philos, debout dans l'ombre, pendant que Rufus emportait Amara dans ses bras. Sa présence est si nette dans les souvenirs d'Amara. Ressentait-elle déjà quelque chose pour lui à l'époque ? Elle se retourne pour embrasser Rufus, lui dire qu'elle l'aime, mais la culpabilité dans son regard l'arrête. Ce souvenir qu'il évoque avec tant de nostalgie est celui d'une relation qu'il sait déjà achevée. Sous l'effet de la peur, elle sent les mots lui échapper :

— Je suis enceinte.

— *Quoi ?* s'écrie Rufus en sursautant si violemment qu'il manque de la projeter au sol – il faut admettre que ce n'était pas ainsi qu'elle avait prévu de lui annoncer la nouvelle.

— Je porte ton enfant.

— Mais… comment ? Depuis quand ? balbutie-t-il, les yeux si ronds d'horreur qu'on croirait voir un masque de théâtre.

Amara baisse les yeux sur la tunique qu'elle a prise sur ses genoux, en chiffonnant le tissu.

— Je n'ai pas saigné depuis deux mois. Je ne voulais pas t'inquiéter avant d'être sûre…

— M'inquiéter ? hurle-t-il. Tu n'as pas idée ! Ce n'est pas du tout le moment ! Tu n'aurais pas pu plus mal tomber !

— Je suis désolée… Je ne voulais pas… murmure-t-elle en se couvrant de sa tunique, les bras noués sur l'estomac.

Rufus prend une profonde inspiration et se calme avec un effort.

— Je n'aurais pas dû crier. Mais ce n'est vraiment pas… idéal.

— Je ne m'attends pas à ce que tu reconnaisses l'enfant. Pas officiellement. Mais je ne pensais pas que tu serais si fâché…

— Bien sûr que je ne le reconnaîtrai pas ! Mon père serait hors de lui si je me mettais à afficher un petit bâtard grec en ville ! Quand je pense que je me suis fiancé il y a seulement deux jours… marmonne-t-il en se penchant en avant, comme s'il allait vomir.

— Tu es fiancé ?

— Mes futurs beaux-parents sont très traditionnels ! explique Rufus sans se préoccuper de ménager ses sentiments. Je suis sûr qu'ils seront absolument *ravis* que leur précieuse fille épouse un homme qui vient d'engrosser sa concubine !

— Ils devaient bien savoir que tu avais une maîtresse.

— Personne ne se formalise qu'un homme connaisse quelques femmes avant de se marier. Ils ont même passé l'éponge sur la place d'honneur que je t'ai réservée aux Floralies. Mais ça… non.

Rufus, toujours penché en avant, s'est pris la tête dans les mains. Amara lui frotte le dos d'un geste hésitant, puis se met à lui masser les épaules en voyant qu'il ne la repousse pas.

— Je te promets que je ne ferai pas de difficultés, souffle-t-elle. Je ne veux pas te faire honte, je ne l'ai jamais voulu. Je mènerai une vie tranquille chez Julia. Tu n'auras quasiment rien à dépenser, juste assez pour assurer ma survie. Philos serait un bon serviteur pour s'occuper de l'enfant et l'éduquer. En dehors de cela, je ne te demande rien.

Il soupire, en affaissant les épaules.

— Tu es vraiment arrangeante. Désolé si je me suis emporté.

Après un silence, pendant lequel elle continue de lui masser le dos, il reprend :

— J'imagine que ce que tu proposes permettrait de limiter les dégâts.

Amara brûle d'exiger une promesse, de lui faire jurer de lui donner Philos, mais elle ne peut se permettre de trop attirer son attention sur cette partie du plan. Pas encore.

— Je déménagerai dès que tu le voudras.

— Je ne veux pas te jeter dehors, dit Rufus qui a enfin la grâce de sembler gêné. Rien ne presse. Enfin, pas trop.

Il se redresse, en repoussant ses mains d'un mouvement d'épaules, et se retourne pour poser sur elle un regard où elle reconnaît un peu de sa gentillesse des premiers jours.

— Au moins, j'imagine que cela prouve à mon père que je pourrai lui donner un héritier. Donc il y a aussi du bon dans cette histoire !

Il soupire à nouveau, plus pesamment.

— Mais je croyais que tu savais comment faire attention pour ces choses-là…

— Rien ne fonctionne jamais parfaitement, répond Amara sans mentir.

Rufus fixe son ventre. Va-t-il tendre la main pour la toucher, poser sa paume sur son ventre comme le fait Philos ? La nuit dernière, elle s'est endormie ainsi, dans la chaleur de ce geste. Dans l'attente de ce que va faire Rufus, elle ne ressent que de la tension. Une vague de soulagement l'envahit lorsqu'il lui tourne le dos pour récupérer sa tunique au sol.

Amara se rhabille également, couvrant ce corps dont Rufus vient de profiter, incapable de repousser un sentiment croissant de honte. En voyant qu'elle veut l'étreindre, Rufus l'arrête d'une main :

— Pas la peine de te lever. Et vraiment, rien ne presse. Mais tout de même… si tu pouvais demander à Julia quand est-ce que l'un de ses appartements sera libre…

Après le départ de Rufus, Amara se roule en boule sur la couche, en essayant de prendre le moins d'espace possible. Aucune trace de l'euphorie qu'elle pensait ressentir en voyant que Rufus n'avait pas d'objection à lui laisser Philos. Elle a plutôt l'impression d'être en deuil, car elle sait qu'ils seront constamment sous la menace, incapables de vivre leur relation au grand jour, sans que rien d'autre les lie qu'une fragile toile de mensonges.

Chapitre 39

Car il y a bien du vrai dans ce mot de Callimaque :
« Toujours aux gens de peu les dieux donnent peu. »

Artémidore, *L'Onirocritique*, IV. 84.

Amara ne s'était encore jamais entretenue avec Phébé et Laïs dans le tablinum. Nul besoin de formalités jusque-là, et peut-être aussi n'avait-elle pas voulu se rappeler Félix, prendre sa place dans la position du souteneur. Les deux femmes, assises très près l'une de l'autre, lui font face de l'autre côté du bureau. Laïs semble inquiète, Phébé effrayée.

— J'ai annulé toutes les soirées qui vous restaient encore, y compris celle d'aujourd'hui. Le risque serait trop grand, explique Amara.

Phébé soupire de soulagement, mais Laïs se raidit et raffermit sa prise sur la main de Phébé en comprenant ce que cela implique :

— Allons-nous être vendues ?

— Non, répond Amara à qui son geste n'a pas échappé. Mais il faut que vous quittiez la maison. Drusilla vous prendra chez elle, dans sa nouvelle maison près du port. Son protecteur adore la musique, et elle estime sa maisonnée suffisamment large pour vous absorber toutes les deux.

Et si ce n'est pas le cas, je les vendrai, a ajouté Drusilla. Cela, Amara ne le mentionne pas.

— Je suis vraiment désolée. J'espérais pouvoir vous garder plus longtemps, voire vous permettre de trouver des protecteurs…

— Comme vous, approuve Laïs.

Son regard dément son sourire. Sa haine n'éveille aucune colère chez Amara, mais la projette plus loin encore dans le passé. En voyant les femmes devant elle – ces femmes qu'elle a vendues à tant d'hommes –, elle se revoit devant Félix, avec Didon.

— Je prie Pallas Athéna, la déesse tutélaire de l'Attique, pour que vous ne soyez jamais séparées.

Puis elle se détourne pour leur cacher son émotion et les autorise à partir d'un geste.

— Joséphus viendra vous chercher dans l'après-midi.

Après leur départ, Amara ne quitte pas sa chaise, le regard dans le vide. Lorsque ses yeux s'embuent, les colombes peintes sur le linteau se troublent, le coffre sous la fenêtre de sa chambre prend des airs de silhouette ramassée sur elle-même, sombre, menaçante.

— Victoria, dit-elle à voix haute dans la pièce vide.

Les larmes lui roulent sur les joues. Elle les essuie d'un geste. Si seulement elle parvenait à haïr son amie : tout plutôt que cette douleur sans fond, sans fin.

Philos vient toujours la voir en secret durant la nuit, mais c'est plutôt la peur que la passion qui les unit. Assis ensemble sur le lit, adossés au mur, ils ne cessent de répéter la même conversation.

— Je ne dois pas valoir grand-chose, avec ça, murmure-t-il en touchant sa tunique à l'endroit de sa marque au fer rouge. Il ne pourrait jamais me vendre au marché aux esclaves. Ce genre de marque enlève des milliers de sesterces de valeur. Tu devrais me demander en cadeau.

— Mais dans ce cas, où est la preuve que tu ne lui appartiens plus ? Est-ce que je n'aurais pas plus de mal à te libérer ?

— De toute façon, tu ne pourrais pas le faire avant des années. Ce serait bien trop suspect.

— Si je ne te libère pas, à quoi bon tout ça ?

— Je serai avec toi. Je serai père. Cela compte plus pour moi que d'être libre. Cet enfant change tout, Amara.

— Rufus ne peut pas dire non, n'est-ce pas ? demande Amara pour la centième fois au moins. L'idée que tu m'accompagnes pour prendre soin de l'enfant ne semblait pas le déranger. Il n'a pas refusé quand je l'ai demandé. Il ne pourra qu'être d'accord. Il le faut. Il le faut !

— Calme-toi, murmure Philos en la serrant contre lui. Quoi qu'il décide de faire, tu n'en seras pas responsable.

Mais ces mots sont bien loin de la calmer. La panique la transperce tandis qu'elle s'agrippe à ses épaules, en fixant l'obscurité derrière lui. Tous deux n'ont guère de valeur qu'aux yeux de l'autre, mais cela ne change rien au fait qu'ils risqueront toujours d'être démasqués, d'être punis. Amara ne s'était plus sentie aussi impuissante depuis son propre esclavage, et bien qu'un tel vœu lui fasse honte, elle souhaiterait parfois ne pas avoir choisi Philos, ne pas devoir endurer les conséquences de cet amour pour un homme qui n'est pas libre.

Le matin venu, elle se tourne vers l'endroit où dormait Philos, même si elle sait bien qu'il s'est déjà éclipsé. Elle pose sa main sur la couverture, déjà froide. Il fait encore nuit, mais le chant d'un oiseau annonce l'aube toute proche. Elle entend la porte d'entrée frotter contre le sol quand Juventus l'ouvre pour sortir dans la rue, un son familier, apaisant. Amara referme les yeux dans l'espoir de se rendormir, puis les rouvre d'un coup : Juventus s'est mis à hurler.

Elle enfile sa tunique et se rue hors de la chambre, pieds nus sur les dalles froides. Martha l'attend, déjà levée, les yeux écarquillés d'effroi. Ensemble, elles traversent l'atrium en courant. À la porte, Juventus a cessé de crier et échange des murmures empressés avec Philos, debout près de lui.

— Que se passe-t-il ? demande Amara aux deux hommes.

— Sur le seuil… Ne regarde pas, l'avertit Philos.

Mais Amara se hâte déjà vers la porte. Elle voit le dos de Britannica, à genoux, courbée sur quelque chose que l'on a jeté sur le trottoir. Amara s'approche d'un pas.

Fabia. La vieille femme a été abandonnée sur le pas de la porte d'Amara, parodie grotesque d'un chien de garde. Elle ne bouge pas. Près d'elle, un message à la craie : *infelix.* « Pas de chance ».

Amara jette un regard dans la rue – encore vide, la boutique de Virgula fermée – et efface le message du talon.

— Elle est… ?

— Amenons-la à l'intérieur, siffle Britannica.

Juventus, Britannica et Philos portent la vieille femme dans la maison, sans un mot. Une tache rouge demeure là où elle était étendue. Ils l'allongent dans l'atrium et Amara s'agenouille près d'elle pour lui prendre le poignet.

— Vivante, souffle-t-elle.

— Il faut arrêter le saignement, indique Martha près d'elle. La déshabiller. Je peux lui faire un bandage.

Amara lève les yeux sur sa servante, surprise de la voir si calme, sans aucune peur.

— Je m'occupe de la dévêtir. Va chercher du vin, et n'importe quel tissu dont tu pourrais te servir.

Martha quitte l'atrium en hâte tandis qu'Amara se penche plus près du visage de la vieille femme.

— Fabia, tu m'entends ?

Malgré son inconscience manifeste, Amara continue à lui parler :

— Nous allons t'enlever tes vêtements. Je t'en donnerai de nouveaux s'ils se déchirent.

Britannica lui tend un couteau. Malgré son père docteur, les connaissances d'Amara pour traiter une blessure grave restent limitées. Ses mains tremblent tandis qu'elle ôte la tunique râpée, imprégnée de sang. Le corps de Fabia en est si complètement recouvert qu'Amara n'en repère pas immédiatement la source : une profonde coupure sur le haut du bras, qui suppure encore. Martha, de retour, lui tend un flacon de vin qu'elle verse à cet endroit, en appuyant sur la chair pour ouvrir la plaie. Du sang en ressort, mêlé de vin, et Fabia pousse un gémissement.

— Paris…

Amara se sent soudain glacée. Fabia est-elle en train d'appeler son fils ou de nommer son agresseur ?

— Tout va bien, murmure-t-elle.

La vieille femme est déjà retombée dans l'inconscience. Martha, à genoux, inspecte la blessure en se murmurant quelque chose en hébreu, le front plissé comme si elle tentait de se rappeler quelque chose.

— Je crois qu'elle a perdu trop de sang, annonce-t-elle à Amara. Mais je vais essayer…

Avec ces mêmes mains rudes qu'elle emploie à coiffer Amara, la servante déchire le tissu et l'enroule autour du bras de Fabia, juste au-dessus de la blessure. Puis elle s'empare d'une cuillère en bois qu'elle doit avoir prise dans la cuisine et l'entortille dans le tissu pour resserrer le bandage jusqu'à ce qu'il s'enfonce profondément dans le bras de Fabia. Celle-ci gémit à nouveau.

— C'est pour t'aider, lui assure Martha. Je le desserrerai plus tard.

Une fois le garrot en place, elle déchire le reste du tissu et en entoure la plaie jusqu'à ce que le saignement cesse. Amara est fascinée par les gestes brusques et assurés de Martha :

— Tu as souvent fait ça ?

— Assez souvent pour que je perde le compte avant notre fuite à Massada. Et une fois là-bas… Vous n'imaginiez quand même pas que nous sommes restés à attendre que les Romains viennent nous tuer, comme des loirs terrés dans une amphore ? Les miens sont morts plutôt que de se rendre. Puisse Dieu me pardonner ma lâcheté.

Martha lève les yeux et, pour la première fois, Amara la voit – pas sa servante silencieuse et amère, réduite en esclavage à des centaines de kilomètres de chez elle, mais la femme qu'elle devait être autrefois, une femme dont Amara ne connaît même pas le nom.

— Demandez donc à l'amiral de la flotte de vous parler de la brutalité de ses soldats, si vous ne me croyez pas. Demandez-lui pourquoi Jérusalem a été réduite en cendres.

La haine se lit sur son visage. Amara se rappelle qu'elle a servi Pline dans cette même maison. Pendant qu'il exprimait son opinion sur le dîner, Martha était debout près de lui, silencieuse, sans rien laisser voir de ce qu'elle devait ressentir. Peut-être ont-ils tous bien de la chance qu'elle n'ait pas choisi de l'empoisonner.

— Je te crois, dit Britannica en s'accroupissant près d'elle.

Les deux esclaves échangent un regard.

— Fabia va vivre ?

— Si oui, ce sera selon la volonté du Tout-Puissant, répond Martha en caressant les cheveux de Fabia, avec plus de douceur qu'elle n'en a jamais témoigné à Amara.

— Nous devrions la mettre au lit, dit celle-ci en levant les yeux vers Philos et Juventus. Vous pouvez la porter dans la chambre de Britannica ?

Les deux hommes la soulèvent avec soin et l'emmènent dans l'escalier, laborieuse entreprise – Juventus marmonne un juron lorsqu'il manque de trébucher.

— Il y avait une couche plus proche, lance Martha en désignant les appartements d'Amara.

— Rufus, répond-elle. Je ne veux pas qu'il trouve de traces.

La servante regarde Amara et Britannica.

— Je ne lui dirai rien, affirme-t-elle à voix basse. Pas pour vous, pas même pour la vieille femme, mais parce que je ne dois rien à ces gens-là.

Amara est auprès de Fabia lorsque celle-ci meurt dans la nuit, Philos également à son chevet. La vieille femme n'a jamais repris conscience. Le nom de son fils, murmuré dans l'atrium, aura représenté ses dernières paroles avant son départ pour l'autre monde.

— Félix a dû comprendre qu'elle m'avait tout avoué quand Phébé et Laïs ne se sont pas présentées chez Cornélius, murmure Amara qui tient toujours la main de Fabia, alors même que son corps commence à refroidir.

— Tu ne peux pas t'en vouloir. Impossible d'empêcher Félix de frapper.

Amara garde le silence. Elle se sent coupable pour Fabia, pour l'avoir forcée à parler, mais il ne lui aurait pas été plus agréable d'être au lit de mort de Phébé ou Laïs. La douleur lui brûle les yeux.

— Victoria, murmure-t-elle.

— Victoria ne devait pas savoir ce qu'il comptait faire…

— Peut-être pas.

Amara replie les mains de Fabia sur sa maigre poitrine et se penche pour l'embrasser pour le front. Elle n'avait pas d'amour pour la vieille femme – pas comme pour les autres de l'Antre des Louves – mais tenait à elle malgré tout. Songer que sa misérable existence, si pleine de brutalité, s'est achevée dans une souffrance plus grande encore lui fait mal. Elle prie tous les dieux que Fabia n'ait pas été tuée par son propre fils, qu'elle ait appelé son nom en quête de réconfort. Un sanglot lui échappe et Philos lui frotte le dos.

— Je demanderai que l'on enlève son corps au petit matin, dit-il. Nous pouvons la faire incinérer. Son esprit connaîtra plus de paix dans l'autre monde que dans celui-ci.

— Merci, soupire Amara en se laissant aller contre lui.

Il passe un bras autour de ses épaules, et elle poursuit :

— Nous devons quitter la maison. Nous serons bien plus en sécurité dans les appartements de Julia. Le complexe est surveillé par tellement de gardes…

— Je sais.

Assis ensemble, ils veillent la vieille femme dont le corps immobile n'est plus qu'une masse absurde de tissu et d'ombres sous la lumière tremblante des lampes à huile. Cette mort n'est pas un bon présage, mais elle poussera enfin Amara à poser à Rufus la question dont elle et Philos ont discuté tant de fois. D'ici à quelques jours, Philos sera peut-être libre de la rejoindre. Ou séparé d'elle à jamais.

Chapitre 40

Les rivières sont semblables aux maîtres et aux juges,
car elles n'agissent que selon leur propre volonté,
comme elles l'entendent, sans devoir s'expliquer à quiconque.

Artémidore, *L'Onirocritique*, II. 27.

La maison à la porte dorée est plus belle que jamais dans la chaude lumière de début septembre, mais maintenant qu'Amara sait qu'elle va bientôt quitter cet endroit, il lui semble moins réel, comme semblable aux fresques qui ornent ses propres murs.

Elle a envoyé un message à Rufus, pour lui faire savoir qu'elle souhaite le voir. En l'attendant, elle erre dans la maison en tentant de déterminer où elle devrait le recevoir. Chaque pièce a connu des moments difficiles. Elle finit par se décider pour le jardin. Incapable de jouer de la harpe – ses mains tremblent de nervosité –, elle se contente de l'attendre sur le banc, le cœur battant.

— Tu m'as fait demander ?

Amara se lève en voyant Rufus approcher. Son visage n'est pas dépourvu de tendresse, mais il examine son corps avec attention. Peut-être espère-t-il apprendre qu'elle a fait une fausse couche.

— J'ai discuté avec Julia, annonce-t-elle lorsqu'il s'assoit près d'elle. Je me suis dit qu'il valait mieux déménager aussi tôt que possible, sans attirer l'attention.

— Oui, c'est certainement mieux. Je ne pourrai sans doute plus venir ici. Certainement pas après que ton état sera devenu visible…

Il lui prend la main pour lui caresser les doigts.

— Je suis désolé de devoir mettre fin à tout cela, mon petit oiseau. Je n'ai jamais aimé une femme comme je t'ai aimée, je t'assure.

— Je t'aimerai toujours, déclare Amara d'une voix qui tremble d'émotion – peu importe qu'il n'en soit pas l'objet. C'est pour cela que je sais qu'il faut que je renonce à toi.

Elle s'autorise à sangloter, relâchant sa terreur, sa culpabilité, sa douleur. Rufus la réconforte, sans doute ravi d'être l'objet de tant de chagrin :

— Allons, ma chérie… Tu sais bien que je continuerai à prendre soin de toi. Pas comme avant, mais je ne vous laisserai pas souffrir, ni toi ni l'enfant.

— Qu'ai-je fait pour te mériter ? souffle Amara en s'agrippant à sa main.

— Je verserai un an de loyer à Julia, et je te donnerai un peu d'argent pour vivre.

Elle attend la somme exacte, mais Rufus ne la précise pas et il n'est pas question de l'interroger là-dessus, pas juste avant la question fatidique.

— Je me disais… commence Amara dont le cœur bat si fort qu'on croirait un tambour coincé entre ses côtes. Peut-être que je pourrais prendre Philos pour m'aider à élever l'enfant. Il a de l'éducation et je sais qu'il est fiable. Cela compte pour beaucoup, comme je serai si seule…

— Oui, ce n'est pas une mauvaise idée, j'imagine. Tu sais qu'il a contribué à ma propre éducation quand j'étais petit ?

Amara secoue la tête, comme si elle venait de l'apprendre.

— Oui, bien sûr, je peux te le prêter encore un peu, même si j'aurai besoin de lui quelques heures par semaine, comme avant.

L'espoir qui s'élevait déjà dans la poitrine d'Amara retombe dans un fracas de panique.

— Me le prêter ? répète-t-elle, le souffle coupé. Tu ne pourrais pas… tu ne pourrais pas me l'offrir ?

— Je t'ai déjà offert beaucoup de choses. Tous ces bijoux que tu pourras garder… sans compter l'argent. À moins que tu ne me fasses pas confiance ?

— Bien sûr que je te fais confiance ! Je me disais juste que j'aurais sans doute besoin de lui pendant des années. Éduquer un enfant prend si longtemps ! Un seul esclave, ce n'est pas tant demander…

— Ce n'est pas n'importe quel esclave, s'agace Rufus. Il connaît les affaires de ma famille par cœur, à force. Il fait plus en une heure que trois autres serviteurs en un jour.

Amara connaît assez bien Rufus pour savoir qu'il ne changera pas d'avis, qu'il est sur le point de perdre patience, mais elle est trop désespérée pour changer de sujet.

— Je t'en prie, mon amour, insiste-t-elle. Cela compterait tant pour moi… Le dernier cadeau que je te demanderai jamais…

Elle lui embrasse les doigts, mais Rufus retire sa main avec une grimace.

— À notre rencontre, tu ne me demandais jamais rien. Tu te contentais de m'aimer. Ou du moins, tu en donnais l'impression…

— Je t'en supplie. Je t'en supplie, pour moi !

— Tu es vraiment mauvaise actrice. Tu crois que je n'ai pas compris ce que ça cache ?

Il se lève, et Amara sent la terreur exploser dans sa poitrine.

— Tu t'imagines que tu pourras garder Philos quelques années puis le revendre, c'est ça ? Tu crois que parce qu'il a de la valeur pour ma famille, il a de la valeur tout court… Désolé de ruiner tes petites manigances, mais il est marqué au fer rouge. Il ne te rapporterait quasiment rien.

La panique submerge Amara qui se redresse également pour s'agripper à son bras :

— Je ne veux pas le vendre ! Si c'est ce que tu imagines, je te l'achèterai, ou je signerai un contrat. Je veux juste qu'il prenne soin de mon enfant. Pitié, Rufus, je t'en supplie…

— J'ai dit que tu pourrais l'emprunter ! crie Rufus. Point final ! N'abuse pas plus de ma patience !

Amara sent ses jambes se dérober sous elle. Le jardin se trouble, et un vrombissement monte dans ses oreilles, si fort qu'elle n'entend plus le martèlement de son cœur. Elle se rassoit et s'accroche au banc, en se penchant en avant dans un effort pour ne pas s'évanouir.

— Je sais bien que tu es enceinte et que cela donne de drôles d'humeurs et d'idées aux femmes, continue Rufus d'une voix plus douce. Je ne veux pas me disputer avec toi, mon petit oiseau…

Elle le sent reprendre place près d'elle et se raidit lorsqu'il lui caresse le dos.

— Ne gâchons pas notre dernière journée ensemble.

Amara sait qu'elle doit se contrôler, se redresser, lui sourire, le remercier pour sa générosité. Mais elle est incapable de bouger, de parler.

— Bon, tant pis, s'agace Rufus.

Il se lève et s'immobilise un instant, dans l'attente de sa réaction. Mais elle garde les yeux fermés, la tête dans les mains, et il quitte le jardin à grandes enjambées impatientes.

Longtemps après son départ, la fontaine poursuit son murmure apaisant. Amara reste là où il l'a laissée. Puis elle sent quelqu'un d'autre approcher, la chaleur d'une main sur son épaule. Philos est devant elle. Il s'accroupit : si elle lève les yeux, elle trouvera son visage à sa hauteur.

— Amara…

Elle ne peut répondre.

— J'ai tout entendu. Je sais que tu as tout essayé.

Il lui relève le menton du bout des doigts. Voir la résignation sur son visage fait à Amara l'effet d'une lame glacée contre son cœur.

— Tout n'est pas perdu. Nous aurons peut-être des années ensemble. Beaucoup n'ont même pas eu cela…

Les mots d'Amara sont rauques, comme si elle devait traîner sa voix hors de sa propre gorge :

— Ce n'est pas assez.

— Mais c'est ce que nous avons obtenu.

Il lui caresse le visage, mais elle reste immobile, hantée par son échec. Même ce terrible risque qu'elle fait courir à son corps n'a pu acheter qu'une poignée d'années. Il l'embrasse sur le front : tous deux ne se soucient plus de qui pourrait les observer.

— Chaque seconde avec toi est un plus grand bonheur que tout ce dont j'aurais pu rêver.

Sous l'épaisseur étouffante de sa culpabilité perce la colère d'Amara.

— Ce n'est pas assez, répète-t-elle. Comment peux-tu appeler cela du bonheur ? Une demi-vie, constamment dans l'ombre, aux crochets d'un homme qui pourrait nous détruire sur un mouvement d'humeur !

— C'est toujours ainsi que j'ai vécu.

Il dit vrai, elle le sait. Elle qui pensait pouvoir tromper le destin une seconde fois, libérer Philos. Cette illusion reste suspendue entre eux comme une volute de fumée, tout aussi insubstantielle. Il lui prend les mains.

— Je suis désolé. J'avais essayé de te prévenir…

Le voir coupable la blesse plus que tout le reste.

— Ne t'excuse pas ! Tu n'as aucune raison de t'excuser. Aucune, insiste-t-elle en lui serrant les doigts. Nous pourrons réessayer. Cela prendra peut-être des années, mais je n'abandonnerai pas. Je ne relâcherai pas mes efforts jusqu'à ce que tu sois libre, même si je dois donner tout ce que j'ai.

Amara se tient debout dans l'atrium, à l'endroit précis où elle et Didon avaient un jour assisté à la composition de la maison. Aujourd'hui, le spectacle est celui de sa désagrégation. Presque tout l'ameublement a déjà disparu : toutes les pièces de l'étage ont été mises à nu, les couches de la salle à manger enlevées. Rufus avait proposé de lui prêter quelques meubles à emporter chez Julia, mais le nouvel appartement d'Amara est si petit que la plupart n'y entreraient pas.

Martha est déjà partie, absorbée par la maisonnée de Rufus à l'égal de la table basse en laiton, des pieds de lampe et du miroir d'argent. Sous le regard d'Amara, Britannica et Philos apportent les derniers de ses bagages dans l'atrium, en les plaçant avec soin près de la porte. Lorsque tous trois seront partis, Juventus restera seul dans la maison pour la protéger des voleurs jusqu'à l'arrivée du nouveau locataire, moment auquel lui aussi repartira au service de Rufus.

Amara lève les yeux vers le carré de lumière au plafond, d'où tombent les chauds rayons du soleil de septembre. D'en bas, les cieux semblent cruellement distants.

Un groupe de moineaux file au travers du bleu éclatant, comme une volée de petites flèches noires, et elle songe à Pline, qui l'avait comparée aux oiseaux qui refusent de chanter en captivité. Cette maison, par rapport au bordel, était un havre de paix ; mais Amara commence à croire qu'elle ne sera jamais libre.

— Prête ?

C'est Britannica, non Philos, qui la sollicite. Amara s'étonne de s'entendre répondre aussi calmement :

— Je vais faire un dernier tour dans le jardin.

Elle part vers l'éclat du jour, heureuse que personne ne propose de l'accompagner. La chaleur la frappe avant qu'elle ne sorte sur les dalles qui cuisent au soleil. Dans ses plates-bandes, les herbes médicinales qu'elle avait plantées avec Philos sont en fleurs – blanches, jaunes et violettes. Leur parfum lui rappelle la maison de son père. Abandonner ces plantes dont elle s'était occupée avec tant d'attention lui fait mal, mais ce ne sont pas à elles qu'Amara est venue faire ses adieux. Elle lève la tête vers la fresque de Didon. Priscus, le peintre, s'est parfaitement exécuté ; mais pour la première fois, Amara regrette d'avoir immortalisé son amie de façon si violente. Elle entend la voix de Victoria dans sa tête, se souvient de la façon dont elle s'était détournée, choquée. *Qu'est-ce que c'est que cette horreur ?*

Le soleil brûlant tape dur, mais elle reste là, à fixer Didon, en tentant de faire abstraction du carnage qu'elle a fait peindre autour d'elle. Amara se soucie désormais si peu de se venger de Félix. Comme si cela avait jamais compté. Comme si cela aurait pu lui rendre Didon. Une main sur son ventre qui commence à peine à s'arrondir, elle prie Diane, sous les traits de son amie, pour la protection de son enfant, de Britannica, de Philos. Pour les gens qui importent plus pour elle que sa liberté, plus que sa propre vie.

Puis elle se détourne de Didon pour la dernière fois. Seul le doux murmure de la fontaine et le bruit de ses pas la raccompagnent dans l'ombre de l'atrium. Elle rejoint Philos et Britannica à la porte : tous deux l'escorteront jusqu'aux appartements de Julia avant de revenir chercher ses affaires. Britannica ne voulait pas qu'ils soient trop chargés à ses côtés, en cas d'attaque de Félix.

Amara glisse une pièce dans la main de Juventus :

— Merci pour tes services.

Il vérifie sa valeur, hoche la tête en signe de remerciement puis la range dans sa ceinture. Tous deux n'ont jamais eu beaucoup d'affection l'un pour l'autre, mais en définitive, guère d'animosité non plus. Il passe devant Amara pour exécuter son dernier acte de portier : repousser les verrous, dont le métal frotte contre le bois, puis ouvrir la porte d'un grand coup vers l'intérieur. Une vague de lumière et de bruit inonde la maison. Amara, Britannica et Philos sortent dans la rue. L'espace d'un instant, elle est comme hypnotisée par la foule et observe tous les passants en cherchant à reconnaître Félix ou Paris. Aucun signe d'eux, mais elle n'est pas en sécurité pour autant. Un frisson la traverse lorsqu'elle songe à Fabia se vidant de son sang sur le perron, celui-là même où elle se tient.

Elle se retourne pour embrasser la maison d'un dernier regard, mais elle ne voit que la porte qui se referme. Le verrou claque à l'intérieur. Les panneaux de bois massifs semblent démesurément hauts, avec leurs écailles de clous de laiton, aussi impénétrables qu'un mur. L'époque de la maison à la porte dorée vient de s'achever.

An 76
Nominalia

Chapitre 41

Comme j'aime ma faute,
et comme il m'est amer de devoir la cacher :
je suis fière d'être unie à mon amour,
aussi digne de lui qu'il est digne de moi.

Sulpicia (poétesse romaine), *Elégies*, I.

La pièce est petite et sombre. Une froide lumière d'hiver filtre par les persiennes, accompagnée de la rumeur de la rue. Amara sent une pression familière dans son ventre : le bébé qui bouge. Elle place sa main sur la peau distendue en se demandant si l'enfant sent ses doigts en retour. L'épuisement de la grossesse a été une bien mauvaise surprise. Cette vie qui grandit en elle sape l'énergie qu'elle pensait acquise.

Des bruits montent de l'étage inférieur. Britannica doit être rentrée avec le pain du matin. Amara se hisse hors du lit en s'appuyant lourdement sur son coude. Son ventre est énorme, une pression constante sous son étroite cage thoracique. Lorsqu'elle ouvre les persiennes, la rumeur forcit, accompagnée d'une bouffée de l'air glacial de février. Elle contemple la rue en contrebas, les passants qu'elle voit d'en haut comme des poissons dans un torrent. Un vendeur braille ses prix près de l'entrée des bains de Vénus, en brandissant sa marchandise au visage de quiconque passe assez près. Amara repart dans l'ombre de la chambre, traverse le plancher mal dégrossi et descend l'escalier avec précaution.

Britannica, occupée à réchauffer de l'eau sur le petit brasero pour leur infusion quotidienne de menthe et de miel, lève les yeux vers Amara.

— Comment va le guerrier ?

L'enthousiasme de Britannica pour le bébé est une source d'amusement sans fin pour Amara. La Bretonne est persuadée qu'elle donnera naissance à un foudre de guerre.

— Il bouge, dit-elle en s'asseyant sur un tabouret.

— Bien, approuve Britannica qui vient s'asseoir près d'elle en déposant deux gobelets fumants sur la petite table en bois. Philos est parti tôt. Avant l'aube. Je l'ai entendu.

— Il travaille pour Julia ce matin. Il voulait terminer ses comptes avant de retrouver Rufus.

— Heureusement qu'elle le paie.

Amara lui fait un sourire crispé et prend un gobelet pour souffler sur l'infusion. La pension que lui verse Rufus n'est pas aussi généreuse que ce qu'ils espéraient. Julia en est consciente et contourne les règles en payant Amara pour le travail de Philos, plutôt que Rufus, son véritable propriétaire. Amara lui a demandé de verser ce salaire directement à son amant, car elle se rappelle ce qu'elle éprouvait, esclave, quand son labeur profitait à un autre. Ainsi, Philos fait vivre sa famille avec l'argent qu'il gagne, une fierté bien méritée. L'infusion prend un goût amer dans sa bouche lorsque les mots de Rufus lui reviennent : *Il fait plus en une heure que trois autres serviteurs en un jour.*

— Je peux te rapporter aussi, lance Britannica en sirotant sa boisson.

— Je te l'ai dit, je ne te vendrai pas comme gladiateur. Quand je pourrai te libérer, alors seulement, tu pourras combattre.

Britannica prend le pain et lui en donne un morceau avant d'en rompre un pour elle-même.

— Il faut sortir marcher aujourd'hui. Pour que l'enfant vienne.

— J'irai passer du temps dans le jardin, répond Amara en baissant les yeux sur le quignon qui s'émiette dans sa main.

Elle ose à peine sortir de la maison, une source de tension permanente entre elles. Descendre la rue suffit à lui donner des sueurs froides, guettant constamment un visage familier dans la rue, au cas où Félix la suivrait, ou l'un de ses hommes. Depuis le meurtre de Fabia, près de six mois plus tôt, cette angoisse n'a pas cessé : l'enfant qu'elle porte est un fardeau bien plus lourd que sa propre vie.

— Dans le jardin, tu restes assise. Il faut bouger, grommelle Britannica.

Comme pour donner l'exemple, elle se lève et saisit un balai qu'elle passe vigoureusement entre les pieds d'Amara, en la forçant à se déplacer.

— Tu penses qu'après la naissance du guerrier, tu te sentiras mieux dehors ? Non ? Alors, tu vas faire quoi, rester à l'intérieur pour toujours ?

— Je t'en prie, n'en parlons pas.

Amara se laisse aller contre le mur et détourne la tête. Ignorer Britannica n'est pas si facile. Cette pièce est encore plus étroite que celle qu'elle partage avec Philos à l'étage. Les murs sont peints d'une couleur unie, avec un petit oiseau çà et là pour briser la monotonie. Pas d'atrium, pas de salle à manger, pas de bureau. Les étroites fenêtres ne laissent entrer que très peu de lumière. Pourtant, Amara préfère rester à l'intérieur que de sortir dans Pompéi. Sa sécurité n'en est pas la seule cause. Ce n'est que dans cette maison que sa relation avec Philos est réelle. Au-dehors, elle ne peut lui prêter attention et doit se cantonner au rôle de la concubine abandonnée.

— Alors, va au jardin, dit Britannica en balayant toujours à ses pieds. Maintenant.

Amara se lève avec son gobelet, mais elle qui espérait faire une sortie furieuse à grandes enjambées doit se contenter de marcher en canard.

Au jardin, elle trouve Livia en grande discussion avec l'une des autres locataires. Les cieux sont lourds de nuages, le chemin de pierre luisant car encore humide après la récente averse. Amara avance avec précaution pour ne pas glisser.

— Amara chérie ! s'écrie Livia en agitant la main. Flavia me racontait qu'il y a eu un affreux cambriolage chez les peintres. On a volé la moitié de ses pigments à son pauvre mari. Imagine !

— C'est terrible, marmonne Amara.

Elle n'arrive toujours pas à se rappeler les noms de tous les locataires de Julia, et en soupçonne certains de n'être pas ravis d'avoir une affranchie enceinte, hors mariage, pour voisine.

— Et on venait de lui passer une nouvelle commande ! s'afflige Flavia en agitant les mains. Tout a pris du retard…

Le vent leur apporte une bouffée de bruine. Amara jette un œil au canal dont la surface s'est troublée sous les gouttelettes, ce qui n'échappe pas non plus à Livia.

— Tu devrais aller te mettre à l'abri, suggère-t-elle en lui prenant le bras. Il ne faudrait pas t'enrhumer dans ton état…

Son geste n'exclut pas Flavia mais ne l'invite pas non plus. Celle-ci leur adresse un signe de tête et lance qu'elle ferait mieux d'y aller, qu'elle est désolée de les avoir retardées. Livia entraîne Amara vers la colonnade avec fermeté.

— Tu devrais faire plus attention. Sortir sous la pluie ! Julia sera folle d'inquiétude quand elle reviendra des bains. Peut-être que tu devrais y faire un tour pour te réchauffer ?

— Je ne suis qu'à peine mouillée. Et Britannica vient de me faire une boisson chaude, proteste Amara en agitant son gobelet.

— Ah, très bien. Au moins, il y a quelqu'un qui s'occupe de toi…

Livia la fait entrer dans l'une des pièces qui s'ouvre sur le jardin, l'assied près du brasero et approche un autre tabouret pour elle-même.

— Sa nouvelle épouse ne ressemble pas à grand-chose, tu sais, commente-t-elle à voix basse.

Amara sait aussitôt de qui elle parle : la respectable jeune fille que vient d'épouser Rufus, à peine plus qu'une enfant, selon Julia.

— J'espère qu'ils seront heureux, répond-elle.

— Pas moi ! En tout cas, pas lui, renâcle Livia. Je l'ai toujours trouvé tellement fourbe… Tu serais bien mieux lotie avec quelqu'un de plus âgé. Quelqu'un qui sait comment apprécier une femme.

— Et si je ne voulais pas d'homme du tout ? suggère Amara. Vous vous en sortez très bien, vous et Julia.

— Attention à ce que tu dis, lance Livia, mais sur le ton de la plaisanterie. Tout le monde n'a pas cette chance. Nous devons tous accepter des compromis. Tous sauf Julia, s'entend.

— Et toi ?

Livia devient plus sérieuse, ce qui ne lui ressemble pas.

— Sans Julia, je n'aurais aucune liberté. Tout repose sur elle. Les femmes ont rarement le choix, Amara, et je suis consciente de ma chance. Tu ferais bien de lui faire confiance et de la laisser te guider.

— Bien sûr, répond Amara en inclinant la tête.

Ce geste lui permet de masquer le malaise qui vient de traverser son expression.

Le soir tombe, et Amara est déjà au lit à l'heure où rentre Philos. Elle entend le murmure des voix à l'étage du dessous, le tintement de la vaisselle lorsque Britannica lui sert les restes de la soupe qu'elle a apportée pour la maisonnée. Philos n'a sans doute rien mangé d'autre de la journée. Amara est tentée de se lever pour se joindre à eux, mais son mal de tête l'en empêche, tout comme la lourdeur de son corps si encombrant. Elle se contente de rester allongée dans le noir en guettant le bruit des pas de Philos sur l'escalier, le faible grincement de la porte lorsqu'il tente de se glisser dans la chambre sans la réveiller, précédé par la lumière de sa lampe.

— Quelle longue journée, déclare Amara.

Il s'approche du lit, dépose la lampe et se penche pour l'embrasser.

— J'espère que je ne t'ai pas réveillée…

— Non, je me reposais, c'est tout.

Elle le regarde ôter sa tunique et l'ajouter à la pile des vêtements d'Amara sur un tabouret, avant d'éteindre la lampe et de se glisser sous les couvertures. Sentir sa peau contre la sienne est un tel réconfort. Il la serre contre lui, une main sur son ventre. Elle sait qu'il attend d'être rassuré par les mouvements de l'enfant.

— Pour une fois, je crois que le bébé dort, dit-elle. Désolée que tu aies eu tant de travail aujourd'hui.

— À cause de l'élection, Rufus m'en laisse encore plus que d'habitude. Mais ça passera.

Toutes ces heures de travail, dont seule une poignée lui rapporte un salaire. Des années de sa vie passées à la trappe.

— Est-ce qu'il te demande parfois si je... ?

— Non. Il est trop occupé avec sa nouvelle épouse. Et c'est mieux ainsi. Moins il s'intéresse à toi, plus il nous laisse en paix.

Philos s'enroule plus étroitement autour d'elle.

— Tu es sûre que tu n'as pas ressenti d'élancements ? Ça ne devrait plus tarder. Tu es *énorme.* On dirait un loir engraissé pour les Saturnales !

Il cherchait à la faire rire, et il a réussi. Amara place sa main sur la sienne en entremêlant leurs doigts.

— C'est flatteur, merci bien. La sage-femme pense que c'est pour bientôt.

Lorsqu'il lui presse la main, elle sent sa peur. Comme il redoute l'accouchement à venir – tout comme elle.

— Je me disais... reprend-elle. Peut-être que chez nous, quand il n'y a personne, on pourrait s'appeler par nos vrais noms ?

— Non, répond-il aussitôt, ce qui la stupéfie. C'est trop dangereux. Et si l'un de nous s'en servait en public par erreur ? On nous soupçonnerait aussitôt.

— Oui, j'imagine...

Elle marque un temps en espérant qu'il ira au moins jusqu'à lui demander son vrai nom, ou lui offrir le sien. Mais il n'en fait rien.

— Tu ne voudrais pas savoir quel nom m'a donné mon père ?

— Seulement si tu veux me le dire.

Ce n'est pas la plus enthousiaste des réponses. Amara hésite, puis lui répond en grec :

— Je m'appelle Timarété.

Son propre nom, sa vraie identité, lui serre la gorge.

— Timarété, répète Philos avec douceur.

Elle est touchée de l'entendre faire un tel effort pour prononcer chaque syllabe correctement.

— Honneur et vertu. C'est ce que cela signifie en grec, n'est-ce pas ?

— Oui. Mon père espérait influencer ma personnalité… Ça n'a pas très bien marché.

— Je ne suis pas d'accord. C'est un nom magnifique, et il te va bien mieux qu'« Amara », dit-il en l'embrassant sur la joue.

Va-t-il maintenant lui offrir son propre nom en retour ? Il semblerait que non : il ne fait que lui caresser les cheveux, espérant peut-être compenser par cette marque d'affection la confidence qu'il ne souhaite pas faire.

— Tu ne veux pas me dire comment t'appelaient tes parents ? J'aimerais bien le savoir…

— C'est un nom que m'a donné mon maître. Ce n'est pas la même chose.

— Tout de même, c'est le nom de ton enfance. Tu devais y être attaché, plus qu'à celui que tu portes maintenant…

— On pourrait changer de sujet ? Sauf s'il faut vraiment que je partage tout, sans rien garder pour moi…

— Oh, pardonne-moi de vouloir connaître le nom du père de mon enfant, c'est complètement déraisonnable, rétorque Amara, blessée par ce rejet. Ce n'est pas si terrible, comme question, si ?

Elle s'écarte, les bras autour du ventre. Un long silence s'installe.

— C'est Rufus, déclare Philos.

— Tu ne peux pas tout lui mettre sur le dos.

— Non, je veux dire que c'était mon nom. Et maintenant, tu sais pourquoi j'ai dû en changer.

Amara se retourne vers lui, en luttant contre le poids de son ventre.

— Je suis désolée…

— Non, tu as raison. Ce n'était pas une question déraisonnable. C'est juste que je n'ai pas de bonne réponse à y apporter.

— Je n'ai demandé que parce que « Philos » était…

Elle s'interrompt pour éviter d'aggraver encore les choses en mentionnant l'homme qui l'a tourmenté pendant des années.

— Térentius donnait des noms grecs à tous ses favoris. Au moins, j'ai échappé à « Éros » ; un autre en avait déjà écopé. Mais j'ai toujours détesté « Philos » jusqu'à ce que je te rencontre. Maintenant, je suis très heureux de t'entendre m'appeler *mon amour* dans ta propre langue.

Amara l'embrasse, et il lui caresse la joue du bout du pouce.

— Parfois, je pense au futur. Quand l'enfant sera plus grand, quand nous ne pourrons plus partager un lit ainsi parce que nous devrons faire semblant, même chez nous, que je ne suis rien pour toi. Quand nous en serons là, tu pourras encore me dire que tu m'aimes chaque fois que tu m'appelleras par mon nom.

Amara le serre contre elle, heureuse que l'obscurité dissimule ses larmes.

Chapitre 42

Voir son reflet dans un plat signifie mettre enceinte une esclave.
Mais si ce rêve est celui d'un esclave lui-même,
il nous faut conclure que le plat reflète son propre esclavage.

Artémidore, *L'Onirocritique*, III. 18.

C'est au cœur de la nuit que commencent ses contractions. La sensation arrache Amara au sommeil – d'énormes serres qui se referment sur elle, puis la relâchent. Elle fixe les ténèbres. Rien. Puis la douleur reprend, et ses yeux s'écarquillent. Pas insupportable, pas encore, mais un avertissement, comme le roulement du tonnerre avant la tempête.

Philos dort, son souffle doux et régulier pareil à une caresse. Pour trouver un peu de réconfort, elle le laisse dormir encore un peu en se pressant contre lui, dans la chaleur de son corps. C'était un mensonge, ce qu'elle lui a un jour affirmé, que l'enfant était pour elle autant que pour lui. Amara n'avait aucun désir d'être mère lorsqu'elle est tombée enceinte, aucun désir de voir son corps changer, de mettre sa vie en danger, d'être responsable d'un enfant qui dépendra complètement d'elle. Pourtant, au fil des mois, ces sentiments ont évolué. L'amour qu'elle ressent pour Philos, cette douleur constante dans sa poitrine, s'est mis à englober la vie qu'elle porte.

La douleur la transperce à nouveau en lui arrachant un cri étouffé. Philos se réveille à demi, la voix enrouée de sommeil.

— Amara… ?

— Je crois que ça commence, murmure-t-elle.

Aussitôt, il se redresse en position assise, parfaitement réveillé.

— Tu vas bien ? J'envoie chercher la sage-femme ?

— Non, le rassure-t-elle en lui prenant la main. Nous pouvons attendre le matin. Cette étape dure des heures lorsque les contractions sont encore si espacées.

La respiration de Philos n'a plus rien de régulier, et même dans le noir, elle voit ses yeux briller de terreur.

— Je n'ai pas peur, affirme-t-elle.

C'est presque vrai. Elle a longtemps redouté ce moment, mais maintenant qu'il arrive enfin, il s'accompagne d'une vague de soulagement.

Les heures de la nuit s'écoulent ainsi, tous deux suspendus comme en songe au seuil de leur nouvelle vie. Entre les contractions, Amara peut discuter et se déplacer comme si tout était normal ; mais peu à peu, les douleurs se rapprochent, le répit s'amoindrit. Elle devient agitée, se met à faire les cent pas pour dissiper son inconfort, avant de revenir s'asseoir dans le lit, hors d'haleine. L'enfant est réveillé, et lorsque Amara est près de lui, Philos pose sa main sur son ventre comme pour les réconforter tous deux.

À l'approche de l'aube, ils deviennent muets, conscients qu'une fois Philos parti chercher la sage-femme, ils ne se reverront plus qu'après l'accouchement. Il s'habille dans l'obscurité grisâtre. Par la fenêtre, on entend des oiseaux qui chantent, des charrettes qui passent en brinquebalant dans la rue. Philos ne semble plus effrayé. Son expression est même d'un calme surnaturel lorsqu'il s'accroupit au bord du lit pour l'embrasser.

— Tout ira bien, dit-il. Je vais envoyer Britannica te tenir compagnie avant d'aller chercher la sage-femme. Et après ça, je resterai au rez-de-chaussée. Comme me l'a demandé Rufus.

Amara hoche la tête, elle aussi impassible. Hors de question de paraître inquiète, ce qui reviendrait à admettre qu'ils se voient peut-être pour la dernière fois.

Il referme doucement la porte derrière lui, et une nouvelle contraction la traverse au même moment. Elle pousse un grognement, le corps en sueur, et s'efforce de repousser la panique, les yeux fermés, la respiration lente, profonde, tandis que la douleur reflue à nouveau. Dans l'accalmie, elle entend le murmure de Philos à l'étage inférieur, puis les pas pesants de la Bretonne dans l'escalier.

— De quoi as-tu besoin ? lance-t-elle, essoufflée, illuminée d'enthousiasme, prête à en découdre.

C'est l'expression qu'elle devait avoir à la veille d'une bataille, et Amara se sent aussitôt plus forte.

— Du pain, et l'infusion de menthe et de miel. Il faut que je me nourrisse tant que je le peux encore, pour garder mon énergie.

Britannica hoche la tête et redescend l'escalier. Amara va ouvrir les persiennes, en sifflant entre ses dents lorsque la douleur frappe à nouveau. Elle s'accroche au rebord de la fenêtre en la laissant passer. L'aube rosit l'horizon et peint les toits d'orange, la montagne au loin perdue dans une brume bleue.

Amara se remet à faire les cent pas dans la petite pièce jusqu'à ce que Britannica la rejoigne. Celle-ci la regarde manger et boire.

— Tu veux que je reste avec toi ? Pour la naissance ?

— Oui, s'il te plaît, reste.

Amara ne doute pas du talent de Valentina, la sage-femme que Drusilla lui a recommandée au plus haut point, mais elle ne veut pas rester seule avec une quasi-inconnue. Des coups à la porte la font sursauter.

— C'est elle, chuchote-t-elle à Britannica. La voilà.

Le grondement du tonnerre qui a réveillé Amara dans la nuit n'était rien à côté de la tempête qui s'abat maintenant sur elle, en l'entraînant inexorablement dans l'agonie de l'accouchement. Elle voudrait s'arracher à son propre corps, les ongles enfoncés dans les cuisses, accroupie sur l'énorme chaise de naissance de Valentina. Les deux assistantes de la sage-femme tentent de l'apaiser en lui frottant le dos, en murmurant des platitudes sur le beau fils qu'elle offrira à son protecteur. Amara ne supporte pas qu'on la touche, ne supporte même plus le tissu sur sa peau, ne cesse de repousser la couverture que Valentina a placée sur ses genoux pour la protéger des regards.

— Je suis une putain ! Je m'en fous ! rugit Amara lorsque Valentina tente à nouveau de la couvrir.

La sage-femme, qui doit en avoir vu d'autres, n'insiste pas et fait signe à l'une des assistantes de ramasser la couverture.

— C'est pour très bientôt, indique-t-elle d'une voix calme et profonde. Il faut que tu cesses de lutter contre toi-même.

Un autre torrent de souffrance traverse Amara qui hurle : ce n'est pas que son corps qui s'ouvre, mais aussi son esprit, déchiré en deux, vidé de tout ce qui n'est pas ce rythme brutal, lancinant. Valentina s'est accroupie entre ses genoux.

— La prochaine fois, pousse quand tu sens la contraction arriver, pousse aussi fort que possible.

À peine a-t-elle achevé sa phrase qu'Amara hurle à nouveau. Peut-elle encore craindre la mort après pareille épreuve ?

— Tu luttes toujours contre toi-même. Il faut que tu pousses avec la vague, que tu pousses la douleur hors de ton corps.

— Je ne peux pas, gémit Amara. Je ne peux pas !

Elle sent quelqu'un lui agripper la main, si fort qu'elle l'atteint par-delà la douleur.

— Tu es forte, dit Britannica.

Amara la regarde, soutient son regard tandis que monte la contraction suivante, puis se concentre sur la douleur et hurle, non plus de terreur mais de rage, avec toute la férocité qui a toujours assuré sa survie.

— Continue, c'est ça, le bébé arrive, l'encourage la sage-femme.

Cette fois, en sentant venir la vague, Amara pousse de toutes ses forces juste avant que la souffrance ne frappe, en la réduisant à rien. Elle n'est plus à la merci de la tempête, elle en est la maîtresse.

— Tu y es presque. Vas-y, c'est très bien…

Amara refuse de ressentir l'épuisement qui lui colle à la peau comme le film de sa sueur. La douleur monte à nouveau et elle jette ses dernières forces dans la bataille, en s'accrochant si fort à la main de la Bretonne que celle-ci pousse un cri. L'enfant décoche un violent coup de pied dans son ventre, puis glisse entre les mains de la sage-femme.

Un moment de silence, de choc : puis un hurlement. Valentina éclate de rire.

— Furieuse, comme sa mère !

Amara est si éreintée que c'est à peine si elle a l'énergie de se pencher en avant pour voir son propre enfant. Sa fille. Elle tente de distinguer ce que fait la sage-femme, mais son entrejambe est en feu et l'élance lorsqu'elle bouge.

— Elle va bien ?

Valentina a couché l'enfant sur une couverture étendue au sol pour l'inspecter, lui masser les membres. L'enfant vocifère face à cet examen, en faisant grimacer Amara.

— Elle est parfaite, conclut enfin Valentina. Je ne vois aucun défaut. Aucune raison de s'en débarrasser.

Amara tend les bras pour qu'on la lui donne, mais Valentina passe le bébé à une assistante, elle aussi accroupie aux pieds d'Amara.

— Laisse-toi aller contre le dossier de la chaise et relâche ta respiration, instruit-elle en appuyant fermement sur le ventre d'Amara, le cordon ombilical tendu dans sa main. Encore…

Un poids se déloge, et le fardeau qu'Amara a porté tant de mois glisse hors de son corps. La sage-femme sourit, soulagée : le plus dangereux du travail est fait.

— S'il vous plaît, je voudrais la prendre contre moi…

— Je te l'apporterai au lit quand elle aura été lavée.

Ne songeant qu'à voir l'enfant, Amara tente de se lever et s'aperçoit, choquée, qu'elle en est tout simplement incapable. Toute sa force a fui son corps avec l'accouchement. L'une des assistantes de Valentina lui caresse l'épaule en lui murmurant d'être patiente. De l'eau sur sa peau – la femme est en train de la rincer. Alors seulement, Amara voit le sang – tout ce sang, en flaque sur le sol, moucheté sur ses jambes, imprégné dans des couvertures. Le témoin de la violence. Amara songe à Félix, à tout le sang qu'il a lui-même répandu. Mais sa force, son pouvoir, n'est qu'une ombre. Ôter la vie n'est rien, la donner est tout. L'assistante se méprend sur l'expression d'Amara :

— Ce n'est que le résultat de l'accouchement. Vous ne saignez plus trop. Le pire est passé.

Avec l'aide de Britannica, Amara titube jusqu'au lit avec encore d'autres tissus autour du corps pour étancher le sang. Elle regarde Valentina frotter la peau délicate du bébé d'huile et de fenugrec, avant de le rincer à l'eau, avec une grande douceur qui n'empêche pas l'enfant de hurler ses protestations. Amara est si impatiente de l'avoir contre elle que tout son corps lui fait mal ; elle est au bord des larmes lorsqu'on lui amène enfin sa fille, étroitement emmaillotée dans ses langes.

Le minuscule visage est rouge et fripé, la bouche écrasée par une moue mécontente, les yeux bleus grands ouverts même s'ils ne cessent de cligner. Comme elle est étrange ; comme elle est familière. Amara caresse la tête de son enfant, couverte d'un duvet si doux, et sent les larmes rouler sur son visage.

Britannica se penche vers elle pour voir l'enfant et affirme, avec un grand sourire :

— Comme une grenouille !

Amara renâcle de rire, et les deux femmes sont bientôt hilares, au bord de l'hystérie sous l'effet du soulagement. Valentina échange un regard avec ses assistantes.

— Votre protecteur souhaitera-t-il que je lui rende visite en personne… ? s'enquiert-elle avec précaution.

L'enfant n'aura jamais légalement de père, mais que Rufus le reconnaisse et le soutienne, même informellement, signifierait au moins qu'Amara n'a pas tout perdu de son statut de concubine.

— Non, je ne crois pas. Il a demandé que son intendant lui apprenne la nouvelle.

Amara songe à Philos qui attend au bas de l'escalier, et ses yeux s'embuent à nouveau.

— Quel message dois-je faire passer de votre part ?

— Qu'il a une belle petite fille et que s'il le veut bien, je lui propose de l'appeler Rufina. En l'honneur de son père.

Dans les heures qui suivent la naissance de Rufina, Amara est incapable de dormir malgré son épuisement. Elle n'a pas de nourrice – trop cher – et tente donc de nourrir son enfant elle-même, en la gardant sur sa poitrine. Valentina lui donne des conseils ainsi que des lotions au cas où le lait ne viendrait pas, au cas où ses seins deviendraient douloureux, tandis que les assistantes font brûler de l'encens pour purifier l'atmosphère. Britannica apporte une assiette de ragoût à Amara et prend le bébé dans ses bras, en lui murmurant des encouragements – elle l'appelle maintenant « Guerrière ».

Le temps semble terriblement long jusqu'à ce que Philos puisse enfin lui rendre visite. Amara envoie Britannica le chercher dès le départ de Valentina, le cœur battant lorsqu'elle entend ses pas précipités dans l'escalier. Puis il apparaît sur le seuil ; et malgré toute l'incertitude à venir, Amara ne ressent, en cet instant, que de la joie.

Philos s'assoit près d'elle en lui passant un bras autour des épaules, puis lui embrasse le front avec un soulagement si intense qu'il en devient palpable.

— Tu veux la tenir ?

Il hoche la tête et se tient parfaitement immobile tandis qu'Amara lui passe Rufina avec précaution.

— Elle est *minuscule,* chuchote-t-il en fixant l'enfant comme s'il ne pouvait y croire.

Il la tient avec une telle tendresse que le cœur d'Amara, déjà malmené par l'émotion, lui fait encore plus mal.

— Tu n'as fait passer aucun message à Rufus sur ton propre état ! J'ai dû demander à Valentina si tu étais en bonne santé, et elle m'a juré que tout irait bien. Elle l'a juré. Tu vas bien, n'est-ce pas ?

— Oui, je suis juste très fatiguée…

— Tu peux dormir, maintenant. Je m'occuperai d'elle. Repose-toi.

Il embrasse Rufina puis fixe à nouveau sur elle des yeux émerveillés.

— Elle est parfaite.

— Britannica trouve qu'elle ressemble à une grenouille.

— D'accord, peut-être un peu, rit-il. Mais une grenouille parfaite !

— Elle a les cuisses qu'il faut, en tout cas, je l'ai bien senti quand elle est sortie.

Amara se laisse aller dans le lit pour s'y étendre au lieu de s'y asseoir. Philos fredonne un air à sa fille, tout bas. Le corps brisé d'Amara peut enfin se détendre maintenant qu'il est là, qu'elle les voit ensemble. Elle ferme les yeux en se disant qu'elle les rouvrira dans un moment, et s'endort profondément.

Chapitre 43

Montre-moi un homme qui n'est pas esclave ;
l'un est esclave de la débauche, un autre de l'argent,
un troisième de l'ambition ;
et tous sont esclaves de l'espoir ou de la peur.

Sénèque, *Lettres à Lucilius*, Lettre 47.

Cette première nuit après l'accouchement est aussi la dernière nuit complète d'Amara. Le rythme féroce auquel la soumet son enfant la plonge dans un épuisement dépassant l'imagination. Les hurlements de Rufina la réveillent toutes les heures, et dès la troisième nuit, lorsque Philos lui tend à nouveau le bébé affamé, Amara éclate en sanglots et tente de se cacher sous la couverture.

Philos aussi est creusé par la fatigue, son agilité ordinaire remplacée par des gestes pesants lorsqu'il s'habille à l'aube pour quitter la maison et travailler jusqu'à la tombée du soir, quand reprennent leurs tourments.

Si Amara était mariée, ou riche, la naissance aurait été suivie de jours de fête et de visites de la famille ; à la place, elle se retrouve étrangement retirée du monde. Britannica l'assiste, en allant jusqu'à apprendre comment laver et emmailloter Rufina, afin qu'Amara n'ait rien d'autre à faire que nourrir le bébé ou dormir. Julia aide aussi à rompre l'isolement d'Amara : elle lui rend visite chaque matin en lui apportant des cadeaux – de la nourriture, des jouets – et, quelques jours après l'accouchement, insiste pour qu'Amara la rejoigne au jardin. Elles s'y asseyent ensemble sous plusieurs couches de couvertures. Posé sur Amara, le bébé dort paisiblement, cruel contraste avec ses nuits.

— Il faut que tu décides qui inviter à la cérémonie de son entrée dans la famille, lance Julia en se resservant un peu de vin sucré.

— Je me disais qu'il ne serait peut-être pas approprié d'en organiser une…

— Absurde ! s'écrie Julia en agitant son verre avec emphase, au point de renverser quelques gouttes. Si c'est la taille de l'appartement qui t'inquiète, nous pouvons l'organiser chez moi. J'en serais très heureuse.

Julia est trop polie pour mentionner qu'Amara s'inquiète sans doute également de la dépense.

— Tu es trop bonne, répond Amara. Tu as déjà tellement fait pour moi ces jours-ci…

— Amara, il va falloir que tu apprennes à être comme ma mère : ne jamais refuser un cadeau ! C'est déjà assez dur d'élever un enfant illégitime sans s'embarrasser de sa fierté.

Rufina soupire profondément dans les bras d'Amara, avec contentement. Amara lui caresse le front sous les yeux de Julia, où brille une douceur inhabituelle.

— Quel genre de femme était ta mère ?

Julia laisse son regard errer sur le jardin, comme vers une silhouette invisible, et malgré son sourire, la mélancolie se lit sur son visage.

— Ah… C'était la meilleure et la pire personne que l'on puisse imaginer. Mais il faut lui rendre justice : c'est elle qui m'a tout appris, et je lui suis reconnaissante chaque jour.

— Ton père l'a soutenue jusqu'au bout ?

— En effet. Mais elle n'a jamais digéré la fin de leur relation, lorsqu'il a cessé de l'utiliser comme concubine et l'a renvoyée avec une pension. Je devais avoir dix ans, à l'époque. Avant, il l'adorait, et elle-même ne songeait qu'à le rendre heureux. C'est lui qui lui a offert cette maison. Je le revois encore ici même, dans le jardin. Quand il arrivait, il ouvrait grand les bras pour que l'on accoure le voir. Il n'aurait pas imaginé que l'on ne soit pas pendues à ses lèvres.

Elle éclate de rire en voyant l'expression d'Amara.

— Ce n'était pas que du cirque. J'aimais sincèrement mon père. Et comme je suis la seule de ses enfants à avoir survécu, j'ai joui de privilèges dont la plupart des filles illégitimes ne peuvent que rêver.

— Ta mère l'aimait ?

— Oui, pour son malheur. Il l'a achetée quand elle était très jeune et a fini par l'affranchir pour en faire sa concubine. Il était généreux, mais pas au point de mériter que ma mère l'adore comme un dieu. Elle était bien décidée à ce que sa fille ne reproduise pas cette erreur… Une erreur que tu ne sembles pas avoir commise avec Rufus, ajoute Julia avant de reprendre une gorgée de vin.

— J'ai cru l'aimer, au début.

— Jusqu'à ce que tu apprennes l'existence du contrat ?

Amara hoche la tête, peu désireuse de révéler le véritable moment où son affection l'a désertée.

— Je dois admettre que même une vieille cynique comme moi s'est laissé surprendre. Mais maintenant qu'il est marié, tu ne risques plus rien. Il ne peut plus révoquer ta liberté. Et tu finiras par retrouver un autre protecteur. Peut-être très bientôt…

Son regard entendu met Amara mal à l'aise. Elle n'a aucune intention de quitter Philos, mais comme Julia ignore tout de leur relation, difficile d'en parler.

— Oui, je suis sûre que les hommes se battront pour la faveur d'une concubine abandonnée avec son nouveau-né…

— Qu'est-ce que tu peux être naïve, parfois ! s'esclaffe Julia. Une preuve de fertilité, ce n'est pas sans valeur ! Et tu n'es pas abandonnée, ma chérie. Rufus est loin d'être parfait, mais il n'a pas rejeté votre relation. L'amiral t'a donné son nom. Sans oublier mon amitié, et j'ai l'audace de croire qu'elle ne compte pas pour rien.

— C'est elle qui compte le plus. Je ne sais vraiment pas ce que j'aurais fait sans ton soutien…

— Oh, dis-moi qu'elle ne t'oblige pas à lui lécher les bottes ! s'écrie Livia en arrivant derrière Amara. Eh bien bonjour, petite grenouille…

Après s'être penchée sur Rufina avec un sourire affectueux, elle prend place à leurs côtés en se laissant aller contre Julia, qui pose une main sur son genou.

— J'ai demandé à ton intendant de m'écrire un contrat ce matin, j'espère que ça ne te dérange pas, continue Livia. Il est bien utile, ce garçon ! Et il a de beaux yeux, il faut le dire.

— Aucun problème tant que tu l'as payé, répond Julia à la place d'Amara.

— Bien sûr que je l'ai payé ! s'indigne Livia en s'appropriant son verre de vin. Il m'a expliqué qu'après l'élection, il serait responsable de l'enfant…

En entendant cela, Amara devine que Livia doit avoir soumis Philos à un véritable interrogatoire, car il n'aurait jamais bavardé de lui-même sur leur quotidien.

— En effet, répond-elle. Il a contribué à l'éducation de Rufus.

— Vraiment ? Je ne l'aurais pas cru assez vieux pour ça. Un bel homme comme lui !

— J'espère que tu n'as pas fait des avances à ce pauvre garçon, commente Julia, les sourcils levés.

Elles échangent un regard chargé de sens, une sorte d'amusement sardonique.

— Tu sais bien que je ne ferais jamais une chose pareille, sourit Livia en posant sa main sur celle de Julia.

Devant un geste si intime, Amara baisse les yeux sur Rufina et fait mine de s'en occuper, de n'avoir rien remarqué.

Ce soir-là, lorsque Amara discute avec Philos de l'idée de Julia – organiser une cérémonie d'entrée dans la famille –, il semble étonnamment enthousiaste. Tous deux sont assis au lit, Philos avec un bras autour des épaules d'Amara. Les fresques de la pièce sont peu élaborées, des motifs noirs et blancs qui se confondent avec les ombres bondissantes que projette la lampe à huile. Rufina est accrochée au sein d'Amara pour un autre de ses repas incessants, un pincement inconfortable mais qui soulage la pression du lait.

— Tout ce qui rappelle qu'elle est née libre nous facilitera la vie, dit Philos en caressant gentiment les orteils de sa fille sous ses langes. Jamais je n'aurais imaginé qu'un de mes enfants porterait une *lunula*...

Il prononce le mot avec révérence : l'amulette qui proclamera à la face du monde le statut de Rufina, cette liberté qui fera d'elle un être humain d'une autre catégorie que son père, et même que sa mère, salie par son esclavage d'autrefois.

— Ça m'embête que Julia paie pour le tout.

— Elle n'aurait pas offert si ça la dérangeait, raisonne Philos. Et je dois leur avoir épargné beaucoup d'argent : leur précédent contrat avec le marchand de vin pour les bains était une très mauvaise affaire.

— Livia m'a raconté que tu l'avais aidée aujourd'hui.

— C'était pour un achat personnel. On ne peut pas dire qu'elle dédaigne le luxe, commente Philos d'un ton plus amusé que méprisant.

— J'ai l'impression que c'est surtout toi qu'elle ne dédaignerait pas…

— Je crois bien que je ne suis pas son genre, rit-il. Et pas juste parce que je suis esclave.

Amara sourit en retour, mais l'entendre mentionner son statut en passant est comme rouvrir une blessure qui ne guérit jamais. Elle fait passer le bébé sur son autre sein, puis suggère :

— Quand Rufina aura grandi un peu, nous devrions réessayer de te libérer. Je pourrais le demander à Rufus en remerciement de ton aide dans son éducation. Ou lui proposer de t'acheter. Peut-être que Julia me ferait un prêt.

— On peut essayer, oui, admet-il en lui caressant l'épaule. Mais autant profiter de ce que nous avons plutôt que de s'inquiéter sans cesse pour le futur.

— Tu travailles si dur, et pour si peu.

— Mais cela suffit à nous faire vivre, avec la pension que te verse Rufus. Et nous sommes ensemble, dans une situation relativement stable. C'est plus que peuvent en dire de nombreux couples mariés.

— J'ai reparlé à Valentina d'un apprentissage de sage-femme, mais elle ne m'a pas beaucoup encouragée.

— Peut-être qu'elle n'aime pas l'idée d'entrer en compétition avec une fille de médecin, dit Philos en lui embrassant la tempe. Le bébé n'est là que depuis une semaine, mon amour. Tu peux bien te reposer un peu avant de te remettre au travail pour en accoucher d'autres !

— Mais sa dot, s'inquiète Amara en se mordillant la lèvre.

— Elle n'a que cinq jours ! s'esclaffe Philos.

Il se déplace pour pouvoir la regarder en face, ses mains sur les joues d'Amara.

— Je comprends tes angoisses. Bien sûr que je les comprends. Mais sa vie sera différente de la tienne, et de la mienne. Je te le jure.

Amara a raconté à Philos sa propre dégringolade dans l'esclavage, la dot que ses parents n'ont pas économisée, si bien que sa mère n'a eu d'autre choix que de vendre Amara après le décès de son père, pour lui éviter de mourir de faim. Le début d'un long et violent voyage qui l'aura menée à Pompéi, à Félix.

— Je ne peux pas supporter que tu ne sois pas libre, lâche Amara bien qu'elle sache que ces mots le blesseront. Parfois, j'y songe et je n'arrive plus à respirer…

Philos laisse une main sur le visage d'Amara et dépose l'autre sur Rufina.

— Je sais. C'est pour ça que la protection de Julia importe tant.

Il n'achève pas sa pensée, mais Amara l'entend malgré tout : *au cas où on m'arracherait à toi.*

Chapitre 44

Celui dont le visage en mêle deux en un
Et de ses deux parents est le portrait commun
Naît du sang de la femme et de l'homme, et révèle
L'équilibre parfait d'une ardeur mutuelle :
Les fluides lancés par des désirs égaux
Sans s'étouffer l'un l'autre ont combiné leurs eaux.

Lucrèce, *De la nature des choses*, IV. 1259-64.

Ni Rufus ni le véritable père de Rufina ne se rendent à ses Nominalies. L'absence de Philos est-elle préférable à sa présence comme esclave ignoré de tous, à l'écart de la cérémonie de sa propre fille ? Amara n'en est pas certaine. Elle s'attendait à demi à ce que Rufus vienne remettre la lunula à sa fille, mais son ex-protecteur se contente de leur envoyer un luxuriant plateau de fruits ainsi qu'un petit cheval de bois monté sur roues. C'est Julia qui délivre à l'enfant ce précieux collier qui symbolise sa liberté, un petit croissant de lune au bout d'une chaîne. En voyant l'amulette d'argent sur la peau de son bébé, Amara sent le poids sur son cœur s'alléger un peu. Philos doit avoir raison : l'enfant ne sera pas condamnée à l'existence qu'ont menée ses parents. Elle aura sa propre vie.

Le prêtre chante des prières pour purifier l'enfant et brûle des offrandes de grain et de vin sur l'autel de Julia afin de lire l'avenir de Rufina dans les volutes de fumée : un mariage heureux et de nombreux enfants. Amara soupçonne ces prédictions d'être identiques à chaque cérémonie. Un prêtre d'Aphidna doit avoir fait les mêmes promesses à ses propres parents, des années plus tôt.

Les invités ne sont guère nombreux : Julia, Livia, Britannica, Drusilla et Primus. Amara ne peut s'empêcher de songer aux absents. Elle s'imagine montrer sa fille à ses parents. Comme sa mère se serait exclamée, comme son père aurait souri ! Puis elle se voit confier l'enfant aux bras de Didon, la joie qu'elle aurait ressentie. Elle tente de ne pas penser à Béronice ni à Victoria.

Amara n'avait pas revu Drusilla depuis plusieurs mois, mais la présence d'un autre enfant détend l'atmosphère. Primus est ravi par les cadeaux de Rufina, surtout le cheval de bois sur lequel il roule dans toute la pièce. Amara craignait que Drusilla refuse de venir, et peut-être l'aurait-elle fait si l'invitation n'avait pas été envoyée par Julia. Cultiver sa relation avec Amara n'a plus aucune utilité, sans compter qu'elle lui doit encore de l'argent. Mais en ce jour, Drusilla ne laisse rien voir du refroidissement de leur amitié et berce Rufina avec l'aisance d'une mère, en souriant.

— Ce sont tes parents qui avaient des yeux de cette couleur ? Quel beau gris !

— Oui, mon père, ment Amara. Mais je crois bien que ce ne sont que des yeux bleus de nourrisson. Ils s'assombriront avec le temps.

— Elle a ta bouche, poursuit Drusilla dont les propres lèvres s'ourlent d'un sourire malicieux. Espérons qu'on lui épargnera le nez de son père…

— Ce cher Rufus ! C'est sûr que ce n'est pas un Adonis ! s'esclaffe Julia. Prions pour que l'enfant tienne de sa mère, oui.

Amara accepte le compliment avec un sourire. Il est trop tôt pour savoir à qui ressemblera Rufina – elle tient encore plutôt de la grenouille que de l'homme – mais Amara ne peut s'empêcher de déceler Philos dans ses traits, si délicats, ses yeux bleu-gris bien écartés, au point de lui donner un air presque félin. *Ses yeux deviendront marron,* se répète Amara.

— Comment va ton mariage ? demande-t-elle à Drusilla.

— Ampliatus vient de m'acheter un métier à tisser, s'amuse Drusilla. Pour impressionner ses visiteurs avec mes prouesses d'épouse… alors qu'il ne porte rien de ce que je fabrique. Même une dévotion comme la sienne ne saurait aller aussi loin.

— Tu parles de papa ? s'écrie Primus qui a le don de laisser traîner une oreille, comme tous les enfants de son âge. Il a promis qu'il jouerait aux osselets avec moi tout à l'heure !

— Et il a adopté Primus, conclut Drusilla.

Julia bat des mains et les autres femmes se répandent en félicitations, reçues par Drusilla avec un plaisir manifeste. Amara est heureuse pour elle mais ne peut s'empêcher de ressentir une pointe de jalousie. Tout chez Drusilla proclame sa richesse : le magnifique tissu de sa tunique, son délicat parfum à la rose, et surtout son air satisfait. Une femme qui a assuré son futur et celui de son enfant.

Les premières semaines de la vie de Rufina semblent à la fois très lentes et très rapides. Les jours se confondent. Philos parvient peu à peu à passer plus de temps à la maison, et par moments, auprès de lui et de Britannica, Amara peut prétendre qu'ils forment une vraie famille. Comme Britannica ne cesse d'insister, Amara se met aussi à s'aventurer hors de chez Julia. Elle commence par une brève balade matinale au travers du marché qui jouxte l'arène adossée au jardin, d'abord en compagnie de Britannica, puis seule, de plus en plus.

Chaque jour lui semble plus facile et, peu après les deux mois de Rufina, l'angoisse d'Amara s'est endormie. Elle se promène dans le marché en passant d'un étal à l'autre, heureuse de voir tant de vie autour d'elle. Elle parle grec à son enfant, la soulève pour lui montrer l'étalage d'un peaussier, lui désigne les petites amulettes devant le sourire indulgent du vendeur. Herméros, le fleuriste, est toujours installé à l'angle, mais elle ne s'en approche plus – il lui rappelle trop ses visites avec Victoria.

En arrivant aux arènes, elle lève les yeux sur l'immense bâtiment qui lui cache le soleil. Plus rapide que la pensée, un bras s'enroule autour de sa taille et une pointe vient se presser contre ses côtes. Son choc est plus intense encore que sa terreur.

— Pas un cri.

Elle se retourne pour lui faire face. Félix est parfaitement calme, sans autre expression qu'un sourire charmeur, comme s'il retrouvait une vieille amie.

— Je ne te ferai pas de mal. Pas si tu gardes le silence.

Amara tente de parler avec autorité mais ne lâche qu'un murmure :

— Laisse-moi partir.

— Allons nous installer sur ce banc là-bas, suggère Félix en désignant du menton l'endroit où Amara s'est un jour assise avec Victoria, contre l'enceinte de la vigne.

— Non, souffle Amara en s'agrippant à Rufina, la poitrine soulevée de panique.

— Pas d'hystérie, lui conseille Félix d'un ton raisonnable, presque réconfortant. Je ne te ferai pas de mal, je t'assure. Sauf si tu me résistes.

Le couteau lui pique les côtes. Amara traverse la place avec lui, le souffle si court qu'elle a l'impression de se noyer. Félix la fait avancer sans cesser de commenter les étals avec le sourire, comme s'il aidait sa femme épuisée à aller s'asseoir pour se reposer.

— Tu vois, ce n'était pas si terrible, lance-t-il lorsqu'ils s'assoient ensemble.

Son bras, caché sous sa cape, est toujours autour de la taille d'Amara, en dissimulant son couteau.

— Qu'est-ce que tu veux ?

— Quel accueil ! Tu ne me demandes pas des nouvelles de Victoria, de mes affaires ?

— Va te faire foutre.

— Oh, Amara, tu m'as manqué, s'esclaffe-t-il.

— Si tu me gardes ici, Britannica viendra me chercher.

— Je n'ai aucune intention de te garder. J'ai ma propre épouse, maintenant, absolument charmante. Quand je lui ai dit que je passais te voir, elle m'a confié un message. Tu veux l'entendre ?

— Rien de ce que raconte Victoria ne m'intéresse.

— Elle te supplie de lui pardonner.

Amara reste silencieuse, et l'expression de Félix se durcit.

— Tu pensais vraiment que je te laisserais tranquille, que je te laisserais te moquer de moi ? Enfin, je ne suis pas le seul dont tu te moques, il faut l'admettre.

Il renverse la tête en arrière comme pour contempler les vrilles qui dépassent du mur.

— Il fut un temps où je te considérais comme une rivale. Difficile à imaginer, non ? Quel idiot. Alors que tu ouvrais les jambes à un esclave. *Un esclave !*

Il se met à rire, si fort que son bras tremble, et l'idée qu'il puisse l'entailler par accident la terrifie.

— Tu es encore plus abrutie que ma femme ! Qu'est-ce qu'il a bien pu te raconter pour que tu jettes ta vie aux ordures comme ça ?

— Je ne vois pas de quoi tu veux parler, répond Amara avec un effort pour rester impassible.

— Et ça, c'est son bâtard ? demande Félix en désignant Rufina.

Amara serre sa fille contre elle en tentant de la dissimuler aux regards.

— Quand Victoria m'a tout raconté, je dois admettre que je pensais qu'elle délirait complètement. Ce garçon de rien qui venait te chercher au bordel… C'est lui que tu as choisi ?

— Je ne sais pas ce que t'a raconté Victoria, mais elle t'a menti.

— Ah bon, on part là-dessus ?

Félix lui frotte les côtes du plat de la lame ; Amara se raidit, les yeux fixés sur lui. Félix murmure très bas, en augmentant la pression pour la faire parler :

— J'ai toute ton attention, maintenant ?

— Oui, souffle-t-elle.

— Brave fille.

Il lui sourit et la haine d'Amara se loge dans sa gorge comme un noyau d'olive.

— La première fois que Victoria m'a fait visiter ta charmante maison, je n'ai pas pu m'empêcher de remarquer ce coffre dans le tablinum, juste sous la fenêtre de ta chambre. Tu vois de quoi je veux parler, j'en suis sûr. Le genre de coffre qui supporterait le poids d'une fille comme Victoria, s'il lui venait à l'esprit de grimper dessus pour jeter un œil dans ta chambre et voir ce que tu fabriquais la nuit. D'autant plus que tu as eu l'amabilité de laisser une lampe allumée pour illuminer tout ton lit.

Félix la regarde dans les yeux et Amara a conscience de ne pouvoir lui dissimuler sa peur.

— Victoria a protesté, mais elle finit toujours par faire ce que je lui demande… Il ne faut pas trop lui en vouloir, tu sais, ajoute-t-il avec un haussement d'épaules.

Elle l'a gardé longtemps, ton secret. Plus de six mois. Ce n'est que quand je lui ai raconté qu'on baisait ensemble quand tu venais payer ta dette qu'elle m'a tout avoué. Oh, ça ne lui a pas plu, que je lui dise que tu aurais fait une meilleure épouse qu'elle… Du coup, quand elle m'a sorti cette histoire grotesque, j'ai pensé qu'elle avait tout inventé pour se venger.

Félix se penche plus près et Amara fait un rempart de son corps pour éviter à Rufina d'entrer en contact avec lui.

— Mais tu sais ce qui m'a convaincu ? Je lui ai fait répéter ce qu'elle avait vu cette nuit-là. Pas qu'une fois, des centaines. Elle a décrit la façon dont il te passait dessus avec une foule de détails, comme si elle revoyait la scène. Et chaque fois, elle me racontait la même chose… parce que c'était vrai.

Il laisse échapper un long soupir de satisfaction.

— Nous savons tous les deux que Victoria n'est pas assez intelligente pour mémoriser un mensonge aussi complexe. Pour me rapporter exactement comment et où il t'a touchée. Mais quand elle m'a parlé de tes larmes, là, j'ai vraiment cru qu'elle mentait, ajoute-t-il avec un frisson de dégoût. C'est vraiment ce que tu fais ? Tu lui pleures dessus quand il a fini ?

Amara s'oblige à lui rendre son regard sans tressaillir, sans rien laisser voir de la nausée qui menace de la submerger.

— Elle mentait sur toute la ligne.

— Je comprends que tu insistes là-dessus, vu ce qui se passerait si la vérité éclatait, s'amuse Félix avec un sourire qui trompe les passants. Combien paie Rufus pour l'éducation de l'enfant de son esclave et de sa putain ?

Amara détourne les yeux sans répondre.

— Et moi, combien tu me paierais pour que je la ferme ?

— Tu es vraiment idiot si tu t'imagines que Rufus te prêterait attention.

— C'est vrai, il m'enverrait sûrement me faire voir, au début. Mais après avoir relu ma lettre, peut-être qu'il se mettrait à réfléchir un peu. Je me demande bien comment Philos est devenu ton intendant. Tu n'aurais pas demandé à le garder ? Et tu n'aurais pas fait autre chose, dit autre chose qui pourrait éveiller les soupçons ? Ton joli cœur irait au moins jusqu'à interroger Philos, je crois qu'on peut s'accorder là-dessus. Et quand on interroge un esclave, c'est toujours sous la torture. Il serait moins beau après ça, ton amant, même s'il arrivait à se taire…

Les yeux d'Amara brûlent. Rufina s'est endormie contre son sein, comme si elle était en sécurité dans cette misérable étreinte.

— Combien ?

— Vingt deniers par mois, ça devrait faire l'affaire.

— Il ne nous restera rien pour vivre !

— Voilà ce qui arrive quand on se jette dans les bras d'un esclave, hélas. Tu aurais mieux fait d'accepter une meilleure offre, au lieu de te laisser prendre par le premier venu…

C'est la première fois qu'il fait référence au rejet d'Amara, mais sa colère est palpable dans sa rigidité soudaine. Sa colère qu'elle lui ait préféré un esclave.

— Et puis, il faut songer à ton adorable petite fille, continue-t-il d'une voix douce, comme s'il chantonnait pour l'enfant.

— Ne la touche pas.

— Quelle jolie lunula elle porte… Ce serait bien dommage qu'elle la perde.

— Personne ne peut la réduire en esclavage. Je suis une affranchie.

— Ça n'aura plus d'importance si l'identité de son père venait à se savoir.

— Un enfant est toujours libre si sa mère l'était au moment de la naissance ! s'irrite Amara. N'essaie pas de me raconter n'importe quoi !

Félix sourit comme s'il dégustait sa confusion ; le voir si sincèrement amusé la glace.

— Tu n'es vraiment pas au courant ? On n'est plus en Grèce, Amara. Je laisserai au père de ta fille le plaisir de t'expliquer la situation.

Il se rapproche encore, le couteau plaqué contre elle.

— Et quand il l'aura fait, tu comprendras que je ne te demande pas grand-chose. Si peu, à vrai dire, qu'il faudra bientôt que j'augmente les prix.

Félix tend la main vers Rufina, et Amara a beau essayer de se reculer, elle est piégée par le couteau et ne peut l'empêcher d'effleurer la tête de son enfant. La terreur et la haine lui serrent si étroitement le cœur qu'elle ne peut retenir ses larmes.

— Chaque jour de ta vie, Amara, tu sauras que j'ai le pouvoir de détruire ceux que tu aimes. Je t'attendrai ici la semaine prochaine, à la même heure, pour le premier paiement. Et tu n'as pas intérêt à amener la Bretonne.

Il retire sa main, puis son bras, et soudain se lève et disparaît dans la foule sans un regard en arrière.

Amara ne sait pas comment font ses jambes pour la porter sur le trajet du retour. Elle traverse le jardin de Julia les yeux baissés, en espérant ne pas attirer l'attention de son amie : elle n'arriverait pas à lui dissimuler sa détresse. Ce n'est pas seulement la menace qui la rend malade, mais la sensation soudaine d'être exposée aux regards. Tous ces moments de vulnérabilité avec Philos, vus par le prisme du mépris de Félix. Elle est fébrile en ouvrant la porte de son appartement ; une fois à l'intérieur, elle se laisse tomber sur un tabouret, si brusquement que Rufina se réveille et se met à hurler. Amara tente de défaire sa tunique pour la nourrir, mais elle tremble tant que le bébé est rouge de colère le temps qu'elle y arrive. Dès que Rufina a pris le sein, Amara se met à sangloter, et sanglote encore lorsque Britannica revient avec le déjeuner.

— Qu'est-ce qui se passe ? La guerrière est malade ?

— Félix, halète Amara. Il sait pour Philos. Victoria lui a dit.

— *Victoria !* crache Britannica en découvrant les dents, féroce. Tu vois, il fallait la tuer !

Amara se cache le visage, toujours en pleurs, incapable de la contredire.

— Félix a dit qu'elle me suppliait de lui pardonner…

— Moi, je la pardonnerai quand les corbeaux lui dévoreront les yeux !

Britannica s'agenouille au sol, près d'Amara.

— Laisse-moi le tuer.

Toutes deux échangent un regard, sans nier une seconde qu'il s'agit d'une offre sincère, et tentante.

— C'est trop dangereux. Victoria saurait qui est responsable. Elle chercherait à se venger.

— Alors je les tuerai tous les deux.

Amara secoue la tête.

— Il faut que je le paie. Je ne peux pas te perdre, insiste-t-elle quand Britannica pousse un juron de frustration. Je ne peux pas courir le risque que le meurtre remonte jusqu'à moi. Ce n'est pas que je doute de toi. Mais c'est trop dangereux.

— Quand tu changeras d'avis, je serai là.

Britannica se redresse de toute sa taille pour considérer Amara et le bébé.

— Et maintenant, comment vas-tu le payer ?

— Je vais vendre la harpe que m'avait offerte Rufus. Ça nous fera quelques semaines.

— C'était pour la dot de la guerrière.

— Le payer est plus important, dit Amara en baissant les yeux, honteuse. Si je ne le fais pas, elle n'aura pas l'occasion de se marier, d'avoir une dot, elle n'aura rien !

Britannica abat la paume de sa main contre le mur, le corps tordu par la frustration, par la vengeance à laquelle elle ne peut laisser libre cours.

— C'est comme revenir là-bas ! gronde-t-elle.

Et Amara sait très bien de quel endroit elle parle.

C'est à peine si toutes deux échangent un mot de tout l'après-midi, sans rien d'autre pour les unir que leur impuissance. Amara se sent écrasée non seulement à l'idée de perdre son argent, mais surtout par la menace qui pèse sur Rufina. Les mots de Félix ne cessent de lui revenir tandis qu'elle caresse la lunula de sa fille, comme si l'amulette pouvait la protéger par magie.

Pire encore, Philos travaille tard ce jour-là. Amara l'entend arriver, s'annoncer d'un ton enjoué ; le grondement bas de Britannica en réponse ; une exclamation choquée. Lorsqu'il se rue à l'étage, Rufina est endormie dans le berceau, Amara assise sur le lit, les bras serrés sur sa poitrine.

— Britannica m'a dit que Félix t'avait menacée, lance Philos en prenant place près d'elle. Il ne vous a pas fait de mal ?

— Non, il n'a rien fait. Mais il sait, pour nous. Victoria lui a tout raconté. Il veut vingt deniers par mois, ou il ira voir Rufus, explique-t-elle en lui agrippant la main.

— Mais c'est presque tout ce que nous avons !

— Je sais.

Si Amara espérait se sentir mieux en le voyant, elle se trompait : l'air défait de Philos ne fait qu'aggraver son propre sentiment d'impuissance.

— Félix a dit autre chose. Sur Rufina. Que si les gens apprenaient que tu es son père, elle pourrait être réduite en esclavage. Mais ce n'est pas vrai, n'est-ce pas ? Il voulait juste me tourmenter ? Un enfant hérite toujours du statut de sa mère à la naissance, tout le monde sait ça…

En voyant l'expression choquée de Philos, elle y voit d'abord la confirmation que Félix a menti ; mais comme il reste silencieux, bouche ouverte, sans rien dire pour la rassurer, elle sent monter la panique.

— Ce n'est pas vrai, n'est-ce pas ? Un enfant hérite du statut de sa mère !

— D'ordinaire, oui…

— Comment ça, *d'ordinaire ?*

— Parfois, on peut révoquer ce statut, explique Philos d'un air plus sombre que jamais. Si une femme affranchie ou libre a une relation interdite avec l'esclave d'un autre, leur union peut être déclarée illégale. Ce qui signifie que leurs enfants deviendront esclaves de quiconque possède le père.

Il serre sa main en un poing qu'il presse contre sa bouche.

— Je pensais que tu le savais.

— Rufina deviendrait esclave ? L'esclave de Rufus ? insiste Amara, abasourdie.

— D'Hortensius.

Amara pousse un cri de détresse et Philos lui agrippe les bras pour la garder droite :

— Mais ça n'arrivera pas ! Nous paierons Félix. Personne ne saura jamais rien. Et même si nous étions découverts, poursuit-il face aux yeux écarquillés d'Amara, il y a toute une procédure… Rufus ne voudrait pas s'exposer au scandale, d'autant plus qu'il vient de gagner l'élection. Me tuer et laisser l'enfant en paix serait bien plus facile. C'est pour ça que chaque détail compte – l'amitié de Julia, toute reconnaissance publique du statut de Rufina… Autant de protections pour elle.

— Je ne peux pas la laisser devenir esclave. Je ne peux pas. Je ne laisserai *jamais* Hortensius la toucher.

Amara se rappelle la façon dont le père de Rufus a laissé courir ses mains sur son corps, en la tâtant comme si elle était exposée au marché aux esclaves. Un homme pareil, posséder sa fille !

— Je le tuerais avant.

— Hortensius ne l'aura pas, lance Philos en essayant de la calmer. Elle est en sécurité ici. Personne ne la touchera. Elle est libre.

— Quand tu repars chez Rufus, je ne peux pas le supporter, je ne peux pas supporter qu'il te possède, mais elle… J'en mourrais.

— Ça n'arrivera pas, je te le jure, insiste-t-il en l'embrassant.

— Britannica avait raison. J'aurais dû tuer Victoria.

— Bien sûr que non ! Ne sois pas ridicule. S'il y a un coupable ici, c'est moi.

Amara sait ce qu'il va dire et tente de l'interrompre, mais il ne se laisse pas faire.

— Je n'aurais jamais imaginé que tu n'avais pas conscience des risques, et je suis désolé. Désolé de t'avoir exposée à tant de souffrance.

— Ce n'est pas ta faute, répond Amara en l'enlaçant étroitement. Je ne t'en veux pas. Rien de tout ça n'est ta faute.

Elle voudrait continuer à le rassurer, lui jurer qu'elle ne regrette pas de l'aimer, mais en cet instant, hantée par l'image d'Hortensius, elle n'arrive pas à prononcer ces mots.

Chapitre 45

Maîtresse, je t'implore de m'aimer.

Graffiti de Pompéi

La vente de la harpe les couvre pour un mois, pendant lequel ils réduisent drastiquement leurs dépenses en mettant autant d'argent que possible de côté pour réduire le fardeau de chaque paiement. Philos perd du poids, et bien qu'il lui assure le contraire, Amara le soupçonne de se priver de repas certains jours pour leur épargner la dépense. L'argent n'est pas la seule contrainte : la menace de Félix envahit chaque aspect de leur quotidien. L'amitié d'Amara et Britannica s'en ressent ; elle est constamment anxieuse pour sa fille ; même le bien-être qu'elle a toujours ressenti dans les bras de Philos s'en trouve corrodé. Lorsque son corps s'est suffisamment remis pour qu'elle songe à retrouver leur intimité, elle ne peut se défaire de l'impression que Félix les regarde. Elle a l'impression d'être revenue aux premiers jours de leur relation, et sans l'amour et la patience de Philos, elle aurait sans doute perdu toute capacité à ressentir du plaisir, quel qu'il soit.

Elle ne sent les ténèbres se dissiper que rarement, lorsqu'elle regarde Philos laver ou emmailloter leur bébé, entièrement absorbé par son amour pour Rufina. Son calme se communique à Amara bien qu'elle en haïsse les raisons : elle sait qu'une vie d'impuissance lui a enseigné ce stoïcisme. Depuis l'enfance, Philos a su qu'il ne serait jamais maître que de ses émotions.

Parce qu'il insiste, Amara se met à passer plus de temps avec Julia afin que leur relation étende son ombre protectrice sur Rufina. Au fil des semaines, Amara reste plus souvent pour la soirée chez Julia et Livia que chez elle. Julia la présente toujours comme « l'affranchie de l'amiral » à ses invités, sous son nom complet : Gaïa Plinia Amara. Amara ne peut s'empêcher d'apprécier ces soirées loin de l'obscurité de son appartement, loin des épuisantes exigences de sa fille. Assise dans la salle à manger d'extérieur de Julia avec les autres invités, elle n'a pas à se soucier du prix de la nourriture, du vin. Elle n'a d'autre obligation qu'être charmante ; encouragée par Livia, elle se remet à jouer de la lyre pour un public, heureuse de n'avoir pas vendu l'instrument.

Lorsqu'elle rentre chez elle pour se glisser dans son lit aux côtés de Philos, celui-ci lui demande qui étaient les invités de Julia. Dans le noir, il est difficile de lire son expression, mais elle sent la tension dans son corps, l'entend dans sa voix. Ils n'abordent jamais l'évidence, mais Philos n'a rien de naïf : il sait quelle serait l'échappatoire la plus facile pour les libérer de leur détresse financière et des menaces qui pèsent sur leur enfant. Inutile de discuter le passé de concubine d'Amara, car il pèse déjà entre eux, aussi tangible qu'une troisième personne dans leur lit.

Amara continue à fréquenter Valentina dans l'espoir qu'elle l'accepte comme apprentie sage-femme, et ses efforts commencent à porter leurs fruits. Après qu'Amara lui a rendu visite avec le précieux rouleau sur les plantes offert par Pline, ainsi que les recettes de plusieurs remèdes enseignées par son père, Valentina s'adoucit. Mais malgré ce début de succès, Amara sait qu'apprendre un nouveau métier prendra beaucoup de temps et risque de ne pas rapporter assez pour garder Félix à distance.

En mai, peu après les Lémuries, Amara découvre auprès de sa propriétaire une silhouette familière. Le choc qu'elle ressent n'est pas tant dû à la présence de Démétrius – qu'elle redoutait depuis longtemps – qu'à l'absence d'avertissement de Julia. Cela ressemble fort à un traquenard. Julia fait signe à Démétrius, sans nul doute pour lui signaler sa proie en approche. Lorsqu'il se retourne, Amara le trouve plus vieux que dans son souvenir ; mais l'intensité de son regard sombre est restée la même.

Démétrius se lève pour l'accueillir. Son regard parcourt sa silhouette désormais voluptueuse, sans avoir l'impolitesse de s'attarder sur sa poitrine.

— Mes félicitations pour la naissance de votre fille. La maternité vous va bien.

— Rufina est adorable, lance Livia. Nous l'aimons toutes beaucoup.

Amara porte une main à son cœur pour recevoir leurs compliments, mais ressent un certain soulagement lorsque Démétrius ne cherche pas à voir son enfant. Que Philos la lui amène serait insupportable.

— Vous êtes venu visiter vos propriétés ? demande-t-elle.

— Entre autres choses, répond Démétrius tandis que tous se rasseyent, Julia et Livia ensemble sur une couche. Toujours un plaisir de revoir de vieilles amies.

— Vous resterez longtemps à Pompéi ?

— Si j'y suis le bienvenu.

Ces mots sont évidemment destinés à son hôtesse, mais c'est pourtant à Amara qu'il s'adresse. Elle sent ses joues s'échauffer et sait qu'il croira qu'elle rougit de plaisir et non d'angoisse.

— Ne sois pas ridicule, tu es toujours le bienvenu ! lance Julia avant de faire un petit signe affectueux en direction d'Amara. Ma chérie, tu voudrais bien nous jouer quelque chose ? Désolée de te demander ça alors que tu viens d'arriver, mais j'ai passé une journée épouvantable et ta voix est *tellement* relaxante…

Julia a renoncé à toute subtilité, au point qu'Amara pourrait en rire en d'autres circonstances. Elle acquiesce dans un murmure, mais avant même qu'elle puisse se lever pour aller chercher sa lyre, un serviteur de Julia la lui apporte. Démétrius lève un sourcil en direction d'Amara, avec un amusement complice plutôt que moqueur, si bien qu'elle ne peut s'empêcher de lui rendre son sourire.

— J'espère que tu n'es pas aussi péremptoire avec tes autres invités, lance-t-il à Julia. Tu ne t'attends certainement pas à ce que je pousse la chansonnette pour toi, j'espère. Cela fait bien longtemps que je n'ai plus besoin de gagner ma croûte ainsi.

Amara lui jette un regard surpris : fait-il référence à son passé d'esclave ? Allongé sur la couche, l'air très confortable, il sourit à Julia et Livia qui se sont enroulées ensemble comme deux chats. Rien dans son attitude ne suggère qu'il vient de confesser un passé honteux. Peut-être n'était-ce qu'une façon de parler, plutôt qu'une allusion à ses services d'autrefois.

Amara joue quelques notes pour vérifier que la lyre est bien accordée, puis se lance dans l'*Ode à Aphrodite* de Sappho, un air qu'elle jouait toujours avec Didon et Drusilla ; elle le connaît si bien qu'elle ne risque pas de se tromper. À son grand soulagement, Démétrius se met à bavarder avec Julia au lieu de la soumettre à toute l'intensité de son attention.

Elle l'écoute parler de ses propriétés – les questions de Julia sont sans doute orientées de façon à le faire discourir sur ses possessions, tout comme elle a fait en sorte de déployer les talents d'Amara. Au fil de la conversation, elle croit comprendre que Démétrius possède non seulement des vignes et des oliveraies, mais aussi une large zone de pêche sur la côte. Elle tente de se concentrer sur sa performance pour ne pas entendre cette litanie de richesses.

Julia et Livia insistent aussi pour que Démétrius leur parle de sa vie à Rome, mais il ne dit pas grand-chose de son travail pour l'empereur Vespasien et n'en fait qu'un éloge parfaitement générique. Sa discrétion rappelle un peu Philos, ou même Secundus. Avoir servi laisse toujours une marque. Amara se demande malgré elle comment Démétrius a été amené à servir la famille impériale, comment il a gagné sa liberté, s'il était déjà esclave en Grèce ou si, comme elle, il est né libre.

Il se révèle en revanche intarissable au sujet de sa ville d'adoption, Rome, et décrit le nouveau temple de la Paix dans le plus grand détail, ainsi que la construction de l'amphithéâtre Flavien.

— On pourrait y faire rentrer peut-être dix arènes de Pompéi, au moins, explique-t-il à Julia. Il est d'une taille inimaginable. Toutes les richesses du grand temple de Jérusalem ont servi à sa construction.

Ses mots trouvent un écho dans la mémoire d'Amara : son ex-servante, Martha. *Demandez donc à l'amiral pourquoi Jérusalem a été réduite en cendres.* Elle continue à jouer de la lyre mais cesse de chanter pour mieux entendre la conversation.

— Vous ne reconnaîtriez sans doute plus la ville que vous avez visitée autrefois, continue Démétrius. Jamais je n'aurais cru être un jour témoin de pareille grandeur, alors que j'ai grandi à l'ombre du temple de Zeus !

— Vous êtes d'Olympie ? ne peut s'empêcher de demander Amara. La ville sacrée ?

Démétrius hoche la tête, sans élaborer, même si l'intérêt d'Amara semble lui plaire.

— Mon père aurait voulu s'y rendre en pèlerinage, explique-t-elle. Pour voir la statue de Zeus avant de mourir.

— Vous venez de l'Attique, lance Démétrius en grec.

Ce n'est pas une question. A-t-il deviné à son accent, ou l'a-t-il appris de Pline ?

— On dit que Pallas Athéna laisse sa marque sur ceux qui viennent de son royaume attitré. Je me demande si c'est votre cas…

Amara revoit en esprit la statuette de verre de la protectrice de l'Attique, dans la maison de ses parents. Pallas Athéna, déesse de la sagesse et de la stratégie, vénérée plus que tous les autres immortels dans la ville natale d'Amara. Celle qu'Amara a délaissée pour Vénus, protectrice de Pompéi. Tout comme Démétrius a peut-être un jour délaissé les dieux de ses pères.

— J'ai entendu dire que le temple de Minerve, à Rome, surpasse tout ce que l'on peut trouver en Attique, répond Amara en latin.

Au regard de Démétrius, elle sait qu'ils se comprennent.

— Tout comme Rome surpasse Athènes en tout point, abonde-t-il.

Amara croirait voir son propre père, en cet instant : ce sourire en coin, si familier, qu'il arborait chaque fois qu'il parlait du pouvoir de Rome. *Tout ce qu'ils ont, c'est à nous qu'ils l'ont emprunté, Timarété. Ne l'oublie jamais.*

— Ah, les Grecs ! raille Livia en levant les yeux au ciel. Insupportables, toujours à nous regarder de haut ! Comme si on ne voyait pas clair dans votre petit jeu !

— Puisque la domination de Rome sur Athènes ne fait aucun doute, peut-être peux-tu nous épargner tes piques, s'amuse Démétrius avant de sourire à Amara.

Et vous avez raison au sujet du temple sur le Capitole. Mais il ne représente que l'une des innombrables merveilles de la cité.

Amara incline la tête, soudain nerveuse à l'idée qu'il lui propose de l'emmener là-bas.

— Tu devrais passer voir les travaux de *notre* temple de Vénus, suggère Julia. Pompéi n'est peut-être pas l'égale de Rome, mais certaines choses valent tout de même la peine d'être vues. Tu veux te joindre à nous, Amara ?

Elle se lève. Amara regarde les ombres qui s'allongent sur le jardin, et fait mine d'être désolée de refuser l'invitation :

— Rufina doit avoir faim.

— Votre ex-protecteur ne vous a pas fourni de nourrice ? s'agace Démétrius qui semble mécontent – à son encontre ou celle de Rufus, difficile de savoir.

— Ce n'est pas grave. Tu nous rejoindras plus tard, ma chérie, interrompt Julia pour lui éviter l'embarras de répondre à la question.

Amara s'incline profondément et, en s'éloignant, entend Julia murmurer à Démétrius : *Ces choses-là sont faciles à rectifier.*

Quand Amara rentre chez elle, Philos l'attend, Rufina endormie à l'étage. En le voyant penché sur des tablettes de cire dans la sombre petite pièce, Amara sent sa poitrine se serrer. Il lui sourit lorsqu'elle vient l'embrasser. De tels moments leur sont si précieux, alors que la plupart des amants se saluent ainsi sans comprendre leur chance. L'envie de faire quelque chose pour lui, n'importe quoi, la submerge.

— Tu as dîné ? s'enquiert-elle en s'approchant du brasero.

— Je n'ai pas très faim. Prends ma part.

— Je mangerai plus tard, avec Julia.

— Dans ce cas, d'accord, merci. Mais n'oublie pas d'en laisser à Britannica.

— Ton travail, là, c'est encore pour Rufus ?

— Non, c'est mieux : Julia m'a recommandé à un ami pour que je passe ses comptes en revue. C'est un travail payé.

Amara fait de son mieux pour paraître enchantée, mais elle se sent glacée en songeant à tout ce qu'ils doivent désormais à Julia, et à la fureur de celle-ci quand Amara refusera l'offre de Démétrius. Elle réchauffe le repas – un bouillon de lapin acheté par Britannica la veille, qu'ils se sont efforcés de faire durer deux jours. La graisse figée se liquéfie lentement sous la chaleur. C'est le moment de parler de Démétrius à Philos, pour qu'ils puissent élaborer un plan d'action ensemble. Elle lui jette un coup d'œil : il s'est replongé dans ses tablettes, le front plissé. Impossible d'ignorer ses cernes si profonds, l'épuisement qui l'enveloppe comme une cape. Le bouillon, désormais brûlant, éclabousse la main d'Amara ; elle prend une inspiration sifflante et ôte la marmite du brasero, avant d'en remplir un bol. Philos reste absorbé dans son travail. L'odeur est un peu forte.

Lorsqu'elle s'assied en face de lui en lui donnant le plat, il referme les tablettes et lui sourit à nouveau.

— Merci beaucoup. Tu m'as fait savoir un jour que tu étais gênée quand je te servais. Maintenant, c'est moi qui suis gêné de manger alors que tu n'as rien.

Amara lui assure qu'elle a déjà mangé et insiste jusqu'à ce qu'il s'empare enfin de la cuillère, puis réfléchit au jour dont il parle et se rend compte qu'elle s'en souvient.

— C'était l'après-midi où j'ai décidé d'acheter Victoria, après la visite de Fabia… Oh, j'aurais mieux fait de t'écouter, se désole-t-elle en songeant à tout ce qui s'est produit depuis.

— Tu l'aimais. C'était facile, pour moi, de te dire de la laisser là-bas. Je n'aurais sans doute pas écouté mes propres conseils, à ta place.

Amara songe à une autre recommandation de Philos, qu'elle a également ignorée : lorsqu'il l'a suppliée de le quitter. Si elle n'avait pas laissé l'amour la guider, à quoi ressemblerait sa vie aujourd'hui ?

— Tu as l'air bien triste... J'espère que tu ne t'en veux pas, s'inquiète Philos. Tu sais bien que je ne te reproche rien.

La gentillesse dans ses yeux gris est telle qu'Amara se sent soudain terrifiée – non par Julia, ni par Démétrius, ni même par Félix, mais par elle-même, par la douleur qu'elle se sait capable d'infliger. Ce n'est plus Philos qu'elle voit devant elle, mais Ménandre, lorsqu'elle a fracassé la lampe à ses pieds. Elle repousse son tabouret et annonce d'une voix étranglée qu'elle va voir Rufina, avant de fuir la pièce sous le regard surpris de Philos.

Sa fille dort, mais semble percevoir la présence d'Amara lorsque celle-ci se penche sur le berceau : elle prend une respiration plus profonde et s'agite un peu dans ses langes, qui se sont desserrés. Étouffée d'amour, Amara s'assoit à même le sol et entoure ses genoux de ses bras. Quelle souffrance de tenir tant à cet enfant, cette minuscule personne qui aurait dû libérer son père, mais n'a fait que piéger sa mère.

— Allons, allons...

C'est Philos, qui vient passer un bras autour des épaules d'Amara. Elle presse son visage contre son torse et éclate en sanglots tandis qu'il lui caresse les cheveux en tentant de la calmer.

— Qu'y a-t-il, mon amour ?

— J'ai si peur de te perdre.

Ce n'est qu'une demi-vérité, mais elle ne pourrait supporter d'en révéler plus. Philos pose son menton sur sa tête et continue de lui caresser les cheveux.

— Il s'est passé quelque chose ? Tu peux tout me dire, insiste-t-il en voyant qu'elle n'en pleure que plus fort.

Amara aimerait tant lui parler de Démétrius, lui confier sa terreur. Elle sera bientôt contrainte de prendre une décision, et elle devrait demander son avis à Philos, ou au moins lui apprendre l'existence d'un autre homme, la menace et la chance que représente ce nouveau protecteur. Mais Philos ne serait-il pas empli de honte s'il contribuait à débaucher Amara ? Quel homme voudrait se savoir disposé à prostituer la mère de son enfant, même pour la survie de sa famille ? Peut-être vaudrait-il mieux qu'elle fasse son choix seule. Elle s'agrippe à Philos, le visage toujours enfoui dans sa tunique pour ne pas avoir à le regarder dans les yeux.

— Pardon… souffle-t-elle, la voix étouffée. Il ne s'est rien passé de précis. Je ne sais pas ce qui me prend. Je suis si émotive depuis la naissance de Rufina.

Elle le relâche, s'essuie les yeux et se force à sourire. Le bébé se met à pleurer, dérangé par tout ce bruit, et Amara se hâte de se lever.

— Je ferais mieux de la nourrir. Va finir ton dîner.

Elle se penche sur le berceau en lui tournant le dos. Philos lui pose une main sur l'épaule :

— Seulement si tu es sûre d'aller bien. Je pourrais rester là, avec vous deux…

— Tout va bien, je te le jure. Va manger, je t'en prie.

Elle ne se retourne pas lorsqu'il quitte la pièce. Assise sur le lit, elle donne le sein à sa fille, et dans son regard embué de larmes, les motifs noir et blanc des murs se brouillent jusqu'à repeindre le monde en gris.

Chapitre 46

Mais on n'éteint pas un feu avec des larmes ;
Elles enflamment les joues et font fondre le courage.

Graffiti de Pompéi

Démétrius, assis seul dans la salle à manger d'extérieur, contemple le jardin. Amara peut l'observer un bref instant avant qu'il ne la remarque : sa posture détendue, parfaitement à l'aise en sa propre compagnie. La richesse et le pouvoir le parent aussi délicatement que les plis de sa luxueuse tunique. Amara se tapote les joues. Ses yeux sont encore gonflés de larmes, mais le crépuscule dissimulera la rougeur de sa peau. Elle a joué tant de rôles dans sa vie. Ceci n'est qu'un masque de plus, se répète-t-elle, pas plus dur à porter que les autres.

Lorsqu'elle le rejoint, Démétrius lève sur elle un œil sarcastique.

— Julia m'a juré qu'elle était trop fatiguée pour dîner. Encore plus subtil que son comportement de tout à l'heure.

Il parle grec. Sa voix, remarque Amara, est plus basse dans sa langue natale ; et son ton plus difficile à interpréter.

— Je peux vous laisser, si vous le souhaitez…

— Vous n'imaginez tout de même pas que je souhaiterais une chose pareille.

Il plonge son regard dans le sien, pas en signe de désir, mais pour l'évaluer. Elle ne détourne pas les yeux.

— L'amiral m'a fait comprendre que vous aviez travaillé au bordel de la ville. Vous n'avez pas l'attitude de ce genre de putain.

— Vous en êtes donc si familier ?

L'irritation d'Amara semble l'amuser.

— Je ne voulais pas vous offenser. Mais votre parcours est saugrenu, il faut l'admettre. Pline répète qu'il vous a embauchée pour l'assister dans ses recherches, une excuse qui serait risible chez n'importe qui d'autre. Cependant, je le connais depuis assez longtemps pour mesurer son insatiable curiosité. Vous l'aimez beaucoup, n'est-ce pas ? remarque-t-il en la voyant réprimer un sourire face à cette description de son bienfaiteur.

— Je ne saurais exprimer toute l'étendue de ma gratitude à son égard.

— Et votre jeune protecteur ? Le père de votre enfant ?

— J'ai également une dette envers lui.

— Mais vous ne l'appréciez pas autant que vous appréciez l'amiral, note Démétrius avec un sourire en coin. Pline m'a dit que vous l'aviez supplié de devenir sa secrétaire, avec la plus grande, la plus désespérée des passions…

Amara se sent brûler de mortification, mais ne baisse pas les yeux.

— Si je ne vous avais pas vue lui parler à Misène, je n'aurais jamais cru à cette histoire, même de la bouche de Pline. Une putain de bordel qui tente de s'attirer les faveurs de l'amiral de la flotte, en lui offrant non pas son corps, mais son esprit ?

— Je suis heureuse que cela vous ait amusé, répond Amara sans rien laisser voir de sa gêne.

— J'ai servi un maître ma vie durant. Croyez-moi, je ne me moque pas de vous, lance Démétrius en lui versant du vin avant de remplir son propre verre. Quand s'est achevé votre dernier contrat ? Et ne craignez pas mon jugement si vous deviez déprécier votre ex-protecteur. Je préfère l'honnêteté.

Sa froideur apaise Amara, sans qu'elle sache trop pourquoi.

— Notre contrat ne dépendait que de sa passion pour moi. Sa protection s'est enfuie avec ses sentiments. De telles choses s'achèvent-elles jamais pour d'autres raisons ? Et sa famille voulait qu'il se marie, ajoute Amara après une gorgée de vin. Cela aura joué également.

— Vous l'aimiez ?

— Et vous, votre concubine à Rome, vous l'aimez ? demande-t-elle en le regardant droit dans les yeux pour qu'il comprenne bien qu'elle l'évalue en retour.

— Je lui suis reconnaissant. Et ma reconnaissance prend désormais la forme d'une pension en récompense de toutes ses années de service, indique Démétrius en faisant tourner le vin dans son verre. Vous avez évité ma question.

— Parce que je vous crois suffisamment intelligent pour trouver seul la réponse.

— Des paroles de politicien, remarque-t-il, sardonique. Venez donc près de moi.

Sa couche n'est qu'à quelques pas de celle d'Amara, mais il s'agit très clairement de franchir une limite. Elle le fait sans hésitation, ayant repoussé sa culpabilité et sa douleur très profondément au fond d'elle-même, sous une carapace gelée. Elle ressentira tout cela plus tard. Démétrius pose une main sur sa cuisse, lourde et chaude.

— Ma proposition n'est pas basée sur ces absurdes fantasmes romantiques sur lesquels reposait votre précédent contrat. Mais vous m'intriguez, *Plinia* Amara. Je voudrais voir si nous conviendrions l'un à l'autre. Venez donc avec moi à Stabies pour quelques semaines, et si nous nous plaisons, je vous emmènerai à Rome. Sinon, vous pourrez retrouver votre vie à Pompéi.

— Et ma fille ?

Amara parvient à poser la question calmement, car l'idée de quitter Rufina, la réalité de cette séparation, est une souffrance si grande qu'elle ne peut encore la comprendre.

— Bien sûr, je paierai votre loyer, une nourrice, bref tout ce qu'il faudra pour que l'on prenne soin d'elle en votre absence. Julia m'a raconté que votre intendant était très fiable. Nous pourrons lui verser le salaire de votre choix. Croyez-moi, quelle que soit la somme, elle sera pour moi insignifiante, dit-il en repoussant une mèche de ses cheveux.

Cette dernière déclaration n'est pas un compliment sur la valeur d'Amara, mais un indice de sa propre richesse.

— Serai-je autorisée à la voir ?

— Si nous nous entendons, je pourrai me passer de vous, disons, un mois par an, pour que vous puissiez la voir et vous occuper de vos affaires en ville.

Elle fixe le sol, consciente qu'il l'observe, qu'il discerne la moindre de ses expressions.

— Je peux vous laisser jusqu'à demain pour y songer, si cela vous est nécessaire…

— Non ! s'écrie-t-elle.

Démétrius hausse les sourcils, surpris. Amara serre le poing jusqu'à s'enfoncer les ongles dans la paume. Elle imagine Philos au travail chez eux, Rufina endormie, et l'idée de les quitter tous les deux dépasse les limites du supportable. Si elle part les retrouver, elle n'aura jamais la force de donner à Démétrius la réponse qui assurera l'avenir de sa fille.

— Enfin... non, ce n'est pas nécessaire. Je suis, bien sûr, honorée d'accepter votre proposition, dit-elle en inclinant la tête.

— Vous n'avez pas l'air très enthousiaste, remarque Démétrius d'un ton cassant – le trouble d'Amara n'est pas passé inaperçu.

Elle se force à plonger ses yeux dans les siens.

— J'ai encore du mal à saisir la magnitude de ce que vous m'offrez, rien de plus.

— Bon, si vous êtes sûre... murmure-t-il, apparemment rassuré par son expression, sans plus chercher à dissimuler le désir dans sa voix.

Amara n'a qu'une seconde pour s'y préparer et repousser son premier instinct, celui de se dégager lorsqu'il l'enlace. Peut-être Démétrius sent-il sa réticence ; au lieu de laisser courir ses mains sur son corps, il dépose un léger baiser sur ses lèvres en frôlant sa gorge d'un doigt. Sa paume est chaude lorsqu'il la pose sur le sternum d'Amara. Elle sait qu'il sent son cœur battre la chamade. Réprimant sa culpabilité, ses souvenirs de Philos, elle l'embrasse en essayant de ne pas songer à la différence entre son étreinte et celle de l'homme qu'elle aime. Démétrius s'enflamme, l'attire plus près, et ce qu'elle a appris chez Félix refait surface. Elle a donné du plaisir à tant d'hommes : comment bouger, comment les toucher... Tout cela s'est enraciné en elle. Mais lorsque Démétrius fait glisser sa tunique sur son épaule, elle l'arrête et presse un doigt sur ses lèvres comme pour lui fermer la bouche :

— Je ne suis plus une putain de bordel. Vous pouvez attendre Stabies pour profiter de ces plaisirs.

Il y a dans sa voix une note impérieuse qui fait écho à la froideur dont il a lui-même fait preuve. Lorsque Démétrius lui sourit en retour, elle sait qu'elle ne s'est pas trompée dans ses calculs. Il se recule et reprend son vin.

— Très bien, ma très chère, répond-il avec amusement. Comme vous voudrez.

Amara se réveille bien avant que la lumière ne filtre au travers des persiennes. Elle n'a pas pu dire la vérité à Philos la nuit dernière. Il voulait faire l'amour, et elle était trop égoïste pour refuser, consciente qu'il ne la toucherait peut-être plus jamais avec autant de tendresse, qu'ils ne seraient peut-être plus jamais aussi proches. Lorsqu'elle a sangloté qu'elle craignait de le perdre, ce n'était pas un mensonge, même si elle ne méritait pas qu'il la rassure.

Elle tourne la tête pour observer le profil de son amant, sa poitrine qui se soulève sur un rythme régulier. Derrière lui, au travers des barreaux du berceau, elle distingue Rufina, sa petite bouche fripée, ses cils si épais. Jamais Amara n'aurait cru pouvoir ressentir un tel amour ; jamais elle n'aurait cru, après avoir perdu ses parents, retrouver une famille un jour. Soudain submergée par l'envie de toucher Philos, elle pose sa main sur son épaule, avec douceur. Il devait être sur le point de se réveiller, car ce contact pourtant si léger le tire du sommeil. Il ouvre les yeux, en rencontrant aussitôt les siens, et sourit.

Ce que devait dire Amara, la confession à laquelle il faudra se livrer, tout cela s'évapore face au bonheur de Philos. Elle ne peut pas se résoudre à déchirer leur famille, pas encore, et l'embrasse en se promettant de tout lui avouer plus tard. Ils se lèvent en silence pour ne pas déranger Rufina, qui commence enfin à dormir plusieurs heures d'affilée. Philos tend sa tunique à Amara et dégage ses cheveux pour elle après qu'elle l'a enfilée, en lui caressant les épaules au passage. Une fois habillée, Amara réveille leur fille pour la nourrir en essayant de ne pas penser au fait qu'elle devra bientôt l'abandonner.

— Je travaille pour Livia aujourd'hui, annonce Philos. Britannica passera la journée avec sa petite guerrière. Tu seras avec Julia, comme d'habitude ?

— Oui. Elle a un invité.

Amara s'interrompt en tentant à nouveau de trouver les mots qui prépareront Philos à la révélation qui leur lacérera le cœur. Mais il dépose un baiser sur ses lèvres avant qu'elle ne dise quoi que ce soit. En le regardant partir, elle se demande s'il soupçonne quelque chose mais préfère ne rien savoir.

Amara parvient à survivre à la matinée avec Julia, Livia et Démétrius sans rien laisser voir de l'angoisse qui lui serre la poitrine. Elle reçoit les félicitations de ses amies – et les sous-entendus grivois de Livia – avec autant de grâce que possible. Par chance, elle ne manque pas d'entraînement pour ce qui est de dissimuler ses sentiments. L'enthousiasme de Julia compense les silences d'Amara, qui se force à sourire jusqu'à en avoir mal aux joues pendant que les trois autres démantèlent allègrement sa vie de famille pompéienne. Julia lui suggère de se rendre à Stabies dès qu'une nourrice aura été trouvée pour Rufina, ce qui ne saurait prendre plus d'une ou deux semaines, affirme Livia. Amara hoche la tête tandis que l'idée de quitter sa fille pèse comme une pierre sur ses poumons.

Une violente averse les chasse du jardin et, bien malgré elle, Amara se retrouve seule avec Démétrius dans la bibliothèque, Livia ayant suggéré qu'il aimerait peut-être qu'on lui fasse la lecture. « Après tout, ça a *très bien* marché pour l'amiral », a-t-elle appuyé avec un regard malicieux en quittant la pièce.

Le bruit de la pluie qui cascade du toit noie les battements de cœur d'Amara. Elle et Démétrius se dévisagent. Il est dos à la fenêtre et prend des airs de statue de marbre dans la faible lumière. Amara tente de retrouver son ton impérieux de la nuit précédente, en espérant pouvoir le contrôler à nouveau par sa froideur.

— Que puis-je vous lire ? demande-t-elle en latin, en parcourant les rouleaux alignés sur les étagères de Julia.

— Rien.

Ce mot en grec l'arrête. Démétrius s'approche, si près qu'elle sent la lavande de sa pommade malgré la douce odeur de la pluie. Elle détaille les rides profondes de son visage, les poches sous ses yeux. En voyant son regard, il lève un sourcil.

— Eh oui, je suis vieux. Comme Hadès et Perséphone, dit-il en lui caressant la joue.

Même lorsqu'il se tourne en dérision, sa voix est empreinte d'autorité. Plus Amara côtoie cet homme, plus elle se rend compte qu'elle ne sait pas lire ses intentions, ne sait pas comment réagir. Elle se rabat sur l'évidence, ce que lui a appris Félix, mais Démétrius lui attrape le poignet avant qu'elle ne l'effleure.

— Non. C'est moi qui vous toucherai.

Amara se dissocie de son corps lorsque Démétrius l'adosse doucement au mur, ses doigts entre ses cuisses. Qu'il la touche comme un amant, et non avec la brutalité irréfléchie des clients du bordel, est en quelque sorte pire encore. Elle frissonne lorsqu'il fait glisser sa tunique sur ses épaules en exposant ses seins à l'air glacial, bien décidé à lui donner du plaisir, sans savoir que sa quête restera vaine. Amara ferme les paupières en papillonnant, passe en revue le répertoire de gémissements enseigné par Victoria. Pourvu que cela s'achève vite. Démétrius respire plus fort ; elle rouvre les yeux pour voir s'il a bientôt fini – et un choc la traverse. Philos se tient sur le pas de la porte, pétrifié d'horreur, des tablettes de cire plein les bras.

Leurs yeux se rencontrent un instant, puis il se détourne et quitte la pièce.

Chapitre 47

La femme sans mentir peut soupirer d'amour
Lorsque la pâmoison d'une étreinte sincère
Rive son corps au corps de l'amant qu'elle serre.

Lucrèce, *De la nature des choses*, IV. 1236-38.

Amara puise dans des réserves de duperie encore insoupçonnées pour achever son étreinte avec Démétrius. Son exclamation à la vue de Philos devient un cri d'extase, et ses frissons violents des soubresauts de plaisir. Elle est si convaincante que c'est à peine si elle doit effleurer son nouveau protecteur pour le faire jouir. Mais au lieu de pouvoir s'effondrer ensuite sur sa conquête, Démétrius se voit obligé de la soutenir pendant qu'elle tente de maîtriser ses tremblements. L'intensité de la réaction d'Amara semble le surprendre en bien.

— Inutile de considérer Stabies comme une période d'essai, murmure-t-il en l'attirant à lui. Vous m'accompagnerez à Rome.

Amara a l'impression de devoir traverser un siècle de sourires et rires factices avant de pouvoir enfin rentrer chez elle. Dès qu'elle passe le seuil, elle devine à l'expression de Britannica que Philos a mentionné quelque chose.

— Il est avec la guerrière, dit Britannica en désignant le plafond. Je ne l'ai jamais vu comme ça...

Amara monte les marches quatre à quatre et ouvre la porte de la chambre à coucher. Rufina est endormie dans son berceau. Le regard affolé d'Amara tombe sur Philos qui lui tourne le dos, accoudé à la fenêtre, penché sur la rue, comme tenté de s'enfuir.

— Depuis combien de temps es-tu au service des invités de Julia ? demande-t-il d'une voix atone, sans se retourner. Et quand comptais-tu m'en parler ?

— C'était la première fois. Je le jure. Je te le jure.

Il se retourne, et son ton n'est pas une accusation lorsqu'il déclare platement :

— Je ne sais pas si je te crois.

— C'est la vérité, Philos, je t'assure. Je ne pouvais pas le repousser aujourd'hui, pas sans offenser Julia. Tu sais combien nos vies dépendent d'elle, surtout celle de Rufina. Mais je ne voulais pas que tu voies…

Elle ne peut continuer, hantée par ce qu'a dû voir Philos : le corps à demi nu de la femme qu'il aime, ses convulsions sous les mains d'un autre. Elle porte sa main à sa bouche et souffle à nouveau :

— Je ne voulais pas.

— Il fut un temps où j'allais te chercher au bordel, dit Philos à voix basse. Je sais bien ce qu'on t'a forcée à faire. Et j'en avais le cœur brisé. Mais là… Je n'arrête pas d'y penser, s'étrangle-t-il comme si l'image ne passait pas. On aurait dit que tu *aimais* ça.

Amara sent le rouge lui monter aux joues : ses mains se serrent en deux poings.

— Je n'aimais pas ça ! Je suis prostituée ! Tu t'imagines qu'on fait payer les clients en sanglotant et en les suppliant d'arrêter ? En se battant, comme Britannica, au point d'y laisser des dents ?

— Je… je suis désolé, se décompose Philos. Je n'aurais pas dû…

Il traverse la pièce en tendant les mains vers elle, hésitant. Elle se jette dans ses bras, mais ne peut s'empêcher de remarquer qu'il ne l'étreint pas aussi fort qu'à l'ordinaire. L'odeur de lavande de Démétrius s'est imprégnée sur sa peau.

— Il sera là longtemps ? murmure Philos. Il faudra que tu... que tu le revoies ?

Dans le long silence qui suit, Amara fixe le mur jusqu'à ce que le motif noir et blanc semble sur le point de s'imprimer dans ses yeux.

— Combien de temps ? insiste Philos d'une voix moins douce.

Amara quitte la sécurité de ses bras.

— C'est mon nouveau protecteur.

— Mais... tu viens à peine de le rencontrer...

Après un instant de choc, l'incrédulité de Philos se dilue dans une compréhension douloureuse :

— Tu l'avais déjà croisé, n'est-ce pas ?

— Oui, à Misène.

— *Misène ?* Quand tu es allée rendre visite à Pline ? Mais c'était il y a des mois !

— Il ne s'est rien passé à l'époque, je t'assure ! Et je ne l'ai revu pour la première fois qu'hier...

— Hier. Quand tu pleurais en répétant que tu ne pourrais pas supporter de me perdre. C'est là que tu l'as pris comme protecteur, n'est-ce pas ? comprend-il, glacial. Autre chose que tu aurais oublié de me dire ?

Impossible d'atténuer le choc, impossible d'échapper à l'impact de ces mots.

— Il va m'emmener à Rome.

Philos s'assoit lentement sur le lit.

— Rome, répète-t-il stupidement. Tu me quittes pour aller à Rome. Avec *lui*.

Son visage se crispe de dégoût, et elle n'a aucun mal à deviner ce qu'il se représente.

— Je ne connais même pas son nom. Qui est-ce ?

Les larmes d'Amara se mettent à couler. Chaque mot lui fait mal, mais même consciente de tout détruire, il faut qu'elle parle.

— Il s'appelle Démétrius. C'est un affranchi impérial. L'un des hommes les plus riches de toute la Campanie. Il te paiera pour t'occuper de Rufina. Il paiera pour sa dot. Et si Rufus accepte un jour de te vendre, il me donnera l'argent dont j'ai besoin pour t'acheter et te libérer.

Philos la dévisage : elle voit sa propre douleur se refléter sur ses traits. Puis il ferme les yeux comme pour repousser la douleur, en vain.

— Ce n'est pas que je ne comprenne pas pourquoi tu as agi ainsi, Amara. Crois-moi, je comprends. Ce que j'ai du mal à pardonner, c'est la façon dont tu t'y es prise.

— Philos, je t'en prie…

— Je n'ai jamais eu de contrôle sur ma vie. Jamais de ma vie, merde ! Aucun contrôle sur ce qui m'arrive, sur ce qui arrive aux gens que j'aime. Et je sais que tu comprends ce que ça fait. C'est pour ça que je n'en reviens pas que tu aies pu te comporter ainsi. Me mentir, me cacher tant de choses, ne pas me laisser le choix… Comme si je ne comptais pas. Comme si tu me possédais ! C'est l'impression que tu as ? Tu t'imagines que parce que tu es libre et que je suis esclave, tu as le droit de décider de nos vies ? De ma vie ?

— Non ! Ce n'est pas ainsi que je te vois, ce n'est pas ce que je ressens…

— Alors pourquoi t'es-tu comportée exactement comme si c'était le cas ? demande-t-il en la regardant comme s'il ne la reconnaissait pas.

— Je ne voulais pas te faire honte ! s'écrie-t-elle. Je pensais que tu serais reconnaissant que j'aie pris cette décision seule. Pour t'épargner l'humiliation de devoir m'offrir à un autre…

— Vous découvrir ensemble aujourd'hui, c'était *m'épargner l'humiliation* ? Je devrais t'être *reconnaissant* ?

Son mépris transperce Amara et la rend cruelle :

— Je ne fais ça que parce que je suis la seule dans cette putain de famille à ramener de l'argent ! Comment tu t'imagines qu'on va protéger notre enfant ? Tu crois que l'amour de mes parents m'a épargné l'esclavage ? Je l'aurais échangé mille fois contre une dot ! Rien n'a de sens sans argent. *Rien.*

Ils se dévisagent et Amara se sent prise de nausée : impossible de ravaler ses paroles, ce qu'elle vient de sous-entendre sur la valeur de Philos.

— On croirait entendre Félix, dit-il.

Il se lève, va chercher sa cape pliée sur le tabouret et s'en couvre les épaules, les mains tremblantes de rage et de douleur.

— Philos, je t'en prie, ne pars pas. Philos, essayons d'en discuter…

— Maintenant, tu veux discuter ? explose-t-il. Maintenant que tu as déjà tout décidé ? Discuter de quoi ? Merde ! À moins que tu ne veuilles m'expliquer comment vivre ma petite existence de rien en ton absence !

Il part à grands pas vers la porte ; Amara lui court après.

— Tu ne peux pas partir comme ça ! Où est-ce que tu vas ?

— Je vais marcher un peu ! hurle-t-il en se retournant vers elle. J'ai le droit ? Ou tu me renvoies à mon maître pour avoir désobéi ?

Rufina se met à pleurer et Amara voit Philos hésiter, troublé par la détresse de leur fille. Elle lui effleure le bras, mais ce geste ne fait que raviver sa colère au lieu de l'apaiser. Il lève les mains pour la décourager de le toucher, puis quitte la pièce. Amara l'entend descendre l'escalier à pas furieux.

Elle va récupérer sa fille qui hurle dans le berceau, défait sa tunique à l'épaule et lui donne le sein. Le bébé tire, affamé ; comme elle s'agite dans ses langes, Amara la libère et sent la chaleur de son corps contre le sien. Elle caresse sa tête si douce, couverte d'un sombre duvet, et sent son cœur se fendre. Jamais elle n'avait connu pareil tourment qu'à l'idée d'avoir les bras vides pendant qu'une inconnue nourrit et berce son enfant.

Réconfortée par le lait, Rufina repose sur la poitrine de sa mère, repue. Amara ne veut pas la déranger par ses larmes et se recroqueville sur le lit autour de son corps minuscule, en se mordant la lèvre pour ne pas faire de bruit. Rufina gargouille, agite ses petits poings et donne des coups de pied, ignorante de la douleur de sa mère. Amara la regarde s'agiter tout en repoussant les ténèbres qui cherchent à l'engloutir, jusqu'à ne plus rien ressentir : sa longue et amère expérience lui a appris que la seule façon de survivre est d'enfouir la douleur et de continuer à avancer, où que la mène Fortuna. Elle se rapproche jusqu'à frôler de son visage les traits parfaits de son enfant.

— Tu ne connaîtras jamais la vie de ton père. Tu seras libre.

Et elle lui embrasse le front.

Chapitre 48

Les femmes qui se sont vengées

Graffiti d'Herculanum

Livia avait affirmé qu'une nourrice convenable serait trouvée d'ici à quinze jours, prédiction trop optimiste, mais seulement d'une semaine. Ces vingt et un jours sont les derniers d'Amara à Pompéi, et Démétrius est encore présent pendant les cinq premiers, ce qui ne fait qu'accroître le fossé qui la sépare désormais de Philos. Le parfum de lavande s'attarde chez eux, et lorsque leurs regards se croisent, chacun sait que l'autre songe à ce que fait Amara chaque jour, à tout ce qu'elle a caché à Philos. Celui-ci finit par aller s'installer dans l'étroit débarras de la cuisine, pour y dormir près de Britannica.

Il s'adresse à Amara avec une politesse scrupuleuse lorsqu'il lui demande des précisions sur la façon dont elle souhaiterait qu'il élève Rufina, un ton plus froid encore que sa colère. Sa maîtrise de lui-même ne lui fait défaut que quand il tente de remercier Amara pour son sacrifice ; lorsqu'elle éclate en sanglots en lui jurant qu'elle l'aimera toujours, en le suppliant de la croire, il se lève et quitte la pièce.

Les derniers jours sont les pires. Les heures filent entre les doigts d'Amara comme autant de grains de sable. Elle qui pensait passer chaque instant auprès de son bébé ne supporte presque plus de la voir, consciente qu'elle la quittera bientôt. Après l'arrivée de la nourrice, rester chez elle devient insoutenable.

L'amitié de Britannica, sa présence silencieuse, est son plus grand réconfort. C'est Britannica qui l'aide lors de la plus dangereuse de ses dernières actions à Pompéi : un retour à l'Antre des Louves.

Elles se rendent à la taverne de Félix, non au bordel. L'endroit rappelle à Amara celui où il l'avait un jour emmenée, sale, étroit et sombre, même en plein jour. Une femme est penchée sur le comptoir, occupée à le nettoyer. En voyant Amara et Britannica sur le seuil, masquant le peu de lumière, elle pousse un cri. C'est Béronice.

— Gallus !

Répondant à l'appel de sa femme, une silhouette familière descend de l'échelle dans l'angle. Gallus grimace à la vue des deux ex-louves et hoche la tête en direction d'Amara.

— Qu'est-ce que tu veux, toi ?

— Quel accueil, pour de vieilles amies, commente Amara en gagnant le comptoir. Nous sommes là pour discuter avec notre chère Béronice, quoi d'autre ? Et avec Victoria, bien sûr. Peut-être que tu pourrais l'envoyer chercher, Béro ?

— Ma femme n'est pas ton esclave, gronde Gallus en se plaçant devant Béronice.

— Non, c'est la tienne, reconnaît Amara.

Britannica pose la main sur le manche de son couteau et soutient le regard de son tortionnaire d'autrefois sans l'ombre d'une crainte.

— Pourquoi tu ne vas pas chercher Victoria ? On n'aime pas attendre.

Amara garde un œil sur les clients dans leur dos pendant que Britannica surveille Gallus. Deux buveurs les fixent bouche bée depuis le coin de la pièce, mais aucun ne semble disposé à se battre. Britannica et elle ont pris soin de venir aux heures creuses du matin. Comme Gallus et Béronice restent pétrifiés, les doigts de Britannica s'enroulent sur le manche de son poignard, prête à dégainer. Elle est plus grande que Gallus, et en bien meilleure forme. En cas de combat au couteau, Amara n'a guère de doute sur le résultat – et Gallus non plus, semblerait-il.

— Va la chercher ! aboie-t-il à sa femme.

Béronice contourne ses amies d'autrefois et file dans la rue.

— Tu vas le regretter, crache Gallus à Amara.

— Ça m'étonnerait, dit-elle en adoptant volontairement les intonations de Félix, le froid détachement des mots.

Gallus les reconnaît et tressaille, ce qui la fait sourire. Bien que le bordel ne soit qu'un peu plus bas dans la rue, Béronice reste absente bien trop longtemps. Amara et Britannica choisissent d'attendre dehors plutôt qu'entre les murs étouffants de la taverne. Félix arrivera avec son épouse, elles n'ont aucun doute là-dessus. Ce qu'elles espèrent éviter est qu'il prévoie du renfort. Lorsqu'il revient enfin avec les deux louves, Amara sent sa poitrine se serrer en voyant Victoria, qui porte un voile respectable de femme mariée, ce qui semble absurde. Mais c'est autre chose qui coupe le souffle d'Amara : ses mains sont jointes sur son ventre, pour le protéger. Elle est enceinte. Félix semble se réjouir de la réaction d'Amara et s'incline devant ses deux ex-putains.

— Vous êtes venues nous féliciter ? Oh, je vois que ses manières n'ont pas changé, ajoute-t-il quand Britannica montre les dents en sifflant.

Béronice passe un bras protecteur autour de Victoria, en jetant aux deux femmes un regard accusateur.

— Elle m'a tout raconté ! Vous avez menacé de l'égorger comme deux brutes !

— Et pourtant, la voilà, en pleine santé, remarque Amara.

— C'est bien dommage, ajoute Britannica.

— Je ne sais pas s'il est très sage de votre part d'insulter ma femme en pleine rue, lance Félix. Pas si vous voulez rentrer chez vous en un seul morceau.

Il embrasse le crâne de Victoria, qui garde les yeux baissés sur le trottoir.

— Dans ce cas, allons l'insulter dans ta putain de taverne ! gronde Amara. Il faut qu'on parle.

Le sourire de Félix ne vacille pas d'un pouce, mais elle voit ses yeux briller de rage. Il les invite à entrer avec un grand geste exagéré en signe de bienvenue. L'espace d'un instant, Britannica et lui restent sur le perron, chacun refusant de tourner le dos à l'autre. Puis Félix passe délibérément le seuil comme pour narguer la Bretonne en exposant la cible entre ses omoplates. En voyant apparaître le maître incontesté du quartier, les deux clients qui s'attardaient encore ne demandent pas leur reste. Félix fait un signe de tête à Gallus :

— Attends dehors. Ne laisse entrer personne.

Victoria et Béronice se terrent près du comptoir tandis qu'Amara et Britannica restent dos au mur d'en face. Leur amitié d'autrefois est irréparablement brisée. Félix, placé entre les deux camps, s'octroie le centre de la pièce.

— Alors vas-y, crache le morceau, lance-t-il à Amara. Tu n'as pas intérêt à me faire perdre mon temps.

— Je ne te paierai plus, répond-elle. Tu vas l'accepter, et jurer de ne pas faire de mal à ma famille.

— Et pourquoi me plierais-je à cette exigence ? s'esclaffe-t-il.

Britannica sort sa dague, très longue et à l'aspect féroce.

— Si tu touches à un seul cheveu de Rufina, je te tue.

— Tu te rappelles ce qui s'est passé la première fois que je t'ai menacée d'une arme, chérie ? lance Félix sans daigner tirer son propre couteau. Moi, oui.

Amara revoit Britannica au bordel, le couteau de Félix pointé sur son visage, la main de Félix serrée sur sa cuisse, la menace très claire d'un viol. Cela reste la seule fois où Amara l'a vue effrayée.

Britannica fait un pas en avant, l'arme haute, clairement prête à se battre. Elle penche la tête en regardant Félix, tel un faucon jaugeant sa proie.

— Je suis Sénovara des Iceni, gronde-t-elle. Tu obéis, ou tu meurs.

Félix tire son arme. Tous deux décrivent de lents cercles dans la taverne en observant les gestes de l'autre, réduits à l'essence de leur être : deux tueurs de sang-froid. En marge de la scène, Amara sait que Victoria sanglote dans les bras de Béronice, mais elle ne la regarde pas. Elle ne peut détourner les yeux du visage de Britannica, espérant qu'elle gagne, sans oser imaginer sa défaite.

C'est Félix qui se fend le premier, une feinte pour tester la réaction de Britannica. Elle l'évite avec aisance et rétorque par un revers de lame qui manque de lui entailler le bras. Puis Amara a l'impression que leurs gestes se succèdent sans plus s'arrêter, si rapides qu'elle ne saurait même dire si les coups portent, dans une danse à la fois gracieuse et hideuse, mue par une épouvantable sauvagerie.

Elle pousse un cri en voyant Félix porter un coup qui lui semble impossible à éviter ; et pourtant, Britannica y parvient, aussi évanescente qu'un nuage de fumée. Avant qu'elle ne retrouve pleinement son équilibre, Félix charge une fois encore en la faisant reculer vers les tables du fond. Il frappe à nouveau – et à nouveau, Amara est convaincue qu'il va toucher au cœur – mais Britannica esquive dans un bond en arrière, en sautant sur la table qui lui coupe la retraite. Félix est surpris l'espace d'une fraction de seconde, que Britannica met à profit en lui décochant un coup de pied en plein visage. Il s'effondre en arrière et elle lui saute dessus en lui arrachant son arme, un genou sur sa poitrine, sa lame contre sa gorge.

— Rends-toi.

Le silence est total. Même Victoria est trop choquée pour continuer à pleurer. Amara s'approche lentement de Félix, étendu au sol, le visage en sang. Il lève les yeux ; c'est à elle qu'il répond, non à Britannica.

— Jamais.

En la voyant stupéfaite, il sourit.

— Tu ne t'attendais pas à ça ? J'ai juré par tous les dieux de te détruire. Tu paieras, Amara, parce que chaque sou que tu me verses me rappelle que tu es à moi. Tu seras toujours à moi. Si ça ne te plaît pas, alors laisse-la me tuer. Que se passera-t-il alors ? Tu t'imagines que je n'ai pas inscrit ton secret dans mon testament ? Si tu m'assassines, tu signeras la perte de ton enfant.

— Menteur, feule Britannica.

— Elle sait que je ne mens pas, répond Félix sans détourner les yeux d'Amara.

— Laisse-le se relever, dit Amara d'une voix étouffée par la rage. Je ne peux pas courir ce risque.

L'espace d'un instant, Britannica ne semble pas disposée à obéir : sa colère évidente face à cette proie qu'on lui arrache est plus que dérangeante. Mais elle finit par obtempérer. Victoria court trouver Félix dès qu'il se relève, mais il la repousse.

— Ne me touche pas ! crache-t-il.

En voyant Victoria tressaillir, Amara sait qu'elle paiera plus tard pour la défaite de son mari.

— Je te paierai, accepte-t-elle. Mais si tu fais du mal à Philos ou Rufina, si tu ne gardes pas le secret, tu ne seras pas le seul à mourir. Je tuerai toute ta famille.

Elle dirige son regard vers Victoria qui se protège le ventre, terrifiée.

— Ton enfant contre le mien, lance-t-elle. En réponse à ta trahison.

— Tu as quand même beaucoup de confiance en ta chienne bretonne, fait remarquer Félix en essuyant le sang sur son visage avant d'examiner sa paume écarlate. Je ne suis pas sûr qu'une seule femme pourrait commettre pareil carnage. Elle a eu de la chance aujourd'hui, mais que deviendrait-elle face à toute ma maisonnée ? Tu t'imagines vraiment qu'elle pourrait tuer Paris, Gallus et Thrason à elle seule ? Et bien sûr, il pourrait lui arriver un tragique accident dans une ruelle obscure. Qui pourrait encore te protéger après ça ?

— Mes frères me vengeront, si tu me touches, réplique Britannica. Nous nous sommes juré fidélité. Ils savent qui tu es.

— Tu n'as pas de frères ! Sauf si tu les fais revenir d'entre les morts ! s'insurge Victoria, les yeux écarquillés par la peur.

Britannica lui fait son sourire édenté et relève sa manche pour montrer sa peau pâle, fraîchement tatouée de noir : la marque d'un gladiateur.

— J'ai beaucoup de frères, maintenant. Mourir pour la vengeance, c'est un honneur pour moi.

— Tu l'as vendue comme *gladiateur ?* rétorque Félix, incapable de masquer sa surprise.

— C'était son choix, répond Amara en reculant lentement vers la porte, vers la sécurité de la rue, Britannica à ses côtés, couteau tiré. Tu n'aurais pas dû t'en débarrasser si facilement. Il y a toujours un prix à payer quand on sous-estime une femme.

Épilogue

Les exemples des variations de la fortune sont innombrables :
en effet, d'où viennent les grandes joies qu'elle a données,
si ce n'est des maux ? Et d'où les douleurs immenses,
si ce n'est des joies excessives ?

Pline l'Ancien, *Histoire naturelle*, VII. 43.

Le bateau ne file pas aussi vite que la quadrirème de Pline vers Misène : ce n'est qu'un petit navire marchand qui ne les emmènera que jusqu'à Puteoli. Le reste du trajet se fera par la route. Le vent fait tournoyer les cheveux d'Amara. Elle regarde se dérouler la côte, la masse immense du Vésuve qui surplombe la baie, avec son pic perçant les nuages. À l'approche du port de Pompéi, le bateau ne ralentit pas.

Vénus est là, sur sa colonne géante, gardienne de sa cité. Amara songe à la prière qu'elle lui avait adressée aux Vinalies, il y a si longtemps, avec Didon. *Puissent les hommes tomber entre mes mains comme cette offrande tombe à tes pieds, ô Aphrodite. Puissé-je connaître le pouvoir que confère l'amour, sinon sa douceur.*

Depuis le pont, elle voit l'enceinte de la ville, le temple de Vénus ; et au-delà, cachés à sa vue, les rues qu'elle parcourait autrefois, l'Antre des Louves, la maison de Rufus à la porte dorée, le jardin de Julia. Quelque part à Pompéi, en cet instant même, Philos est avec Rufina. Il y a dans cette ville ceux qu'elle aime plus que tout au monde, ceux qu'elle hait jusqu'à la mort. Amara adresse une prière silencieuse non pas à Vénus cette fois-ci, mais à la déesse à laquelle elle a d'abord prêté allégeance, Pallas Athéna. *Donne la sagesse à Philos, donne la victoire à Britannica, et protège Rufina, je t'en conjure, déesse de mes pères, déesse de mon cœur.*

Elle place une main sur sa poitrine. Aucun danger qu'on lui vole son cœur : il n'en reste rien. Les derniers mots que lui a adressés Philos avant son départ pour Stabies ne cessent de lui revenir en mémoire. Ils n'ont dérobé qu'un bref instant ensemble. Il a pris la main d'Amara comme il le faisait autrefois dans la rue, son pouce sur le sien. *Tu t'en sortiras mieux sans moi.* Il l'aime encore, elle l'a compris alors, mais cette pensée ne la réconforte guère maintenant qu'elle l'abandonne. Le bateau roule et les embruns lui giflent la peau. Malgré ce contact glacé, elle ne tressaille pas.

— Perdue dans vos pensées, ma chère ?

Démétrius vient se poster près d'elle pour contempler la baie. Puis il se tourne vers elle sans tendresse, son regard aussi froid que le sien. Même ici, face aux éléments, dans l'immensité bleue de la mer et du ciel, devant la montagne, elle sent l'attrait qu'il exerce. Elle se rappelle ce qu'elle a dit à Philos. *Rien n'a de sens sans argent.* La haine serre ses anneaux autour des débris de son cœur, non contre Démétrius, mais contre elle-même.

— Je songe au futur, sourit-elle.

— Alors, c'est par là qu'il faut regarder, répond-il en désignant la proue.

Amara obéit et tourne le dos à Pompéi. Un groupe d'esclaves surveille ses bagages, groupés devant elle sur le pont. Elle lève les yeux vers le ciel, y regarde tournoyer les mouettes. Malgré elle, son humeur s'allège. Elle a tout abandonné : sa fille, son amant, son cœur. Mais elle est vivante, sans crainte. Et elle est en route pour Rome, la plus puissante cité du monde.

Remerciements

Toute ma gratitude à l'ensemble de l'équipe de Head of Zeus, pour leur soutien, non seulement envers ce livre mais aussi pendant la publication de *L'Antre des Louves*. Merci par-dessus tout à ma merveilleuse éditrice Charlotte Greig, une source sans fin d'encouragement et de conseils : quel plaisir de travailler ensemble ! Merci encore à Kate Appleton, pour son travail publicitaire sans relâche, ainsi qu'à Jade Gwilliam, Jessie Sullivan, Lottie Chase et Dan Groenewald pour leur merveilleux soutien dans le marketing et la vente de l'histoire d'Amara. Merci également à Madeleine O'Shea, qui m'a poussée à donner une place centrale à Philos : j'ai hâte de la retrouver pour la prochaine étape de l'histoire. D'énormes mercis enfin à Katrina Harvery, Anna Nightingale, Clare Gordon, Clémence Jacquinet et Matt Bray.

Merci à Holly Ovenden pour son brillant travail.

Le soutien des libraires a été une immense joie. Toute ma reconnaissance à ceux qui ont fait de *L'Antre des Louves* le livre du mois chez Waterstones, et à toutes les librairies indépendantes qui ont porté le roman. Un merci tout particulier à Dan Bassett chez Cribbs Causeway, pour son amitié, et à Revekka Maria chez Picadilly, qui a eu la gentillesse de me garder en stock et m'a fait part de ses intéressantes idées sur l'héritage grec d'Amara.

J'ai une dette envers de nombreux auteurs qui ont soutenu mon écriture de bien des façons : parmi eux, Buki Papillon, Laura Purcell, Caroline Lea et Jennifer Saint. Travailler avec cette dernière lors d'événements communs et partager tant d'idées et d'espoirs ensemble a illuminé mon année. Merci également à Sophie Hay, archéologue, pour tout son soutien, son amitié et ses conseils, particulièrement au sujet de Julia Félix, le personnage historique qui se cache derrière son personnage de roman ; et à Jane Draycott qui m'a ouvert ses fascinants travaux sur la pratique de la médecine dans les foyers romains. Je suis aussi extrêmement reconnaissante à ceux qui ont parlé de mon livre sur Instagram, dans la presse et ailleurs. Pour m'avoir reçue dans vos fabuleux podcasts, merci à Liv Albert, Gen McMenemy, Jenny Williamson et Kate Armstrong.

Comme bien d'autres parents, j'ai éduqué mes enfants à la maison ces deux dernières années. Merci à mon merveilleux fils Jonathon d'avoir été si patient, si joyeux et imaginatif. Voilà, tu as un livre avec ton nom dedans, et en plus, il est bleu ! Merci à ma mère, Suzy Kendall, pour m'avoir permis d'écrire en m'offrant ce cadeau si précieux, un peu de temps. Tu es la meilleure des grands-mères.

J'ai la chance d'avoir le soutien de mes amis et de ma famille, et d'avoir bénéficié de leur amour même alors que nous ne pouvions pas nous voir. Merci à Andrea Binfor, Lingling Hu, Dan Jones, Samira Ahmed, Kristina Holt, Trilby Fox-Rumley, Bethan Francis, Anna Sahalayeva, Eugenie Harper, Tom Harper, Ruth Grey Harper et Alexander Harper. Merci aussi à ma famille de bureau chez ITV News Anglia, surtout Chris Warner,

Gary Mabee et Neil Barbour, qui m'ont sauvé le moral tout en rapportant les étapes de la pandémie.

Merci à Liza DeBlock, Kiya Evans, Shabnom Khanom et toute l'équipe de Mushens Entertainment. Je n'arrive pas à croire que *L'Antre des Louves* soit allé si loin à l'étranger, grâce à votre travail si dur et toute votre détermination.

La plus immense des gratitudes pour Juliet Mushens, qui a été (comme toujours) une agente exceptionnelle, mais aussi une très chère amie. Juliet, je ne pourrai jamais te remercier assez pour tout ce que tu fais pour moi. Ce livre porte la marque de ta sagacité et de tes conseils ; le temps que tu m'as consacré, ta gentillesse et ton humour, tout cela signifie tant pour moi.

Composition et mise en pages
Nord Compo à Villeneuve-d'Ascq
Achevé d'imprimer en avril 2023
sur Roto-Page par l'Imprimerie Floch à Mayenne
pour le compte des éditions Calmann-Lévy
21, rue du Montparnasse 75006 Paris

PAPIER CERTIFIÉ

CALMANN LEVY s'engage
pour l'environnement en réduisant
l'empreinte carbone de ses livres.
Celle de cet exemplaire est de :
1,4 kg éq. CO_2
Rendez-vous sur
www.calmann-levy-durable.fr

N° d'éditeur : 1515542/1
N° d'imprimeur : 102409
Dépôt légal : mai 2023
Imprimé en France